Nora Roberts est la plus grande auteure de littérature féminine contemporaine. Ses romans ont reçu de nombreuses récompenses et sont régulièrement classés parmi les meilleures ventes du *New York Times*. Des personnages forts, des intrigues originales, une plume vive et légère... Nora Roberts explore à merveille le champ des passions humaines et ravit le cœur de plus de quatre cents millions de lectrices à travers le monde. Du thriller psychologique à la romance en passant par le roman fantastique, ses livres renouvellent chaque fois des histoires où, toujours, se mêlent suspense et émotion.

LA ROSE NOIRE

LE SECRET DES FLEURS – 2

NORA ROBERTS

LE SECRET DES FLEURS – 2

LA ROSE NOIRE

Traduit de l'anglais (États-Unis)
par Sophie Pertus

J'AI LU

Titre original
BLACK ROSE

Éditeur original
A Jove Book, published by arrangement with the author
and published by the Berkley Publishing Group,
a division of Penguin Group (USA), Inc., New York

Pour Stacie.
La sagesse recommande à une mère
d'aimer la femme qu'aime son fils,
mais c'est un bien joli cadeau
d'avoir une affection naturelle
pour celle qui devient sa fille.
Merci pour ce cadeau.

Une plante mère est cultivée uniquement
pour fournir des boutures.
On peut encourager une croissance
favorable au prélèvement de boutures
alors que les plantes destinées à être plantées
dans un jardin peuvent être laissées intactes.

American Horticulture Society,
sur la multiplication des plantes

Qui veut savoir des secrets doit les chercher
dans la peine ou dans le plaisir.

George Herbert

Prologue

Memphis, Tennessee, décembre 1892

Elle s'habilla en apportant plus de soin aux détails de sa toilette qu'elle ne l'avait fait depuis des mois. Sa femme de chambre était partie depuis plusieurs semaines, mais elle n'avait eu ni l'envie ni l'énergie d'en engager une autre. Elle passa donc une heure à manier elle-même le fer à friser, comme elle le faisait autrefois, avant de trouver un riche protecteur, à torsader et arranger ses cheveux après les avoir rincés. Au cours de ce long et triste automne, ils avaient perdu leur éclat doré, mais elle savait quelles lotions leur redonneraient leur brillant, tout comme elle savait comment redonner des couleurs à ses joues et à ses lèvres.

Elle connaissait tous les secrets du métier. Autrement, comment aurait-elle pu attirer l'attention d'un homme comme Reginald Harper ? Comment aurait-elle pu le séduire et devenir sa maîtresse ?

Elle s'en servirait encore, de ces secrets, songea Amelia. Pour le séduire de nouveau et le pousser à faire tout ce qu'il fallait.

Il n'était pas venu. Depuis tout ce temps, tous ces mois, il n'était pas venu la voir. Elle lui avait envoyé des mots à son bureau pour le supplier de lui rendre visite, mais il l'avait ignorée.

Oui, ignorée, après tout ce qu'elle avait fait, ce qu'elle avait été pour lui. Après tout ce qu'elle avait perdu.

Alors, elle n'avait pas eu le choix. Elle lui avait écrit encore et encore, chez lui, à Harper House, sa somptueuse demeure sur laquelle régnait sa pâle épouse. Et où une maîtresse ne pourrait jamais entrer.

Ne lui avait-elle pas donné tout ce qu'il demandait, tout ce qu'il pouvait désirer ? Elle avait échangé son corps contre le confort de cette maison, la commodité d'une domesticité relativement importante et des colifichets comme ces perles qu'elle portait aux oreilles.

Ce n'était pas cher payé pour un homme riche comme Reginald. Dire que c'était à cela qu'elle avait limité ses ambitions : un seul homme et ce qu'il pouvait lui offrir ! Cependant, il lui avait donné bien plus qu'aucun d'eux ne l'avait prévu. Et la perte de ce cadeau plus précieux que tous les autres lui causait une douleur insoutenable.

Pourquoi n'était-il pas venu la consoler, pleurer avec elle ?

S'était-elle jamais plainte ? Lui avait-elle jamais refusé son lit ? Avait-elle jamais évoqué les autres femmes qu'il entretenait ?

Elle lui avait donné sa jeunesse, sa beauté, et sans doute sa santé.

Et voilà qu'il l'abandonnait ? Qu'il se détournait d'elle ? Maintenant ?

Ils lui avaient dit que le bébé était mort-né. Que c'était une petite fille qui était morte en elle.

Mais… mais…

Elle avait senti son bébé bouger en elle. Elle avait senti ses coups de pied. Elle l'avait senti se développer et s'animer dans son cœur, cet enfant dont elle n'avait pas voulu mais qui était devenu tout son monde, toute sa vie. Ce fils qui grandissait en elle…

Un fils, se répétait-elle en tirant nerveusement sur les boutons de sa robe. Elle s'était toujours dit que c'était un fils. Ses lèvres peintes formaient ces mots sans relâche : « Un fils, un fils, un fils… »

Elle l'avait entendu crier. Si, si. Elle en était sûre. Il lui arrivait encore de l'entendre pleurer la nuit. Il l'appelait pour qu'elle vienne le consoler.

Mais lorsqu'elle se précipitait dans la nursery, le berceau était vide. Comme son ventre.

On disait qu'elle était folle. Oh, elle entendait bien les murmures des quelques domestiques qui lui restaient. Elle voyait bien la façon dont ils la regardaient. Mais elle n'était pas folle, se dit elle en faisant les cent pas dans sa chambre, qu'elle considérait autrefois comme le temple de la sensualité.

Maintenant, elle ne faisait plus changer les draps si souvent. Les rideaux restaient tirés pour l'isoler de l'extérieur et de la ville. Et puis, des choses disparaissaient. Ses domestiques étaient des voleurs. Des voleurs et des crapules, elle le savait bien. Et des espions.

Ils la regardaient et ils chuchotaient entre eux.

Une nuit, ils la tueraient dans son lit. C'était sûr. Dans son lit.

Elle avait si peur qu'elle ne dormait plus. Les cris de son bébé qui résonnaient dans sa tête l'empêchaient de trouver le sommeil. Il l'appelait. Il l'appelait…

Heureusement qu'elle avait consulté la sorcière vaudoue, songea-t-elle. Elle était allée chercher auprès d'elle protection et connaissance. Cela lui avait coûté le bracelet de rubis et diamants que Reginald lui avait donné autrefois. Les pierres étaient comme autant de cœurs ensanglantés qui se détachaient sur le scintillement glacé des diamants. Elle s'en était servie pour acheter les grigris qu'elle gardait sous son oreiller et dans une bourse de soie sur son cœur.

Son enfant vivait. C'était ce que lui avait appris la sorcière vaudoue. Savoir cela valait bien plus que tous les joyaux de la terre.

Son enfant vivait ! Il vivait ! Maintenant, il fallait le retrouver. Elle devait le ramener chez elle, là où était sa place.

Il fallait que Reginald le retrouve, qu'il paie le prix pour le récupérer. Quel qu'il soit.

Attention, doucement, se morigéna-t-elle en sentant un cri monter dans sa gorge. Il ne la croirait que si elle restait calme. Il ne l'écouterait que si elle était belle.

La beauté séduisait les hommes. La beauté et le charme permettaient à une femme d'obtenir tout ce qu'elle désirait.

Elle se tourna vers le miroir et vit ce qu'elle voulait voir : la beauté, le charme, la grâce. Elle ne vit pas cette robe rouge qui s'affaissait sur sa poitrine et flottait sur ses hanches tant elle avait maigri, qui donnait un teint jaunâtre et cireux à sa peau claire. Le miroir lui renvoyait le reflet d'une masse de boucles emmêlées, d'yeux trop brillants, de joues brutalement fardées. Mais Amelia se voyait telle qu'elle avait été autrefois.

Jeune et belle, désirable et habile.

Elle descendit attendre son amant en fredonnant.

— Lavande bleue, *dilly dilly*, lavande verte, *dilly dilly*…

Un feu crépitait dans la cheminée du salon, et la lampe à gaz était allumée. Ainsi, les domestiques étaient sur le qui-vive, eux aussi, songea-t-elle avec un sourire pincé. Le maître allait venir, et c'était lui qui tenait les cordons de la bourse.

Peu importait. Elle allait dire à Reginald qu'il fallait qu'ils s'en aillent, tous. Qu'il fallait les remplacer.

Elle allait avoir besoin d'une nurse pour son fils, pour James, quand il lui serait rendu. Une Irlandaise, décida-t-elle. Elle croyait savoir qu'elles étaient gaies avec les bébés. Elle voulait que la nursery de son petit James soit joyeuse.

Elle regarda avec envie le whisky sur le buffet, mais préféra se servir sagement un verre de vin. Puis elle s'assit pour attendre.

La nervosité la gagna. Il était en retard. Elle but un deuxième verre de vin. Puis un troisième. Quand, enfin, elle vit sa voiture par la fenêtre, elle oublia d'être calme. Elle se précipita vers la porte pour l'ouvrir elle-même.

— Reginald... Reginald !

Son chagrin et son désespoir jaillirent en sifflant tels des serpents. Elle se jeta sur lui.

— Contrôle-toi, Amelia, lui ordonna-t-il en posant les mains sur ses épaules osseuses pour la repousser à l'intérieur. Que vont penser les voisins ?

Il se hâta de refermer la porte. Puis il jeta un regard dur et menaçant au valet de chambre, qui s'empressa de lui prendre sa canne et son chapeau.

— Cela m'est égal, ce qu'ils pensent ! cria Amelia. Pourquoi n'es-tu pas venu plus tôt ? J'avais tellement besoin de toi ! Tu as reçu mes lettres ? Les domestiques... les domestiques mentent. Ils ne les ont pas postées. Je suis prisonnière ici.

— Ne sois pas ridicule.

Un éclair de dégoût passa sur son visage quand elle voulut de nouveau l'étreindre, et il se déroba.

— Nous étions d'accord, Amelia, lui rappela-t-il. Tu ne devais pas m'écrire chez moi.

— Tu ne venais pas. J'étais seule. Je...

— J'étais occupé. Viens t'asseoir. Ressaisis-toi.

Elle se cramponna à son bras pour se rendre dans le salon.

— Reginald, le bébé. Le bébé...

— Oui, oui.

Il se dégagea et la fit asseoir.

— C'est regrettable, je le reconnais, déclara-t-il en s'approchant du buffet pour se servir un whisky. Le médecin a dit qu'il n'y avait rien à faire, que tu avais besoin de repos et de calme. J'ai appris que tu avais été souffrante.

— Mensonges. Ce ne sont que des mensonges.

Il se tourna vers elle et considéra son visage, sa robe trop grande.

— Je me rends compte par moi-même que tu es souffrante, Amelia. Je pense que l'air de la mer pourrait t'être bénéfique, suggéra-t-il avec un sourire froid. Aimerais-tu faire un voyage en paquebot ? Ce serait parfait pour calmer tes nerfs et t'aider à recouvrer la santé.

— Je veux mon enfant. Je n'ai besoin de rien d'autre.

— L'enfant n'est plus là.

— Si, si, si ! cria-t-elle en se levant et en s'agrippant à lui encore une fois. Ils l'ont volé. Il est vivant, Reginald. Notre enfant est vivant. C'est le médecin et la sage-femme. Ils avaient tout prévu. J'en suis sûre, maintenant. J'ai tout compris. Il faut que tu ailles à la police, Reginald. Toi, on t'écoutera. Il faut que tu paies la rançon qu'on te demandera, quelle qu'elle soit.

— C'est de la folie, Amelia, répondit-il en détachant la main de la jeune femme du revers de sa veste, avant de lisser les plis qu'elle y avait faits. Je n'irai certainement pas à la police.

— Dans ce cas, j'irai moi-même. Demain.

L'expression de Reginald se durcit.

— Tu ne feras rien de tel. Je vais t'offrir un billet pour l'Europe et dix mille dollars pour t'aider à t'installer en Angleterre. Ce sera mon cadeau d'adieu.

— Ton cadeau d'adieu ? répéta-t-elle en se retenant au bras d'un fauteuil quand ses jambes se dérobèrent sous elle. Tu... tu vas me quitter maintenant ?

— Il ne peut plus rien y avoir entre nous. Je m'assurerai que tu aies tout ce qu'il te faut. Je suis certain que cette traversée t'aidera à te remettre et que tu trouveras un autre protecteur à Londres.

— Comment pourrais-je aller à Londres alors que mon fils...

— Tu iras, coupa-t-il en vidant son verre. Sinon, tu n'auras rien. Tu n'as pas de fils. Tu n'as que ce que je t'ai donné. Cette maison et tout ce qu'elle contient, les vêtements que tu portes, les bijoux sont à moi. Tu serais bien avisée de ne pas oublier combien il me serait facile de tout te reprendre.

— Reprends tout, murmura-t-elle d'une voix sifflante.

C'est alors qu'une lueur passa sur le visage de Reginald, qu'une étincelle se fit dans le cerveau torturé d'Amelia et qu'elle comprit.

— Tu... tu cherches à te débarrasser de moi parce que... tu sais. C'est toi qui as pris le bébé !

Il posa son verre vide sur le buffet en la regardant avec dégoût.

— Tu crois que je laisserais une créature de ton espèce élever mon fils ?

— Mon fils ! protesta-t-elle en se jetant sur lui, les mains repliées comme des serres.

Reginald la gifla, et elle s'arrêta net. Depuis deux ans qu'il était son protecteur, il n'avait encore jamais levé la main sur elle.

— Écoute-moi bien, maintenant. Je refuse que mon fils soit considéré comme un bâtard né d'une putain. Il sera élevé à Harper House comme mon héritier légitime.

— Ta femme...

— ... fait ce qu'on lui dit. Et toi aussi, Amelia.

— J'irai à la police.

— Et que diras-tu ? Le médecin et la sage-femme qui t'ont accouchée témoigneront que tu as eu une fille mort-née, tandis que d'autres attesteront que ma femme a donné naissance à un garçon en pleine santé. Ta parole ne pèsera pas bien lourd contre la mienne et la leur. Tes propres domestiques confirmeront mes dires. Ils pourront aussi révéler que tu as été souffrante et que tu te conduis étrangement.

— Comment peux-tu faire une chose pareille ?

— Il me faut un fils. Crois-tu que je t'aie choisie par affection ? Tu es jeune et en bonne santé – du moins l'étais-tu. Je t'ai payée généreusement pour tes services. Et tu seras récompensée pour celui-ci.

— Tu ne m'enlèveras pas mon fils. Il est à moi.

— C'est moi qui décide ce qui est à toi. Tu te serais débarrassée de lui à la première occasion. Tu ne t'approcheras jamais de lui. Jamais. Tu feras la traversée dans trois semaines. Dix mille dollars te seront versés à ce moment-là. Jusque-là, je continuerai à régler tes dépenses. C'est tout ce que tu auras.

— Je te tuerai ! hurla-t-elle quand il sortit du salon.

Pour la première fois depuis son arrivée, il eut l'air amusé.

— Tu es pitoyable, lâcha-t-il. Les putains le sont souvent. Sache que si tu t'approches de moi ou des miens, je te ferai arrêter et enfermer dans un asile de fous. Je ne pense pas que cela te plaise, conclut-il en faisant signe au valet de chambre de lui apporter sa canne et son chapeau.

Elle cria, elle s'arracha les cheveux, elle déchira ses vêtements, elle cria encore et se griffa jusqu'au sang.

Puis ses nerfs, son esprit lâchèrent, et elle monta l'escalier dans sa robe en loques en chantant une berceuse.

1

Décembre 2004, Harper House

L'aube, pleine de promesses, était son moment préféré pour courir. Quant au jogging lui-même, c'était une des choses qu'il fallait faire, trois fois par semaine, comme n'importe quelle tâche. Et Rosalind Harper faisait toujours ce qu'elle avait à faire.

Elle courait pour se maintenir en bonne santé. Une femme qui venait d'avoir – à cet âge, on ne parlait plus de « fêter » – quarante-cinq ans devait faire attention à sa santé. Elle courait pour rester forte, car elle aimait cette force et en avait besoin. Et elle courait par vanité. Son corps ne serait peut-être jamais plus ce qu'il avait été à vingt ou même à trente ans, mais ce serait le plus beau, le plus svelte, le plus ferme qu'elle puisse avoir à quarante-cinq ans.

Elle n'avait ni mari ni amant, mais elle avait une image à préserver. C'était une Harper, et les Harper avaient leur fierté.

Vêtue d'un survêtement pour se protéger de la fraîcheur du petit matin, elle sortit de sa chambre par la porte qui donnait sur la terrasse. La maison était encore endormie, mais cela ne durerait pas – cette maison qui s'était remplie après avoir été trop longtemps vide n'était plus que très rarement silencieuse.

Il y avait David, pratiquement son fils adoptif, qui faisait tourner la maison, savait la distraire quand il le fallait et la laisser tranquille lorsqu'elle avait besoin de solitude. Personne ne connaissait ses humeurs aussi bien que lui.

Il y avait aussi Stella, avec ses deux adorables petits garçons. C'était un jour béni, celui où elle avait engagé Stella Rothchild pour diriger la jardinerie, songea Roz en faisant des exercices d'assouplissement sur la terrasse.

Certes, Stella et ses fils allaient bientôt déménager. Mais quand Stella serait mariée avec Logan – et quelle belle union ! –, ils n'habiteraient qu'à quelques kilomètres de Harper House.

Il resterait Hayley, qui insufflait sa jeunesse et son énergie à la maison. C'était encore la chance, ainsi que de vagues liens familiaux, qui avaient amené la jeune femme, alors enceinte de six mois, sur le pas de la porte de Harper House. Roz avait trouvé en elle la fille dont elle avait toujours secrètement rêvé et, mieux encore, une petite-fille honoraire en la personne de l'adorable Lily.

Au fond, songea-t-elle, elle n'avait pris conscience de sa solitude que quand ces jeunes femmes étaient venues combler le vide de sa vie. Après le départ de deux de ses trois fils, la maison était devenue trop grande, trop calme. Et une partie d'elle redoutait le jour où Harper, son aîné, son roc, quitterait la maison d'amis qu'il occupait, à un jet de pierre de la grande maison.

Enfin, c'était la vie. Personne mieux qu'un jardinier ne savait que la vie ne restait jamais statique. Les cycles, les changements de saison étaient nécessaires. Sans eux, il n'y avait pas d'épanouissement, pas de floraison possible.

Roz descendit l'escalier au petit trot. La brume du matin recouvrait d'un voile le jardin endormi et argentait les feuillages.

En marchant pour s'échauffer et mieux profiter du jardin, elle fit le tour de la maison. Puis, arrivée dans l'allée, elle commença à courir, grande femme élancée aux cheveux noirs courts et aux yeux brun clair couleur de miel. Elle promena le regard autour d'elle, sur les grands magnolias, les délicats cornouillers, les arbustes d'ornement dont elle avait elle-même choisi la disposition, les tapis de pensées plantées à peine quelques semaines plus tôt, les plates-bandes qui attendraient encore un peu avant de fleurir...

À ses yeux, il n'y avait pas de plus beau parc dans tout l'ouest du Tennessee que celui-ci. Pas plus qu'il n'y avait de maison qui égalât l'élégance pleine de dignité de Harper House.

Comme à son habitude, elle se retourna au bout de l'allée et trottina sur place pour admirer sa maison nacrée par la brume. De style grec et gothique à la fois, elle avait quelque chose de majestueux. Les huisseries blanches se détachaient sur le jaune doux et chaud de la pierre. Le double escalier extérieur montait jusqu'au balcon qui ceignait le premier étage et surplombait l'entrée couverte au rez-de-chaussée.

Roz aimait tout de cette maison : ses grandes fenêtres, le travail de menuiserie en dentelle de la balustrade du deuxième étage, l'espace qu'elle offrait, l'héritage qu'elle représentait. Elle y tenait énormément, et depuis qu'elle en avait hérité, à la mort de ses parents, elle n'avait cessé de s'en occuper et de travailler pour l'entretenir. Elle y avait élevé ses fils, et quand elle avait perdu son mari, c'était là qu'elle l'avait pleuré.

Un jour, elle transmettrait cette maison à Harper, son fils aîné. Elle savait qu'il en prendrait soin, qu'il l'aimerait autant qu'elle, et cela la rassurait.

Ce que cette maison lui coûtait n'était rien comparé à ce qu'elle lui donnait, songea-t-elle en la contemplant de loin dans la brume du matin. Toutefois, ce n'était pas en restant là à piétiner qu'elle ferait ses cinq kilomètres. Elle se dirigea vers l'ouest en veillant à rester sur le bas-côté de la route, bien qu'il y ait peu de circulation à cette heure. Pour distraire son esprit de l'ennui du jogging, elle se mit à dresser mentalement la liste des choses qu'elle avait à faire ce jour-là.

Elle avait de jeunes plants de plantes annuelles à repiquer. Et Stella avait demandé plus d'amaryllis, de jardinières de bulbes forcés, de couronnes et de poinsettias pour les fêtes de fin d'année, se rappela-t-elle. Hayley pourrait confectionner les couronnes. Elle était très adroite de ses mains et elle avait du goût. Il fallait aussi s'occuper des sapins et des houx cultivés dehors. Heureusement, elle pouvait laisser cette tâche à Logan.

Elle devrait aussi voir avec Harper si d'autres cactus de Noël qu'il avait greffés étaient prêts à partir ; elle en voudrait bien deux ou trois pour elle-même.

Elle était encore en train de jongler mentalement avec l'organisation de la jardinerie quand elle passa devant Côté Jardin, l'entreprise qu'elle avait créée à partir de rien.

Stella avait sorti le grand jeu pour les fêtes, remarqua Roz avec plaisir. La jeune femme avait assemblé des poinsettias verts, roses, blancs et rouges pour former des taches de couleur devant le bâtiment bas qui servait d'entrée à la zone de vente au détail. Elle avait accroché à la porte une couronne de Noël entourée de minuscules lumières blanches, et un petit pin blanc se dressait, décoré, sous le porche. Des pensées blanches, du houx brillant et de la sauge robuste complétaient la décoration extérieure et tenteraient certainement les clients en cette fin d'année.

Il faudrait qu'elle trouve le temps, sinon aujourd'hui, du moins dans la semaine, d'aller finir ses courses de

Noël – ou, en tout cas, de les avancer. Il y avait aussi les cocktails et les soirées auxquels elle devait assister, sans parler de la fête qu'elle avait décidé d'organiser à Harper House. Cela faisait longtemps qu'elle n'avait pas ouvert la maison, qu'elle n'avait pas donné de grande réception.

Son divorce en était en grande partie responsable, admit-elle *in petto*. Elle n'avait plus eu le courage de recevoir alors qu'elle se sentait idiote, qu'elle avait été blessée et surtout humiliée par son union heureusement brève mais stupide avec le menteur infidèle qu'elle avait choisi comme deuxième mari.

Mais il était temps de dépasser cet épisode. Et dans la mesure où Bryce Clerk, son ex-époux, était de retour à Memphis, il était plus important que jamais qu'elle vive sa vie – autant en public qu'en privé – exactement comme elle l'entendait.

Arrivée au vieux noyer foudroyé qui marquait la moitié de la distance qu'elle s'obligeait à courir, elle fit demi-tour. La brume matinale avait humidifié ses cheveux et son sweat-shirt, mais elle sentait ses muscles bien chauds et relâchés.

Elle s'engageait dans l'allée quand elle entendit des pas étouffés et vit une silhouette qui courait dans sa direction. Malgré la brume, elle n'eut aucun mal à reconnaître l'autre lève-tôt de Harper House, son fils. Lorsqu'ils se rejoignirent, ils s'arrêtèrent mais continuèrent à trottiner sur place.

— Tu es debout avec les poules, ce matin, commenta Roz en souriant.

— Entre Thanksgiving et ton anniversaire, on n'a pas arrêté de faire la fête, répondit-il en se passant une main dans les cheveux. Je me suis dit qu'il fallait que je brûle un peu ces excès de calories avant Noël.

— Tu ne prends jamais un gramme, rétorqua-t-elle. C'est très agaçant, d'ailleurs.

— Je sens que je me ramollis, dit-il en faisant rouler ses épaules. Et puis, il faut bien que je m'entretienne, si je veux pouvoir suivre ton rythme, conclut-il en levant au ciel ses yeux brun clair semblables aux siens et en riant.

Il lui ressemblait. Elle ne pouvait nier qu'il avait ses traits. Mais quand il souriait, elle revoyait son père.

— Tu n'y arriveras jamais, mon garçon. Tu comptes courir combien de kilomètres ?

— Toi, tu en as fait combien ?

— Cinq.

— Alors, je vais en faire six, lança-t-il.

Il lui sourit et lui planta un baiser sur la joue avant de s'éloigner.

— J'aurais dû te dire que j'en avais fait huit, répliqua-t-elle en riant.

Sur ces mots, elle acheva de remonter l'allée en marchant pour se détendre après l'effort. « Ouf, c'est fini pour aujourd'hui », songea-t-elle en faisant le tour de la maison pour rentrer par où elle était sortie.

Elle monta prendre sa douche et se changer. Quand elle redescendit par l'escalier central qui séparait les deux ailes, les premiers bruits du matin se faisaient entendre.

Les fils de Stella se préparaient pour aller à l'école, Lily s'agitait. C'était bien agréable de retrouver cette vie de famille, cette animation.

Oh, bien sûr, la maison avait été encore plus animée quinze jours plus tôt, quand Austin et Mason étaient venus pour Thanksgiving et pour son anniversaire. Et ils reviendraient pour Noël. Une mère dont les fils étaient adultes ne pouvait en demander plus.

Dieu sait pourtant que, lorsqu'ils étaient enfants puis adolescents, elle avait maintes fois rêvé d'un peu de calme – rien qu'une heure de paix totale où elle n'aurait eu rien d'autre à faire que s'immerger dans un bon bain chaud.

Mais après le départ de ses fils, elle s'était retrouvée avec trop de temps libre, trop de calme, trop de place. Alors, elle avait fini par épouser un crétin mielleux qui s'était servi de son argent pour impressionner les bimbos avec lesquelles il la trompait.

« Allons, se morigéna-t-elle, c'est stérile de revenir là-dessus. »

Elle se rendit dans la cuisine, où David préparait déjà le petit déjeuner. Une délicieuse odeur de café frais flottait dans l'air.

— Bonjour, beauté, lui lança-t-il joyeusement. Comment ça va ?

— Pas mal, répondit-elle en sortant une tasse. Alors, ton rendez-vous d'hier soir ?

— Prometteur, répondit-il. Il aime les martinis et les films de John Waters. On va essayer de remettre ça ce week-end. Assieds-toi, je fais du pain perdu.

— Du pain perdu ?

C'était le péché mignon de Roz.

— Bon sang, David, je viens de courir cinq kilomètres pour éviter que mes fesses ne me tombent derrière les genoux, et voilà que tu me tentes avec du pain perdu !

— Tu as de très belles fesses qui ne menacent absolument pas de te tomber derrière les genoux, assura-t-il.

— Mais le danger existe, marmonna-t-elle en s'asseyant. J'ai croisé Harper dans l'allée, ajouta-t-elle. Il va certainement rappliquer s'il sait ce qu'il y a au menu.

— Pas de problème, je vais en faire pour tout le monde.

Roz commença à siroter son café pendant que David faisait chauffer la poêle.

David avait tout juste un an de plus que Harper. Beau comme un acteur de cinéma, il était l'un des grands bonheurs de la vie de Roz. Après avoir passé une bonne partie de son enfance chez elle, il y vivait désormais en permanence et faisait tourner la maison.

— Tu sais quoi, David ? Ce matin, je me suis surprise à penser à Bryce deux fois, avoua-t-elle. Qu'est-ce que ça veut dire, d'après toi ?

— Ça veut dire que tu as besoin de pain perdu, répondit-il en imbibant le pain de sa préparation magique. Et peut-être aussi que tu as un peu le blues à l'approche des fêtes.

— C'est vrai que je l'ai fichu à la porte juste avant Noël...

— Dommage qu'il n'ait pas fait plus froid ce jour-là, grommela David. Si seulement il avait pu geler, attraper la mort...

— Je vais te poser une question que je ne t'ai jamais posée à l'époque. Pourquoi ne m'as-tu jamais dit combien tu le détestais ?

— Sans doute pour la même raison que tu ne m'as pas dit que tu détestais cet acteur au chômage avec un faux accent anglais dont j'ai cru être fou il y a quelques années : parce que je t'aime.

— C'est une bonne raison, reconnut-elle.

Elle tourna sa chaise pour faire face au feu qu'il avait allumé dans la petite cheminée de la cuisine et continua de boire son café.

— Tu sais, si une bonne fée te faisait devenir hétéro et te vieillissait de vingt ans d'un coup, nous pourrions vivre ensemble dans le péché, plaisanta-t-elle. Je crois que ça marcherait très bien.

— Ma chérie, répondit-il sur le même ton, en mettant les tranches de pain à cuire, tu es la seule femme qui m'ait jamais tenté.

Elle sourit et posa le coude sur la table pour appuyer le menton dans le creux de sa main.

— Le soleil a l'air de percer, observa-t-elle. On va avoir une belle journée.

Une belle journée début décembre signifiait qu'il allait y avoir beaucoup de travail à la jardinerie. Roz eut tellement à faire qu'elle ne regretta pas d'avoir accepté le copieux petit déjeuner préparé par David : elle n'eut même pas le temps de déjeuner.

Elle en était à présent à repiquer ses jeunes plants les plus vigoureux dans la salle de multiplication. Installer les plantes dans les pots qu'elles occuperaient jusqu'à leur plantation en terre était l'une de ses tâches favorites, d'autant que cette année, elle essayait un terreau de sa fabrication. Cela faisait plus de deux ans qu'elle cherchait à mettre au point sa propre recette, et elle pensait avoir enfin trouvé la formule idéale, tant pour l'extérieur que pour l'intérieur. Et le terreau d'extérieur devrait aussi pouvoir lui servir dans les serres.

Elle ouvrit le sac de terreau qu'elle avait déjà préparé et entreprit de remplir ses godets. Puis, après avoir vérifié le taux d'humidité de la terre, elle mit les plants en place, en veillant à ce que le terreau arrive au même niveau sur la tige que dans les bacs où elle avait réalisé ses semis.

Avec l'habileté de l'expérience, elle garnit godet après godet, tout en chantonnant distraitement les morceaux de l'album d'Enya qui passait sur le lecteur de CD portable qu'elle considérait comme un des équipements essentiels d'une serre. Pour finir, elle versa sur les jeunes plants un engrais très dilué.

Satisfaite, elle se rendit au fond de la salle, dans la zone des plantes vivaces. Elle contrôla les boutures les plus récentes et celles d'un an, qui pourraient être proposées à la vente d'ici à quelques mois. Elle les arrosa et s'occupa de leur entretien avant de passer aux plantes souches pour prélever d'autres boutures. Elle venait de commencer un plateau d'anémones quand Stella entra.

— Eh bien, vous n'avez pas chômé, commenta celle-ci en balayant les tables du regard.

— Je me suis laissée aller à un certain optimisme, avoua Roz. Nous avons fait une très grosse saison, et je pense qu'il en ira de même l'année prochaine. Si Dame Nature ne nous joue pas de tours.

— Je me suis dit que vous voudriez peut-être jeter un coup d'œil aux nouvelles couronnes. Hayley n'a pas arrêté de la matinée. Je crois qu'elle s'est encore surpassée.

— Je verrai ça avant de rentrer.

— Je l'ai autorisée à partir un peu plus tôt, ajouta Stella. J'espère que cela ne vous dérange pas. Elle n'est pas encore tout à fait habituée à laisser Lily chez la nounou, même si c'est une cliente et qu'elle habite à moins d'un kilomètre d'ici.

— Pas de problème, assura Roz en passant aux catananches. Vous savez, vous n'êtes pas obligée de me consulter pour les moindres détails, Stella. Cela fait près de un an que vous dirigez la boutique.

— Pour tout vous dire, ce n'est pas vraiment pour vous parler de Hayley et des couronnes que je suis venue ici...

Stella s'interrompit.

— Il y a un problème ? s'inquiéta Roz.

— Non. Je voulais juste vous demander quelque chose... Je sais que c'est votre domaine, mais est-ce que vous accepteriez que je m'occupe un peu des multiplications, quand ce sera plus calme, après les fêtes ? Cela me manque.

— D'accord, répondit Roz.

Stella se mit à rire. Ses yeux bleus pétillaient.

— Je vois bien que vous craignez que je n'essaie de changer votre façon de faire. Mais je vous promets que ce ne sera pas le cas.

— Si jamais vous essayez, je vous fiche dehors.

— Compris.

— En attendant, moi aussi, je voulais vous parler. J'ai besoin que vous me trouviez un fournisseur pour des sacs à terreau de bonne qualité mais pas trop chers. Un, deux, cinq et quinze kilos pour commencer.

— Pour quoi faire ? s'enquit Stella en sortant un calepin de la poche arrière de son pantalon.

— J'ai décidé de confectionner et de vendre du terreau maison. J'ai obtenu les mélanges que je désirais pour l'intérieur et l'extérieur et je veux les distribuer sous ma marque.

— Excellente idée ! Voilà qui devrait dégager de jolis bénéfices. Les clients seront ravis d'avoir accès aux secrets de jardinage de Rosalind Harper. Cela dit, il y a des choses à prendre en considération...

— J'y ai réfléchi. Je compte démarrer doucement, expliqua Roz en ouvrant une bouteille d'eau. Je veux que les employés apprennent à mettre le terreau en sac, mais la formule restera secrète. Je vous donnerai les ingrédients et les dosages, ainsi qu'à Harper, mais pas aux autres. Dans un premier temps, nous installerons la fabrication dans le hangar principal. Et si cela marche bien, nous construirons un bâtiment spécial.

— Et les normes...

— Je les ai étudiées. Nous n'utiliserons pas de pesticides, et le taux de substances nutritives restera inférieur à la limite prévue par la réglementation. J'ai aussi demandé une licence de fabrication et de vente, ajouta Roz tandis que Stella prenait des notes.

— Vous ne m'en avez pas parlé, observa cette dernière.

— Ne le prenez pas mal, dit Roz en reposant sa bouteille après avoir bu une longue gorgée d'eau. Je n'étais pas certaine de vouloir aller au bout de ce projet, mais au cas où, je préférais me débarrasser tout de suite des formalités administratives. C'est une idée que je caresse depuis un certain temps maintenant. J'ai d'abord fait pousser quelques spécimens sur ce terreau, et le résultat m'a pleinement satisfaite. J'ai poursuivi l'expérience à une plus grande échelle, et j'en suis toujours contente. Alors, maintenant, j'aimerais avoir une idée du coût des sacs. Il faudra aussi que la marque de la jardinerie apparaisse dessus. Je veux quelque chose de chic. Je me suis dit que vous pourriez réfléchir à un logo. C'est le genre de chose dans lequel vous excellez. La mention Côté Jardin doit être bien visible et reconnaissable.

— Évidemment, approuva Stella.

— Vous savez ce qui me plairait ?

Roz s'interrompit un instant, le temps de mieux imaginer le produit fini, avant de reprendre :

— J'aimerais des sacs bruns, quelque chose qui évoque la toile. Comme les sacs d'autrefois, vous voyez ? Une matière qui dise : « Voici du bon terreau à l'ancienne, du terreau du Sud. » Avec, par exemple, l'image de jolies fleurs toutes simples style jardin de cottage.

— Pour suggérer l'idée que le produit donnera un jardin facile à cultiver, devina Stella. Je vais m'y mettre tout de suite.

— Alors, je peux compter sur vous pour évaluer les coûts de fabrication et les bénéfices et pour réfléchir avec moi au meilleur angle pour le marketing ?

— Vous savez bien que oui.

— Oui, je le sais. Bon, je vais finir ces boutures et je partirai de bonne heure. Je veux m'avancer un peu dans mes courses de Noël.

— Roz, il est déjà près de 5 heures, annonça Stella.

— 5 heures ? Ce n'est pas possible ! s'exclama Roz en regardant sa montre. Zut. Une fois de plus, je n'ai pas vu le temps passer. Vous savez quoi ? Je m'arrêterai à midi demain. Et si je ne le fais pas spontanément, je vous demande de me mettre dehors.

— Entendu. Bon, il faut que j'y retourne. À tout à l'heure, à la maison.

En rentrant ce soir-là, Roz découvrit des guirlandes lumineuses fixées aux avant-toits, des couronnes de Noël sur toutes les portes, des bougies allumées devant les fenêtres et deux sapins miniatures décorés de minuscules lumières blanches de part et d'autre de l'entrée.

À peine à l'intérieur, elle fut enveloppée par l'atmosphère des fêtes. Des rubans rouges et des guirlandes clignotantes s'enroulaient autour de la rampe du grand escalier, et un poinsettia blanc planté dans un pot rouge vif était posé au pied de chaque colonne. La coupe d'argent de son arrière-grand-mère avait été briquée et garnie de pommes rouges.

Un sapin de trois mètres – prélevé sans aucun doute dans la pépinière de Côté Jardin – avait été dressé dans le salon, et les Père Noël en bois qu'elle collectionnait depuis l'époque où elle attendait Harper disposés sur la cheminée garnie de feuillages verts.

Assis en tailleur au pied de l'arbre, les deux fils de Stella le fixaient d'un regard émerveillé.

— C'est génial, non ? commenta Hayley en faisant rebondir sa petite Lily toute brune sur sa hanche. Vous ne trouvez pas que c'est magnifique ?

— David a dû travailler comme un fou.

— On l'a aidé ! s'écrièrent les garçons en sautant sur leurs pieds.

— Après l'école, on a installé les lumières et tout, raconta Luke, le cadet. Et ensuite, on l'a aidé à faire des cookies et à les décorer.

— On a même monté un autre arbre à l'étage, renchérit son frère, Gavin. Il n'est pas aussi grand que celui-là parce que c'est pour en haut. On va pouvoir le décorer tout seuls. C'est David qui l'a dit, ajouta-t-il en quêtant du regard l'approbation de Roz.

— Alors, ce doit être vrai.

— Il est dans la cuisine, en train de préparer un buffet spécial en l'honneur de notre sapin de Noël, annonça Stella. J'ai l'impression qu'on va faire la fête. Il a déjà donné l'ordre à Logan et Harper d'être là à 7 heures.

— Dans ce cas, je ferais bien d'aller me changer. Mais d'abord, prêtez-moi un peu ce bébé, demanda Roz à Hayley.

Elle tendit les bras pour prendre Lily, qu'elle embrassa dans le cou.

— Qu'est-ce que tu penses de ton premier arbre de Noël, ma petite fille ?

— Elle a déjà essayé de ramper jusqu'à lui quand je l'ai posée par terre, lui apprit Hayley. J'ai hâte de voir sa réaction lorsqu'il sera tout décoré.

— Allez, je me dépêche, dit Roz en embrassant Lily avant de la rendre à sa mère. La température est encore clémente, mais je trouve que nous devrions faire du feu. Et dites à David de préparer un seau à glace et du champagne. Je reviens tout de suite.

Cela faisait trop longtemps qu'il n'y avait pas eu d'enfant dans cette maison pour Noël, songea Roz en montant dans sa chambre. Et voilà que, grâce à la présence de Gavin, Luke et Lily, elle se sentait redevenir elle-même une enfant.

2

Roz, toujours d'humeur festive, alla faire des courses le lendemain après-midi. La jardinerie pouvait bien se passer d'elle une demi-journée. À vrai dire, maintenant que Stella la dirigeait, son entreprise aurait même pu se passer d'elle une semaine. Oui, si l'envie lui en prenait, rien ne l'empêchait désormais de s'offrir de vraies vacances. Depuis combien de temps cela ne lui était-il pas arrivé ? Trois ans, calcula-t-elle.

Mais elle n'en avait pas vraiment envie.

C'était chez elle qu'elle était le plus heureuse. Alors, pourquoi se donner la peine de faire ses bagages et de subir le stress du voyage pour se retrouver ailleurs ?

Quand ses fils étaient petits, elle les emmenait quelque part tous les ans. Disney World, le Grand Canyon, Washington D.C., Bar Harbor... Ils avaient découvert de petites bribes du pays, parfois en choisissant leur destination sur un coup de tête, parfois en prévoyant les choses longtemps à l'avance.

Et puis, il y avait eu ces trois semaines en Europe. Quelle épopée ! Faire ce voyage avec trois jeunes garçons plutôt actifs n'avait pas toujours été simple, mais Roz n'avait jamais regretté cette aventure.

Des détails des vacances d'autrefois lui revenaient. Austin qui avait tant aimé la croisière dans le golfe du Maine, au cours de laquelle ils avaient pu observer des baleines ; Mason qui avait tenu à commander des escargots à Paris ; Harper qui avait réussi à se perdre dans Adventureland...

Elle avait bien voyagé, au cours de sa vie, et elle chérissait ces souvenirs. Mais aujourd'hui, au lieu de prendre des vacances, pourquoi ne pas se concentrer sur d'autres choses ? Le moment était peut-être venu de songer à ajouter une petite boutique de fleuriste à la jardinerie. Évidemment, cela demanderait un autre bâtiment, d'autres fournitures, d'autres employés... Mais c'était une chose à envisager.

Il faudrait qu'elle étudie les chiffres d'un peu plus près, qu'elle voie si l'entreprise pouvait supporter cet investissement. Elle avait engouffré pas mal de ses ressources personnelles dans le lancement de la jardinerie. Mais c'était un risque qu'elle avait dû prendre. La sécurité matérielle de ses enfants avait toujours été sa priorité, ainsi que Harper House, qu'elle avait tout fait pour garder dans la famille.

Et elle y était parvenue, même si, pour cela, elle avait dû jongler, faire preuve de créativité – et passer quelques nuits blanches. Sans doute l'argent n'avait-il jamais été pour elle le problème terrifiant qu'il était souvent pour les gens qui élevaient seuls leurs enfants, mais les choses n'avaient pas toujours été faciles.

Côté Jardin n'avait pas été un caprice, contrairement à ce que certains avaient cru. Elle avait fait ce pari parce qu'elle avait besoin de gagner sa vie.

Mais peu lui importait que les gens l'imaginent riche comme Crésus ou pauvre comme Job. En réalité, elle n'était ni l'un ni l'autre. Avec les ressources dont elle disposait, elle s'était bâti une belle vie, elle avait bâti une belle vie à ses enfants, et c'était l'essentiel.

Alors maintenant, si elle voulait faire quelques folies en jouant au Père Noël, elle en avait bien le droit. Elle l'avait mérité.

Elle se rendit donc au centre commercial avec l'intention de dévaliser le rayon jouets. Comme toujours, à peine entrée, elle se rappela une dizaine de choses dont elle avait besoin, si bien que son chariot était déjà à moitié plein quand elle arriva aux jouets.

Cinq minutes plus tard, elle en était à se demander s'il ne lui faudrait pas un autre Caddie. En s'efforçant de ne pas faire tomber les deux énormes boîtes qu'elle avait posées en équilibre sur la pile de ses autres achats, elle tourna au bout de l'allée... et heurta un autre chariot.

— Désolée. Je n'arrive pas à... Oh, bonjour.

Cela faisait des semaines qu'elle n'avait pas vu le docteur Mitchell Carnegie, le généalogiste qu'elle avait engagé – enfin, plus ou moins – pour identifier le fantôme de Harper House, l'Épouse Harper. Hormis deux ou trois brèves conversations téléphoniques et quelques e-mails de travail, elle n'avait plus eu de contact avec lui depuis qu'il était venu dîner chez elle – et qu'ils avaient vu le fantôme en question. Elle le trouvait intéressant, et il avait gagné son estime en ne disparaissant pas après l'expérience qu'ils avaient tous partagée au printemps précédent.

Il avait toutes les références dont elle estimait avoir besoin, et il ne manquait ni de courage ni d'ouverture d'esprit. Mieux, il ne l'avait encore jamais rasée lors de leurs conversations sur la généalogie et les étapes nécessaires à l'identification de la morte.

Aujourd'hui, il affichait une barbe de plusieurs jours qui donnait une certaine rudesse à son visage, et ses yeux vert bouteille semblaient fatigués et stressés. Ses cheveux avaient besoin d'une bonne coupe.

Il était vêtu à peu près comme la première fois qu'elle l'avait vu, d'un vieux jean et d'une chemise dont il avait roulé les manches. À la différence de celui de Roz, son chariot était vide.

— Au secours, lâcha-t-il du ton d'un homme accroché au flanc d'une falaise par une petite racine qu'il serre entre ses doigts moites.

— Pardon ?

— Six ans. Fille. Anniversaire. Désespéré.

— Ah.

Il avait une voix chaude et agréable, songea Roz en faisant une moue pensive.

— Quel est votre lien avec elle ? s'enquit-elle.

— C'est ma nièce. Un bébé surprise que ma sœur a eu sur le tard. Avant, elle avait eu le bon goût d'avoir deux garçons. Je sais quel genre de cadeau plaît aux garçons.

— Vous auriez pu vous simplifier la vie en demandant à sa mère ce qui lui ferait plaisir, remarqua Roz en abandonnant son Caddie pour s'engager dans l'allée des jouets pour filles.

— Ma sœur est furieuse contre moi parce que j'ai oublié son anniversaire à elle le mois dernier.

— Je vois.

— Écoutez, j'ai tout oublié, le mois dernier. Jusqu'à mon propre nom, deux ou trois fois. Je vous ai dit que je finissais de corriger mon bouquin. J'avais un délai à respecter. Et puis, bon sang, elle a quarante-trois ans ! bougonna-t-il. Ou quarante et un. Quarante-deux, peut-être.

Il se passa les deux mains sur le visage. À l'évidence, il ne savait plus à quel saint se vouer.

— Je croyais que les femmes arrêtaient de fêter leur anniversaire à quarante ans, ajouta-t-il.

— Nous arrêtons peut-être de compter, docteur Carnegie, mais cela ne nous empêche pas d'avoir envie de recevoir un cadeau bien choisi pour l'occasion.

— Voilà qui a le mérite d'être clair, répondit-il en la regardant passer les rayonnages en revue. Et comme vous vous êtes remise à m'appeler « docteur Carnegie », je devine que vous êtes de son côté. Je lui ai envoyé des fleurs, ajouta-t-il d'un air si mécontent qu'elle eut du mal à réprimer un sourire. En retard, je l'avoue, mais je lui ai envoyé deux douzaines de roses. Vous croyez qu'elle m'aurait pardonné ? Je n'ai pas pu aller à Charlotte pour Thanksgiving, d'accord. Est-ce vraiment un crime inqualifiable ?

— J'ai l'impression que votre sœur vous aime énormément.

— Elle va me tuer si je n'achète pas ce cadeau aujourd'hui, oui, et si je ne l'envoie pas par FedEx dès demain.

Roz prit une poupée et la reposa.

— Si je comprends bien, l'anniversaire de votre nièce est demain et vous avez attendu la dernière minute pour chercher un cadeau.

Après un instant de silence, il posa la main sur l'épaule de Roz pour qu'elle se retourne et le regarde.

— Rosalind, vous voulez vraiment m'enfoncer ?

— Désolée. Nous allons trouver quelque chose. Vous n'aurez plus qu'à faire faire le paquet cadeau et à l'envoyer.

— Un paquet-cadeau. Ô Seigneur ! Il faut un paquet cadeau ?

— Bien sûr qu'il en faut un. Et il faudra aussi que vous achetiez une carte. Quelque chose de joli et d'adapté à l'âge de votre nièce. Mmm... ça, ça me plaît bien, déclara-t-elle en tapotant une grande boîte du bout de l'index.

— Qu'est-ce que c'est ?

— Un jeu qui permet de construire sa maison de poupées. Vous voyez, tout est modulable, afin qu'elle puisse créer et recréer des agencements différents. C'est vendu avec des meubles, des poupées et même un petit chien. C'est à la fois amusant et éducatif.

— Génial. Parfait. Merveilleux. Vous me sauvez la vie.

— Vous n'êtes pas un peu loin de chez vous ? s'étonna-t-elle tandis qu'il posait la boîte dans son chariot. Vous habitez dans le centre-ville. Ce ne sont pas les magasins qui manquent, là-bas.

— C'est bien le problème : il y en a trop. Et puis, au moins, ici, on trouve tout au même endroit. Il me fallait aussi... Quoi, déjà ? Ah, oui. De la lessive. Et autre chose... Je l'ai noté, précisa-t-il en sortant son assistant personnel de sa poche.

— Eh bien, je vais vous laisser finir vos courses. N'oubliez pas : du papier cadeau, du ruban, un gros nœud et une jolie carte.

— Attendez, attendez, lui demanda-t-il en se servant du stylet pour compléter sa liste. Un nœud... On peut en acheter un tout fait qu'il suffit de coller sur le paquet, n'est-ce pas ?

— Cela fera l'affaire, oui. Bonne chance.

— Non, attendez, fit-il en rangeant son PDA[1] dans sa poche.

Dans ses yeux verts, l'affolement s'était dissipé, et il fixait à présent sur elle un regard serein.

— Je voulais vous appeler, de toute façon, expliqua-t-il. Vous avez terminé, ici ?

— Pas tout à fait.

— Très bien. Alors, retrouvons-nous aux caisses. Je vous aiderai à charger votre voiture, et ensuite, je vous invite à déjeuner.

---

1. PDA : *Personal Digital Assistant* : assistant personnel. (*N.d.T.*)

— Il est près de 4 heures, observa-t-elle. C'est un peu tard pour déjeuner.

— Ah, fit-il en consultant sa montre d'un air absent. Allons boire un verre, alors. J'aimerais beaucoup parler du projet avec vous.

— Entendu. Il y a un petit bar qui s'appelle *Rosa's*, juste en face. Je vous y retrouve dans une demi-heure.

Mais elle le trouva qui l'attendait aux caisses. Patiemment, semblait-il. Puis il insista pour l'aider à transporter ses achats jusqu'à sa voiture.

— Mon Dieu ! soupira-t-il devant le coffre rempli à ras bord.

— Le shopping est une activité que je pratique rarement, expliqua Roz, alors quand je m'y mets, je fais les choses à fond.

— C'est le moins que l'on puisse dire.

— Nous sommes à moins de trois semaines de Noël, lui rappela-t-elle.

— Ne m'en parlez pas, répondit-il en rangeant le dernier sac. Ma voiture est par là, fit-il avec un geste vague de la main vers la gauche. On se retrouve au bar ?

— Entendu. Merci de votre aide.

À la façon indécise dont il s'éloigna, elle devina qu'il ne savait plus très bien où il était garé. Il aurait dû inscrire le numéro de sa place dans son PDA, songea-t-elle en riant toute seule tandis qu'elle roulait vers le bar.

Elle n'avait rien contre les gens un peu distraits. Selon elle, cela signifiait qu'ils avaient sans doute beaucoup de choses en tête et qu'il leur fallait un tout petit peu plus de temps que les autres pour trouver ce qu'ils cherchaient exactement. De toute façon, elle ne doutait pas de la compétence de Mitchell Carnegie. Elle ne l'avait pas engagé au hasard.

Elle avait fait des recherches sur lui et lu ou parcouru plusieurs de ses livres. Il excellait dans son métier – ce qui expliquait ses tarifs un peu élevés –, il habitait dans la région, et il n'avait pas trop regimbé à l'idée de faire des recherches sur un fantôme.

Elle se gara et entra dans le bar. Sa première idée fut de commander du thé glacé ou du café, mais elle se ravisa. Elle méritait bien un bon verre de vin après son marathon de shopping.

Elle s'assit à une table et, en attendant Mitch, appela la jardinerie de son portable pour prévenir qu'elle ne reviendrait pas tout de suite, sauf si on avait besoin d'elle.

— Tout va bien ici, assura Hayley. Et vous ? Vous avez dévalisé les boutiques ?

— Exactement. Et je suis tombée sur le docteur Carnegie au centre commercial…

— Docteur Canon ? Comment se fait-il que je ne rencontre jamais de beaux gosses au centre commercial ?

— Votre tour viendra, j'en suis sûre. Quoi qu'il en soit, nous allons boire un verre ici et discuter de notre petit projet.

— Super. Vous devriez enchaîner sur le dîner, Roz.

— Il ne s'agit pas d'un rendez-vous, protesta-t-elle, tout en se remettant un peu de rouge à lèvres corail. C'est une rencontre inopinée, précisa-t-elle. S'il y a un problème, quel qu'il soit, appelez-moi. De toute façon, je devrais rentrer d'ici à une heure.

— Ne vous en faites pas. Pour en revenir au docteur Canon, il faut bien que vous mangiez quelque chose ce soir, tous les deux. Alors, pourquoi…

— Le voilà, coupa Roz. À plus tard.

Mitch se glissa sur la banquette en face d'elle.

— Que voulez-vous boire ? s'enquit-il.

Elle commanda un verre de vin, et lui du café noir. Puis il ouvrit la carte et demanda aussi des *antipasti*.

— Il faut reprendre des forces après toutes ces courses, déclara-t-il. Alors, comment allez-vous ?

— Très bien, merci. Et vous ?

— Bien, maintenant que le livre est fini.

— Je me rends compte que je ne vous ai jamais demandé de quoi il s'agissait.

— D'une biographie et d'une étude de l'œuvre de Charles Baudelaire, le poète français.

— Et vous êtes satisfait de votre travail ?

— Oui. Et je suis plus content encore de ne plus vivre jour et nuit avec Baudelaire.

— C'est un peu comme vivre avec un fantôme, non ?

— Jolie transition, commenta-t-il en levant sa tasse de café comme pour porter un toast. Pour commencer, permettez-moi de vous dire que j'apprécie beaucoup la patience dont vous avez fait preuve. J'espérais avoir fini ce livre il y a des semaines, mais une chose en a entraîné une autre et…

— Vous m'avez prévenue dès le début que vous ne seriez pas disponible tout de suite, lui rappela-t-elle.

— Je ne pensais pas que ce serait aussi long, avoua-t-il. Cependant, j'ai pas mal réfléchi à votre cas. D'ailleurs, il aurait été difficile de ne pas le faire après l'expérience du printemps dernier.

— Je n'avais pas prévu cette rencontre avec l'Épouse Harper…

— Vous dites que, depuis, elle s'est tenue tranquille ?

— Elle continue à chanter des berceuses aux garçons et à Lily, mais depuis cette fameuse soirée, aucun de nous ne l'a vue. Et pour tout vous dire, j'ai été plus débordée que patiente. Entre le travail, le mariage de Stella à préparer et la présence du bébé, je n'ai pas chômé. En outre, après cet épisode, il m'a semblé que nous avions besoin de faire une pause.

— Maintenant, j'aimerais m'y mettre. M'y mettre vraiment, ajouta-t-il.

— C'est un heureux hasard que nous nous soyons rencontrés aujourd'hui, parce que je me disais la même chose. De quoi aurez-vous besoin ?

— De tous les documents que vous pourrez réunir : registres, journaux, lettres, histoires familiales... Je vous remercie de m'avoir fait parvenir des copies des photos de famille. Les photos, mais aussi les lettres et les journaux intimes écrits de la main des défunts m'aident à... à m'imprégner des gens sur lesquels j'enquête.

— Je me ferai un plaisir de vous en fournir d'autres.

— Entre deux empoignades avec Baudelaire, je suis tout de même parvenu à effectuer ce que nous appellerons un travail préliminaire. J'ai commencé à tracer l'arbre généalogique de votre famille, à me faire une impression des gens et de leurs liens.

— J'aimerais beaucoup voir ce que ça donne, une fois que vous aurez fini.

— Y a-t-il un endroit où je pourrais travailler, chez vous ? Je ferai le plus gros chez moi, mais je crois que cela pourrait m'être utile d'avoir un bureau ou au moins un espace sur place. Votre maison joue un rôle essentiel dans l'histoire de votre fantôme.

— Cela ne posera aucun problème.

— En ce qui concerne l'Épouse Harper, j'aimerais avoir la liste des noms de tous ceux qui ont eu un contact avec elle, quel qu'il soit. J'aurai besoin de les interroger.

— Entendu.

— Et il me faudra aussi l'autorisation écrite dont nous avions parlé, afin que je puisse accéder aux registres d'état civil, aux certificats de naissance, de mariage, de décès, etc.

— Vous l'aurez.

— Ainsi que votre permission d'utiliser mes recherches et leur éventuel produit dans un livre.

Elle hocha la tête.

— Mais je veux que le manuscrit soit soumis à mon autorisation, précisa-t-elle.

Il lui adressa un charmant sourire.

— Ce ne sera pas le cas, répondit-il.

— Eh bien...

— Si le livre se fait, je vous en enverrai un exemplaire le moment venu. Mais il ne sera pas soumis à votre autorisation.

Il prit un gressin dans le gros verre sur la table et le lui offrit avant de poursuivre :

— Je trouverai ce que je trouverai et j'écrirai ce que j'écrirai. Et si jamais j'écris un livre et qu'il est publié, vous ne me devrez rien pour mes recherches.

Roz s'appuya contre le dossier de sa banquette et prit une profonde inspiration. La beauté nonchalante de Mitch, ses cheveux châtains en bataille et son sourire charmeur cachaient un homme aussi têtu qu'intelligent.

Malheureusement, Roz respectait les hommes intelligents et têtus.

— Et si ce n'est pas le cas ?

— Nous reviendrons à ce que nous étions convenus lors de notre première conversation : les trente premières heures gratuites, puis cinquante dollars de l'heure plus les frais. Nous pouvons faire établir un contrat qui stipule tout cela, proposa-t-il.

— Je crois que ce serait sage.

Lorsque le serveur apporta les *antipasti*, Mitch proposa un second verre de vin à Roz, qu'elle refusa.

— Vous n'aurez pas besoin de la permission des gens que vous allez interroger, si vous décidez de publier un livre dans lequel leurs propos seront rapportés ? s'enquit-elle en prenant distraitement une olive.

— Je me charge de cela. Je peux vous poser une question ? Pourquoi n'avez-vous pas fait cela plus tôt ? Vous vivez dans cette maison depuis toujours, et jusqu'à cette année, vous n'aviez jamais cherché à identifier le fantôme qui y habite avec vous.

Il s'interrompit une seconde et secoua la tête.

— Même après l'expérience du printemps dernier, j'ai peine à croire que cette phrase soit sortie de ma bouche.

— Je ne sais pas bien pourquoi je ne me suis jamais renseignée sur l'Épouse Harper, reconnut Roz. Peut-être que j'étais trop occupée, ou trop habituée à elle. Au fond, je me demande si je n'étais pas... vaccinée. Dans la famille, personne ne s'est jamais soucié d'elle. Je peux vous raconter toutes sortes de détails concernant mes ancêtres, d'amusantes petites anecdotes familiales, des morceaux d'histoire... mais tout le monde s'est toujours désintéressé d'elle. Moi y compris.

— Pourtant, vous avez changé d'avis.

— Oui. Plus je songeais à ce que j'ignorais d'elle, plus j'avais envie de connaître la vérité. Et après l'avoir revue de mes propres yeux cette fameuse nuit de juin dernier, j'ai eu besoin de découvrir son histoire.

— Vous la voyiez quand vous étiez petite ? demanda-t-il.

— Oui. Elle venait dans ma chambre me chanter sa berceuse. Je n'avais pas peur d'elle. Ensuite, comme tous les enfants élevés à Harper House, j'ai cessé de la voir quand j'ai eu une douzaine d'années.

— Mais vous l'avez revue plus tard...

Quelque chose dans le regard de Mitch donnait l'impression à Roz qu'il aurait voulu avoir son calepin ou son Dictaphone sous la main. Il émanait de lui une concentration absolue et intense qu'elle trouvait étonnamment sexy.

— Oui, confirma-t-elle. Elle est revenue à chacune de mes grossesses, comme si elle savait qu'il allait y avoir un autre enfant dans la maison. Il y a eu d'autres occasions, bien entendu... Mais j'imagine que vous préféreriez parler de tout cela dans un cadre plus officiel.

— Pas forcément, mais j'aimerais enregistrer nos conversations à son sujet. Je vais commencer pas poursuivre mes recherches de base. Le nom que Stella a vu écrit sur la vitre était « Amelia ». Je vais donc voir s'il y a une Amelia dans vos archives familiales.

— Je l'ai déjà fait, répondit-elle en haussant les épaules. Dans un premier temps, j'ai espéré que les recherches seraient suffisamment simples pour que je puisse m'en charger moi-même. Et je n'ai trouvé aucune femme portant ce prénom, ni dans les naissances, ni dans les mariages, ni dans les décès. Du moins pas dans les documents que j'ai en ma possession.

— Si cela ne vous ennuie pas, je vais les consulter de nouveau.

— Comme vous voudrez. Vous avez l'air d'être du genre à aller au fond des choses.

— Vous n'imaginez même pas à quel point, Rosalind. Quand j'aurai terminé, vous ne pourrez plus me supporter.

— De mon côté, je suis d'humeur changeante et pas toujours facile à vivre, alors je crois que ce sera réciproque.

Il lui sourit.

— J'avais oublié à quel point vous étiez belle, déclara-t-il.

— Vraiment ?

Son ton d'une politesse neutre le fit éclater de rire.

— D'ordinaire, ce n'est pas le genre de chose que j'oublie. C'est dire l'emprise que Baudelaire a eue sur moi ! Vous voulez savoir ce qu'il faisait dire à la beauté ? « Je trône dans l'azur comme un sphinx incompris / ; J'unis un cœur de neige à la blancheur des cygnes / ; Je hais le mouvement qui déplace les lignes, / Et jamais je ne pleure et jamais je ne ris. »

— Quel homme triste...

— Compliqué, surtout. Et profondément égoïste. Quoi qu'il en soit, vous ne me semblez pas avoir un cœur de neige.

— On voit que vous n'avez pas parlé avec mes fournisseurs.

« Ni avec mon ex-mari », ajouta-t-elle *in petto*.

— Je vais faire établir un contrat, poursuivit-elle, et vous rédiger les autorisations écrites dont vous avez besoin. Quant à votre espace de travail, je pense que le mieux serait que vous vous installiez dans la bibliothèque. Lorsque vous voudrez venir, ou si vous avez besoin de quoi que ce soit, vous n'aurez qu'à m'appeler à l'un des numéros que je vous ai donnés. Et si jamais vous n'arrivez pas à me joindre, vous n'aurez qu'à demander ce qu'il vous faut à Harper ou à David, ou encore à Stella ou à Hayley.

— J'aimerais bien m'y mettre sérieusement dans les jours à venir.

— Entendu. Il faut vraiment que je rentre, maintenant. Merci pour le verre.

— Je vous en prie. C'est bien peu comparé au service que vous m'avez rendu en m'aidant à choisir le cadeau de ma nièce.

— Je pense que cela devrait lui plaire.

Il posa quelques billets sur la table, puis se leva et prit la main de Roz avant qu'elle ait pu se lever toute seule.

— Il y aura quelqu'un chez vous pour vous aider à trimbaler votre cargaison ? s'inquiéta-t-il.

— Oh, vous savez, j'ai déjà transporté des cargaisons plus importantes seule. Cela dit, oui, David sera là.

Il lui lâcha la main, mais la raccompagna à sa voiture.

— Je vous appelle très vite, promit-il en lui ouvrant la portière.

— Avec plaisir. Il faudra que vous me disiez ce que vous avez offert à votre sœur pour Noël.

— Oh, répliqua-t-il avec une grimace de douleur, étiez-vous vraiment obligée de tout gâcher ?

En riant, elle claqua la portière, puis baissa la vitre.

— Il y a de magnifiques pulls en cachemire chez Dillard. Un frère qui en offrirait un à sa sœur pour Noël serait aussitôt pardonné d'avoir oublié son anniversaire.

— C'est garanti ?

— De la part d'un mari ou d'un amant, il vaudrait mieux quelque chose qui brille. Mais de la part d'un frère, un cachemire est le cadeau idéal. Promis.

— Dillard, mmm ?

— Dillard, répéta-t-elle en mettant le moteur en marche. Au revoir.

— Au revoir.

Roz démarra. En s'éloignant, elle jeta un coup d'œil dans le rétroviseur. Il était toujours là, les mains dans les poches.

Hayley avait raison : il était canon.

Une fois rentrée, elle sortit un premier chargement qu'elle monta directement dans l'aile qu'elle occupait. Après un instant de réflexion, elle posa les paquets dans son salon privé et descendit en chercher d'autres.

Dans la cuisine, elle entendait les fils de Stella raconter leur journée à David. Mieux valait qu'elle range tous les cadeaux avant qu'ils se rendent compte qu'elle était rentrée.

Quand elle eut fini, elle resta au milieu du salon, à regarder autour d'elle.

Effectivement, elle n'y était pas allée de main morte. Maintenant qu'elle voyait tous ses achats empilés, elle comprenait pourquoi Mitch avait ouvert de grands yeux. Avec tout ce qu'elle avait acheté dans l'après-midi, elle aurait pu ouvrir un magasin.

Comment allait-elle faire pour emballer tout cela ?

« On verra cela plus tard », décida-t-elle en se passant les deux mains dans les cheveux. Pour l'instant, elle allait appeler son avocat – chez lui, c'était l'avantage de le connaître depuis le lycée – pour lui demander de préparer le contrat de Mitch.

Comme ils étaient de vieilles connaissances, la conversation prit deux fois plus de temps que nécessaire. Après avoir raccroché, elle remit un semblant d'ordre dans son salon et descendit. La maison était de nouveau silencieuse.

Hayley devait être en haut avec Lily, et Stella avec ses fils. Quant à David, il lui avait laissé un mot sur la table de la cuisine : il était parti à la salle de sport.

Elle mangea une part de la tourte à la viande qu'il avait laissée pour elle et sortit faire une promenade dans le jardin. Il y avait de la lumière chez Harper. David l'avait sûrement appelé pour le prévenir qu'il avait fait de la tourte – l'un de ses plats préférés. S'il en voulait, il savait où la trouver.

Elle rentra sans faire de bruit et se resservit un verre de vin. Elle allait prendre un bon bain bien chaud, décida-t-elle.

Mais en remontant, elle surprit un mouvement dans son salon. Elle s'approcha de la porte, tout le corps en alerte, et se détendit en découvrant Stella.

— Vous m'avez fichu la trouille, dit Roz.

Cette fois, ce fut Stella qui sursauta. Elle se retourna en portant la main à son cœur.

— Mon Dieu ! s'exclama-t-elle. Je pensais que vous étiez dans votre chambre. Je suis passée voir si vous vouliez que nous regardions le rapport hebdomadaire… et je suis tombée là-dessus, expliqua-t-elle en désignant les boîtes et les sacs rangés le long du mur. Roz, vous avez acheté le centre commercial ?

— Presque, concéda-t-elle. Si bien que je ne suis pas vraiment d'humeur à me pencher sur le rapport hebdomadaire. Ce dont j'ai envie, c'est de ce verre de vin et d'un long bain chaud.

— Manifestement, vous les méritez. On pourra voir le rapport demain. Ah, et si vous avez besoin d'aide pour emballer tout ça…

— Je vous prends au mot.

— Faites-moi signe un soir, quand les enfants seront couchés, suggéra Stella. Au fait, Hayley m'a dit que vous aviez bu un verre avec le docteur Carnegie…

— Oui. Je suis tombée sur lui au centre commercial. Il a fini son livre et semble impatient de se mettre à notre projet. Il va vouloir vous parler, ainsi qu'à Hayley, entre autres. Cela ne vous pose pas de problème, j'espère ?

— Bien sûr que non. J'avoue que moi aussi, je suis impatiente qu'on reprenne les recherches sur Amelia. Bon, je vous laisse prendre votre bain. À demain matin.

— Bonsoir.

Roz se rendit dans sa chambre et ferma la porte. Dans sa salle de bains, elle fit couler de l'eau dans la baignoire, ajouta du bain moussant et des sels et alluma des bougies. Pour une fois, elle n'allait pas profiter de ce moment de calme pour lire des revues de jardinage ou de gestion. Elle allait se contenter de se détendre. « Tiens, décida-t-elle, je vais même me faire un masque. »

À la seule lumière des bougies, elle se coula dans l'eau parfumée et poussa un profond soupir de satisfaction. Elle but une gorgée de vin, posa son verre sur le rebord de la baignoire et s'immergea jusqu'au menton.

Pourquoi ne faisait-elle pas cela plus souvent ?

Elle sortit une de ses mains de la mousse et l'examina. Elle était longue et fine, durcie par le travail. Ses ongles courts n'étaient pas vernis. Pourquoi se donner cette peine alors qu'elle grattait la terre toute la journée ?

Elle avait des mains fortes et habiles, et cela se voyait. Elle ne portait pas de bagues.

Elle souleva ensuite les pieds pour sortir les orteils de l'eau et sourit. Cette semaine, elle s'était verni les ongles de pied d'un violet métallique. La plupart du temps, ils étaient cachés dans de grosses chaussettes et des bottes, mais elle savait qu'elle avait des doigts de pied sexy. C'était le genre de petit détail qui l'aidait à se rappeler qu'elle était une femme.

Ses seins n'étaient plus aussi hauts et fermes qu'autrefois. Heureusement qu'ils étaient petits ; ainsi, ils ne s'étaient pas trop affaissés.

Si elle ne se souciait guère de l'état de ses mains, elle prenait grand soin de sa peau, même si, hélas, elle ne pouvait empêcher complètement les rides d'apparaître. Elle faisait aussi le nécessaire pour ne pas laisser ses cheveux devenir poivre et sel. Ce n'était pas parce qu'elle approchait désormais de la cinquantaine qu'elle ne devait pas faire tout son possible pour résister aux outrages du temps.

Elle avait été belle dans sa jeunesse, à l'âge où elle avait épousé John. Aujourd'hui, quand elle regardait les photos de cette époque, elle avait l'impression de voir une inconnue.

Elle se souvenait à peine de celle qu'elle était alors... Cela faisait vingt-sept ans, songea-t-elle. Elle n'avait pas vu les années passer.

Depuis combien de temps un homme ne lui avait-il pas dit qu'elle était belle ? Oh, Bryce l'avait fait – mais il lui avait débité tant de mensonges...

Mitch, lui, l'avait dit de but en blanc, presque avec désinvolture. Il était plus facile de croire à sa sincérité.

Mais qu'est-ce que cela pouvait lui faire ? se demanda-t-elle en secouant la tête, avant de boire une gorgée de vin.

Ah, les hommes... Pourquoi se mettait-elle soudain à y penser ?

Parce qu'elle n'avait personne à qui montrer ses orteils si sexy, songea-t-elle avec un rire étouffé. Personne pour la toucher comme elle aimait être touchée. Personne pour la prendre dans ses bras la nuit.

En général, son célibat ne la faisait pas souffrir, même si, de temps à autre, la solitude lui pesait un peu. Et c'était peut-être le cas ce soir parce qu'elle avait passé une heure à parler avec un homme séduisant...

Lorsque l'eau tiédit, elle sortit du bain. Elle se sécha et se passa de la crème hydratante sur le corps avant d'enfiler son peignoir et de retourner dans sa chambre.

Elle sentit le froid avant même de voir la silhouette qui se tenait devant la porte-fenêtre.

Cette fois, ce n'était pas Stella. L'Épouse Harper était là, dans sa robe grise toute simple, ses cheveux coiffés en une couronne de boucles brillantes.

Roz dut avaler sa salive pour parler d'une voix normale.

— Cela fait un moment que tu n'es pas venue me voir, remarqua-t-elle. Je sais que je ne suis pas enceinte, alors ce n'est pas la raison de ta visite. Amelia ? Tu t'appelles bien Amelia ?

Le fantôme ne dit rien – Roz n'attendait d'ailleurs pas vraiment de réponse –, mais lui adressa un sourire fugitif avant de disparaître.

— Eh bien, fit Roz tout haut, en se frictionnant les bras pour se réchauffer, j'imagine que c'est ta façon de me dire que tu es contente que nous nous soyons remis au travail.

Elle se rendit dans le salon et prit sur son bureau le calendrier qu'elle avait commencé à annoter l'hiver précédent. Elle inscrivit l'apparition à la date du jour.

Le docteur Carnegie la féliciterait certainement de les avoir toutes consignées.

3

Il n'avait jamais été très calé en jardinage – sans doute parce qu'il avait toujours habité en appartement. Mais cela ne l'empêchait pas d'aimer les plantes et les fleurs et d'admirer ceux qui savaient s'en occuper.

Manifestement, Rosalind Harper était experte en la matière.

Il avait vu une partie du jardin de sa propriété au mois de juin. Cependant, sa grâce et sa beauté avaient été éclipsées par sa rencontre avec le fantôme – l'Épouse Harper, comme ils l'appelaient.

Il avait toujours cru qu'il pouvait subsister quelque chose des êtres humains après leur mort. Sinon, d'où lui serait venue cette attirance pour l'histoire, pour la généalogie et ses ramifications complexes ? Il savait qu'un esprit pouvait avoir un impact et une influence sur des générations, parfois pendant des siècles.

En revanche, il n'avait jamais cru à la présence physique des esprits.

Et il s'était trompé. Maintenant, il le savait.

Il était difficile pour un universitaire comme lui de trouver une explication logique à une chose aussi peu rationnelle qu'un fantôme. Pourtant, il avait senti et il avait vu. Il ne pouvait nier les faits.

Force lui était d'admettre qu'à présent, il était pris par cette enquête. Son livre achevé, il pouvait désormais consacrer son énergie, son temps et ses compétences à l'identification de l'esprit qui, semblait-il, hantait Harper House depuis plus d'un siècle. Encore quelques formalités légales, et il s'y mettrait.

Il s'engagea sur le parking de Côté Jardin et s'étonna qu'un endroit qui devait être au faîte de sa beauté au printemps et en été être aussi agréable et accueillant en décembre.

Le ciel était chargé de nuages, et une affreuse pluie glacée allait certainement tomber d'ici à la fin de la journée. Pourtant, des végétaux poussaient encore. Il ne savait pas ce que c'était, mais ils étaient beaux. Il remarqua des buissons d'un brun roux, des arbustes au feuillage argenté persistant et aux grosses baies, et des pensées de toutes les couleurs – elles, au moins, il les reconnaissait.

Il y avait là des piles de matériaux qui devaient servir pour le jardinage et les aménagements paysagers. Des plantes visiblement résistantes au froid étaient disposées sur de longues tables à côté d'une petite forêt d'arbres et d'arbustes.

Un porche abritait la porte d'entrée de la jardinerie, un bâtiment long et bas. Il était décoré de poinsettias et d'un petit arbre de Noël orné de guirlandes clignotantes.

Il y avait d'autres voitures sur le parking. Deux hommes chargeaient dans une camionnette un arbre dont les racines emballées dans de la toile formaient une énorme boule. Une femme poussait un chariot rouge rempli de poinsettias et de sacs.

Mitch monta les quelques marches du porche et entra dans la jardinerie. Il y avait beaucoup d'articles, remarqua-t-il. Plus qu'il ne s'y attendait. Des pots, des tuteurs décoratifs, des sapins miniatures déjà décorés à poser sur une table ou une console, des livres, des graines, des outils. Certains étaient assemblés en paniers-cadeaux. Bonne idée.

Oubliant son intention de partir immédiatement à la recherche de Roz, il se promena dans le magasin. Lorsqu'un employé lui demanda s'il avait besoin de quelque chose, il se contenta de secouer la tête en souriant avant de continuer sa promenade.

C'était fou ce qu'il avait dû falloir comme temps, comme travail, comme compétences et surtout comme courage pour créer un tel endroit, songea-t-il en étudiant les étagères des engrais et des pesticides.

Ce n'était pas un hobby ni une petite entreprise qu'une aristocrate du Sud avait fondée pour s'occuper. Non, c'était une affaire tout à fait sérieuse. Encore une facette de la personnalité de Rosalind Harper qu'il était loin de cerner.

La belle, l'énigmatique Rosalind… Quel homme n'aurait pas rêvé de découvrir qui elle était vraiment ?

Au fond, il devait une fière chandelle à sa sœur et à sa nièce : c'était grâce à elles qu'il s'était rendu au centre commercial, qu'il était tombé sur Roz et qu'il avait passé une heure en tête à tête avec elle. Cela faisait des mois qu'il n'avait rien vécu d'aussi captivant sur le plan personnel.

Il n'était donc pas surprenant qu'il espère vivre d'autres moments de ce genre, ni qu'il soit venu à la jardinerie pour tenter de la connaître un peu mieux.

Il franchit une large porte vitrée et se retrouva dans une forêt exotique de plantes d'intérieur. Il y avait aussi des fontaines de jardin, des paniers garnis de fougères ou de plantes grimpantes suspendus à des crochets.

Une autre porte s'ouvrait sur une espèce de serre dans laquelle étaient alignées des dizaines de longues tables de bois. La plupart étaient vides, mais sur certaines étaient posées des plantes qu'il ne reconnut pas. Toutefois, constata-t-il, une étiquette stipulait qu'elles étaient robustes et supportaient l'hiver.

Il hésitait entre poursuivre sa visite et rebrousser chemin et demander à voir Roz quand le fils de celle-ci, Harper, entra dans la serre.

— Bonjour, dit-il. Puis-je faire quelque chose pour vous ? Oh ! reprit-il chaleureusement en reconnaissant Mitch. Docteur Carnegie.

— Je vous en prie, appelez-moi Mitch, corrigea-t-il en lui serrant la main. Ça me fait plaisir de vous voir, Harper.

— Moi aussi. Sacré match contre Little Rock, la semaine dernière.

— N'est-ce pas ? Vous y étiez ?

— J'ai raté le premier quart-temps, mais les deux derniers ont été fantastiques. Josh a vraiment dominé le match.

— Il a bien joué, reconnut Mitch, très fier de son fils. Ils vont jouer contre le Missouri, cette semaine. Je vais devoir regarder ça à la télévision.

— Moi aussi. Quand vous verrez Josh, dites-lui de ma part que ce panier à trois points dans les cinq dernières minutes était magnifique.

— Je n'y manquerai pas.

— Vous cherchez quelque chose ou quelqu'un ? s'enquit Harper.

— Quelqu'un. Votre mère, pour être précis.

Harper avait les yeux de Roz, remarqua Mitch, sa bouche et son teint.

— Je faisais un petit tour avant d'aller la trouver. Je suis très impressionné par cet endroit, ajouta-t-il en regardant autour de lui, les mains dans les poches.

— Ça marche bien, répondit Harper avec un sourire. J'étais avec ma mère il y a cinq minutes. Je l'ai laissée dans la salle de multiplication. Je vous y conduis, si vous voulez.

— Volontiers. Je ne me doutais pas qu'il y avait une telle activité dans une jardinerie à cette époque de l'année.

— On ne chôme jamais lorsqu'on s'occupe de jardinage ou d'aménagements paysagers. En ce moment, il y a tout ce qui concerne les fêtes, et nous préparons déjà les plantes pour le mois de mars.

Ils sortirent. Mitch s'arrêta pour regarder autour de lui. Les serres longues et basses étaient disposées en deux zones séparées par un large espace où d'autres tables étaient disposées sous abri. Derrière, dans le champ, quelqu'un pilotait une machine pour déterrer un sapin – à moins que ce ne soit un pin ou un épicéa. Comment faire la différence ?

Il aperçut un petit étang, un ruisseau et, derrière, les bois qui se dressaient entre l'entreprise et la maison.

— Waouh ! fit-il, impressionné. Je ne pensais pas que c'était aussi grand.

— Ma mère ne fait jamais les choses à moitié. C'était un peu moins étendu au début. Nous avons ajouté deux serres et agrandi le magasin il y a deux ans.

C'était plus qu'une entreprise, comprit Mitch. C'était une vie.

— Cela doit représenter un travail considérable, devina-t-il.

— C'est vrai. Il faut aimer cela.

— C'est votre cas ?

— Oui. Tenez, voilà mon domaine, dit Harper en lui montrant un bâtiment. La salle de greffage. En règle générale, je m'occupe principalement des greffes et des multiplications. Parfois, je suis arraché à mon antre par d'autres tâches – comme, en cette saison, les arbres de Noël. À vrai dire, j'allais m'arrêter une dizaine de minutes avant de retourner dans la pépinière quand je vous ai rencontré. Voilà la zone de multiplication, ajouta-t-il en la lui désignant, tandis qu'il commençait à pleuvoir. Depuis que nous avons Stella, ma mère y passe presque tout son temps.

— Dans ce cas, je devrais parvenir à la trouver. Allez donc profiter de ce qui reste de votre pause.

— Il vaut mieux que j'aille directement dans la pépinière, répondit Harper en baissant la visière de sa casquette. Je vais me dépêcher de rentrer des arbres avant que la pluie ne fasse fuir les clients. À plus tard.

Il partit au petit trot et allait tourner vers la pépinière quand Hayley, qui arrivait vers lui en courant, l'arrêta.

— Attends ! Harper, attends une seconde...

Il s'arrêta et releva sa visière pour mieux la voir. Elle portait un jean, une veste courte, en jean également, et une des casquettes Côté Jardin que Stella avait fait faire pour les employés.

— Seigneur, Hayley ! Va te mettre à l'abri. Il va tomber des trombes d'eau d'une minute à l'autre.

— C'était le docteur Carnegie ? demanda-t-elle.

— Oui. Il cherchait la patronne.

— Et tu l'as conduit à la salle de multiplication ? fit-elle en haussant le ton pour se faire entendre par-dessus la pluie. Tu es débile ou quoi ?

— Pourquoi ? Il cherchait ma mère, et je sais qu'elle est dans la salle de multiplication : je l'y ai laissée il y a cinq minutes.

— Alors, toi, tu l'as conduit directement là-bas ? Sans le dire à Roz ? s'écria-t-elle en agitant les bras.

— Lui dire quoi ?

— Qu'il était là, enfin ! Et maintenant, il va la trouver transpirante, pleine de terre, sans maquillage et avec de vieux vêtements sales. Tu n'aurais pas pu le faire patienter cinq minutes et la prévenir ?

— La prévenir de quoi ? Elle est comme d'habitude. Qu'est-ce que ça peut faire ?

— Si tu ne le sais pas, c'est que tu es idiot. De toute façon, il est trop tard, maintenant. Un de ces jours, Harper Ashby, il va falloir que tu te serves un peu de ce cerveau unique que les hommes se passent les uns aux autres.

— M... alors, lâcha-t-il après que Hayley lui eut donné un coup de poing dans le bras et qu'elle fut repartie en courant vers la jardinerie.

Mitch courut se mettre à l'abri dans la salle de multiplication. Dire que la zone des plantes d'intérieur lui avait paru exotique ! Ce n'était rien par rapport à celle-ci. La salle semblait grouiller de plantes de toutes sortes à différents stades de développement. La chaleur humide, presque tropicale, qui régnait là, associée au martèlement de la pluie sur le toit, lui donnait l'impression d'être entré dans un monde imaginaire.

L'air était chargé de l'odeur des plantes et de la terre. Il y avait de la musique – ni classique, ni New Age, mais un entre-deux étrange et agréable. La pièce était équipée de tables, d'outils, de seaux et de sacs. De petits godets noirs abritaient la croissance de petites choses délicates.

Enfin, il remarqua Roz, à l'autre bout de la salle. Elle travaillait, le dos tourné à lui.

Elle avait une nuque magnifique, songea-t-il. C'était sans doute une pensée bizarre et un peu ridicule, mais le fait était que ses mèches courtes et raides mettaient parfaitement en valeur sa longue nuque ravissante.

D'ailleurs, tout chez elle était long et ravissant : ses jambes, ses bras, ses mains... Pour l'heure, son corps fascinant était camouflé par un pantalon trop large et un sweat-shirt informe dont elle avait remonté les manches. Cependant, il se rappelait parfaitement sa silhouette élancée.

Tout comme il se rappelait parfaitement, sans qu'elle ait besoin de se retourner, que ses yeux avaient eux aussi une forme allongée, qu'ils étaient bordés de longs cils et que leur couleur ambre le captivait.

— Excusez-moi, dit-il lorsqu'elle pivota face à lui. Je vous dérange.

— Ne vous en faites pas. Mais je ne m'attendais pas à vous voir ici.

— J'ai reçu le contrat, alors j'ai pensé faire un saut ici pour vous dire que je l'avais signé et renvoyé à votre avocat. Et puis, c'était l'occasion de découvrir votre jardinerie. Et je dois dire que même si je ne connais absolument rien au jardinage, je suis extrêmement impressionné.

— Merci.

Il regarda sa table de travail. Des pots y étaient alignés, certains vides, d'autres garnis de terre et de petites feuilles vertes.

— Qu'est-ce que c'est ? s'enquit-il.

— De jeunes plants que je rempote, expliqua-t-elle. Des célosies.

— Je n'ai aucune idée de ce que c'est, avoua-t-il.

— Je suis sûre que vous en avez déjà vu, assura-t-elle en se frottant distraitement la joue, y laissant une traînée de terre au passage. Leurs fleurs ressemblent à de petits plumeaux de couleurs vives. Le rouge est particulièrement populaire.

— D'accord. Et pourquoi les mettez-vous dans ces pots ?

— Parce qu'elles n'aiment pas beaucoup qu'on dérange leurs racines une fois qu'elles sont installées. Je les plante assez jeunes dans les pots dans lesquels elles fleuriront et seront vendues au printemps. De cette façon, elles n'auront à subir qu'une seule transplantation, lorsqu'elles seront mises en place chez les clients... Mais je suppose que cela ne vous intéresse pas tant que cela.

— Si. Je ne l'aurais pas cru, mais c'est comme découvrir un nouveau monde. Et cela, qu'est-ce que c'est ?

Elle haussa les sourcils d'un air surpris.

— Là, ce sont des matthioles, que l'on appelle aussi giroflées des jardins ou violiers. Elles sont très parfumées. Elles fleuriront au printemps. En règle générale, les clients préfèrent acheter des plantes en fleurs. J'organise donc mes multiplications de façon à leur donner le choix entre plusieurs stades de floraison. Ici, c'est la zone des plantes annuelles. Je m'occupe des vivaces là-bas.

— Comment se fait-il que vous soyez capable de reconnaître les... les célosies des giroflées à ce stade de leur croissance ? Est-ce un don naturel que vous avez, ou vous a-t-il fallu des années d'études ?

— Un peu des deux, mais c'est surtout de l'amour et beaucoup d'expérience de terrain. Je jardine depuis que je suis toute petite. Je me souviens que ma grand-mère – côté Harper – posait ses mains sur les miennes pour me montrer comment tasser le terreau autour d'une plante. Presque tous mes souvenirs d'elle ont pour cadre le jardin de Harper House.

— Elizabeth McKinnon Harper, l'épouse de Reginald Harper Junior.

— Vous avez bonne mémoire.

— J'ai passé pas mal de temps sur les documents que vous m'avez envoyés. Comment était votre grand-mère ?

— Gentille et patiente, sauf quand on l'agaçait, se rappela-t-elle avec un sourire nostalgique. Là, elle devenait redoutable. On l'appelait Lizzie ou Lizzibeth.

Elle portait toujours un pantalon d'homme, une vieille chemise bleue et un drôle de chapeau de paille – les femmes du Sud d'un certain âge portent toutes un drôle de chapeau de paille pour jardiner, c'est une espèce de code vestimentaire. Elle sentait l'eucalyptus et le pouliot qu'elle utilisait comme insectifuge. Je me sers toujours de sa recette aujourd'hui. Cela fait près de trente ans qu'elle est morte, et elle me manque encore, ajouta-t-elle en prenant un pot. Elle s'est endormie sur sa balancelle par une chaude journée de juillet. Elle s'était assise pour se reposer après avoir ôté les fleurs fanées des massifs. Elle ne s'est pas réveillée. Je trouve que c'est une très belle mort.

— Quel âge avait-elle ?

— Eh bien, elle prétendait avoir soixante-seize ans, mais en réalité, elle en avait quatre-vingt-quatre. Elle a eu mon père assez tard – comme lui m'a eue tard. J'ai en quelque sorte rompu avec la tradition familiale des Harper en ayant mes enfants jeune.

— Vous a-t-elle jamais parlé de l'Épouse Harper ?

— Oui, répondit Roz en se remettant au travail. Certes, n'étant pas née Harper, elle n'avait pas été élevée à Harper House. Mais elle affirmait avoir vu le fantôme quand elle était venue vivre ici, à la mort de mon arrière-grand-père. Bien entendu, mon grand-père Harper a passé son enfance ici. Si nos calculs sont bons, il devait être bébé au moment de la mort d'Amelia. Mais il est mort quand j'avais huit ans, et je ne me rappelle pas l'avoir entendu parler d'elle.

— Et vos parents ? Les autres membres de votre famille ?

— Maintenant que j'y pense, je me rends compte que mon père n'en a jamais beaucoup parlé. C'est peut-être un trait de caractère des hommes Harper. Quant à ma mère, c'était le genre de femme qui aime vivre un psychodrame permanent. Elle prétendait avoir souvent vu le fantôme et en faisait toute une histoire. Mais elle faisait des histoires à tout propos.

— Est-ce que votre grand-mère ou elle tenait un journal intime ?

— Oui, toutes les deux. Encore une tradition familiale que je n'ai pas suivie... Ma grand-mère s'est installée dans la maison d'amis quand mon père s'est marié et est venu vivre à Harper House avec sa femme. À sa mort, il a fait le tri parmi ses affaires. Je me souviens de lui avoir demandé s'il avait trouvé ses journaux, mais il m'a dit qu'ils n'étaient plus là. J'ignore ce qu'ils sont devenus. En revanche, j'ai ceux de ma mère. Vous pouvez les consulter, mais je ne sais pas si vous y trouverez quelque chose de pertinent.

— On ne sait jamais. Vous avez des oncles, des tantes ? Des cousins ?

— Oh, des quantités. Il y a quelques années, la sœur de ma mère a épousé en troisièmes noces un lord anglais. Elle vit dans le Sussex et nous ne nous voyons pas beaucoup. Elle a des enfants de ses deux premiers mariages, et ils ont eux-mêmes des enfants. Mon père était fils unique, mais son père à lui avait quatre sœurs aînées – les filles de Reginald.

— Oui. Elles figurent sur ma liste.

— Je ne me souviens pas de toutes, mais elles ont eu des enfants toutes les quatre. Voyons... Il y avait Frank et Esther – qui sont morts tous les deux depuis des années – et leurs enfants, bien sûr. Ah, oui. Lucerne, Bobby et Miranda. Bobby a été tué lors de la Seconde Guerre mondiale, et Lucerne et Miranda ne sont plus de ce monde non plus. Cependant, ils ont tous eu des enfants, et certains en ont eu à leur tour. Mmm... Owen, Yancy et Marylou. Marylou est encore en vie, mais elle souffre de démence et ce sont ses enfants qui s'occupent d'elle. Quant à Yancy, j'ignore où il est aujourd'hui. Il est parti il y a des années pour rejoindre une troupe de théâtre ambulant, et personne n'a plus entendu parler de lui depuis. La dernière fois que j'ai eu des nouvelles d'Owen, il était prêcheur apocalyptique à Macon, en Géorgie. Je peux vous assurer qu'il ne croit pas à l'existence des fantômes.

— Allez savoir...

Elle fit une moue évasive avant de poursuivre :

— Et il y a aussi ma cousine Clarise, qui ne s'est jamais mariée. Elle est parvenue à vivre très vieille : l'amertume, ça doit conserver. Elle habite dans une résidence pour personnes âgées de l'autre côté de la ville. Elle ne m'adresse pas la parole.

— Pourquoi ?

— Vous êtes bien curieux...

— Cela fait partie de mon travail.

— Je ne sais pas précisément pourquoi elle a cessé de me parler. Si mes souvenirs sont bons, cela ne lui a pas plu que mes grands-parents nous laissent tout, à mon père et à moi. Mais après tout, c'étaient mes grands-parents, les parents de mon père, et elle n'était que leur nièce. Elle est venue me rendre visite quand les garçons étaient petits. Je crois que c'est à ce moment-là que nous nous sommes brouillées, en fait. Elle n'a pas apprécié la façon dont j'élevais mes fils, et moi, je n'ai pas apprécié ses critiques à leur encontre ni au mien.

— Avant ce froid, vous avait-elle parlé du fantôme ?

— Non, je ne crois pas. Ses conversations étaient surtout faites de plaintes et d'observations agacées. Et je sais aussi qu'elle a chapardé des objets dans la maison. De petites choses ici et là. Je ne peux pas dire que je regrette notre fâcherie.

— Pensez-vous qu'elle me parlerait, à moi ?

Roz se tourna vers lui et l'observa, pensive.

— Peut-être, surtout si elle croit que je préférerais qu'elle ne le fasse pas. Si vous décidez d'aller voir cette vieille chouette, n'oubliez surtout pas de lui apporter des fleurs et des chocolats. Si ce sont des Godiva, vous marquerez des points. Montrez-vous sous votre jour le plus charmant. Et appelez-la « mademoiselle Harper » tant qu'elle ne vous priera pas de faire autrement. Elle utilise notre nom et elle est très à cheval sur les principes. Elle vous demandera de lui parler de votre famille ; si vous avez un ancêtre qui a fait la guerre de Sécession, n'hésitez surtout pas à le mentionner. En revanche, évitez d'évoquer des ancêtres yankees si vous en avez.

— Je vois le genre, assura-t-il en riant. J'ai une grand-tante qui est faite sur le même moule.

Elle prit deux bouteilles d'eau dans une glacière sous la table et en tendit une à Mitch.

— Vous avez l'air d'avoir chaud, observa-t-elle. Je suis tellement habituée à la température de la serre que je ne m'en rends même plus compte.

— Ce doit être à force de travailler dans cette ambiance humide et chaude que vous avez pris ce teint de rose anglaise, commenta-t-il en lui passant un doigt distrait sur la joue.

Devant son haussement de sourcils, il recula d'un pas.

— Excusez-moi. Vous aviez un peu de terre…

— Cela aussi, j'y suis habituée.

— Alors, reprit-il en gardant soigneusement ses distances, d'après ce que j'ai pu voir l'autre jour, vous devez être fin prête pour Noël.

— Presque. Et vous ?

— Oh, non ! Même si je vous dois une fière chandelle, encore une, pour le cadeau de ma sœur.

— Vous avez pris un cachemire, alors ?

— Oui. Quelque chose que la vendeuse a appelé un twin-set. Elle m'a dit qu'une femme n'en avait jamais trop.

— Elle a tout à fait raison.

— Parfait. Je vais essayer de m'occuper du reste dans les jours qui viennent. Il va falloir que je ressorte le sapin, que je me batte avec les lumières…

— Que vous ressortiez le sapin ? répéta-t-elle d'un air mi-apitoyé, mi-moqueur. Cela signifie que vous utilisez un arbre en plastique ?

— C'est plus simple quand on habite un appartement, expliqua-t-il en souriant et en glissant les mains dans ses poches.

— Et cela vaut sans doute mieux, si on en juge par l'état de ce malheureux dieffenbachia.

— L'état de ce malheureux quoi ?

— La plante que vous étiez en train de tuer à petit feu. Celle que je vous ai prise la première fois que je suis venue chez vous.

— Ah. Ah, oui.

Le jour où elle portait cet élégant tailleur et ces talons hauts qui lui faisaient des jambes interminables, se rappela-t-il.

— Comment va-t-elle ? s'enquit-il.

— Bien, maintenant, mais je ne pense pas vous la rendre.

— Je pourrais peut-être venir la voir de temps en temps ? suggéra-t-il.

— Cela doit pouvoir se faire. Nous donnons une fête à la maison samedi en huit, à 9 heures. Vous êtes le bienvenu si cela vous dit. Et bien entendu, n'hésitez pas à venir accompagné.

— Merci, j'accepte avec grand plaisir. Cela ne vous ennuie pas si je passe chez vous maintenant pour jeter un coup d'œil à la bibliothèque et peut-être commencer à travailler un peu ?

— Non, pas du tout. Je vais appeler David pour le prévenir que vous arrivez.

— Merci. Alors, j'y vais. Merci de m'avoir consacré un peu de votre temps.

— Je n'en manque pas.

Ce n'était pas l'impression de Mitch.

— Je vous appelle plus tard, dit-il.

Quand il fut parti, Roz posa ses outils pour boire de longues gorgées d'eau à la bouteille. Elle n'avait rien d'une jeune écervelée troublée par le moindre contact d'une main d'homme sur sa peau. Mais elle avait senti une étrange douceur dans le frôlement des doigts de Mitch sur sa joue et dans son regard quand il l'avait touchée.

Une rose anglaise, se rappela-t-elle en laissant échapper un petit rire. Autrefois, il y avait de cela bien longtemps, elle avait pu donner cette apparence de fragilité et de fraîcheur. Aujourd'hui, elle était plus robuste et plus forte.

Ce qui lui convenait parfaitement, décida-t-elle en se remettant au travail.

Malgré la pluie qui tombait dru, Mitch fit le tour des bâtiments – et en conçut plus de respect encore pour Roz. Dire qu'elle avait accompli cela presque toute seule ! Certes, la fortune des Harper l'avait aidée, mais il ne fallait pas que de l'argent pour bâtir une telle entreprise. Il fallait aussi, surtout, du courage, un esprit visionnaire et beaucoup de travail.

Était-ce vraiment lui qui avait utilisé cette comparaison éculée et un peu ridicule pour parler de son teint ? Une rose anglaise ! songea-t-il en secouant la tête. Elle avait dû entendre cela des dizaines de fois.

Et l'image n'était même pas particulièrement bien choisie. Roz n'avait pas la fragilité d'une rose anglaise. C'était plutôt une rose noire, décida-t-il.

Longue, fine et exotique. Un peu hautaine… et très sexy.

Durant cette conversation, il en avait appris beaucoup sur sa vie. Et sur elle. Très jeune, elle avait perdu un être qu'elle aimait énormément – sa grand-mère. Elle n'avait pas été très proche de ses parents, qu'elle avait également perdus, et elle n'entretenait pas de relations particulières avec le reste de sa famille.

Hormis ses fils, elle n'avait personne. Et après la mort de son mari, elle n'avait pu compter que sur elle-même pour les élever. Pourtant, elle ne cherchait en rien à attirer la pitié, elle ne montrait aucune faiblesse.

Elle était indépendante, directe et forte, mais dotée d'un grand cœur et d'une bonne dose d'humour. L'aide qu'elle lui avait apportée pour trouver un cadeau à sa nièce et son amusement devant son désarroi à cette occasion en témoignaient.

Tout ce qu'il avait appris d'elle ne faisait que lui donner envie de la connaître mieux.

Qu'en était-il au juste de son second mariage et de son divorce, par exemple ? Cela ne le regardait pas, bien sûr, mais il était curieux. Il ne lui serait pas difficile de se renseigner : les gens adoraient parler. Il suffisait de leur poser les bonnes questions.

Cédant à une impulsion, il repassa par la jardinerie. Quelques clients discutaient autour des poinsettias et d'une plante couverte de fleurs roses qui ressemblait à un cactus. Mitch passait une main dans ses cheveux mouillés pour tenter de les recoiffer quand Hayley vint à sa rencontre.

— Docteur Carnegie ! s'exclama-t-elle. Quelle bonne surprise !

— Je vous en prie, appelez-moi Mitch. Comment allez-vous, vous et le bébé ?

— Nous sommes en pleine forme toutes les deux. Mais regardez-vous, vous êtes trempé ! Je peux aller vous chercher une serviette ?

— Non, merci. Ça va. Je n'ai pas pu résister à la tentation de visiter un peu les lieux et j'ai été surpris par la pluie.

— Oh, fit-elle d'un air innocent. Vous cherchiez Roz ?

— Je l'ai trouvée. Je dois passer à la maison pour jeter un coup d'œil à la bibliothèque et voir comment je vais organiser mon espace de travail, mais je me suis dit que j'allais d'abord prendre un de ces petits sapins à poser sur une table. Ceux qui sont déjà décorés.

— Ils sont adorables, non ? Et parfaits pour un lieu un peu petit – un bureau, par exemple.

— Ils sont beaucoup mieux que le vieux machin en plastique que j'essaie de décorer chaque année.

— Et ils sentent bon Noël, renchérit Hayley en le conduisant à l'endroit où les sapins étaient exposés. Alors, y en a-il un qui vous plaise particulièrement ?

— Euh... celui-ci, ça ira très bien.

— Très bon choix. J'adore tous ces petits nœuds rouges, déclara-t-elle. Je vais vous chercher une boîte pour l'emballer.

— Merci. Et ça, qu'est-ce que c'est ?

— Des cactus de Noël. Ils sont beaux, non ? C'est Harper qui les greffe. Il va me montrer comment faire, un de ces jours. Vous devriez en prendre un, vous savez. Ils ont un air de fête. Ils fleurissent à Noël et à Pâques.

— Je ne sais pas m'occuper des plantes.

— Oh, les cactus n'ont pratiquement pas besoin de soins, affirma-t-elle en posant sur lui ses grands yeux bleus. Vous habitez un appartement, n'est-ce pas ? Si vous prenez l'arbre, un cactus de Noël et deux poinsettias, il sera décoré pour les fêtes. Vous pourrez recevoir sans vous poser de questions.

— Je ne suis pas sûr que Josh soit très sensible à la présence d'un cactus.

— Peut-être pas, concéda-t-elle en souriant, mais vous devez bien avoir une amie que vous invitez parfois à boire un verre...

— Mmm... j'ai été très pris par l'écriture de mon livre.

— Un beau célibataire comme vous doit être submergé de femmes.

— Pas en ce moment. Je...

— Il vous faut aussi une couronne pour la porte.

— Une couronne, répéta Mitch, qui commençait à être un peu désespéré.

Elle lui prit le bras.

— Laissez-moi vous montrer ce que nous avons, proposa-t-elle. Il y en a que j'ai fait moi-même. Celle-ci, vous voyez ? Et sentez-moi cette bonne odeur de pin. Noël n'est pas Noël sans une couronne sur la porte.

Cette fois, il s'avoua vaincu.

— Vous êtes très forte, remarqua-t-il.

— Très, confirma-t-elle en riant et en lui tendant une couronne. Que pensez-vous de celle-ci ? Elle va si bien avec votre arbre...

Elle le convainquit de prendre la couronne, trois poinsettias assez petits pour être posés sur un appui de fenêtre et le cactus. Il était perplexe et même un peu hébété quand elle encaissa ses achats et les empaqueta.

Dès qu'il fut parti, Hayley se précipita dans le bureau de Stella.

— Tu sais quoi ? s'exclama-t-elle. Mitch Carnegie ne voit personne !

— Il est subitement devenu aveugle ?

— Arrête, Stella. Tu sais très bien ce que je veux dire. Il n'a pas de petite amie.

Hayley ôta sa casquette et passa la main dans ses cheveux châtains, qu'elle gardait assez longs pour pouvoir se faire une petite queue de cheval.

— Et il vient de passer une demi-heure avec Roz avant de venir ici acheter un petit sapin, ajouta-t-elle. Harper l'a envoyé directement dans la salle de multiplication, sans prévenir Roz. Il l'a fait entrer comme ça, pendant qu'elle travaillait, sans lui laisser le temps de se refaire une beauté !

— Oh, non ! Il est idiot ou quoi ?

— C'est ce que je lui ai dit. À Harper. Enfin, pour en revenir à Mitch, il est rentré dans le magasin tout mouillé parce qu'il a eu envie de visiter le site. En ce moment, il est à la maison.

— Hayley, fit Stella en levant le nez de son ordinateur, qu'est-ce que tu mijotes ?

— Rien. Je constate, c'est tout. Mitch ne fréquente personne, et Roz non plus.

Elle leva les mains et approcha ses deux index l'un de l'autre en les agitant.

— Et maintenant, conclut-elle, ils vont beaucoup se voir. Non seulement il est canon, mais il est trop mignon. Je lui ai fait acheter une couronne, trois poinsettias et un cactus de Noël en plus de son sapin.

— Tu exagères, Hayley.

— Mais tu vois, il ne savait pas dire non. C'est ça qui était trop mignon. Si Roz ne veut pas de lui, je tenterai peut-être ma chance... Bon, d'accord, non, corrigea-t-elle aussitôt devant le regard sidéré de Stella. Il a l'âge d'être mon père et patati et patata. Mais il serait absolument parfait pour Roz. J'ai un sixième sens pour ces choses-là, je t'assure. Je n'avais pas raison, pour Logan et toi ?

Stella soupira en contemplant l'aigue-marine que Logan lui avait offerte comme bague de fiançailles.

— Je ne peux pas le nier, admit-elle. Je tiens à préciser qu'il est exclu que nous fassions autre chose qu'observer... mais je crois qu'on ne va pas s'ennuyer !

4

En règle générale, quand il travaillait, Mitch ne pensait à faire le ménage de son appartement que lorsqu'il ne savait plus où poser sa tasse de café – ou lorsqu'il n'avait plus de tasses propres. Entre deux projets, il parvenait mieux à maintenir un semblant d'ordre.

Il faisait appel à des sociétés de services à domicile pour trouver des femmes de ménage. Il était même obligé d'en changer assez régulièrement : elles ne tenaient jamais bien longtemps, et il reconnaissait volontiers que c'était en grande partie de sa faute.

Soit il oubliait quel jour elles devaient venir et n'était pas là pour leur ouvrir la porte, soit il était là mais elles étaient tellement effarées par l'ampleur de la tâche qu'il ne les revoyait jamais.

Cependant, il fallait bien qu'il fasse un effort pour les fêtes. Il passa la journée à jeter, ranger, balayer et récurer. Quand il eut fini, il dut s'avouer que si ç'avait été son métier, il aurait démissionné.

En tout cas, ce n'était pas désagréable de vivre dans un appartement relativement propre, de revoir le plateau des tables et les coussins des sièges. Et s'il n'était pas sûr d'arriver à les maintenir en vie très longtemps, les plantes que Hayley lui avait fait acheter ajoutaient une appréciable touche de gaieté au décor.

Quant au petit sapin, c'était une trouvaille très ingénieuse. Cette année, au lieu de remonter la grande boîte de la cave avant de batailler avec les branches en plastique pour les assembler et de passer une heure à démêler les guirlandes pour s'apercevoir que la moitié des ampoules étaient grillées, il n'avait qu'à poser le joli petit arbre sur le guéridon Hepplewhite devant la fenêtre du salon.

Il fixa la couronne à la porte d'entrée, plaça le cactus fleuri sur la table basse, posa les trois petits poinsettias sur le réservoir d'eau des toilettes et s'estima satisfait.

Le temps qu'il prenne une douche et qu'il enfile un jean et une chemise, son invité du soir frappait à la porte.

Pieds nus, les cheveux encore humides, Mitch traversa le salon pour aller lui ouvrir. Il sourit à la vue de la seule personne qu'il aimât sans la moindre réserve, son fils.

— Tu as oublié ta clé ? lui demanda-t-il.

— Non, mais je n'étais pas sûr d'être au bon endroit, répondit Joshua. Tu as une couronne sur ta porte, ajouta-t-il en tapotant le feuillage vert.

— C'est Noël.

— C'est ce que dit la rumeur publique.

Josh entra et écarquilla ses yeux du même vert que ceux de son père.

Un peu plus grand que Mitch, il affichait la même silhouette un peu dégingandée. Et si ses cheveux bruns étaient en bataille, ce n'était pas parce que, comme son père, il oubliait ses rendez-vous chez le coiffeur, mais parce que c'était ainsi qu'il aimait se coiffer. Il portait un sweat-shirt gris à capuche et un jean *baggy*.

— Waouh ! s'exclama-t-il. Tu as trouvé une nouvelle femme de ménage ? Elle touche une prime de risque ?

— Non. Pas eu le temps de chercher. De toute façon, je crois que j'ai épuisé tous les services de nettoyage du Tennessee.

— Tu veux dire que c'est toi qui as fait le ménage ?

Josh inspecta rapidement le salon en fronçant les sourcils.

— Et tu as une plante, ajouta-t-il. Avec des fleurs...

— Tu vas l'emporter. Avec moi, elle mourrait. Je l'entends déjà râler. Je ne veux pas être responsable de ça.

— OK, fit Josh en jouant distraitement avec le lobe de son oreille. Ça égaiera un peu le foyer de l'internat. Hé ! Tu as même un petit arbre ! Et des bougies.

— C'est Noël, répéta Mitch tandis que Josh se penchait pour respirer une grosse bougie rouge.

— Des bougies parfumées, s'il vous plaît ! Et si je ne me trompe pas, tu as passé l'aspirateur... Il y a une femme dans ta vie, conclut-il en se retournant vers son père et en plissant les yeux.

— Dommage, mais non. Tu veux un Coca ?

— Oui, répondit Josh en se dirigeant vers les toilettes. On commande des pizzas ?

— Comme tu veux.

— Pizzas, confirma Josh. Chorizo et saucisse pour moi. Avec supplément de fromage.

— Mes artères se bouchent rien qu'à entendre ça, commenta Mitch en sortant deux canettes de Coca du réfrigérateur.

Il savait d'expérience que son fils pouvait dévorer une pizza entière sans prendre un gramme. Il faisait bon avoir vingt ans...

Il commanda donc la pizza de Josh et une végétarienne plus petite pour lui-même.

Lorsqu'il se retourna après avoir raccroché, Josh était appuyé au chambranle de la porte, les pieds croisés.

— Tu as mis des fleurs dans les toilettes.

— Poinsettias. Noël. Bonne affaire.

— Il y a bien une femme, alors. Si tu n'as pas encore conclu, tu espères le faire. Allez, raconte.

— Pas de femme, affirma Mitch en tendant une canette à Josh. Juste un appartement propre avec de petites décorations de Noël.

— J'ai les moyens de te faire parler. Où l'as-tu rencontrée ? Elle est belle ?

— Je ne te dirai rien, répliqua Mitch en riant et en ouvrant son Coca.

— J'arriverai bien à te faire cracher le morceau, déclara Josh en se laissant tomber sur le canapé et en posant les pieds sur la table basse.

— Je te le répète : je ne te dirai rien. Je suis d'humeur festive, c'est tout. Mon livre est terminé, ce qui signifie que je ne vais pas tarder à recevoir un chèque. Je commence un nouveau projet très intéressant…

— Déjà ? Tu ne décompresses pas un peu entre les deux ?

— Le projet en question est déjà en suspens depuis un bout de temps, et j'ai envie de m'y mettre à fond. C'est toujours mieux que les courses de Noël.

— Quel besoin as-tu de penser à ça ? Il reste encore quinze jours.

— Tu as bien raison, fit Mitch en levant sa canette. Dis-moi, comment vont ta mère et Keith ?

— Très bien. Elle est pleine d'entrain à l'approche des fêtes. Tu sais ce que c'est.

— Oui, confirma-t-il en donnant une tape affectueuse sur la cuisse de son fils. Tu sais, il n'y a pas de problème, Josh. Ta mère a envie de t'avoir chez elle pour Noël et c'est très bien comme cela.

— Tu pourrais venir.

— Oui, je le sais, et j'apprécie. Mais il vaut mieux que je reste ici. Nous nous verrons avant ton départ. C'est important pour ta mère de t'avoir, et c'est important pour toi aussi.

— Je n'aime pas te savoir seul.

— C'est comme ça, va.

Certes, cela lui faisait un pincement au cœur, mais il était seul responsable de cette situation.

— Tu pourrais aller chez mamie, suggéra Josh.

— Je t'en prie ! fit Mitch avec une grimace de douleur. Qu'est-ce que je t'ai fait pour que tu me souhaites une chose pareille ?

— Tu pourrais mettre le pull avec un cerf qu'elle t'a offert il y a deux ans...

— Désolé, mais cette année, c'est un sans-abri qui le porte pour les fêtes. Quand pars-tu ?

— Le 23.

— Alors, nous pouvons nous voir le 22, si ça te va.

— OK. Il faut juste que je prévienne Julie. Elle ne sait pas encore si elle va aller chez sa mère, dans l'Ohio, ou à Los Angeles, chez son père. Ils lui mettent tous les deux une pression d'enfer en jouant sur la corde de la culpabilité et des obligations. Du coup, elle est dans tous ses états, elle ne veut les voir ni l'un ni l'autre et elle passe son temps à pleurer, à s'énerver ou les deux à la fois.

— Nous, les parents, nous nous y entendons pour bousiller nos enfants, observa Mitch.

— Non, pas vous, protesta Josh en faisant tourner sa canette entre ses mains. Je ne veux pas faire dans le sentimental ni rien, mais maman et toi, vous ne m'avez jamais mêlé à vos disputes. J'y ai pas mal pensé avec ces histoires autour de Julie. Maman et toi, vous ne m'avez pas fait ce genre de plan. Vous ne m'avez jamais donné l'impression que je devais choisir entre vous deux et vous ne vous êtes jamais déchirés à cause de moi. Ça craint quand des parents font ça. C'est vraiment nul.

— Oui, confirma Mitch.

— Je me rappelle comment c'était, tu sais, avant que vous vous sépariez. C'était plutôt la guerre, mais vous ne vous êtes jamais servi de moi pour vous faire du mal. Avec ce qui arrive à Julie, je me rends compte que j'ai eu de la chance. Je voulais te le dire.

— C'est... Ça fait plaisir à entendre.

— Bon, eh bien, après cet instant d'émotion, je vais reprendre un Coca. Le spectacle d'avant match ne devrait pas tarder à commencer.

— J'allume la télé, annonça Mitch en prenant la télécommande.

Qu'avait-il pu faire pour mériter un fils aussi exceptionnel ? Il ne cessait de se le demander.

— La classe ! Des chips au sel et au vinaigre !

Mitch sourit en entendant le paquet se déchirer. Au même moment, on frappa à la porte. Il se leva et prit son portefeuille pour payer les pizzas.

— Je ne comprends pas, Stella. Je ne comprends vraiment pas.

Hayley faisait les cent pas dans la chambre de son amie tandis que les garçons s'éclaboussaient dans leur bain à côté.

— Qu'est-ce que tu me conseilles ? Les petites chaussures noires sexy qui vont me tuer les pieds ou les escarpins plus élégants ?

Lorsque Stella se leva, une chaussure de chaque paire à chaque pied, Hayley stoppa ses allées et venues le temps de la regarder.

— Les sexy, décida-t-elle.

— C'est bien ce que je craignais, soupira Stella en se déchaussant et en rangeant ses escarpins.

Sa tenue pour la soirée était disposée sur son lit et les bijoux qu'elle avait choisis sur la coiffeuse. Il ne lui restait plus qu'à coucher les garçons, à s'habiller, à se coiffer et à se maquiller, puis à vérifier que les garçons dormaient, que le babyphone fonctionnait et...

Distraite par Hayley, qui continuait à marcher en marmonnant, elle se retourna vers elle.

— Quoi ? demanda-t-elle. Qu'est-ce qui te rend si nerveuse ? Tu as un cavalier dont je n'aurais pas entendu parler pour la fête de ce soir ?

— Non. Mais c'est bien de cavalier qu'il s'agit. Pourquoi Roz a-t-elle proposé à Mitch de venir accompagné ? Maintenant, c'est sûrement ce qu'il va faire, de peur de passer pour un *loser*. Et ils vont tous les deux manquer une occasion en or.

— Il y a un truc qui m'échappe, fit Stella en mettant ses boucles d'oreilles et en regardant le résultat dans le miroir. Comment sais-tu que Roz lui a proposé de venir accompagné ? Comment fais-tu pour découvrir ce genre de chose ?

— J'ai un don. Mais peu importe. Quelle mouche a piqué Roz ? Cet homme est superbe, apparemment disponible, et elle l'invite à la fête de ce soir. Jusqu'ici, rien à dire. Mais ensuite, elle lui suggère d'amener quelqu'un ! Pff...

— Elle a dû estimer que c'était ce que lui dictaient les règles de la politesse.

— La politesse n'a rien à faire dans la guerre de la séduction, enfin !

Avec un long soupir, Hayley se laissa tomber au bout du lit et leva les pieds pour examiner ses propres chaussures.

— D'ailleurs, ajouta-t-elle, séduction, c'est un mot féminin. Alors, c'est nous, les femmes, qui sommes censées contrôler les choses dans ce domaine. Bref, Roz donne une fête ici, chez elle, et tu sais comme moi qu'elle va être magnifique. Mais lui, il va venir avec une femme et il va tout gâcher.

— Je ne crois pas qu'il y ait déjà quelque chose à gâcher, fit remarquer Stella.

— Mais il pourrait y avoir quelque chose. Je le sais. Regarde-les bien, ce soir : tu verras que le courant passe entre eux.

— D'accord, je regarderai. Maintenant, je dois sortir les enfants du bain et les coucher. Et ensuite, il faudra que je m'habille et que j'enfile mes chaussures sexy pour rendre Logan fou.

— Tu as besoin d'aide ? Pour les enfants, je veux dire. Pas pour rendre Logan fou. Lily dort déjà.

— Non, merci. Tu risques de te faire tremper ou de froisser ta robe. Ce serait dommage : tu es superbe. Quelle chance tu as de pouvoir porter ce ton de rouge ! Ça, pour être sexy...

Hayley considéra son court fourreau rouge.

— Tu ne crois pas que c'est un peu osé ?

— Non. Sur toi, c'est parfait.

— Bon. Dans ce cas, je vais descendre voir si je peux aider David à accueillir le traiteur ou je ne sais quoi. Et j'en profiterai pour lui demander son avis sur ma robe. C'est lui l'arbitre des élégances.

Roz était déjà en bas, à vérifier tous les détails et à se poser mille questions. Peut-être aurait-elle dû rouvrir la salle de bal du second pour donner cette réception. C'était un espace magnifique, élégant et plein de grâce. Non, tout compte fait, le rez-de-chaussée, avec ses pièces plus petites et du feu dans toutes les cheminées, était plus chaleureux et plus amical.

Elle vérifia la disposition des tables, des chaises, des lampes et des bougies. Elle aimait bien ouvrir ainsi tout le rez-de-chaussée ; elle savait que les gens se promèneraient de pièce en pièce et admireraient la maison qu'elle aimait.

La nuit était si claire qu'ils pourraient aussi sortir sur la terrasse. Elle y avait fait installer des appareils de chauffage et, comme à l'intérieur, des tables, des chaises et des bougies. Il y avait aussi des lanternes vénitiennes dans les arbres et des flambeaux le long des allées du jardin.

À la voir aussi nerveuse, on aurait pu penser que c'était la première fois qu'elle recevait. Certes, cela faisait un moment qu'elle n'avait pas donné de fête de cette ampleur. Du coup, elle avait reçu très peu de réponses négatives aux invitations qu'elle avait envoyées. Ils allaient être très nombreux.

Pour éviter les traiteurs et les extras qui se bousculaient, elle sortit. Oui, décida-t-elle, toutes ces lumières étaient ravissantes. Et elle était très fière de l'arbre de poinsettias qu'elle avait fabriqué avec une douzaine de plantes blanches.

Harper House était une maison faite pour recevoir, se rappela-t-elle. Depuis quelque temps, elle avait manqué à ses devoirs – et s'était sans doute privée du plaisir de voir des gens qu'elle appréciait.

Elle se retourna en entendant la porte s'ouvrir. David apparut avec deux flûtes de champagne.

— Bonsoir, beauté, lui dit-il. Ça te dit, un peu de champagne ?

— Oui, merci. Mais je ferais mieux de rentrer vous aider.

— Nous contrôlons la situation, assura-t-il en faisant tinter sa flûte contre la sienne. Encore une vingtaine de minutes, et tout sera parfait. Et regarde-nous ! Nous sommes superbes, non ?

— Tu es toujours superbe, répondit-elle en riant et en glissant la main dans la sienne.

— Et toi, ma belle, tu rayonnes littéralement, répondit-il en reculant un peu pour la contempler, sans lui lâcher la main.

Roz avait choisi une longue robe étroite gris argent sans bretelles dont le décolleté mettait en valeur les rubis de son arrière-grand-mère. Elle passa le bout des doigts sur le collier de platine orné de pierres rouge sang.

— Je n'ai pas souvent l'occasion de porter les rubis Harper, dit-elle. Ce soir, j'en profite.

— Ils sont magnifiques et ils te font une gorge sublime. Mais je parlais de ton rayonnement à toi, ma beauté incandescente. Tu ne veux pas que nous nous enfuyions au Belize ?

Du champagne et David : c'était exactement ce qu'il lui fallait pour se sentir un peu grisée et parfaitement détendue.

— Je croyais que ce devait être Rio, lui rappela-t-elle.

— Pas avant le carnaval. Cette soirée va être merveilleuse, Roz, affirma-t-il. Oublie tout le reste.

— Tu lis dans mes pensées, fit-elle en secouant la tête, avant de boire une gorgée de champagne. Lors de la dernière réception que j'ai donnée pour les fêtes de fin d'année, je suis remontée dans ma chambre changer de bracelet parce que le fermoir de celui que je portais ne tenait plus, et j'ai trouvé mon mari en train de déguster une des invitées au lieu des canapés.

Elle reprit une plus longue gorgée de champagne avant de conclure :

— Ç'a été l'une des plus grandes humiliations de ma vie.

— N'y pense plus. Tu t'en es bien tirée, non ? Je ne sais toujours pas comment tu as fait pour ressortir sans rien dire et attendre la fin de la fête et le départ du dernier invité pour flanquer ce fumier à la porte.

David s'échauffait à mesure que ce souvenir ravivait sa colère.

— Tu as fait preuve d'un courage incroyable, Roz.

— C'était de l'égoïsme, pas du courage, affirma-t-elle en haussant les épaules. Faire une scène dans une maison pleine aurait été encore plus humiliant pour moi.

— Moi, je leur aurais arraché les yeux à tous les deux et je les aurais chassés en brandissant le mousquet de ton arrière-arrière-arrière-grand-père.

Elle poussa un petit soupir et trempa de nouveau ses lèvres dans le champagne.

— C'est vrai que ça m'aurait fait du bien, reconnut-elle. Et je regrette de ne pas avoir pensé au mousquet après le départ des invités. Enfin, je ne l'ai pas laissé gâcher ma réception à l'époque ; je ne le laisserai pas non plus gâcher celle de ce soir.

Elle termina sa flûte et se tourna vers David en affichant l'air décidé d'une femme prête à la bataille.

— Allons allumer les dernières bougies et mettre de la musique. Je suis prête à faire la fête.

Oui, cela faisait du bien de rouvrir la maison, de partager vin, musique et bons plats avec des amis. Roz entendait des bribes de potins, de débats politiques, de conversations sportives ou artistiques en passant de groupe en groupe, de pièce en pièce.

Elle prit le bras de son vieil ami Will Dooley, lequel était aussi le père de Stella et le futur beau-père de Logan Kitridge, l'architecte paysagiste de Roz.

— Je ne t'avais pas encore vu, remarqua-t-elle.

— Nous venons à peine d'arriver, expliqua Will en l'embrassant sur la joue. Jo n'arrêtait pas de changer de chaussures. Elle vient de monter avec Hayley. Elle tenait absolument à voir le bébé.

— Je la saluerai plus tard, dans ce cas. Tu as perdu ta fiancée, Logan ?

— Elle est partout à la fois, expliqua-t-il en haussant les épaules. Elle ne peut pas se détendre tant qu'elle n'a pas vérifié personnellement chaque détail. C'est une belle fête, Roz.

— Oh, je sais bien que tu n'aimes pas les fêtes.

Logan esquissa un rapide sourire qui donna un charme fou à sa beauté un peu rude.

— Il y a un peu trop de monde à mon goût, reconnut-il. Mais le buffet est délicieux, la bière bien fraîche, et je suis accompagné de la plus belle femme du monde. J'aurais tort de me plaindre. Ne le dis pas à son père, mais un peu plus tard, j'espère l'entraîner dans le jardin pour l'embrasser.

Il fit un clin d'œil à Will avant de tourner la tête.

— Le docteur Carnegie vient d'arriver, annonça-t-il. Il a l'air de te chercher – de chercher quelqu'un, en tout cas.

— Ah, bon ?

Roz se retourna et haussa les sourcils en découvrant Mitch, vêtu d'un costume anthracite qui mettait en valeur sa silhouette mince. Il s'était fait couper les cheveux depuis la dernière fois qu'elle l'avait vu, remarqua-t-elle. Il avait plus l'air d'un gentleman ou d'une gravure de mode que d'un professeur distrait.

Elle le trouvait cependant aussi agréable à regarder dans un cas que dans l'autre, songea-t-elle.

Il semblait un peu étourdi par la foule et fit non de la tête quand un serveur s'approcha de lui avec un plateau de flûtes de champagne.

— Excusez-moi un instant, dit-elle à Will et Logan.

Elle se fraya un chemin entre les invités et ralentit lorsque Mitch promena le regard sur elle, avant de l'arrêter sur son visage.

Son cœur fit un petit bond dans sa poitrine, puis accéléra ses battements d'une façon qui lui parut aussi déroutante que gênante.

Mitch se concentrait sur elle comme pour lui donner l'impression qu'il ne voyait qu'elle. C'était un truc assez habile dans une pièce pleine de monde et de bruit, songea-t-elle, un peu déstabilisée.

Cependant, en s'approchant de lui, elle prit soin d'afficher une expression amicale et décontractée.

— Je suis ravie que vous ayez pu venir, dit-elle en guise de salut.

— Quand vous donnez une soirée, vous ne faites pas semblant, commenta-t-il. On voit les lumières à plus d'un kilomètre. Vous ne connaissez quand même pas tous ces gens, si ?

— Je ne les ai jamais vus de ma vie, plaisanta-t-elle. Que voulez-vous boire ?

— De l'eau gazeuse avec une rondelle de citron, s'il vous plaît.

— Il y a un bar là-bas, dit-elle en posant la main sur son bras pour le guider. Venez.

— Merci. Euh… j'ai quelque chose pour vous. Un petit cadeau.

Tandis qu'ils se dirigeaient vers le bar, il sortit de sa poche un petit paquet qu'il lui tendit.

— Il ne fallait pas, assura-t-elle. Mais c'est adorable.

— C'est pour vous remercier de m'avoir aidé à trouver un cadeau pour ma nièce, expliqua-t-il avant de commander son eau gazeuse. Vous êtes… magnifique, ajouta-t-il. Spectaculaire.

— Merci.

— De la tête aux pieds, précisa-t-il en remarquant ses sandales argentées qui laissaient entrevoir ses ongles rouge rubis.

— Ma mère disait toujours qu'une femme n'était pas soignée si les ongles de ses orteils n'étaient pas vernis. Parmi les conseils qu'elle m'a donnés, c'est l'un des rares que j'aie suivis. Je l'ouvre tout de suite ?

Mitch avait à peine regardé son collier de rubis, même si son œil de connaisseur avait eu le temps de reconnaître des pierres anciennes. En revanche, ses orteils... Ils étaient épatants.

— Quoi donc ?

— Le cadeau, répondit-elle en souriant.

Elle trouvait bien agréable – et même flatteur – de voir un homme captivé par ses pieds.

— Oh, non. Je préférerais que vous attendiez. Comme ça, s'il ne vous plaît pas, vous aurez le temps de préparer un mensonge poli.

— Ne soyez pas ridicule. Allez, je l'ouvre tout de suite.

Elle tira sur le ruban et souleva le couvercle de la petite boîte. À l'intérieur, elle découvrit une pendule miniature cerclée d'un tour en argent.

— C'est ravissant ! s'exclama-t-elle.

— J'aime chiner, expliqua-t-il. Je me suis dit qu'avec une maison comme la vôtre, vous deviez avoir le goût des objets anciens, vous aussi. Il y a une inscription au dos. C'est elle qui m'a touché.

Roz retourna la pendule et lut :

L, je compte les heures. N.

— C'est charmant, et romantique. Merci mille fois, Mitch. Mais je ne méritais pas un tel cadeau pour avoir simplement choisi un jouet.

— Elle m'a fait penser à vous.

Quand elle releva les yeux, il secoua la tête.

— Vous pouvez toujours faire ce regard sceptique, les faits sont les faits : dès que je l'ai vue, j'ai pensé à vous.

— Cela vous arrive souvent ?

— De penser à vous ?

— Non, de penser à quelqu'un et de lui offrir un aussi joli cadeau ?

— Parfois. Mais je n'ai pas fait ça depuis un bout de temps. Et vous ?

— Pas depuis un certain temps, répondit-elle avec un léger sourire. Encore merci. Je vais aller la ranger en haut. Voulez-vous que je vous présente... Ah, voilà Stella. Personne ne saura mieux qu'elle vous guider dans cette soirée.

— Bonsoir, Mitch, dit Stella en lui tendant la main. Cela fait plaisir de vous revoir.

— Tout le plaisir est pour moi. Vous êtes resplendissante. Ce doit être l'amour.

— Exactement.

— Et comment vont les garçons ?

— Ils sont en pleine forme, merci – enfin, là, ils dorment comme des marmottes.

Elle s'interrompit en découvrant la pendulette.

— Oh, qu'elle est jolie ! s'exclama-t-elle. Si romantique et féminine...

— N'est-ce pas ? confirma Roz. C'est un cadeau pour un tout petit service que j'ai rendu.

— Vous ne diriez pas cela si vous aviez entendu ma sœur et ma nièce au téléphone, répliqua Mitch. Non seulement je suis officiellement rentré en grâce, mais j'ai obtenu le statut enviable d'oncle préféré.

— Dans ce cas, je mérite mon cadeau, admit-elle. Stella, vous voulez bien faire visiter les lieux à Mitch ? Je monte ranger la pendule.

— Volontiers, répondit Stella, qui ne manqua pas de remarquer la façon dont Mitch suivit Roz des yeux quand celle-ci sortit de la pièce.

— Une question avant que nous fassions notre petit tour : a-t-elle quelqu'un dans sa vie ? demanda-t-il.

— Non.

— Excellent, commenta-t-il en souriant et en prenant le bras de Stella.

En montant, Roz se rappela la dernière fois qu'elle avait gravi cet escalier lors d'une réception, avec le brouhaha des voix et la musique derrière elle. En haut, elle était entrée dans la fin d'un mariage.

Elle n'était pas naïve. Elle se rendait parfaitement compte que Mitch la courtisait. Ce qui était curieux, c'était qu'elle n'avait pas envie de lui opposer un non immédiat et définitif. En fait, songea-t-elle en entrant dans sa chambre, elle ne savait pas ce qu'elle avait envie de répondre.

Elle posa la petite pendule romantique sur sa coiffeuse et ne put retenir un sourire en en suivant les contours du bout du doigt. C'était un cadeau très attentionné – et très habile, ajouta son côté cynique. Après tout, comment une femme de son âge et qui avait été mariée deux fois aurait-elle pu ne pas être un peu cynique ?

Une relation avec Mitch pourrait être intéressante et divertissante. Et Dieu sait qu'un peu de passion serait la bienvenue dans sa vie ! Toutefois, ce serait également compliqué, voire intense. Et cela pourrait se révéler délicat compte tenu du travail pour lequel elle l'avait engagé.

Elle l'avait autorisé à écrire un livre dans lequel l'histoire de sa famille et elle-même, dans une certaine mesure, tiendraient une place importante. Souhaitait-elle vraiment avoir des relations intimes avec quelqu'un qui, si cela ne se passait pas bien, pourrait les dénigrer, sa famille et elle, dans un livre qui serait publié ?

Avec Bryce, elle avait appris à ses dépens que lorsque les choses tournaient mal, on pouvait s'attendre au pire.

Il y avait beaucoup de choses à prendre en considération, songea-t-elle en levant les yeux vers le miroir. Elle vit son reflet, ses yeux brillants et sa peau claire rosie par les émotions ; elle vit aussi une pâle silhouette derrière elle.

Elle retint son souffle, mais ne broncha pas. Elle ne se retourna même pas. Elle resta immobile, le regard plongé dans celui d'Amelia dans la glace.

— Deux fois en deux semaines, commenta-t-elle calmement. J'imagine que tu veux me dire de le repousser. Tu n'aimes pas beaucoup les hommes, n'est-ce pas, Amelia ? Les garçons, oui. Les enfants. Mais les hommes adultes, c'est une autre histoire. C'est un homme qui a mis cette colère en toi. Je le sais. Était-ce un homme de mon sang ?

Le fantôme ne répondit pas – ce qui ne surprit pas Roz.

— Laisse-moi finir cette conversation à sens unique en te disant qu'il faut que je réfléchisse par moi-même, que je prenne ma décision seule, comme je l'ai toujours fait. Si je permets à Mitch d'entrer dans ma vie, dans mon lit, les conséquences – et le plaisir – ne regarderont que moi, et moi seule.

Elle prit une longue inspiration avant de poursuivre :

— Cependant, ajouta-t-elle, je te promets quelque chose. Quoi que je fasse, nous ne cesserons pas d'enquêter sur toi. Maintenant que nous avons commencé, nous ne nous arrêterons que quand nous connaîtrons ton histoire.

Alors même que la silhouette d'Amelia commençait à se dissiper, Roz sentit quelque chose lui frôler les cheveux, comme la douce caresse de doigts qui la réchauffaient en même temps qu'ils la glaçaient.

Elle dut poser les deux mains sur sa coiffeuse pour ne pas flancher. Puis elle se remit méticuleusement du rouge à lèvres et quelques gouttes de parfum dans le cou avant de rejoindre ses invités.

La caresse d'un fantôme aurait pu suffire comme choc pour la soirée, mais elle en subit un encore plus violent et désagréable lorsqu'elle arriva en bas de l'escalier.

Bryce Clerk était dans l'entrée.

Une rage brûlante s'empara d'elle, et elle se vit se jeter sur lui et le frapper en crachant les insultes amères que lui dictait sa fureur.

L'espace d'un instant, cette image fut si claire, si nette que tout le reste, la réalité autour d'elle, devint flou et se dissipa. Elle n'entendait plus que le sang qui battait à ses tempes.

Il lui adressa un grand sourire, tout en aidant une femme qu'elle avait rencontrée au club de jardinage à ôter son châle. Elle crispa la main sur la rampe, qu'elle ne lâcha que quand elle eut recouvré son calme et fut à peu près sûre de pouvoir se retenir de lui envoyer un coup de poing.

— Bonsoir, Mandy, dit-elle en descendant la dernière marche.

— Roz ! s'exclama Amanda Overfield en gloussant, avant de l'embrasser sur les deux joues.

Amanda Overfield avait à peu près l'âge de Harper. C'était une jeune femme un peu sotte mais inoffensive – et très riche. Elle était revenue l'été précédent à Memphis, après son divorce.

— Votre maison est magnifique. Nous sommes affreusement en retard, mais nous...

Elle gloussa de nouveau. Roz serra les dents pour maîtriser son agacement.

— Enfin, peu importe. Je suis si heureuse que vous m'ayez invitée. Je mourais d'envie de voir votre maison. Seigneur ! Que je suis mal élevée. Permettez-moi de vous présenter mon cavalier, Bryce Clerk. Bryce, voici Rosalind Harper.

— Nous nous connaissons.

— Roz, tu es superbe. Comme toujours.

Il se pencha vers elle comme pour l'embrasser. Autour d'eux, les conversations s'étaient tues. Elle sentait que les gens les regardaient, les écoutaient. Attendaient.

— Si tu me touches, dit-elle très doucement, je te donne un coup de genou qui te les fera remonter dans la gorge.

— Je suis ton invité, rappela-t-il d'une voix mielleuse, en haussant juste assez le ton pour se faire entendre de ceux qui les entouraient et en affichant une expression choquée et blessée. La grossièreté ne te sied pas.

— Je ne comprends pas, gémit Mandy en serrant ses mains l'une contre l'autre et en les regardant tour à tour. Je ne comprends pas.

— Je m'en doute, Mandy. Voulez-vous sortir un instant avec moi sur la terrasse, votre cavalier et vous ?

Elle entendit un juron furieux derrière elle et dut prendre sur elle pour réprimer une grimace. Elle se retourna.

— Harper, non. Je t'en prie, fit-elle à voix basse.

Lorsqu'elle se déplaça de façon à barrer le passage à son fils, celui-ci quitta Bryce des yeux pour la regarder.

— Laisse-moi me charger de lui une bonne fois pour toutes, suggéra-t-il.

— Je m'en occupe, assura-t-elle en posant la main sur le bras de son fils, dont elle sentit frémir les muscles. Laisse-moi faire. S'il te plaît.

— Pas toute seule.

— Deux minutes.

Elle l'embrassa sur la joue et lui chuchota à l'oreille :

— Il veut une scène. Ne lui faisons pas ce plaisir. Il n'obtiendra rien de nous. Mandy ? reprit-elle en se retournant. Sortons un moment, voulez-vous ?

Elle prit le bras de la jeune femme.

Bryce tint bon.

— Tu es très désobligeante, Rosalind. C'est gênant pour toi et pour tes invités. J'espérais que nous pourrions au moins rester polis.

— Eh bien, tes espoirs vont être déçus.

Elle le vit alors regarder derrière elle et changer d'expression. Elle tourna la tête et découvrit Mitch à côté de Harper, tandis que Logan et David s'approchaient. Ils semblaient beaucoup moins « polis » qu'elle, songea-t-elle.

— Qui est cet abruti ?

Mitch avait marmonné cette question à mi-voix, mais Roz l'avait entendu, tout comme elle entendit la réponse de Harper.

— Bryce Clerk. L'ordure qu'elle a jetée dehors il y a quelques années.

Roz entraîna Mandy sur la terrasse. Bryce était un imbécile, et une altercation publique avec Harper lui aurait certainement fait plaisir. En revanche, il n'était pas assez stupide pour affronter quatre hommes forts et en colère, même pour le plaisir de la mettre dans une situation embarrassante chez elle.

Il sortit derrière Mandy et elle d'un pas raide. Roz referma la porte de la terrasse derrière eux.

— Mandy, expliqua-t-elle, cet homme est mon ex-mari. Celui que j'ai trouvé à l'étage, lors d'une réception du même genre, en train de tripoter les seins nus d'une connaissance commune.

— C'est un mensonge ! Il n'y avait rien...

Elle se tourna vivement vers Bryce.

— Tu es libre de donner ta version des faits à Mandy, mais pas ici. Tu n'es pas le bienvenu chez moi et tu ne le seras jamais. Si tu remets les pieds ici, j'appellerai la police et je te ferai arrêter pour violation de propriété. Et crois-moi, espèce de minable menteur, je n'hésiterai pas à te poursuivre en justice. Maintenant, je te laisse une minute, pas plus, pour récupérer ta voiture et sortir de chez moi.

Sur ce, elle se tourna vers Mandy.

— Mandy, cela ne s'applique pas à vous, ajouta-t-elle en souriant à la jeune femme, qui paraissait choquée. Restez autant que vous voudrez. Je trouverai quelqu'un pour vous raccompagner plus tard si vous le souhaitez.

— Je crois que je... Enfin, je pense qu'il faut que je rentre.

— Entendu. Dans ce cas, nous nous verrons dans un mois, lors de la prochaine réunion du club. Joyeux Noël.

Elle recula, mais n'ouvrit pas la porte.

— Je crois qu'il ne te reste plus que quarante secondes avant que je rentre et que j'appelle la police, Bryce.

— Maintenant, tout le monde sait qui tu es vraiment, lança-t-il, avant d'entraîner Mandy vers sa voiture.

— Je n'en doute pas.

Elle attendit qu'il ait démarré. Alors seulement, elle porta la main à son ventre pour réprimer la nausée qu'elle sentait l'envahir, ferma les yeux et resta ainsi, immobile, jusqu'à ce qu'elle ait ravalé la rage et la gêne qui la faisaient trembler.

Puis elle prit deux profondes inspirations, releva le menton et rentra dans la maison en se tenant très droite.

Avec un sourire éclatant, elle prit la main de Harper dans la sienne et la serra.

— Je crois que j'ai bien besoin d'un verre, dit-elle en promenant le regard sur les visages curieux tournés vers elle.

5

La fête était finie et les invités repartis, mais Roz ne réussissait pas à se détendre. Inutile de monter se coucher : elle ne parviendrait qu'à faire les cent pas dans ses appartements en ressassant l'humiliation qu'elle avait subie.

Au lieu de cela, elle se fit donc une grande tasse de café et sortit sur la terrasse pour profiter de la fraîcheur et de la solitude. Et aussi pour ruminer un peu, songea-t-elle en s'asseyant et en buvant une gorgée.

Harper lui en voulait, elle le savait. Il était furieux parce qu'elle l'avait empêché de chasser Bryce *manu militari*. C'était un homme, et il était encore assez jeune pour croire que la force pouvait résoudre les problèmes en général et celui-ci en particulier. Cependant, il avait pris sur lui quand elle le lui avait demandé.

Cette fois au moins, il y était parvenu.

L'unique autre fois où Bryce avait tenté d'entrer dans Harper House sans y avoir été invité, elle avait été tellement sous le choc qu'elle n'avait pas eu la présence d'esprit d'arrêter son fils. Ni David, d'ailleurs. Et force lui était d'avouer qu'elle avait ressenti une satisfaction sans doute un peu mesquine en les voyant le jeter dehors. Mais qu'est-ce que cela avait résolu ? Rien. Ce jour-là comme ce soir,

Bryce était parvenu à ses fins : il l'avait contrariée, perturbée.

Combien de temps, oui, combien de temps encore allait-elle devoir payer l'erreur qu'elle avait commise en épousant ce crétin malhonnête ?

En entendant la porte s'ouvrir derrière elle, elle se raidit. Elle ne tenait pas à reparler de ce désagréable incident avec David ou Harper. Elle n'avait pas envie qu'un homme lui tapote la tête en lui disant de ne pas s'inquiéter. Tout ce dont elle avait envie, c'était de broyer du noir seule.

— Je ne sais pas ce que vous en dites, mais moi, j'ai besoin de chocolat.

Surprise, elle regarda Stella poser un plateau sur la table devant elle.

— Je croyais que vous étiez montée vous coucher.

— J'ai toujours besoin de décompresser un peu après une fête. Et dans la cuisine, je suis tombée sur ces truffes qui semblaient m'appeler.

Elle avait fait de la tisane, constata Roz, qui se rappela que Stella n'aimait pas boire de café le soir, et elle avait disposé les chocolats qui restaient sur une jolie assiette.

— Hayley voulait aussi redescendre, mais Lily s'est réveillée. Elle doit avoir une dent qui pousse parce qu'elle est assez agitée. Quelle douceur ! Je n'en reviens pas qu'on soit déjà à la mi-décembre et qu'il ne fasse pas encore froid.

— Vous vous êtes entraînée à la conversation ? Vous vous êtes dit qu'il fallait commencer par parler de la pluie et du beau temps ?

Il y avait eu une époque où ce ton distant aurait fait reculer Stella. Mais cette époque était révolue.

— Je trouve que le temps est toujours une bonne entrée en matière, surtout entre jardinières. J'allais enchaîner en disant combien les poinsettias étaient spectaculaires cette année, mais je crois que je vais laisser tomber, ajouta-t-elle avant de mordre dans une truffe. Mmm... celui qui a inventé cela mériterait d'être canonisé.

— Demandez donc à Hayley. Si clle ne sait pas qui a fait la première truffe en chocolat, elle le trouvera.

Dans la mesure où les chocolats étaient sous son nez, Roz ne trouva pas de bonne raison de ne pas en manger un.

— Cela fait déjà près d'un an que je suis ici... reprit Stella.

— Est-ce une façon de préparer le terrain pour me demander une augmentation ?

— Non – mais c'est une bonne idée. Donc, cela fait près d'un an que je travaille pour vous et que j'habite dans votre maison, avec vous. D'ailleurs, je ne comptais pas vous envahir aussi longtemps.

— À quoi bon déménager une première fois et recommencer après votre mariage avec Logan ?

— C'est vrai. Et je vous remercie de le comprendre et de m'éviter de trop déplacer mes enfants. À vrai dire, même si j'ai hâte de me marier et de m'installer chez Logan – surtout maintenant que j'ai commencé à m'occuper de l'aménagement de la maison –, Harper House va me manquer. Et aux garçons aussi.

— C'est gentil.

— Malgré – ou peut-être en partie à cause de – tout ce qui s'est passé au printemps dernier, je suis très attachée à cette maison. Et à vous.

— Ça aussi, c'est gentil. Vous avez bon cœur, Stella, en plus de votre esprit organisé.

— Merci.

Elle s'appuya au dossier de son siège et prit sa tasse de tisane entre ses deux mains. Puis elle plongea ses yeux bleu myosotis dans ceux de Roz.

— À vivre et travailler avec vous pendant près d'un an, j'ai appris à vous connaître assez bien. L'une des choses que je sais de vous, c'est que malgré votre générosité et votre hospitalité, vous tenez à préserver votre vie privée. Et j'ai conscience de me mêler de ce qui ne me regarde pas en vous disant que je suis désolée de ce qui s'est passé ce soir. Mais c'est vrai. Je suis désolée, en colère et un peu sidérée qu'un abruti ait débarqué chez vous uniquement dans le but de vous embarrasser alors qu'il sait qu'il n'est pas le bienvenu ici.

Comme Roz ne disait rien, Stella inspira à fond avant de poursuivre :

— Alors, si vous êtes d'humeur à manger des truffes et à dire du mal de ce fumier, je serai ravie de vous écouter. Et si vous préférez rester seule à ruminer votre colère, je peux très bien monter ma tisane et la moitié de ces chocolats dans ma chambre.

Durant quelques instants, Roz sirota son café sans rien dire. Puis elle décida de ne pas être raisonnable et reprit une truffe.

— Vous savez, finit-elle par expliquer, comme j'ai vécu ici presque toute ma vie, j'ai un certain nombre d'amis et beaucoup de relations. Cependant, je n'ai jamais eu de véritable amie femme. Il y a des raisons à cela...

Elle leva un doigt pour arrêter Stella, qui allait répondre quelque chose.

— Le fait que j'aie été veuve très jeune a certainement joué un rôle dans cette situation. Dans les cercles que je fréquentais, la plupart des femmes sont devenues un peu méfiantes : j'étais jeune, jolie, assez à l'aise financièrement et disponible – du moins le croyaient-elles. Ou alors elles tenaient absolument à me caser et avaient toujours quelqu'un à me présenter : un frère, un cousin... Ces deux attitudes m'agaçaient autant l'une que l'autre, si bien que j'ai perdu l'habitude d'avoir des amies et que je suis un peu rouillée dans ce domaine. Cependant, je vous considère comme une amie, et la meilleure que j'aie jamais eue.

— Comme j'éprouve la même chose à votre égard, j'aimerais que vous me laissiez vous aider. Ne serait-ce qu'en disant du mal de ce con de Bryce Clerk et en vous apportant des chocolats.

— Ça alors, Stella ! s'exclama Roz. Je crois que c'est la première fois en un an que je vous entends dire « con ».

Stella piqua un fard, la malédiction des rousses.

— C'est un mot que je garde pour les grandes occasions.

— En l'occurrence, il est parfaitement approprié, fit Roz en penchant la tête en arrière pour contempler les étoiles. Bryce n'a pas fait cela pour m'embarrasser. Cela n'a été qu'un avantage secondaire.

— Alors, pourquoi est-il venu ? Il est stupide au point de croire que vous alliez le laisser entrer et faire la fête ?

— Il s'est peut-être dit que pour préserver mon image, je ne ferais pas de vagues. S'il avait vu juste, cela aurait mis un peu d'huile dans les rouages de ses actuels plans d'enrichissement, quels qu'ils soient.

— Il ne doit pas très bien vous connaître pour vous avoir sous-estimée à ce point.

— Il a néanmoins obtenu ce qu'il voulait ce soir. Voyez-vous, la jeune femme qu'il accompagnait est très riche et pas très maligne. Il y a des chances qu'elle éprouve encore plus de sympathie pour lui après ce qui s'est passé ce soir.

— Dans ce cas, elle doit être franchement stupide.

— Peut-être, mais Bryce est un menteur accompli, et il ne manque pas de bagout. Je ne suis pas stupide, et pourtant, je suis tombée dans le panneau.

— Vous l'aimiez. Alors...

— Oh, non, ma chérie, je ne l'aimais pas. Dieu merci, ajouta Roz en frémissant à cette pensée. J'appréciais l'attention dont il m'entourait, ses flatteries, et aussi, au moins dans un premier temps, le romantisme de notre relation et le sexe. Par ailleurs, j'étais seule depuis longtemps, ce qui faisait de moi une proie facile. L'erreur que j'ai commise, ça a été de me marier avec lui au lieu de me contenter de coucher avec lui jusqu'à ce que j'en aie assez ou que je découvre ce que cachait cette enveloppe séduisante. Quoi qu'il en soit, en venant ici ce soir, il a voulu me rappeler qu'il existait et qu'il fréquentait le même milieu que moi. Mission accomplie. Il a un besoin maladif d'attirer l'attention – en bien comme en mal. La pire punition que je puisse lui infliger, c'est de l'ignorer. J'étais parvenue à le faire depuis son retour à Memphis. Ce soir, il a trouvé un moyen très habile de s'imposer à moi, chez moi, devant mes invités.

Stella secoua la tête.

— Mais il s'est fait mettre dehors en public. Je ne vois pas ce que ça peut lui apporter.

— Vous ne connaissez pas Bryce. Il va faire ses choux gras de cet incident pendant des semaines. Je vous l'ai dit : ce qu'il veut, c'est attirer l'attention. Et il sait s'y prendre. Il va jouer les victimes, faire croire à tout le monde qu'il était venu plein de bonnes intentions mais que je l'ai rabroué et que j'ai humilié sa cavalière alors que c'était une de mes invitées.

Roz s'interrompit un instant pour ravaler la colère qui la gagnait de nouveau.

— Les gens vont dire : « Mon Dieu, nous ne la savions pas si froide, si dure, si peu aimable, si grossière... »

— S'ils disent ça, c'est qu'ils sont idiots.

— Beaucoup le sont. C'est la raison pour laquelle je sors et je reçois peu. C'est aussi pour cela que je suis si difficile dans le choix de mes amis. Et je suis très heureuse d'en avoir une qui soit venue me rejoindre ce soir avec des truffes au chocolat et qui m'écoute m'apitoyer sur mon sort.

Elle poussa un long soupir avant de conclure :

— Figurez-vous que je me sens beaucoup mieux. Montons dormir un peu. Nous allons avoir une grosse journée demain, avec les curieux en quête de potins qui vont se mêler à la clientèle habituelle.

Certains auraient appelé cela se plonger dans le travail ; Roz appelait cela faire ce qu'elle avait à faire. Et cela ne l'ennuyait pas, au contraire. Elle adorait les tâches hivernales à la jardinerie. Elle adorait s'enfermer des heures, voire des jours, dans une serre et faire naître une nouvelle vie, l'aider à se développer. Elle adorait l'odeur du terreau humide. Elle adorait surveiller l'évolution des plantes.

Il fallait lutter contre les parasites et les maladies, comme dans la vie. Au moindre signe de moisissure ou de rouille, elle coupait les feuilles contaminées et traitait les plantes. Elle contrôlait la circulation de l'air et réglait la température.

Les plants qui présentaient des signes de maladie étaient systématiquement retirés et jetés. Elle ne tolérait pas plus la contagion ici que dans sa vie.

Se rappeler cela l'apaisait. Elle avait retiré Bryce de sa vie, elle s'était débarrassée de cette infection-là. Peut-être n'avait-elle pas réagi tout à fait assez tôt. Peut-être avait-elle manqué de vigilance. Voilà pourquoi maintenant, elle était forcée de rester sur ses gardes, de tout contrôler.

Tout en réfléchissant à cela, elle finit ce qu'elle avait à faire pour la journée et partit à la recherche de Harper.

Elle se glissa dans la salle de greffage. Entre le disque de Beethoven qu'il avait mis aujourd'hui pour les plantes et la musique qu'il écoutait dans son casque, il ne risquait pas de l'entendre entrer.

Elle prit quelques instants pour le regarder travailler et se sentit fondre de tendresse. Vieux sweat-shirt, vieux jean, bottes sales : il avait dû passer la journée dehors.

Il était allé chez le coiffeur peu de temps auparavant, si bien que ses cheveux noirs et brillants étaient un peu plus disciplinés que d'habitude. Combien de temps cela durerait-il ? Connaissant son fils, il oublierait assez vite de se coiffer et finirait par s'attacher les cheveux avec un bout de raphia pendant qu'il travaillait.

Il était si compétent, si créatif... Chacun de ses fils avait un don particulier, et elle avait pris soin de les aider à s'orienter dans la direction qui leur convenait. Mais seul Harper avait hérité de son amour du jardinage.

Elle avança entre les tables couvertes de plantes, d'outils et de produits et le regarda greffer un rosier miniature avec une grande adresse. Lorsqu'il eut fini et qu'il prit la canette de Coca qu'il gardait toujours à portée de main, elle se plaça dans son champ de vision.

Il la regarda en buvant quelques gorgées.

— Beau travail, commenta-t-elle. Tu ne fais pas souvent de rosiers...

— C'est une expérience. Je me suis dit que nous pourrions proposer des miniatures en pot. Je travaille sur un minirosier grimpant et des variétés couvrantes. Tu veux un Coca ?

— Non, merci.

Il lui ressemblait tant ! songea-t-elle. Elle connaissait par cœur ce ton poli et froid : c'était celui qu'elle employait quand elle était en colère.

— Je sais que tu m'en veux, Harper.

Il haussa les épaules.

— Et alors ?

Elle avait envie de lui masser les épaules, de poser la joue contre la sienne. Mais elle savait qu'il se raidirait, comme elle lorsqu'on la touchait alors qu'elle n'y était pas prête.

— Tu es mécontent de la façon dont j'ai réglé le problème hier soir ?

— Tu as fait à ton idée. Je ne t'en veux pas. Tu me déçois, c'est tout.

S'il lui avait planté son couteau à greffer dans le cœur, elle aurait eu moins mal, elle aurait été moins choquée.

— Harper...

— Bon sang ! Mais pourquoi es-tu restée aussi polie ? Tu n'aurais pas pu lui donner ce qu'il méritait, là, devant tout le monde, au lieu de m'écarter et de l'emmener dehors ?

— À quoi cela aurait-il...

— Je m'en fiche pas mal ! coupa-t-il, les yeux étincelants de colère. Tu aurais dû me laisser prendre ta défense. Mais, bien entendu, tu as tenu à gérer le problème à ta façon et tu m'as obligé à rester là sans rien faire !

Roz aurait voulu se détourner et prendre le temps de se calmer, mais il avait droit à un face-à-face.

— Il n'y a personne au monde qui puisse me faire souffrir comme toi, dit-elle.

— Ce n'est pas mon but.

— Je le sais. Peut-être que j'ai eu tort, admit-elle en se passant les deux mains sur le visage. Mais il fallait que je le fasse sortir de la maison, très vite, avant qu'il ne la salisse encore de sa présence. Je te demande de me comprendre. C'est moi qui l'ai fait entrer chez nous, Harper, pas toi.

— Cela ne signifie pas que tout soit de ta faute, enfin ! Ni que tu doives en assumer les conséquences toute seule. Si tu ne peux pas t'appuyer sur moi, compter sur moi pour te défendre...

— Oh, Harper. Voilà que tu crains que je n'aie pas besoin de toi, alors que je passe mon temps à me dire que j'ai trop besoin de toi ! Je t'assure que je ne sais pas ce que je ferais sans toi. Je ne veux pas me disputer avec toi à cause de Bryce.

— Je ne suis plus un petit garçon que tu dois protéger, maman. Je suis un homme, et c'est à moi de te protéger, que tu le veuilles ou non. Et même que tu en aies besoin ou non.

— On dirait que je n'ai pas le choix, remarqua-t-elle en parvenant à sourire.

— S'il revient, tu ne m'arrêteras pas.

Elle inspira profondément et prit le visage de son fils entre ses mains.

— Cela me fait parfois de la peine, mais je sais que tu es un homme, assura-t-elle, que tu as ta vie à toi, ta façon de voir les choses. Et je sais que tu seras à mes côtés si j'en ai besoin.

Bien qu'elle sût qu'elle n'était pas encore tout à fait pardonnée, elle l'embrassa sur le front.

— Je rentre à la maison m'occuper du jardin, dit-elle. J'espère que ta colère ne durera pas trop longtemps.

— Ça ne devrait pas.

— Il reste du jambon cuit et plein de plats de la fête. Passe manger un morceau si cela te tente.

— Peut-être.

— Très bien. Tu sais où me trouver.

Dans un jardin aussi grand que celui de Harper House, il y avait toujours quelque chose à faire. Comme elle avait besoin de travailler, Roz transporta du paillis, contrôla son compost et s'occupa des boutures des jeunes plants qu'elle cultivait pour son usage personnel dans une petite serre près de la maison. Puis elle prit des gants et un sécateur pour aller terminer les dernières tailles de fin d'année.

Lorsque Mitch la trouva, elle faisait passer de petites branches dans une déchiqueteuse qui les hachait bruyamment. Elle portait une vieille veste marron, une casquette noire, de gros gants et des bottes pleines de griffures. Des lunettes noires cachaient ses yeux. Il se demanda si elle les avait mises pour se protéger du soleil ou des éclats de bois.

Conscient qu'elle ne pouvait pas l'entendre avec le bruit de la déchiqueteuse, il prit le temps de l'observer. Et de faire coïncider l'image de la femme élégante parée de rubis qui l'avait reçu la veille avec celle de la jardinière en jean.

Ce n'étaient d'ailleurs pas les deux seules facettes de Roz. Il y avait aussi la femme d'affaires en tailleur qui était venue chez lui la première fois, se rappela-t-il. Et la Roz de la serre avec une trace de terre sur la joue. Et aussi la Roz amicale et détendue qui avait pris le temps de l'aider à choisir un jouet d'enfant.

Bref, c'était une femme aux multiples visages, songea-t-il. Et sans doute ne les avait-il pas encore tous découverts. Mais en attendant, tous les aspects de sa personnalité qu'il connaissait l'attiraient.

Les pouces glissés dans les poches de son pantalon, il se plaça de façon qu'elle le voie. Elle leva les yeux sous la visière de sa casquette et arrêta la machine.

— Ne vous arrêtez pas pour moi, lui dit-il. C'est la première fois que je vois l'un de ces engins fonctionner – à part dans *Fargo*.

— Celui-ci n'a encore jamais été utilisé pour faire disparaître un corps, mais il rend service pour le jardinage.

Elle avait vu *Fargo*, constata-t-il avec un plaisir qu'il jugea un peu ridicule. Ils avaient donc des choses en commun.

— Mmm... fit-il en regardant la machine de plus près. Alors, vous passez des trucs là-dedans, et clac, clac, clac...

— À peu près, oui.

— Et que faites-vous de ce qui ressort ?

— S'il y a suffisamment de branches, de feuilles, etc., cela peut faire un bon sac de paillis.

— Pratique. Euh... je ne voulais pas vous déranger, mais David m'a dit que vous étiez là. Je suis passé travailler une ou deux heures, expliqua-t-il.

— Parfait. Je ne pensais pas que vous auriez le temps d'ici les fêtes.

— Si, si. J'attends des copies des archives publiques, et il faut que je consulte votre Bible familiale. Je voudrais déblayer un peu la surface avant de creuser en profondeur.

Il fit tomber un gros copeau de bois de l'épaule de Roz. Si seulement elle avait pu enlever ses lunettes... se dit-il. Elle avait des yeux à mourir.

— Et puis, j'aimerais prendre rendez-vous avec votre fils, Stella et les autres pour les interviewer, après les fêtes.

— Entendu.

Mitch resta là, les mains dans les poches. Il n'avait plus rien à faire ici, mais elle sentait si bon... Il parvenait à deviner son parfum féminin sous celui, beaucoup plus fort, du bois coupé.

— C'est drôle, remarqua-t-il, je pensais qu'il n'y avait rien à faire dans un jardin à cette époque de l'année.

— Il y a toujours quelque chose à faire dans un jardin.

— Et je vous retarde... Écoutez, Roz, je voulais savoir si tout allait bien.

— Oui, oui. Tout va bien. Très bien.

— Il serait idiot de ma part de prétendre que je n'ai pas entendu de rumeurs à propos de la scène d'hier soir. Ou plutôt de ce qui aurait été une scène si vous n'aviez pas réagi aussi habilement.

— Je m'efforce de réagir habilement le plus souvent possible.

— Vous savez, si vous vous hérissez chaque fois que nous évoquons des questions personnelles, je vais avoir du mal à effectuer des recherches sur votre famille.

Parce qu'il l'observait attentivement et parce qu'il commençait à la connaître un peu, il vit passer une ombre d'agacement sur son visage avant qu'elle ait eu le temps de maîtriser son expression.

— Ce qui s'est passé hier soir n'a rien à voir avec l'histoire de ma famille.

— Je ne suis pas de cet avis. Cela vous concerne, et ce... cette chose qui se passe dans votre maison vous concerne également.

Elle le ficherait peut-être dehors aussi habilement qu'elle l'avait fait avec Bryce Clerk, mais ce serait à cause de sa franchise.

— Je vais me mêler de vos affaires, Roz. C'est pour cela que vous m'avez engagé. Et je ne le ferai pas toujours avec délicatesse. Si vous voulez que je poursuive ces recherches, il va falloir vous y habituer.

— Je ne vois pas quel rapport il peut y avoir entre mon second mariage aussi bref que fâcheux et l'Épouse Harper, fit-elle d'un ton glacial.

— L'Épouse. Que cela ait ou non été son statut, c'est ainsi qu'on la désigne dans votre famille. Lorsqu'elle s'est manifestée, au printemps dernier – et de quelle manière ! –, vous m'avez dit qu'elle ne vous avait jamais embêtée quand vous étiez sortie avec des hommes, ni même lorsque vous vous étiez mariée, alors qu'elle est intervenue parce que Stella fréquentait Logan et que, visiblement, elle y voyait une menace pour Gavin et Luke.

— Les enfants de Stella sont petits. Les miens sont adultes.

— Ils n'en restent pas moins vos enfants.

Les épaules de Roz se détendirent visiblement. Elle se pencha pour ramasser des brindilles qu'elle jeta dans la gueule de la déchiqueteuse.

— C'est vrai, admit-elle.

— Donc, nous pouvons estimer qu'elle ne s'est pas sentie menacée par Bryce – qu'est-ce que c'est que ce nom grotesque, d'ailleurs ? – ou qu'elle a considéré que vous aviez rempli vos devoirs de mère et que ce que vous faisiez de votre vie sentimentale ne l'intéressait pas. Cela peut signifier aussi que, au bout d'un certain temps, elle cesse de se montrer aux habitants de la maison.

— Ce n'est pas la troisième hypothèse, puisque je l'ai vue récemment.

— Depuis le mois de juin ?

— Oui. Elle s'est manifestée une première fois il y a quelques jours, et de nouveau hier soir.

— Intéressant. Que faisiez-vous ? Et elle ? Zut, il faudrait que j'aie mon bloc-notes.

— Il ne s'est rien passé de particulier. Elle est apparue et elle a disparu. Par ailleurs, je ne vous demande pas de découvrir pour quelle raison elle apparaît ni à qui ; je vous demande de découvrir qui elle est.

— Tout est lié, fit-il remarquer. J'aimerais vraiment m'entretenir avec vous un peu longuement. Et je vois bien que ce n'est pas le moment. Nous pourrions peut-être dîner ensemble. Seriez-vous libre demain soir ?

— Vous n'avez pas besoin de m'inviter à dîner pour m'interviewer.

— Non, mais ce pourrait être agréable. Si vous êtes vraiment contre le fait de mélanger travail et plaisir, ce sera avec beaucoup de regrets que j'attendrai d'en avoir fini avec ce projet pour vous inviter à dîner.

— Je ne sors plus avec des hommes, Mitch. J'ai renoncé.

— L'expression « sortir avec » me donne toujours l'impression de revenir au temps du lycée.

Il se risqua à avancer la main pour faire glisser les lunettes de Roz sur son nez et la regarder droit dans les yeux.

— Disons que j'aimerais passer du temps avec vous en dehors du travail.

— À mes yeux, c'est la même chose que sortir ensemble, objecta-t-elle.

Elle lui sourit néanmoins, avant de remettre ses lunettes en place.

— Nous nous contenterons d'une interview pour l'instant, conclut-il. Je compte passer assez souvent pendant les deux semaines qui viennent. Prévenez-moi quand vous aurez le temps de vous poser un moment. Sinon, vous pouvez m'appeler chez moi pour que nous fixions un rendez-vous.

— Très bien.

— Je vais aller dans la bibliothèque travailler un peu. Je vous laisse vous remettre au boulot aussi.

Il avait à peine tourné les talons qu'elle posa la main sur le bouton de la déchiqueteuse.

— Roz ? lança-t-il par-dessus son épaule. Si vous changez d'avis à propos du dîner, prévenez-moi.

— Je n'y manquerai pas.

Sur ce, elle remit la machine en marche et enfonça une branche dedans.

Roz travailla jusqu'à la tombée de la nuit, puis rangea ses outils avant de monter l'escalier qui menait directement à la terrasse du premier étage sur laquelle donnait sa chambre.

Elle rêvait d'une longue douche bien chaude, de vêtements propres et doux puis d'un verre de vin blanc frais. Non, corrigea-t-elle, d'un martini. David les faisait divinement. Ensuite, elle se confectionnerait un sandwich avec les restes de ce délicieux jambon. Et peut-être passerait-elle la soirée à faire des croquis et à chercher des idées pour la boutique de fleuriste qu'elle voulait ajouter à la jardinerie. Il faudrait aussi qu'elle jette un coup d'œil à la sélection de sacs pour le terreau maison que Stella lui avait préparée.

Sortir avec un homme… songea-t-elle en se déshabillant et en entrant dans la douche. Elle n'en avait ni le temps ni l'envie à ce stade de sa vie. Même si la proposition émanait d'un homme très séduisant, intelligent et fascinant.

Mieux, qui lui avait fait cette proposition alors qu'elle était couverte de copeaux de bois.

Pourquoi ne pouvaient-ils pas simplement coucher ensemble pour apaiser les tensions ?

Parce qu'elle n'était pas faite ainsi, reconnut-elle intérieurement. C'était bien dommage, mais elle avait besoin d'un peu plus que d'une simple attirance pour se déshabiller devant un homme, au propre comme au figuré.

Elle aimait bien Mitch, songea-t-elle en penchant la tête en arrière pour laisser l'eau chaude ruisseler sur son visage. Elle avait apprécié la façon dont il avait réagi au printemps précédent, lorsque les choses avaient failli tourner au tragique. Avec le recul, elle admirait la façon dont il était intervenu sans hésiter.

Certains seraient partis en courant et auraient sans doute refusé de travailler pour elle dans une maison hantée par un fantôme qui pouvait se révéler dangereux.

Et puis, elle devait bien avouer qu'elle avait été charmée et attendrie de le voir complètement désemparé parce qu'il ne savait quel cadeau choisir pour une petite fille et qu'il voulait faire les choses bien. Là, il avait marqué un point.

Si elle décidait de replonger dans le bain des rencontres amoureuses, ce serait sans doute avec quelqu'un comme lui. Quelqu'un avec qui elle pourrait parler, quelqu'un qui l'attirerait et l'intéresserait.

Et le fait qu'il soit canon, comme disait Hayley, ne gâchait rien.

« Oui, songea-t-elle, mais tu oublies ce qui s'est passé la dernière fois. »

Juger les hommes d'après Bryce était idiot. Elle en avait conscience, alors pourquoi ne parvenait-elle pas à s'en empêcher ? D'autant que c'était une sorte de victoire pour son ex-mari, non ? Elle devait faire tout son possible pour le chasser de ses pensées. Et elle y parviendrait.

Quel c...

Bon, décida-t-elle en coupant l'eau et en prenant une serviette, elle allait peut-être envisager – seulement envisager – de sortir avec Mitch. Rien que pour se prouver que Bryce n'avait plus aucune influence sur sa vie.

Juste un dîner, une conversation. Ce ne serait pas si mal, si elle trouvait l'énergie nécessaire. Et cela ne lui déplairait pas de voir Mitch en dehors du travail.

Elle allait y réfléchir.

Après s'être enveloppée dans sa serviette, elle tendit machinalement la main vers sa lotion pour le corps. Elle se figea, les doigts à quelques centimètres du flacon.

Trois mots étaient écrits sur le miroir embué.

Les hommes mentent !

6

Quelques jours plus tard, Roz avait chassé de son esprit les hommes, les fantômes familiaux et les messages inscrits dans la buée des miroirs. Ses fils étaient là.

La maison était pleine d'eux, de leurs voix, de leur énergie, de tout ce qu'ils laissaient traîner derrière eux. Autrefois, cette pagaille la rendait folle. À présent, elle aimait voir ces chaussures, ces casquettes, toutes ces preuves de leur présence. Elle qui rêvait autrefois d'une maison calme et bien rangée se délectait aujourd'hui du désordre et du bruit.

Ils ne tarderaient pas à repartir, à regagner la vie qu'ils s'étaient construite. Alors, elle allait profiter à fond des deux jours pendant lesquels sa famille était réunie.

C'était si drôle de voir ses fils jouer avec les garçons de Stella, si attendrissant de voir Harper prendre Lily dans ses bras et lui faire un câlin pour la calmer…

— Merci encore d'avoir accepté que Logan passe la nuit ici, dit Stella en s'installant à côté d'elle sur le canapé.

— C'est Noël, répondit Roz.

— Vous savez très bien ce que je veux dire. J'ai conscience d'être un peu compliquée, voire coincée, mais j'avais vraiment envie d'attendre que nous soyons mariés pour fêter notre premier Noël dans sa... dans notre maison.

— Je trouve cela très mignon et sentimental, affirma Roz. Et égoïstement, je suis contente que tout le monde soit ici ce soir, ajouta-t-elle en regardant Hayley ramasser Lily, qui avançait à quatre pattes vers le sapin. Je suis heureuse qu'il y ait de nouveau des enfants dans la maison. Austin ! lança-t-elle, tandis que son fils cadet se mettait à jongler avec trois pommes qu'il avait prises dans la coupe. Pas dans le salon.

— Il me semble que j'ai déjà entendu ça, commenta-t-il en souriant.

Grand et mince, il avait les cheveux blonds ondulés de son père. Il adressa un clin d'œil à Gavin, tout en faisant faire une dernière rotation aux pommes.

— Pas dans le salon, Austin, pas dans le salon, chantonna-t-il, déclenchant l'hilarité des fils de Stella.

Il leur lança une pomme à chacun et croqua dans la troisième.

— Tu veux du vin, maman ? proposa son cadet, Mason, en s'asseyant sur le bras du canapé et en lui tendant un verre.

La lueur malicieuse qui brillait dans son regard ne présageait rien de bon, songea Roz.

— Austin, tu sais bien que le salon est sacré, reprit-il. Tu ne dois pas jongler ici. Surtout avec... disons... des chaussures.

— Tu sais jongler avec des chaussures ? s'exclama Luke en fixant sur Austin un regard admiratif.

— Je sais jongler avec n'importe quoi. Je suis extrêmement doué et habile.

— Mais hélas, je n'ai pas réussi à le convaincre de s'enfuir avec le cirque quand il avait huit ans, intervint Harper en prenant Lily, qui se penchait vers lui en tendant ses petits bras potelés.

— Tu peux jongler avec les miennes ? demanda Luke.

— Passe-m'en une.

— Austin, fit Roz, résignée, en buvant une gorgée de vin, si tu casses quelque chose, tu auras affaire à moi.

— Tiens, ça aussi, je l'ai déjà entendu. Voyons... Il me faut un défi. Logan, j'ai l'impression que tes chaussures sont assez grandes pour abriter une famille de quatre personnes. Je vais en prendre une.

— Si je te prête ma chaussure et que tu casses quelque chose, je vais me faire virer, objecta l'intéressé. Tu peux me traiter de dégonflé, mais je vais bientôt avoir deux garçons en pleine croissance à nourrir. Et crois moi, il vaut mieux les avoir en photo qu'en pension, ajouta-t-il en appuyant son index dans les côtes de Gavin, qui se mit à glousser.

— Bah, vas-y, Logan, dit Roz en agitant une main découragée. Autrement, il va faire la tête.

— Voyons, reprit Austin, il m'en faut encore une...

Il balaya la pièce du regard et s'arrêta sur Hayley.

— Ces pieds-là m'ont l'air bien jolis et fins, commenta-t-il. Tu me prêtes une de tes chaussures, ma belle ?

— Mes pieds n'ont rien de joli ni de fin ! protesta Hayley en riant, ce qui ne l'empêcha pas de se déchausser.

— Harper, déplace le Baccarat de ta grand-mère pour que ton frère puisse faire l'idiot, ordonna Roz.

— Je préférerais que tu dises « faire son numéro », corrigea Austin.

— Je me souviens d'un « numéro » qui a coûté une lampe à maman, rappela Harper en obtempérant. Et qui nous a valu à tous les trois une corvée de vaisselle – et à toi aussi, David, si mes souvenirs sont bons.

— Mais comme vous le voyez, j'ai fait des progrès depuis ce regrettable incident, déclara Austin en se mettant à jongler avec les chaussures.

— Tu as de la chance : tu as une solution de repli, si jamais tu perds ton job, remarqua Mason. Tu pourras toujours te produire sur Beale Street.

Lily se dandinait sur la hanche de Harper en riant et en regardant les chaussures qui virevoltaient. Roz retint discrètement son souffle jusqu'à ce qu'Austin s'incline à la fin de son numéro.

Il rendit sa chaussure à un Luke enthousiaste.

— Tu peux m'apprendre ? demanda-t-il.

— À moi aussi ! s'écria Gavin.

— Maman va dire : « Pas dans le salon », répondit Austin avant que Roz ait eu le temps d'ouvrir la bouche. Nous organiserons une leçon demain – dehors. Comme cela, elle ne se mettra pas en colère.

— C'est elle qui commande tout le monde, annonça Luke solennellement.

— Je vois que tu as tout compris. Bon, eh bien, puisque personne n'a été assez impressionné pour me jeter une pièce, je vais aller me chercher une bière en guise de récompense.

Il rendit sa chaussure à Logan, puis s'approcha de Hayley.

— Alors, Cendrillon, voyons si elle te va…

Il glissa théâtralement la chaussure au pied de la jeune femme et fit un grand sourire à Harper.

— Elle lui va ! s'exclama-t-il en lui prenant la main et en la baisant. Il va falloir que nous nous mariions quand je reviendrai de la cuisine.

— C'est ce qu'ils disent tous, plaisanta-t-elle en battant des cils.

— Tu ne veux pas me rapporter une bière pendant que tu y es ? demanda Mason.

— Bon, je prends les commandes. Qui veut quoi ?

Quand tout le monde lui eut répondu, il se tourna de nouveau vers Harper.

— Tu viens me donner un coup de main ? lui demanda-t-il.

— Oui, bien sûr.

Harper rendit Lily à Hayley et suivit son frère.

— Je ne veux pas rater ça, souffla Mason à sa mère, avant d'emboîter le pas à ses frères.

— Elle est mignonne, dis donc, notre cousine Hayley, commenta Austin dans la cuisine.

— Tu as toujours eu le don d'enfoncer des portes ouvertes.

— Dans ce cas, je vais continuer en disant que je crois qu'elle a un faible pour moi.

— Je vois que tu te trompes toujours autant sur les femmes.

— Attendez, intervint Mason. Il faut que je trouve de quoi écrire pour compter les points.

— Elle a la plus jolie bouche qui soit. Mais tu ne peux pas t'en rendre compte, Harper, puisque ce n'est pas une chose qui pousse dans un pot.

Il prit une bière, l'ouvrit et but une gorgée tandis que son frère en sortait d'autres du réfrigérateur.

— Tu n'auras l'occasion de poser ta grosse bouche sur la sienne que si elle tombe dans les pommes et qu'il faut lui faire du bouche-à-bouche.

— Un point pour toi, fit Mason. Mais je vous rappelle que c'est moi le médecin, ici. Si elle a besoin d'un bouche-à-bouche, je serai le plus qualifié pour le faire. Il n'y a pas de chips, dans cette maison ?

— Dix dollars qu'elle préférera que ce soit moi, reprit Austin en s'asseyant sur le plan de travail, comme à son habitude. Tu pourrais peut-être garder le bébé pendant que j'emmène notre jolie pensionnaire faire un tour dans le jardin. Comme je ne crois pas t'avoir entendu dire « prem's »...

— Bon sang, ce n'est pas une part de gâteau ! riposta Harper, énervé, avant d'ouvrir une bouteille de bière et de boire une longue gorgée. Qu'est-ce qui vous prend, de parler d'elle comme ça ? Vous avez intérêt à la respecter un peu plus. Et si vous n'y arrivez pas tout seuls, je serai ravi de vous emmener dehors un moment pour vous expliquer comment faire.

— Je te l'avais dit ! lança Austin en pointant le doigt sur Mason. Alors, c'est qui le plus fort ?

— Ouais. Tu avais raison. Il craque pour elle, c'est sûr. Qu'est-ce que c'est que cette cuisine sans chips ?

— Dans le garde-manger, étagère du haut, intervint Roz depuis le pas de la porte. Tu n'as quand même pas cru que j'avais oublié ta passion pour les chips ? Austin, tu as fini de casser les pieds à ton frère ?

— Je commençais tout juste.

— Eh bien, il va falloir que tu remettes ton passe-temps préféré à plus tard, répondit-elle en tournant les talons.

Elle sourit en entendant Mason pousser un cri de joie : il avait découvert la réserve de ses chips au maïs préférées.

— Je vous rappelle que nous avons de la compagnie, alors ce serait gentil à vous de donner l'illusion que j'ai élevé trois jeunes gens respectables et adultes.

— C'est fichu vu qu'Austin a déjà jonglé, grommela Harper.

— Tu as raison, concéda-t-elle en revenant dans la cuisine pour leur déposer à chacun un baiser sur la joue. Vous n'êtes peut-être pas très respectables ni adultes, mais vous êtes bien beaux, tous les trois. Je ne me suis pas mal débrouillée. Maintenant, Harper, apporte à boire à nos invités. Austin, descends de ce plan de travail. C'est une maison, ici, pas le bar du coin. Mason, mets ces chips dans un bol et arrête de faire tomber les miettes par terre.

— Oui, maman, chantonnèrent-ils à l'unisson, ce qui la fit rire.

Le jour de Noël passa dans un tourbillon. Roz s'efforça de graver certaines scènes dans son esprit – la joie de Mason quand il découvrit la trousse de médecin ancienne qu'elle avait dénichée pour lui, la partie endiablée de baby-foot que disputèrent Harper et Austin, la fascination prévisible de Lily pour les boîtes et les paquets plutôt que pour les cadeaux...

Quel bonheur aussi de voir Logan, assis en tailleur sur le sol, montrer aux garçons de Stella – qui étaient aussi les siens, désormais – les outils miniatures qu'il leur avait offerts dans des boîtes qu'il avait faites lui-même !

Elle aurait voulu ralentir le temps, rien que pour cette journée. Mais les heures filèrent, du petit matin et de l'excitation de l'ouverture des cadeaux jusqu'au soir et au succulent dîner préparé par David et servi dans le service d'apparat.

Puis le calme revint dans la maison, trop vite.

Elle redescendit au rez-de-chaussée pour regarder l'arbre une dernière fois, s'asseoir dans le salon avec une tasse de café et passer en revue ses souvenirs de ce Noël et de tous les Noëls précédents.

En entendant des pas, elle leva la tête, surprise, et découvrit ses trois fils.

— Je croyais que vous étiez tous chez Harper, observa-t-elle.

— Nous attendions que tu redescendes, répondit ce dernier.

— Que je redescende ?

— Tu redescends toujours, le soir de Noël, quand tout le monde est couché.

Elle haussa les sourcils en regardant Mason.

— On ne peut pas garder un secret, dans cette maison.

— Si, plein, répondit-il. Mais pas celui-ci.

Austin vint lui échanger sa tasse de café contre une flûte de champagne.

— Qu'est-ce que c'est que ça ? s'étonna-t-elle.

— Un petit toast familial. Mais avant, nous avons un dernier cadeau pour toi.

— Encore un ? Il va falloir que j'ajoute une pièce à la maison pour ranger tout ce que j'ai reçu ce matin !

— Ce cadeau-là, c'est différent. Il a déjà sa place. Enfin, il en avait une autrefois.

— Bon, ne faites pas trop durer le suspense. Qu'est-ce que vous mijotez ?

Harper sortit dans le couloir et revint chargé d'une grosse boîte enveloppée dans du papier doré qu'il déposa à ses pieds.

— Ouvre donc, tu verras, lui suggéra-t-il.

Curieuse, elle posa son verre et s'attaqua à l'emballage.

— Ne dites pas à Stella que je l'ai déchiré, demanda-t-elle à ses fils. Elle serait horrifiée. Moi, ce qui me surprend, c'est que vous ayez réussi à vous mettre d'accord sur quelque chose, et surtout que vous ayez réussi à garder le secret jusqu'à ce soir. D'habitude, Mason ne peut pas s'empêcher de vendre la mèche.

— Hé ! protesta l'intéressé. Je sais garder un secret quand il le faut. Je ne t'ai jamais raconté qu'Austin avait pris ta voiture et...

— La ferme ! coupa ce dernier en donnant un coup de poing dans le bras de son frère. Il n'y a pas de prescription pour ce genre de crime. Maman, ajouta-t-il en souriant gentiment à l'adresse de Roz, qui fronçait les sourcils, ce que tu ne sais pas ne peut pas te faire de mal.

— Sans doute, concéda-t-elle, tout en se demandant de quoi il s'agissait.

Elle acheva de défaire le paquet, et son cœur se serra quand elle découvrit le coffre ancien.

— C'est ce que nous avons trouvé de plus ressemblant à celui que nous avons cassé, expliqua Harper. C'est presque le même style et la même forme.

— Reine Anne, précisa Austin. Vers 1700. Avec la laque or et vert sur le tiroir. En tout cas, c'est celui qui nous a paru se rapprocher le plus de celui que Mason a cassé.

— C'est Harper qui avait eu l'idée de s'en servir comme malle au trésor, protesta ce dernier. Ce n'est pas de ma faute si je l'ai laissé tomber de ce satané arbre. J'étais un bébé.

— Ô mon Dieu, mon Dieu... J'étais tellement en colère que j'ai bien failli vous écorcher vifs, se rappela-t-elle.

— Ça, on ne risque pas de l'oublier, assura Austin.

— Il venait de la famille de votre père, reprit Roz, la gorge nouée, en passant le bout des doigts sur le bois laqué. Il me l'avait donné le jour de notre mariage.

— Nous aurions mérité que tu nous écorches vifs, dit Harper en s'asseyant à côté d'elle et en lui caressant le bras. Nous savons que ce n'est pas la même chose, mais...

— Non, non.

Submergée par l'émotion, elle se tourna un instant vers lui et appuya le visage contre son torse.

— Il est bien mieux, affirma-t-elle en se reprenant. C'est merveilleux que vous vous en soyez souvenus, que vous y ayez pensé, que vous l'ayez fait.

— Ça t'avait fait pleurer, murmura Mason en frottant la joue contre ses cheveux. C'est la première fois que je me rappelle t'avoir vue pleurer, maman. Nous ne l'avons jamais oublié.

Tout en luttant contre les larmes, elle embrassa ses trois fils tour à tour.

— C'est le plus beau cadeau qu'on m'ait jamais offert, assura-t-elle, et je le chérirai plus que tout ce que je possède. Chaque fois que je le regarderai, je penserai aux petits garçons que vous avez été et aux hommes que vous êtes devenus. Je suis si fière de vous, mes garçons... Je l'ai toujours été. Même quand j'avais envie de vous écorcher vifs.

Austin prit le verre de Roz et le lui donna avant de répartir les trois autres entre ses frères et lui.

— Harper, à toi l'honneur, puisque tu es l'aîné. Mais je veux que l'on note bien que c'est moi qui ai eu l'idée de ce cadeau.

— Nous l'avons eue tous les trois, objecta Mason.

— Surtout moi. Bon, vas-y, Harper.

— Volontiers, si vous la fermez cinq secondes.

Il leva son verre.

— À notre mère, à tout ce qu'elle a été pour nous et tout ce qu'elle a fait pour nous, chaque jour.

— Oh, zut, gémit-elle quand les larmes qui gonflaient dans sa gorge roulèrent sur ses joues. Cette fois, ça y est.

— Pleure, maman, fit Mason en embrassant son visage humide. La boucle est bouclée.

Comme toujours, se remettre au travail aida Roz à combler le petit trou que le départ de deux de ses fils lui avait fait dans le cœur.

La semaine allait être calme. C'était toujours ainsi entre Noël et le Nouvel An. Du coup, elle prit modèle sur Stella et s'attaqua à l'organisation. Elle nettoya à fond les outils et les tables de travail, puis aida à faire l'inventaire avant de s'attaquer à la conception des sacs de terreau et au design.

Quand elle eut du temps libre, elle travailla avec Hayley à couler une nouvelle série de jardinières et de pots.

— Je n'en reviens pas que Noël soit déjà passé, lui confia la jeune femme. Toute cette attente, tous ces préparatifs, et pff ! En un clin d'œil, c'est terminé. L'année dernière, après la mort de mon père, c'était affreux. J'avais l'impression que les fêtes n'en finissaient pas.

— Le chagrin a tendance à allonger le temps et la joie à le réduire. Je ne sais pas pourquoi.

— Je n'avais qu'une envie : que ça s'arrête, pour que je n'aie plus à entendre *Jingle Bells* chaque fois que je sortais de chez moi pour aller travailler. J'étais enceinte, seule, et la maison était à vendre. J'ai passé presque toute la journée de Noël à faire des cartons et à me demander ce que j'allais vendre pour pouvoir quitter Little Rock.

Elle s'accroupit et poussa un soupir d'aise.

— Et un an plus tard, tout va bien, poursuivit-elle. Je suis heureuse. Je sais que Lily ne se rendait pas compte de ce qui se passait, mais c'était tellement drôle de la voir jouer avec ses jouets ! Et surtout avec les boîtes.

— Rien de tel qu'un bon carton pour amuser un bébé, confirma Roz. Cela a été une grande joie pour moi, pour nous tous, de l'avoir à la maison et de pouvoir partager ce premier Noël avec elle.

Lorsqu'elle eut fini de remplir le moule, Hayley lissa les bords avec une truelle.

— Je sais combien vous l'aimez, Roz, mais cela me gêne que vous restiez à la maison le soir du réveillon pour la garder pendant que je vais faire la fête.

— Je n'aime pas sortir pour le Nouvel An. Lily me fournit une excuse rêvée. Et je me réjouis à l'avance de l'avoir un peu pour moi toute seule.

— Vous devez être invitée à une demi-douzaine de soirées…

— Plus, répondit Roz en se redressant, les deux mains sur les reins. Mais cela ne m'intéresse pas. Sortez avec David, amusez-vous avec des gens de votre âge. Mettez vos nouvelles boucles d'oreilles et allez danser. Lily et moi serons très contentes d'attendre la nouvelle année ensemble.

— David m'a dit qu'il n'avait jamais pu vous convaincre d'aller à cette fête, bien que ce soit devenu une tradition, avec les années. Il pense que Harper passera sans doute faire un tour, ajouta-t-elle d'un ton détaché.

— C'est probable. Ils ont pas mal d'amis communs, confirma Roz, amusée, en tapotant l'épaule de Hayley. Allez, finissons cette jardinière, et cela suffira pour aujourd'hui.

Elle rentra chez elle fatiguée, mais satisfaite de savoir qu'elle pouvait rayer un certain nombre de tâches à accomplir de sa liste. Lorsqu'elle remarqua la voiture de Mitch garée devant la maison, elle se surprit à envisager de monter se changer avant d'aller le trouver.

« Allons, se morigéna-t-elle, ce serait une perte de temps. Et puis, ce n'est pas ton genre. » Elle était donc encore en tenue de travail quand elle entra dans la bibliothèque.

— Vous avez tout ce qu'il vous faut ? s'enquit-elle.

Il leva les yeux de la pile de livres et de papiers posés devant lui sur la table.

— Mmm ? fit-il en remontant sur son nez ses lunettes à monture d'écaille.

— Je rentre à l'instant, expliqua-t-elle. Je suis venue voir si vous aviez besoin de quelque chose.

— D'une vingtaine d'années pour mettre de l'ordre dans tout cela, de nouveaux yeux… et de quelques litres supplémentaires de café, conclut-il en soulevant la cafetière posée à côté de lui.

— Le café, ça peut s'arranger, répondit-elle en entrant dans la pièce.

— Non, merci. Il vaut mieux que je m'abstienne. Je dois en être à quatre-vingt-dix pour cent de caféine dans le sang. Quelle heure est-il ?

Elle nota qu'il portait une montre au poignet, mais consulta la sienne.

— Cinq heures dix, répondit-elle.

— Du matin ou de l'après-midi ?

— Vous êtes ici depuis si longtemps que cela ?

— Suffisamment pour avoir perdu la notion du temps.

Il se massa l'épaule en faisant des rotations du cou.

— Vous avez une famille fascinante, Rosalind. J'ai rassemblé assez de coupures de journaux sur les Harper – en remontant pour l'instant jusqu'au milieu du XIXe siècle – pour remplir un coffre de banque. Par exemple, savez-vous que vous avez un ancêtre qui a été cavalier pour le Pony Express en 1860 et qui a tourné avec le Wild West Show de Buffalo Bill dans les années 1880 ?

Roz hocha la tête.

— Mon arrière-grand-oncle Jeremiah, qui, semble-t-il, s'est enfui quand il était gamin pour travailler pour le Pony Express. Il a combattu les Indiens, a été éclaireur pour l'armée et s'est marié plus ou moins simultanément, semble-t-il, avec une Comanche et une autre femme de Kansas City. Il était voltigeur à cheval dans le Wild West Show. Bien entendu, les membres les plus guindés de la famille le considéraient comme une brebis galeuse.

— Et Lucybelle ?

— Euh...

— Ah, je vous ai eue. Elle a épousé Daniel C. Harper en 1858 – et l'a quitté deux ans plus tard.

Son siège craqua quand il se pencha en arrière.

— Elle réapparaît à San Francisco en 1862, où elle ouvre un saloon doublé d'une maison de tolérance.

— Elle m'avait échappé, celle-là...

— Eh bien, son mari a prétendu qu'il l'avait envoyée dans une clinique à New York pour l'y faire soigner mais qu'elle y était morte d'une maladie débilitante. Il devait prendre ses désirs pour des réalités. Grâce à un peu de travail et de magie, j'ai retrouvé notre Lucybelle en train de divertir la mauvaise société de Californie, où elle semble avoir vécu en excellente santé encore vingt-trois ans.

— Vous aimez vraiment ce travail de recherche, constata-t-elle.

— Oui. J'imagine Jeremiah à quinze ans, traversant les plaines au galop pour apporter le courrier. Jeune, courageux, maigre... Ils recherchaient de jeunes garçons légers pour moins fatiguer les chevaux.

— Ah, oui ? fit-elle en posant une hanche sur un coin de son bureau.

— Je le vois penché sur sa monture, chevauchant à un train d'enfer, distançant les troupes en guerre, couvert de poussière et de sueur...

— À la façon dont vous en parlez, on devine que vous pensez qu'il s'amusait follement.

— Imaginez... Ce devait être génial, non ? Et Lucybelle dans son saloon, en robe rouge, un pistolet dans sa jarretelle...

— Quel romantisme !

— Elle était bien obligée d'être armée, si elle tenait un bar ou si elle plumait des mineurs aux cartes tous les soirs.

— Je me demande si leurs chemins se sont croisés un jour...

— Et voilà ! dit-il, ravi. C'est exactement comme cela que l'on se prend au jeu. C'est possible, vous savez. Jeremiah a très bien pu entrer dans le saloon de Lucybelle et boire un whisky au comptoir.

— Voire profiter des autres spécialités de la maison... pendant que les Harper plus collet monté s'éventaient dans la véranda en se plaignant de la guerre.

— On trouve de tout dans ces documents : des gens collet monté, des brebis galeuses, de l'argent, du prestige...

Il déplaça quelques papiers et tira de la pile une copie d'une autre coupure de journal.

— ... et un charme considérable, ajouta-t-il.

Roz regarda cette photo d'elle le jour de ses fiançailles, dans toute la fraîcheur et l'éclat de ses dix-sept ans.

— Je n'avais même pas terminé mes études secondaires. J'étais complètement inexpérimentée mais têtue comme une mule. Personne n'a pu me convaincre de ne pas épouser John Ashby au mois de juin suivant. Mon Dieu... J'ai l'air prête à tout, vous ne trouvez pas ?

— J'ai aussi des photos de vos parents. Vous ne leur ressemblez pas, remarqua-t-il.

— Non. On m'a toujours dit que je ressemblais à mon grand-père Harper. Il est mort quand j'étais petite, mais d'après les clichés que j'ai pu voir, c'est vrai.

— Oui, j'ai trouvé plusieurs photos de lui et je suis d'accord. Reginald Edward Harper Junior, né en... 1892, dernier enfant – et seul fils – de Reginald et Beatrice Harper, dit-il en lisant ses notes. Il a épousé...

— Elizabeth McKinnon. Comme je vous l'ai dit, c'est elle qui m'a transmis l'amour du jardinage. Mon père affirmait que j'étais sa préférée parce que je ressemblais à mon grand-père. Vous ne voulez pas une tisane pour compenser un peu l'effet du café ?

— Non, merci. Je ne peux pas rester, de toute façon. J'ai un rendez-vous.

— Dans ce cas, je ne vous retiens pas plus longtemps.

— Avec mon fils, précisa-t-il. Pizza et match à la télé. Nous nous efforçons de faire cela une fois par semaine.

— C'est bien. Pour vous deux.

— Oui. Écoutez, j'ai prévu des recherches sur le terrain pour les jours qui viennent, mais je serai de retour jeudi après-midi. J'aimerais bien venir travailler ici le soir, si cela ne vous ennuie pas.

— Jeudi, c'est le 31 décembre.

— Ah, bon ?

L'air surpris, il regarda sa montre.

— Je ne sais jamais quel jour on est pendant les vacances. J'imagine que vous aurez du monde ici.

— À vrai dire, non.

— Alors, si vous sortez, cela ne vous dérange peut-être pas que je vienne travailler...

— Je ne sors pas non plus. Je m'occupe du bébé – la petite Lily. J'envoie Hayley à une soirée, et Stella et ses fils vont faire une petite fête en famille chez Logan.

— Si vous n'avez pas été invitée à cinquante fêtes et s'il n'y a pas des dizaines d'hommes qui rêvent de réveillonner avec vous, je suis prêt à manger ces coupures de presse.

— Vos chiffres sont un peu exagérés, mais j'ai reçu quelques invitations, en effet, que j'ai toutes refusées. J'aime rester chez moi le 31.

— Cela vous gênerait-il si je venais travailler ?

— Vous aussi, vous avez dû être invité à pas mal de soirées, observa-t-elle en inclinant la tête sur le côté. Et il doit y avoir beaucoup de femmes qui aimeraient sortir avec vous.

— Je ne fête jamais le Nouvel An. Une espèce de tradition.

— Dans ce cas, vous ne me dérangerez pas. Et si le bébé est sage, nous pourrons commencer l'interview, si vous voulez.

— Parfait.

— C'est entendu, alors. J'ai été assez occupée, ajouta-t-elle. La maison était pleine à Noël, mes fils étaient là. C'est la raison pour laquelle je ne vous en ai pas parlé plus tôt.

— Parlé de quoi ?

— Il y a une quinzaine de jours, Amelia m'a transmis un message.

— Il y a une quinzaine de jours ? s'écria-t-il.

— Je vous ai dit que j'avais été occupée, répliqua-t-elle avec un rien d'agacement. Et de toute façon, je ne voulais pas y penser pendant les vacances. Je ne vois pas mes fils très souvent et j'avais pas mal de choses à faire avant qu'ils arrivent.

Sans rien dire, Mitch sortit son Dictaphone, le tendit vers Roz et l'alluma.

— Racontez, lui ordonna-t-il.

Elle fronça les sourcils.

— Elle a écrit : « Les hommes mentent » sur un miroir.

— C'est tout ?

— Oui, c'est tout.

— Quel miroir ? Vous avez pris une photo ?

— Non.

Et elle pourrait se le reprocher plus tard, quand elle serait seule. Mais elle ne battrait pas sa coulpe devant Mitch.

— Qu'est-ce que cela change pour vous, de savoir sur quel miroir elle a écrit ? Enfin, c'était celui de la salle de bains. Je sortais de la douche. Une douche chaude. Il y avait de la buée sur la glace, et le message était écrit dans la buée.

— En cursive ou en script ?

— Euh... en script. Avec un point d'exclamation à la fin. Comme cela, précisa-t-elle en prenant un des stylos de Mitch pour noter la phrase telle qu'Amelia l'avait écrite. Comme il ne s'agissait pas d'une information vitale ni stupéfiante, je me suis dit que cela pouvait attendre.

— La prochaine fois, abstenez-vous – de croire que cela peut attendre. Que faisiez-vous avant de...

Non, se dit-il, il ne fallait pas l'imaginer nue sous la douche.

— ... avant de prendre votre douche ? acheva-t-il.

— Eh bien, il se trouve que j'étais dans le jardin et que je discutais avec vous.

— Avec moi ?

— Oui. C'est le jour où vous êtes venu me parler pendant que je broyais des branches.

— C'était après votre réception, se rappela-t-il en prenant des notes. Le jour où je vous ai invitée à dîner...

Dans son excitation, il se leva et fit le tour de la table pour s'asseoir sur le plateau, près d'elle, si bien qu'ils se retrouvèrent presque les yeux dans les yeux.

— Et tout de suite après, elle vous dit que les hommes mentent. C'est fascinant... Le fait que je travaille ici ne semble pas la déranger, ajouta-t-il en ôtant ses lunettes, qu'il posa sur la table. Je m'attendais à la voir. J'espérais un peu une confrontation avec elle. Mais pour l'instant, elle ne s'est pas souciée de moi. En revanche, le jour où je vous fais des avances, elle vous transmet un message pour vous mettre en garde contre moi. C'était déjà arrivé avant ?

— Non.

— Et... Qu'y a-t-il ? demanda-t-il en surprenant une ombre sur le visage de Roz. Vous avez pensé à quelque chose.

— C'est un peu curieux... Je l'avais vue peu de temps avant, alors que je venais de prendre un bain. Un long bain chaud. La douche, le bain : je trouve cela bizarre.

Surtout, ne pas l'imaginer nue dans la baignoire, se rappela-t-il.

— Qu'aviez-vous fait avant de prendre ce bain ?

— Rien de particulier.

— D'accord. Alors, à quoi pensiez-vous en vous baignant ?

— Quelle importance ? Mais je me rappelle que c'était le soir de mes courses de Noël. Je me détendais.

— Vous aviez passé du temps avec moi ce jour-là aussi, observa-t-il.

— Votre ego me paraît un peu surdéveloppé, Mitch.

— Les faits sont les faits. Quoi qu'il en soit, ce à quoi vous pensiez a pu intéresser Amelia – ou la contrarier. Si elle s'est immiscée dans les rêves de Stella, pourquoi ne pourrait-elle pas lire dans vos pensées ?

— Cette idée ne me plaît pas du tout.

— Cela ne me plairait pas non plus si j'étais à votre place, mais cela mérite réflexion. J'aborde ce problème par plusieurs côtés à la fois. Je m'intéresse à ce qui se passe maintenant et pourquoi, en même temps qu'à ce qui s'est passé autrefois et pourquoi. Qui, pourquoi et quoi : tout est lié. Vous m'avez engagé pour le découvrir, alors, quand il se produit quelque chose, il faut me le dire. Sans attendre deux semaines.

— D'accord. La prochaine fois qu'Amelia me réveillera à 3 heures du matin, je vous appellerai aussitôt.

Il sourit.

— Vous n'aimez pas beaucoup que l'on vous donne des ordres, on dirait. Vous êtes bien trop habituée à en donner pour en recevoir. Mais cela ne me dérange pas vraiment. À présent, puis-je me permettre de vous demander poliment si vous voulez bien que je jette un coup d'œil à votre salle de bains ?

— Cela me paraît parfaitement ridicule au point où nous en sommes. Et de toute façon, vous n'êtes pas censé aller retrouver votre fils ?

— Josh ? Oh, zut ! J'avais oublié. Il faut que je file. Je vais devoir laisser tout ça comme ça, ajouta-t-il en regardant la table. Vous voudrez bien ne pas ranger ?

— Je ne suis pas une maniaque de l'ordre.

— Tant mieux !

Il prit sa veste, avant de récupérer ses lunettes.

— Je reviens jeudi. Prévenez-moi s'il se passe quelque chose d'ici là.

Il se dirigea vers la porte à grands pas, puis s'arrêta et se retourna.

— Rosalind, il faut que je vous dise quelque chose. Vous étiez un ravissant bouton à dix-sept ans, mais la fleur épanouie que vous êtes devenue est carrément spectaculaire.

Roz attendit d'être seule pour laisser échapper un petit rire. Elle considéra ses vieilles bottes, son large pantalon de travail maculé de terre et de ciment en train de sécher et la chemise de flanelle qu'elle portait sur un vieux tee-shirt usé jusqu'à la corde.

Les hommes mentaient, songea-t-elle. Mais de temps en temps, leurs mensonges n'étaient pas désagréables à entendre.

7

Comme la jardinerie fermait plus tôt le 31 décembre, Roz en profita pour s'occuper de ses plantes d'intérieur. Elle voulait en rempoter certaines, en bouturer d'autres pour faire des cadeaux.

Par ce bel après-midi frais et clair, elle s'installa dans la chaleur humide de sa serre près de la maison et se mit au travail. Elle commença par prélever des boutures d'une de ses plantes préférées, un énorme saintpaulia qui lui venait de sa grand-mère. Elle les offrirait à Stella pour sa nouvelle maison, pour sa nouvelle vie. Elle était heureuse de transmettre cet héritage sentimental à une femme qui saurait l'apprécier. Et surtout à une femme qu'elle aimait énormément.

Un jour, elle ferait la même chose pour ses fils, quand ils se marieraient. Elle aimerait ses belles-filles parce qu'ils les aimeraient. Et si elle avait de la chance, elle les apprécierait réellement, personnellement, pas seulement parce que ses enfants les auraient choisies.

Un jour, bientôt peut-être, elle serait belle-mère. Grand-mère. Elle avait du mal à y croire. Et ce qui était plus incroyable encore, c'était qu'elle commençait à en avoir envie. Cela venait certainement de la présence de Stella, de Hayley et des enfants dans la maison.

Cependant, elle pouvait attendre. Elle accepterait volontiers ces changements, mais elle n'était pas pressée.

Pour l'instant, sa vie lui convenait telle qu'elle était. Son entreprise était florissante, et au-delà du succès personnel que cela représentait, c'était surtout un profond soulagement.

Elle avait risqué gros en créant Côté Jardin. Mais c'était un risque qu'elle avait dû prendre, pour elle-même autant que pour son héritage.

Harper House était une maison très lourde à entretenir. Roz savait que certains la croyaient riche à millions, mais même si elle n'en était pas réduite à compter chaque sou, elle était loin de rouler sur l'or.

Elle avait élevé trois enfants, elle les avait habillés et nourris, elle leur avait fait faire des études. Grâce à l'argent dont elle avait hérité, elle avait pu rester avec eux sans être obligée de travailler à l'extérieur, et son flair pour les investissements lui avait permis d'arrondir un peu son pécule.

Mais les études universitaires n'étaient pas données, et parfois, la maison avait besoin de travaux de plomberie, de toiture ou de peinture qui ne pouvaient pas attendre.

Pour toutes ces raisons, au fil des ans, elle avait discrètement vendu un certain nombre de choses. Des tableaux et des bijoux auxquels elle ne tenait pas, certes. Mais cela ne l'empêchait pas de ressentir une petite pointe de culpabilité chaque fois qu'elle vendait un objet qui lui avait été donné – chaque fois qu'elle sacrifiait un élément pour sauver l'ensemble.

Puis un jour était venu où elle avait estimé qu'elle avait fait tout ce qu'elle pouvait pour assurer l'avenir de ses fils et où les rénovations essentielles avaient été apportées à la maison. Cependant, elle avait toujours besoin d'argent.

Oh, elle avait bien envisagé de chercher un emploi. Mais Mitch avait raison, elle n'aimait pas qu'on lui donne des ordres. En revanche, elle aimait bien en donner et elle savait le faire. Autant se servir de ses points forts, songea-t-elle en souriant. C'était ce qu'elle avait fait.

Soit elle trouvait le courage de créer son entreprise, soit elle ravalait sa fierté en travaillant pour quelqu'un d'autre.

Pour Roz, la question ne se posait même pas.

Les deux premières années de Côté Jardin avaient été plus qu'incertaines. Puis la jardinerie avait grandi, grâce à ses efforts et à ceux de Harper.

Le divorce lui avait fichu un coup. Quelle stupide erreur ! Si le jugement n'avait pas accordé grand-chose à Bryce, se débarrasser de lui avait tout de même coûté pas mal de fierté et d'argent à Roz.

Mais elle avait survécu. Aujourd'hui, ses fils, sa maison, son entreprise prospéraient. Alors, elle pouvait commencer à envisager des changements, des expansions, tant sur le plan personnel que professionnel, tout en profitant de ses succès présents.

Après le saintpaulia, elle passa aux broméliacées. Quand elle eut fini, elle décida qu'elle en donnerait aussi à Stella. Satisfaite, elle travailla encore une heure, puis alla surveiller les bulbes de printemps qu'elle était en train de forcer. Ella aurait des narcisses d'ici à une semaine.

Enfin, elle rapporta certaines plantes dans la maison et les disposa comme elle l'entendait.

— Qu'est-ce que tu m'apportes ? s'enquit David quand elle apporta trois bulbes dans la cuisine.

— Je désespère de jamais t'apprendre quoi que ce soit sur l'horticulture, soupira-t-elle en plaçant les bulbes sur l'appui de fenêtre. Ce sont des tulipes.

Ça se voit, quand même ! Elles vont fleurir d'ici à quelques semaines.

— Et moi, je désespère de jamais t'apprendre à choisir des tenues de jardinage un peu élégantes. Tu as cette chemise depuis combien d'années ?

— Aucune idée. Qu'est-ce que tu fiches encore ici ? demanda Roz en ouvrant le réfrigérateur pour sortir la carafe de thé glacé qui s'y trouvait en permanence. Tu ne devrais pas être en train de te faire beau pour ta soirée ?

— Je te prépare un joli plat de bonnes petites choses à grignoter, puisque tu refuses de venir faire la fête avec nous.

— Ne te donne pas la peine de préparer un plat, David. Je trouverai bien de quoi me faire un sandwich toute seule.

— Je préfère que tu aies quelque chose de correct à manger, d'autant que tu as de la compagnie, fit-il valoir en riant. Le professeur est dans la bibliothèque. J'ai mis du champagne au frais pour que vous puissiez... disons... faire sauter un bouchon.

— David, je ne vais rien faire sauter avec personne, répliqua-t-elle en lui donnant une petite tape sur la tête, avant de se servir du thé. Je m'occupe du bébé.

— Les bébés dorment. Roz, mon trésor, il est sublime, dans le genre professeur ébouriffé. Saute-lui dessus. Mais, pour l'amour du Ciel, change-toi d'abord. Je t'ai sorti ton cachemire blanc et le pantalon noir que je t'ai convaincue d'acheter, ainsi que tes divines Jimmy Choo.

— Il n'est pas question que je porte du cachemire blanc, un pantalon serré – que je n'aurais d'ailleurs jamais acheté si tu n'avais pas autant insisté – et des sandales à talons de plus de dix centimètres pour m'occuper d'un bébé de sept mois. Mitch et moi n'avons même pas vraiment prévu de passer la soirée ensemble.

— Et ses lunettes d'écaille, elles ne te font pas craquer ? Pourquoi est-ce si séduisant, un homme à lunettes d'écaille ?

Elle prit une olive dans le bol qu'il avait préparé.

— Toi, tu es surexcité, ce soir, observa-t-elle.

Il couvrit les bols et le plat de film alimentaire.

— Voilà, déclara-t-il. Tu vas pouvoir faire un bon petit pique-nique de réveillon avec le canon à lunettes.

— David, qu'est-ce qui te fait penser que je peux avoir besoin d'un homme ?

— Roz, ma chérie, nous avons tous besoin d'un homme.

Roz se changea, mais n'opta pas pour le choix de David. À la place, elle mit un jean, une chemise en coton toute simple et des chaussettes de laine en guise de chaussures comme elle aimait le faire chez elle. Elle prit néanmoins la peine de se maquiller.

Dans la nursery, elle écouta patiemment les mille recommandations de Hayley, la rassura et lui jura solennellement de l'appeler s'il y avait le moindre problème. Elle dut finir par la pousser dehors gentiment pour qu'elle parte enfin à sa soirée.

Debout devant la fenêtre, elle regarda la voiture s'en aller. Puis elle se retourna en souriant vers Lily qui gazouillait dans son transat.

— Je t'ai toute à moi, maintenant, ma petite chérie. Viens faire un câlin à tante Roz.

Dans la bibliothèque, Mitch faisait semblant de lire et griffonnait distraitement sur un bloc tout en écoutant le babyphone posé sur la table et dont le son était réglé au plus bas. Il y en avait dans toutes les pièces. Du moins dans toutes celles où il était entré.

C'était une sage précaution, après les événements dont il avait été témoin au printemps précédent.

Mais pour l'instant, il ne pensait ni sécurité ni précautions. Le départ inquiet de Hayley l'avait amusé, et maintenant, il était sous le charme des déclarations d'amour de Roz au bébé.

Il ne l'avait jamais entendue adopter ce ton, qui révélait une douceur insoupçonnée chez elle. Il ne l'aurait pas imaginée folle d'un bébé comme elle l'était manifestement de Lily.

Elle disait des phrases sans queue ni tête, riait, s'extasiait sur la petite fille, faisait les petits bruits que font souvent les adultes en présence d'un bébé – pour la plus grande joie de Lily, semblait-il.

C'était encore une autre facette de cette femme qu'il considérait jusque-là comme redoutable, sûre d'elle, un peu distante et étonnamment directe, ce qui la rendait extrêmement sexy à ses yeux. Alors, cette toute nouvelle douceur, c'était un peu une surprenante cerise sur un gâteau déjà très tentant.

En l'entendant éclater d'un long rire charmant, il renonça à essayer de travailler.

Il écouta la musique, le bruit des jouets, les gazouillis du bébé, la joie qu'il décelait dans la voix de Roz, la berceuse qu'elle chanta pour endormir la petite fille.

— Bonne nuit, mon cœur, murmura-t-elle pour finir. Fais de beaux rêves.

Elle soupira, puis le babyphone se tut.

Il soupira à son tour, désolé que cet interlude soit déjà terminé. Quand il prit la cafetière, il s'aperçut qu'elle était vide. Encore.

Il se rendit à la cuisine pour se refaire du café. Roz l'y rejoignit presque aussitôt.

— Bonsoir, dit-il. Je débarrasse le plancher dans une minute. David m'a dit que je pouvais me faire du café quand je voulais.

— Il a bien fait. J'allais piocher dans l'assiette anglaise qu'il a préparée tout à l'heure. Ça vous tente ?

— Oui, merci. Il m'a effectivement dit qu'il y aurait quelque chose à manger… Je vois qu'il ne plaisantait pas ! ajouta-t-il en ouvrant de grands yeux devant le plat et les bols que Roz sortait du réfrigérateur.

— Il a toujours peur que je meure de faim s'il ne me laisse pas à manger pour six personnes au moins. Vous voulez que je vous fasse un sandwich ou vous préférez choisir vous-même ?

— Si cela ne vous ennuie pas, je veux bien un sandwich.

— Cela m'ennuie d'autant moins que je vais m'en faire un aussi.

Elle releva brusquement la tête quand une voix – celle d'Amelia – sortit du babyphone.

— Cela surprend toujours, n'est-ce pas ? commenta Mitch.

— Elle ne va pas chanter sa berceuse à Lily tous les soirs comme elle le faisait avec mes fils ou ceux de Stella. Elle préfère les garçons. Elle doit savoir que Hayley est sortie et vouloir…

Elle laissa sa phrase en suspens, et ses gestes devinrent d'une maladresse inhabituelle quand elle se rappela le coucher de Lily.

— J'avais oublié qu'il y avait un babyphone dans la bibliothèque, dit-elle d'un ton un peu embarrassé. Il a dû vous déranger.

— Pas le moins du monde.

— En tout cas, n'hésitez pas à l'éteindre lorsque vous êtes là. Il y en a partout. Hayley en a même acheté un avec une vidéo pour sa chambre. C'est fou tout ce qu'on fait maintenant pour simplifier la vie des jeunes mamans.

— Vous avez dû être une très bonne mère, remarqua-t-il. Cela se sentait quand vous étiez en haut avec le bébé.

— C'est vrai. Et je pense que je le suis toujours. C'est mon rôle le plus important.

Mais elle s'était crue seule avec Lily. Combien de fois avait-elle chanté la comptine d'Elmo ?

Elle préférait ne pas y penser.

— Voulez-vous emporter votre sandwich dans la bibliothèque ou le manger ici ?

— J'aime autant rester ici, si cela ne vous ennuie pas.

— Pas du tout.

Elle hésita un instant, puis sortit la bouteille de champagne du réfrigérateur.

— C'est le réveillon, expliqua-t-elle. On peut boire quelque chose d'un peu plus festif que du café avec nos sandwiches.

— Merci, mais je ne bois pas. Je ne peux pas.

— Oh.

Roz se sentit idiote. Elle avait pourtant déjà remarqué qu'il ne buvait jamais d'alcool. N'aurait-elle pas pu réfléchir une seconde avant de mettre son invité dans l'embarras ?

— Café, alors.

— Je vous en prie, dit-il en s'approchant d'elle pour poser la main sur son bras avant qu'elle ne range la bouteille. Ouvrez-la et profitez-en. Cela ne me dérange pas que les gens autour de moi boivent un verre. Je tiens avant tout à ce qu'ils soient à l'aise. À ce que *vous* soyez à l'aise. Attendez, laissez-moi faire. Ne vous inquiétez pas, ajouta-t-il en prenant la bouteille, ouvrir une bouteille de champagne n'est pas le début de la récidive.

— Je suis confuse de vous avoir mis dans une situation gênante. J'aurais dû y penser.

— Pourquoi ? Ce n'est pas écrit sur mon front, si ?

Elle lui adressa un petit sourire et alla chercher une flûte.

— Non, reconnut-elle.

— J'ai commencé à boire à quinze ans, raconta-t-il en libérant le bouchon. Je piquais une bière de temps en temps, comme le font beaucoup de garçons de cet âge. Rien de grave.

Il posa les deux assiettes sur la table pendant qu'elle disposait leur pique-nique.

— J'ai fait quelques excès à l'université, mais là encore, je n'étais pas le seul. Cela ne m'a jamais fait rater un cours ni attiré de problèmes. Mes notes étaient toujours bonnes – d'ailleurs, j'ai eu mon diplôme avec mention très bien ; j'étais parmi les meilleurs de ma promo. Je vous rase avec mon histoire ?

— Non, affirma-t-elle en le regardant dans les yeux.

— Très bien.

Il prit une bouchée de sandwich et hocha la tête d'un air approbateur.

— Roz, déclara-t-il, vous êtes la reine du sandwich.

— Merci.

— Ensuite, j'ai enseigné, je me suis marié, j'ai préparé mon doctorat. J'ai eu un magnifique petit garçon. Et pendant tout ce temps, j'ai bu… J'avais l'alcool aimable, si vous voyez ce que je veux dire. Cela ne me rendait ni agressif ni brutal – physiquement, en tout cas. Je ne me suis jamais battu. Mais je peux dire que je n'ai jamais complètement dessoûlé entre la naissance de Josh – même un peu avant, pour être honnête – et le jour où j'ai posé la bouteille pour la dernière fois.

« J'ai travaillé, poursuivit-il en prenant de la salade de pommes de terre. J'ai enseigné, j'ai écrit. J'ai subvenu aux besoins de ma famille très convenablement. Boire ne m'a jamais coûté une journée de travail ni une heure de cours. En revanche, cela m'a coûté ma femme et mon fils.

— Je suis désolée, Mitch.

— Vous n'avez pas à l'être. Sara, mon ex, a fait tout ce qu'elle a pu. Elle m'aimait. Elle voulait connaître la vie que je lui avais promise. Elle est restée avec moi plus longtemps que beaucoup ne l'auraient fait. Elle m'a supplié d'arrêter à plusieurs reprises ; soit je le lui promettais, soit je la rassurais, soit je l'envoyais balader. Je payais les factures, non ? Nous avions une jolie maison, et je ne manquais jamais un remboursement du crédit. Je n'étais pas un ivrogne, bon sang ! Je buvais juste quelques verres pour me calmer. Évidemment, peu à peu, j'ai commencé à avoir besoin de me calmer dès 10 heures du matin, mais je ne voyais pas où était le problème.

Il marqua une pause et secoua la tête avant de reprendre :

— Il est facile de se convaincre que tout va bien quand on est dans le brouillard presque tout le temps. Il est facile de se cacher que l'on déçoit sa femme et son fils tous les jours, pour toutes sortes de raisons. On oublie des invitations à dîner, les anniversaires. On se glisse hors du lit – où l'on n'est bon à rien, de toute façon – pour boire un dernier verre. On s'endort quand on est censé garder son propre bébé. On n'est plus vraiment là. Jamais.

— Cela doit être très dur à vivre, j'imagine. Pour toutes les personnes concernées.

— Surtout pour celles que l'on anéantit avec soi, croyez-moi. Je ne voulais pas aller voir un psy avec Sara ; je refusais d'assister aux réunions des Alcooliques Anonymes, de parler à quiconque de ce qu'elle considérait comme mon problème. Même lorsqu'elle m'a dit qu'elle me quittait, lorsqu'elle a fait sa valise et celle de Josh et qu'elle est partie, j'ai continué à me voiler la face. J'ai à peine remarqué qu'ils n'étaient plus là.

— Il a dû lui falloir énormément de courage.

— Oui, c'est vrai. Cela ne m'étonne pas qu'une femme comme vous le comprenne. J'ai mis encore un an à toucher le fond, à réduire ma vie à néant. À me rendre compte que j'avais perdu ce que j'avais de plus précieux et qu'il était trop tard pour le récupérer. Alors, je suis allé aux réunions.

— Pour cela aussi, il faut du courage.

— J'ai tenu trois mois, dix jours et cinq heures avant de recommencer. J'ai de nouveau lutté pour m'en sortir, et cette fois, j'ai résisté onze mois, deux jours et quinze heures. Sara n'est pas revenue, vous comprenez. Elle avait rencontré quelqu'un d'autre et elle ne me faisait plus confiance. Cela m'a servi d'excuse pour replonger. Quelques mois plus tard, je suis ressorti de mon trou.

« Cela fera quatorze ans en mars, précisa-t-il en levant sa tasse de café comme pour porter un toast. Le 15 mars. Sara m'a pardonné. Non seulement elle est courageuse, mais c'est une femme généreuse. Josh aussi m'a pardonné, et depuis quatorze ans, je suis un bon père. En tout cas, je fais de mon mieux pour en être un.

— Je crois qu'il faut du courage et de la force pour affronter ses démons intérieurs et les chasser, tous les jours. Et il faut être lucide et intelligent pour ne pas essayer, même partiellement, de se décharger de la responsabilité de ses fautes sur les autres.

— Ne pas boire ne fait pas de moi un héros, Roz. Cela fait juste de moi un homme qui ne boit pas. À présent, il ne me reste plus qu'à me débarrasser de mon addiction au café...

— Et moi donc !

— Maintenant que je vous ai bien cassé les oreilles, cela va être votre tour de parler. Après le dîner, nous ferons cette première interview.

— Entendu. Mais nous serons mieux dans le salon, si cela vous va.

— Bonne idée.

Roz monta d'abord vérifier que Lily allait bien, puis répondit au premier coup de téléphone de Hayley. Pendant que Mitch prenait ce dont il avait besoin dans la bibliothèque, elle disposa sur un plateau la coupe de fruits frais préparée par David, du fromage et des crackers ainsi que le café.

Mitch la rejoignit alors qu'elle portait le tout dans le salon.

— Laissez-moi vous débarrasser, lui dit-il.

— Non, c'est bon. Mais vous pouvez allumer un feu. Il fait frais, ce soir. Enfin, par chance, la nuit est claire. Je n'aime pas savoir mes poussins sur les routes quand il fait mauvais.

— Je me suis dit la même chose tout à l'heure. On ne cesse jamais de se faire du souci pour ses enfants, n'est-ce pas ?

— Jamais.

Elle déposa son plateau, s'assit sur le canapé et posa machinalement les pieds sur la table basse, avant de les considérer avec étonnement : en temps normal, elle ne cédait pas à cette habitude quand elle avait des invités. Elle regarda le dos de Mitch, qui s'était penché pour enflammer du petit bois.

Cela devait signifier qu'elle était à l'aise avec lui, estima-t-elle. Tant mieux, car elle s'apprêtait à lui confier des choses assez personnelles sur elle et sa famille.

Il se redressa, posa son Dictaphone et son bloc-notes, puis s'assit à l'autre bout du canapé en se tournant vers elle.

— J'aimerais que vous commenciez par me parler de la première fois où vous vous rappelez avoir vu Amelia, lui demanda-t-il.

— Je ne suis pas sûre de me souvenir d'une première fois en particulier. Je devais être toute petite. Je me rappelle sa voix, la chanson qu'elle chantait et une espèce de présence réconfortante. Si mes souvenirs sont bons, j'ai cru que c'était ma mère. Mais ma mère n'était pas du genre à venir voir si j'allais bien la nuit, et je crois qu'elle ne m'a jamais chanté de berceuse. Amelia s'est aussi manifestée plusieurs fois quand j'étais malade, que j'avais un rhume ou de la fièvre. J'ai plus le souvenir d'une présence plus ou moins constante que du choc d'une première apparition.

— Qui vous a parlé d'elle ?

— Mon père, ma grand-mère. Surtout ma grand-mère. Dans la famille, on en parlait avec désinvolture, dans des termes assez vagues. Avoir un fantôme dans la maison pouvait être une source de fierté autant que de gêne. Cela dépendait de qui en parlait. Mon père pensait que c'était une épouse Harper tandis que ma grand-mère soutenait qu'il s'agissait d'une domestique ou d'une invitée – d'une femme qui avait souffert, en tout cas. Quelqu'un qui était mort ici mais qui n'était pas de la famille.

— Vos parents ou votre grand-mère vous ont-ils parlé de leurs expériences personnelles avec elle ?

— Ma mère avait des palpitations dès qu'on abordait le sujet. Elle aimait beaucoup avoir des palpitations.

La froideur de son ton fit sourire Mitch, qui la regarda étaler du brie sur un cracker.

— J'avais une grand-tante comme cela, confia-t-il. Elle, c'étaient les vertiges.

— Comment peut-on se complaire ainsi dans la maladie ? Cela me dépasse. Ma mère m'a parlé d'Amelia une ou deux fois, d'une façon lugubre et mélodramatique, pour me prévenir qu'un jour, j'hériterais de ce fardeau et qu'elle espérait pour moi qu'il ne me ruinerait pas la santé comme il avait ruiné la sienne.

— Elle avait peur du fantôme, alors.

— Non, non, répondit Roz en chassant cette supposition d'un geste de la main. Elle aimait ce rôle de martyre... Je me rends compte que ce n'est pas une chose très gentille à dire, venant de sa fille unique.

— Disons que c'est honnête.

— Cela revient au même. Quoi qu'il en soit, d'autres fois, c'était le fait de m'avoir attendue et mise au monde qui lui avait ruiné la santé. Et d'autres fois encore, c'était à cause d'une pneumonie qu'elle avait contractée enfant. Ça n'a pas grande importance.

— À vrai dire, si, cela peut être utile. Les détails, les observations personnelles, les souvenirs, tout peut l'être. Et votre père ?

— Dans l'ensemble, avoir un fantôme chez lui l'amusait, et il avait de bons souvenirs d'enfance d'Amelia. Toutefois, si elle apparaissait et faisait peur à des amis, cela l'ennuyait ou le gênait beaucoup. Mon père avait un grand sens de l'hospitalité, et si quelque chose chez lui pouvait être désagréable à un invité, il en était profondément mortifié.

— Quel genre de souvenirs avait-il d'elle ?

— Les mêmes que ce que l'on vous a déjà raconté. Cela ne change pas tellement. Elle lui chantait des berceuses, venait le voir dans sa chambre. C'était une espèce de présence maternelle qui s'est manifestée jusqu'à ses douze ans.

— Elle ne lui a jamais causé de problèmes ?

— Il ne m'en a jamais parlé. Mais ma grand-mère disait qu'il lui arrivait de faire des cauchemars quand il était petit. Une ou deux fois par an, il affirmait qu'il avait vu une femme en blanc avec des yeux globuleux et qu'il l'avait entendue crier dans sa tête. Elle était parfois dans sa chambre et parfois dehors, avec lui – dans son rêve.

— Les rêves constitueraient donc un autre élément récurrent... Il vous est arrivé d'en faire où elle jouait un rôle ?

— Non, mais...

— Quoi ?

— J'ai toujours cru que c'était dû à la nervosité. Les semaines qui ont précédé mon mariage avec John, j'ai fait des cauchemars. J'ai rêvé d'orages, d'un ciel assombri par les nuages, de tonnerre, de vent glacé et d'un trou dans le jardin, comme une tombe, avec des fleurs mortes à l'intérieur, raconta-t-elle en frémissant. C'était horrible. Mais ces cauchemars ont cessé après mon mariage, et je n'y ai plus pensé.

— Et depuis, avez-vous refait ce genre de rêve ?

— Non. Jamais. C'est ma grand-mère qui a le plus vu Amelia. En tout cas, c'était elle qui en parlait le plus volontiers. Elle disait l'avoir vue dans la maison, dans le jardin, dans la chambre de mon père quand il était petit. Elle ne m'a jamais rien raconté d'inquiétant, mais elle ne l'aurait peut-être pas fait de toute façon. Pour autant que je me souvienne, de toute la famille, c'était elle qui faisait preuve du plus de sympathie envers Amelia. Mais franchement, ce n'était pas le sujet de conversation principal à la maison.

— Parlons de votre famille, alors, suggéra Mitch en sortant ses lunettes de sa poche pour relire ses notes. Les apparitions les plus anciennes dont vous ayez entendu parler directement remontent à votre grand-mère, Elizabeth McKinnon Harper...

— Ce n'est pas tout à fait exact. Elle m'a dit que son mari, mon grand-père, avait vu le fantôme quand il était enfant.

— Oui, mais c'est une chose qu'on lui a racontée ; elle ne l'a pas vécue elle-même. À ce propos, vous a-t-on rapporté des expériences qui seraient arrivées à des générations antérieures à celle de vos grands-parents ?

— Mmm... ma grand-mère m'a dit que sa belle-mère – mon arrière-grand-mère Harper, donc – refusait d'entrer dans certaines pièces de la maison.

— Lesquelles ?

— Voyons... La nursery, qui était au second, à l'époque. La chambre de maître – elle a dû la quitter à un moment donné et s'installer dans une autre chambre, j'imagine. La cuisine. Et il n'était pas question non plus qu'elle entre dans la remise à voitures. À en juger par la façon dont ma grand-mère la décrivait, c'était une femme plutôt guindée qui manquait cruellement de fantaisie. On a toujours pensé qu'elle avait vu le fantôme. Si quelqu'un l'a vu avant elle, je ne suis pas au courant. Mais il y a peu de chances, puisque nous avons estimé qu'Amelia était morte dans les années 1890.

— Vous vous êtes appuyés sur sa robe et sa coiffure pour évaluer la date de sa mort, commenta-t-il en prenant des notes. Ce n'est pas tout à fait suffisant.

— Cela nous a paru logique, se défendit-elle.

Il leva la tête en souriant. Derrière ses lunettes, son regard semblait distrait.

— Vous avez peut-être raison, concéda-t-il, mais je préfère réunir plus d'informations avant d'affirmer une chose avec certitude. Et vos grand-tantes, les sœurs aînées de Reginald Junior ?

— Je ne peux pas vous dire si elles ont vu le fantôme. Je n'en ai connu aucune, ou alors je ne me souviens pas d'elles. Et elles n'étaient proches ni de ma grand-mère ni de mon père. Cependant, ma grand-mère a fait des tentatives pour resserrer les liens entre mon père et ses cousins. Je suis encore en contact avec certains de leurs enfants.

— Vous croyez qu'ils voudront bien me parler ?

— Certains oui, d'autres non. Il y en a qui sont morts. Je vous donnerai les noms et les numéros de téléphone que j'ai.

— Tous, s'il vous plaît. Je suis capable d'être assez persuasif. Ça recommence, ajouta-t-il en entendant Amelia chanter dans le babyphone.

— Oui. Je vais monter voir si Lily va bien.

— Cela vous ennuie si je vous accompagne ?

— Non. Venez, dit-elle en se dirigeant vers l'escalier. Il y a des chances qu'elle s'arrête avant que nous arrivions. C'est ce qui se passe en général.

— J'ai fait la liste des domestiques femmes qui ont travaillé à Harper House entre 1890 et 1895. On arrive à une bonne quinzaine. J'ai trouvé des noms, mais les âges ne figurent nulle part. Il va falloir que je fasse pas mal de recherches pour identifier celles dont la description peut correspondre à Amelia. Ensuite, je rechercherai leur certificat de décès et leurs éventuels descendants.

— Vous allez avoir du pain sur la planche.

— Oui. Heureusement que j'aime ce travail. Vous aviez raison : elle s'est tue.

Ils empruntèrent tout de même le couloir qui menait à la nursery.

— Il fait encore froid, constata Roz. Mais cela ne va pas durer longtemps.

Elle s'approcha du berceau et borda la petite fille endormie.

— C'est fou ce qu'elle est facile, chuchota-t-elle. Elle fait déjà ses nuits. À son âge, mes fils n'en étaient pas encore là. Tout va bien ; laissons-la dormir.

Elle sortit en laissant la porte ouverte. Ils étaient en haut de l'escalier quand l'horloge se mit à sonner.

— Minuit ? s'étonna-t-elle en regardant sa montre pour s'en assurer. Je ne pensais pas qu'il était si tard. Eh bien, bonne année.

— Bonne année, répondit-il en la retenant par la main avant qu'elle descende. Je peux ? demanda-t-il en posant son autre main sur la joue de Roz.

— Oui, vous pouvez.

Il effleura un instant ses lèvres des siennes, très légèrement, en un geste poli et civilisé pour célébrer la nouvelle année.

Quelque part dans l'aile est, celle de Roz, une porte claqua violemment.

Ils sursautèrent tous les deux, mais elle parvint à parler d'un ton égal.

— Manifestement, Amelia n'approuve pas.

— On dirait surtout qu'elle est en colère. Alors, autant lui donner une bonne raison de l'être.

Cette fois, il ne lui demanda pas la permission. Il fit glisser sa main posée sur la joue de Roz derrière sa nuque. Et le baiser qu'il lui donna alors ne fut ni léger, ni poli, ni civilisé. Un éclair de chaleur la traversa et vint se loger au creux de son ventre tandis que Mitch prenait possession de sa bouche et se pressait contre elle. Son sang bouillait dans ses veines, et elle s'autorisa à se laisser aller à un instant de folie.

Dans l'aile est, la porte claquait encore et encore. L'horloge continuait à carillonner, bien que les douze coups de minuit fussent passés.

Mitch s'était douté qu'elle aurait ce goût de force et de maturité, ce piquant. Il avait rêvé de sentir ses lèvres bouger contre les siennes, de serrer son corps de liane contre le sien... Et maintenant, loin d'être rassasié, il en voulait plus encore.

Mais elle se détacha de lui et le regarda dans les yeux.

— Bon. Je crois que cela devrait suffire.

— C'est un début.

— Je pense qu'il vaut mieux en rester là pour ce soir. Je vais ranger le salon.

— Entendu. Je ramasse mes notes et je rentre chez moi.

Dans le salon, Roz remit tout sur le plateau pendant que Mitch rassemblait ses affaires.

— Vous êtes bien énigmatique, Rosalind.

— Je n'en doute pas.

— Vous savez que j'ai envie de rester. Vous savez que j'ai envie de passer la nuit avec vous.

— Oui, je le sais, confirma-t-elle en se retournant vers lui. Mais je ne prends pas d'amants sur un coup de tête. S'il se passe quelque chose entre nous, Mitchell, ce sera sérieux. Très sérieux. C'est un point auquel il faut que nous réfléchissions tous les deux.

— Vous arrive-t-il de sauter dans le vide, Roz ?

— J'ai eu la réputation de le faire. Mais à une regrettable exception près, je me suis toujours assurée de retomber sur mes pieds. Si je n'étais pas tentée, je vous le dirais franchement. Je ne joue pas, dans ce domaine. Au lieu de cela, je vous dis que je suis suffisamment tentée pour envisager quelque chose entre nous. Et même pour regretter un peu de ne plus être assez jeune et insouciante pour agir sans réfléchir.

Elle fut interrompue par la sonnerie du téléphone.

— Ce doit encore être Hayley, dit-elle. Il faut que je réponde, sinon elle va s'affoler. Soyez prudent sur la route.

Elle sortit du salon pour décrocher. Tandis qu'elle assurait à Hayley que Lily allait bien et dormait comme un ange, elle entendit la porte se refermer derrière Mitch.

8

Un peu de distance s'imposait, estima Mitch. Roz était une femme paradoxale. Et comme il n'existait pas de solution toute faite à un paradoxe, mieux valait accepter la situation telle qu'elle se présentait, sans se poser trop de questions.

En attendant, il allait concentrer son énergie sur une autre énigme que Roz Harper. Il avait beaucoup de travail. Il avait déjà commencé les recherches nécessaires pour confirmer les informations relatives à l'état civil des Harper consignées dans la bible de famille et réalisé un premier arbre généalogique.

Les clients aimaient beaucoup ce genre de graphiques. Et pour lui, c'étaient des outils de travail, tout comme les copies de photos de familles et de lettres. Il punaisait tout sur un grand tableau – deux, en l'occurrence : un dans son bureau chez lui, l'autre dans la bibliothèque de Harper House.

Les portraits, les vieilles photos, les lettres, les journaux intimes, les recettes griffonnées à la main : tout lui servait à faire revivre les gens sur lesquels il travaillait.

Il était capable de passer des heures à parcourir les notes de jardinage d'Elizabeth Harper ou le livre de bébé qu'elle avait tenu pour son fils. Comment aurait-il su, autrement, que le père de Roz avait fait ses premiers pas à treize mois ?

C'étaient ces petits détails qui donnaient une réalité presque tangible au passé.

Sur la photo de mariage d'Elizabeth et Reginald Junior, il voyait clairement la ressemblance entre Rosalind et son grand-père. Mêmes cheveux bruns, mêmes yeux allongés, mêmes traits marqués...

Que lui avait-il transmis, et à travers elle, qu'avait-il transmis à ses fils, cet homme dont elle se souvenait à peine ?

Le sens des affaires, pour commencer. D'autres détails trouvés dans des coupures de journaux et les comptes de la maison révélaient un homme doué pour gagner de l'argent et qui, contrairement à beaucoup de ses contemporains, n'avait pas été ruiné par le krach boursier. Un homme prudent qui avait préservé sa maison de famille et ses biens.

Mais n'y avait-il pas une certaine froideur chez lui ? songea Mitch en étudiant les photos sur son tableau. Oui, c'était ce qu'on lisait dans ses yeux. Le style photographique de l'époque n'était pas seul en cause.

Était-ce parce qu'il était l'unique fils d'une famille riche et que beaucoup de responsabilités pesaient sur ses épaules ?

— Que saviez-vous d'Amelia ? lui demanda Mitch tout haut. L'avez-vous rencontrée alors qu'elle était encore en vie ? Ou était-elle déjà morte, son fantôme hantait-il déjà la maison quand vous êtes né ?

Quelqu'un l'avait forcément connue. Quelqu'un lui avait parlé, l'avait touchée.

Quelqu'un qui avait vécu ou travaillé à Harper House.

Mitch se pencha sur les domestiques dont il avait le nom complet.

Cela lui prit du temps – sans doute mal employé : il restait tout de même une foule d'autres possibilités. Amelia pouvait être une invitée, une servante dont le nom n'avait pas été inscrit sur les registres de la famille ou en avait été effacé, une parente de parents, une amie de la famille...

Bien sûr, on pouvait supposer que si une cousine éloignée ou une amie était morte dans la maison, cela se serait su, et il n'aurait alors pas eu de mal à découvrir son identité. Mais c'était pure spéculation, et l'on avait pu étouffer l'affaire par crainte du scandale.

Ou alors elle ne représentait rien d'important pour les Harper, elle était morte dans son sommeil et personne n'avait jugé nécessaire d'en parler.

Il s'interrompit un instant dans sa tâche et eut un sourire rêveur. Si Roz était une femme paradoxale, que dire de lui, un homme rationnel et relativement logique, qui consacrait autant de temps et d'efforts à tenter d'identifier un fantôme ? N'était-ce pas un autre paradoxe ?

Ce qu'il fallait, c'était ne pas envisager Amelia comme un fantôme mais comme une femme bien vivante, une femme qui s'était habillée, avait mangé, ri, pleuré, marché, parlé...

Elle avait existé. Elle avait eu un nom. La mission de Mitch était de le découvrir.

Il sortit de son dossier le dessin que Roz avait fait d'Amelia : une femme jeune et mince avec une masse de cheveux bouclés et un regard infiniment triste. Oh, ce n'était pas un mauvais dessin – même si, l'unique fois où il avait vu Amelia, elle n'avait pas cet air calme et triste mais paraissait folle et déchaînée. Dire que c'était ce dont ils s'étaient servis pour estimer la date de sa mort ! songea-t-il en secouant la tête. De sa robe et de sa coupe de cheveux...

Elle pouvait porter une robe neuve aussi bien qu'une robe vieille de dix ou vingt ans. Quant à sa coiffure, ce pouvait être un choix personnel comme la mode du moment. Il était impossible de définir un âge ou une époque à partir d'informations aussi succinctes.

Cependant, les recherches qu'il avait effectuées pour l'instant n'infirmaient pas l'évaluation faite par les habitants de Harper House.

La façon dont Amelia parlait dans les rêves, les bribes d'informations dont il disposait et l'origine de l'histoire elle-même, tout ramenait à l'époque de Reginald Harper.

Reginald Edward Harper... songea-t-il en faisant basculer son siège en arrière et en fixant le plafond. Né en 1851, benjamin des quatre enfants de Charles Daniel Harper et de Christabel Westley Harper. Deuxième garçon – et seul vivant, puisque son frère aîné Nathanial était mort à dix-huit ans durant la guerre de Sécession.

Reginald avait ensuite épousé Beatrice... se rappela-t-il tout en parcourant ses notes. Oui, c'était cela. En 1880. Cinq enfants. Charlotte en 1881, Edith Anne en 1883, Katherine en 1885, Victoria en 1886 et Reginald Junior en 1892.

Il s'était écoulé pas mal de temps entre les deux dernières naissances, alors que les précédentes étaient plutôt rapprochées. Il y avait peut-être eu des fausses couches ou des enfants mort-nés, supposa-t-il. C'était très possible, compte tenu de l'absence de contraception à l'époque et du fait que Reginald avait certainement voulu un fils pour perpétuer son nom.

Il parcourut le graphique généalogique qu'il avait établi pour Beatrice : une sœur, un frère, une belle-sœur. Mais aucune femme de sa famille n'était morte avant les premières apparitions d'Amelia, donc il y avait peu de chances que ce soit l'une d'elles. D'autant qu'aucune ne portait ce prénom.

Évidemment, il n'avait pas non plus trouvé de domestique prénommée Amelia. Pas encore.

Il revint à Reginald Harper, le chef de famille à l'époque probable des faits. Un homme prospère, nanti, qui avait hérité de Harper House et des biens familiaux parce que son frère s'était fait tuer à la guerre.

Il avait fait un beau mariage qui avait encore accru sa fortune. D'après les notes de Roz, il avait agrandi et modernisé la maison. Beau mariage, belle vie. Une chose néanmoins avait de quoi intriguer : il y avait eu un impressionnant renouvellement de femmes de chambre et d'employées en général pendant ses années à la tête de Harper House.

Peut-être Reginald était-il partisan du droit de cuissage. À moins que sa femme n'ait été un tyran pour le personnel.

Reginald s'était-il senti frustré d'attendre si longtemps pour avoir un fils ou se satisfaisait-il de ses filles ? Il aurait été intéressant de le savoir.

Hélas, plus personne n'était là pour le lui dire.

Alors, Mitch retourna à son ordinateur. Pour l'instant, il allait se contenter de faits.

Suivant les conseils de Stella, Roz se servit des divisions qu'elle avait faites à partir de ses plantes d'intérieur personnelles pour réaliser avec elle des coupes de plantes.

En général, elle avait tendance à préférer la compagnie des plantes et de la musique à celle des humains quand elle travaillait, mais elle aimait travailler avec Stella.

— Cela fait du bien de remettre les mains dans la terre, remarqua la jeune femme.

— Vous n'allez pas manquer d'occasions de le faire, quand vous vous occuperez de votre nouveau jardin.

— Vous ne pouvez pas savoir comme j'ai hâte ! Mais je crois que je suis en train de rendre Logan fou à force de retravailler les plans, avoua-t-elle.

Elle leva le nez de sa composition pour regarder Roz et souffla sur une boucle de cheveux qui lui barrait le visage.

— En même temps, on ne peut pas vraiment parler de plan pour ce qu'il avait commencé à faire. Disons que c'était plutôt un concept.

— Un concept que vous affinez...

— Je crois que si je lui montre encore un croquis, il va me le faire avaler. Ce coleus est magnifique.

— Vous occuper du jardin vous aide à oublier votre nervosité à l'approche du mariage, devina Roz.

— C'est vrai, confirma Stella. Qui aurait cru que cela me rendrait nerveuse ? C'est pourtant mon deuxième mariage, et nous avons opté pour une cérémonie toute simple. En plus, j'ai eu des mois pour la préparer – ce qui n'a pas fait très plaisir à Logan non plus. Mais il fallait bien au moins que le salon et les chambres des enfants soient peints et meublés. Vous n'imaginez pas les belles choses que sa mère lui a données et qui étaient entassées au garde-meuble !

— Ce dracaena devrait bien aller ici... Il est normal que vous soyez nerveuse, je trouve. Une future mariée reste une future mariée, que ce soit la première fois ou non.

— Vous, vous l'étiez, la deuxième fois ? Je sais bien que ça a très mal tourné, mais...

— Non, je n'étais pas du tout nerveuse, répondit Roz d'un ton dénué d'amertume mais aussi d'émotion. Cela aurait peut-être dû m'alerter. Vous avez le trac parce que vous êtes excitée et heureuse, et parce que vous êtes du genre à vous soucier du moindre détail.

— J'ai vraiment envie que tout soit parfait, admit Stella. Je ne devais pas être moi-même le jour où j'ai décidé de faire cela dehors alors que le jardin n'est même pas fini. Maintenant, nous n'avons plus que jusqu'au mois d'avril pour tout terminer.

— Vous y arriverez. Logan et vous savez ce que vous faites, autant pour les plantes que pour votre couple et votre famille.

— Vous voudrez bien me rappeler cela de temps en temps, s'il vous plaît ?

— Volontiers. C'est très bien, commenta-t-elle en reculant d'un pas pour jauger les arrangements. Vous avez fait des prix ?

— Trente-quatre cinquante pour la plupart, et quarante-cinq quatre-vingt-quinze pour les grands.

— Parfait. Cela nous permet de dégager une jolie marge, puisque les plantes proviennent presque toutes de divisions.

— Et c'est une bonne affaire pour les clients, qui ne trouveront pas de coupes de plantes aussi fournies ailleurs. Je vais vous aider à les porter à l'intérieur avant de les entrer dans l'inventaire.

Elles disposèrent les coupes dans un chariot, qu'elles poussèrent dans le bâtiment principal. Lorsque Stella voulut bouger des plantes pour mieux les présenter, Roz la retint.

— Allez donc vous occuper de la paperasse, lui enjoignit-elle. Si vous commencez à vous pencher sur la présentation, vous en aurez pour une heure.

— Je me disais que nous pourrions regrouper plusieurs petites coupes par là en utilisant ces tables carrelées...

— Je vais me débrouiller. Ensuite, vous n'aurez qu'à repasser derrière moi pour... affiner.

— Si vous en mettez une grande sur cette table de patio avec une petite lanterne de cuivre et si vous posez à côté un pot de terre avec un oiseau de paradis, cela fera... OK, OK, je m'en vais.

Un sourire amusé aux lèvres, Roz disposa les coupes. Stella avait raison – comme d'habitude. Elle suivit donc ses indications.

— Ah, Rosalind ! Tu es là !

Roz tournait le dos à la femme qui l'avait interpellée. Elle s'autorisa une grimace, avant de se retourner en se forçant à afficher une mine plus accueillante.

— Bonjour, Cissy ! lança-t-elle en se résignant à perdre un quart d'heure. Tu es ravissante. C'est un nouveau tailleur ?

— Ça ? Oh, non. Je l'ai pris au hasard dans mon placard ce matin, assura-t-elle avec un geste dédaigneux de sa main parfaitement manucurée. Mais toi, Roz, est-ce que tu vas prendre un gramme un jour ? Chaque fois que je te vois, je me sens obligée de passer vingt minutes de plus sur le tapis de course.

— Tu es superbe, Cissy.

C'était vrai. Non seulement Cecilia Pratt était très jolie, mais elle avait le don de se mettre en valeur. À sa tenue, Roz devina qu'elle sortait d'un déjeuner avec des amies ou d'une réunion d'un des comités dont elle faisait partie. Elle devinait aussi que Cissy s'était arrêtée à la jardinerie pour semer ou récolter des potins – elle était également très douée pour cela.

— Je ne vois pas comment c'est possible : je suis épuisée. Les fêtes m'ont *tuée* cette année. J'ai l'impression d'être sortie tous les soirs et de ne pas avoir repris mon souffle depuis Thanksgiving. Et on va à peine avoir le temps de dire ouf qu'il va y avoir le bal de printemps au club. Promets-moi de venir, cette année, Roz. Ce n'est pas la même chose sans toi.

— Je n'y ai pas encore pensé.

— Eh bien, fais-le. Pose-toi, qu'on bavarde un peu. Je ne tiens plus sur mes jambes.

Sans attendre de réponse, elle s'assit sur le banc près de la table que Roz venait d'arranger.

— C'est merveilleux, commenta Cissy. On se croirait dans un jardin tropical. Hank et moi allons aux Caïmans la semaine prochaine prendre un peu le soleil. J'ai besoin de vacances, je peux te le dire.

— Formidable.

Prisonnière de sa bonne éducation, Roz s'assit à son tour sur le banc.

— Toi aussi, tu devrais prendre des vacances, ma chérie, suggéra Cissy en lui tapotant la main. Le soleil, la mer bleue, de beaux garçons à moitié nus... Rien ne t'oblige à rester enchaînée à cet endroit. Surtout que maintenant, tu as cette fille du Nord pour tenir la barre en ton absence. Comment ça se passe, avec elle, au fait ?

— Elle s'appelle Stella, Cissy, et cela fait un an qu'elle travaille pour moi. C'est donc que cela nous convient à toutes les deux.

— Tant mieux, tant mieux. Tu devrais en profiter pour t'échapper un peu.

— Je n'ai envie d'aller nulle part.

— Je vais t'apporter des brochures. Oui, c'est ça. Je ne sais pas si je tiendrais le coup un jour de plus si je n'avais pas la perspective d'être bientôt sur la plage, en train de siroter des cocktails. Tu as eu raison de ne pas aller à trop de fêtes, même si j'ai regretté de ne pas te voir au réveillon chez Jan et Quill. Jolie soirée, mais la tienne était cent fois mieux. Chez eux, cela manquait de fleurs, et la nourriture était plutôt médiocre. Bien sûr, je ne dirai pas cela à Jan. Tu sais qu'elle va se faire faire une liposuccion la semaine prochaine ?

— Non.

— Bah, c'est un secret de Polichinelle. Cuisses et fesses, d'après ce que j'ai entendu dire, ajouta-t-elle avec un clin d'œil complice qui fit sourire Roz malgré elle.

— Enfin, Cissy, ses cuisses et ses fesses sont très bien ! protesta-t-elle néanmoins.

— Pas aussi bien que celles de la nouvelle secrétaire sur laquelle Quill a des vues. Vingt-huit ans et très, très siliconée.

— J'espère que tu te trompes – que Quill n'est pas comme cela, je veux dire. J'ai toujours trouvé que Jan et lui allaient très bien ensemble.

— Il y a des hommes qui perdent la tête devant une paire de gros seins, naturels ou non. Ce qui m'amène au sujet dont j'étais venue te parler. Sauf que je ne sais pas très bien comment l'aborder.

— Je suis sûre que tu vas trouver.

— Ce qu'il y a, c'est que j'ai l'impression qu'il est de mon devoir de... Depuis combien de temps sommes-nous amies, Rosalind ?

— Je ne saurais le dire.

Ce n'était pas parce qu'on se connaissait depuis le lycée qu'on était amis, ajouta-t-elle *in petto*.

— De toute façon, à notre âge, mieux vaut ne pas compter les années. Quoi qu'il en soit, il me semble qu'il faut que je te raconte ce qui se passe. Mais tout d'abord, comme je n'ai pas eu une minute pour te parler depuis... l'incident, je tiens à te dire que je n'ai jamais été aussi choquée ni... stupéfaite que quand j'ai vu cet infâme Bryce Clerk entrer dans ta maison comme s'il y était le bienvenu.

— Ne t'en fais pas, Cissy. Il est reparti aussi vite qu'il était arrivé.

— Heureusement ! Oh, cette Mandy... Je sais bien qu'elle est idiote, mais elle aurait pu prendre le temps de se renseigner sur cet homme avant de l'amener chez toi. Pff, rien que d'en parler, cela me rend malade.

— Eh bien, n'en parlons pas. De toute façon, il faut que je me remette au travail.

— Mais je ne t'ai pas encore raconté ! Il était là, encore, avec cette gourde, chez Jan et Quill. Très à l'aise, il buvait du champagne, il dansait, il fumait le cigare sur la terrasse, il parlait de sa société de *consulting*... Cela m'a donné la nausée, ajouta-t-elle en portant la main à son cœur. Jan m'avait dit que tu avais décliné son invitation, mais toute la soirée, j'ai été terrifiée à l'idée que tu puisses changer d'avis et arriver. Je n'étais pas la seule, d'ailleurs.

— Je n'en doute pas.

Ce dont Roz ne doutait pas, c'était des murmures qu'il avait dû y avoir à ce sujet, et des regards pleins d'espoir vers la porte d'entrée.

— Jan a le droit de recevoir qui elle veut chez elle, ajouta-t-elle.

— Je ne suis pas d'accord avec toi. Question de loyauté, si ce n'est de bon goût. Et j'ai déjeuné avec elle aujourd'hui pour lui dire ma façon de penser.

Tout en parlant, Cissy se repoudra le nez.

— Apparemment, c'est Quill qui a tenu à inviter Bryce. Ils font des affaires ensemble. Jan ne sait pas de quoi il s'agit – comme d'habitude. Elle n'entend rien aux questions d'argent. Ce n'est pas comme toi et moi.

— Mmm... fit Roz, délibérément évasive, car Cissy n'avait jamais travaillé.

— Enfin, je dois dire à sa décharge qu'elle était mortifiée quand nous en avons parlé en déjeunant. Cependant, il y a des gens qui semblent éprouver de la sympathie pour ce type. Qui estiment qu'il a été traité injustement. Je trouve cela un peu fort de café, si tu veux mon avis. Le pire de tout, c'est la version selon laquelle tu l'aurais agressé physiquement le soir de ta fête et jeté dehors alors qu'il voulait passer l'éponge. Certains racontent même que tu aurais continué à les menacer, sa cruche et lui, alors qu'ils s'en allaient. Évidemment, chaque fois que j'entends cela, je fais mon possible pour rétablir la vérité. J'ai assisté à la scène, après tout.

Roz sentait de l'avidité dans sa voix. Ce que Cissy voulait, c'était de quoi alimenter la rumeur. Mais ces diffamations avaient beau la mettre hors d'elle, elle refusait de lui donner du grain à moudre.

— Les gens peuvent dire ou penser ce qu'ils veulent, cela m'est égal.

— Eh bien, certains disent et pensent que tu n'as pas assisté à la réception de Jan ni à aucune autre soirée parce que tu savais que Bryce serait là avec, à son bras, une femme de la moitié de ton âge.

— Je suis surprise que les gens passent autant de temps à se demander comment je vais réagir face à quelqu'un qui ne fait plus partie de ma vie. Si tu vois Jan, dis-lui bien de ne pas s'inquiéter pour moi. Cela m'a fait plaisir de te voir, conclut-elle en se levant. Maintenant, il faut vraiment que je me remette au travail.

— Je veux que tu saches que je pense à toi, déclara Cissy en se levant à son tour et en l'embrassant sur la joue. Je tiens à t'inviter à déjeuner un de ces jours.

— Bonnes vacances aux Caïmans.

— Merci. Je t'envoie des brochures, lança-t-elle par-dessus son épaule en sortant.

— C'est ça, marmonna Roz entre ses dents.

Elle partit dans la direction opposée, furieuse contre elle-même d'avoir été blessée par ce que lui avait dit Cissy. Elle avait beau savoir que cela n'en valait pas la peine, son amour-propre en avait pris un coup.

Elle commença par se diriger vers la salle de multiplication, puis se ravisa. Elle était d'une humeur de chien et ne ferait que du mauvais travail. Pour se détendre, elle décida de traverser les bois qui séparaient son domaine privé de la jardinerie et de rentrer chez elle par le chemin le plus long.

Elle ne voulait voir personne, parler à personne. Mais David était dans le jardin, en train de jouer avec les enfants de Stella et leur chien.

Ce fut le chien qui la vit en premier. Il courut vers elle en jappant joyeusement et lui fit la fête.

— Pas maintenant, Parker, dit-elle en se penchant pour le gratter derrière les oreilles. Ce n'est pas le moment.

— On cherche un trésor ! annonça Luke, déguisé en pirate. On a une carte et tout.

— Un trésor ?

— Oui. On est des pirates, et David, c'est le capitaine Morgan.

— C'est quoi, ce trésor ? demanda-t-elle en ébouriffant le petit garçon.

— C'est une surprise. David – euh... le capitaine Morgan – dit qu'on aura le supplice de la planche si on le trouve pas.

Elle regarda Gavin qui boitait, un manche à balai attaché à la jambe. David portait un bandeau noir sur l'œil et un grand chapeau à plume qu'il avait dû trouver dans sa malle à déguisements.

— Dans ce cas, tu ferais bien de continuer à chercher.

— Vous voulez jouer aussi ?

— Pas tout de suite, mon chéri.

— Allez, trouvez-moi ce trésor en vitesse, sinon je vous pends à la plus haute vergue ! lança David en les rejoignant.

Luke poussa un cri perçant et repartit compter les pas sur la carte avec son frère.

— Qu'est-ce qui ne va pas, ma chérie ? s'enquit David.

— Rien du tout, assura Roz en secouant la tête. J'ai un peu mal au crâne, alors je suis rentrée plus tôt. J'espère que tu n'as rien enterré dans le jardin, ajouta-t-elle, sinon ça va barder pour toi.

— Non. J'ai caché un nouveau jeu vidéo à la base de la branche la plus basse de ce sycomore.

— C'est toi le trésor, capitaine Morgan.

— Eh oui. Mais je connais cette tête, ajouta-t-il en lui relevant le menton. La plupart des gens ne s'en apercevraient pas ; moi, si. Qu'est-ce qui t'a contrariée ? Et pourquoi as-tu fait tout ce trajet à pied sans ta veste ?

— Je l'ai oubliée. Et je t'assure que j'ai vraiment mal au crâne... à cause de bêtises que Cissy Pratt s'est crue obligée de me rapporter, avoua-t-elle.

— Un de ces jours, elle va s'étrangler avec sa langue de vipère, celle-là. Et quand elle sera au salon funéraire, j'irai lui mettre une tenue démodée que j'aurai achetée dans un hypermarché. En Polyester.

Cette sortie arracha un demi-sourire à Roz.

— C'est cruel, commenta-t-elle.

— Viens, rentrons. Je vais nous préparer des martinis. Tu me raconteras tout, et ensuite, on dira du mal de cette garce.

— C'est tentant, mais je crois que ce dont j'ai besoin, c'est de deux aspirines et d'une petite sieste. Et puis, tu sais aussi bien que moi que tu ne peux pas décevoir ces garçons. Rejoignez vos moussaillons, capitaine ! conclut-elle en l'embrassant sur la joue.

Elle rentra, monta directement dans ses appartements, prit de l'aspirine et s'étendit sur son lit.

Combien de temps encore l'ombre de ce mariage désastreux allait-elle la poursuivre, l'humilier ?

Dire qu'elle avait cru que, en ne portant pas plainte pour les quinze mille dollars que Bryce avait pris sur son compte, elle en aurait fini de payer pour son erreur !

L'argent avait disparu, et il ne servait plus à rien de regretter cette décision idiote. Et ce mariage avait bel et bien existé ; il ne servait à rien non plus de se punir indéfiniment pour cela.

Tôt ou tard, il déraperait de nouveau. Il coucherait avec la femme qu'il ne fallait pas, il arnaquerait le pigeon qu'il ne fallait pas, et il serait forcé de quitter Memphis, de disparaître de son cercle de relations.

Un jour ou l'autre, les gens décideraient de parler d'autre chose, trouveraient une autre histoire croustillante à se mettre sous la dent. Cela finissait toujours par arriver.

Quand on pensait qu'il était parvenu à convaincre des gens qu'elle l'avait agressé ! Il fallait dire aussi qu'il s'y entendait à jouer les victimes. C'était le plus grand menteur qu'elle eût jamais connu.

Elle refusait de monter au créneau, d'essayer de se défendre. Cela ne ferait qu'aggraver les choses. Alors, elle allait faire la morte, s'éloigner de l'œil du cyclone.

Elle allait s'autoriser cette petite bouderie – elle n'était pas parfaite, après tout. Ensuite, elle reprendrait le cours de sa vie, elle vivrait comme elle l'avait toujours fait.

Comme elle l'entendait.

Elle ferma les yeux. Elle ne s'attendait pas à dormir, mais elle se laissa flotter dans ce demi-sommeil qu'elle trouvait souvent plus apaisant.

Bientôt, elle se vit assise sur un banc du jardin, à l'ombre. Le parfum des fleurs flottait dans une douce brise de fin de printemps.

Elle contemplait la maison, les fleurs multicolores dans les pots qu'elle avait disposés sur les terrasses. Devant la remise à voitures, les lys étaient sur le point de s'ouvrir.

Le rosier blanc qu'elle avait planté en hommage à John grimpait sur la tonnelle dans un rayon de soleil doré. Elle se rendait rarement sur la tombe de son mari, mais s'installait souvent sous la tonnelle.

Elle regarda au-delà de la roseraie le jardin de fleurs à couper et les chemins qui serpentaient entre les fleurs, les buissons et les arbres, puis l'endroit où Bryce avait voulu creuser une piscine.

Ils s'étaient disputés à ce sujet, notamment quand elle avait décommandé l'entrepreneur qu'il avait engagé contre son avis. Elle avait dû rappeler à Bryce que la maison et le jardin étaient à elle et qu'elle seule avait le droit d'y apporter des changements.

Bien entendu, il était parti en claquant la porte, avant de revenir quelques heures plus tard, penaud, lui faire des excuses accompagnées d'un petit bouquet de violettes.

Elle avait eu le tort de les accepter – les excuses comme les fleurs.

Tu es mieux seule.

Elle frissonna. Il faisait froid à l'ombre.

— Peut-être, répondit-elle. Peut-être pas.

Tu as accompli cela seule. Tout cela. Tu as commis une erreur, et regarde ce que cela t'a coûté. Ce que cela te coûte encore. Alors, ne recommence pas.

— Non. Quoi que je fasse, ce ne sera pas une erreur.

Tu es mieux seule. Moi, je suis seule.

Roz crut alors voir une femme vêtue d'une robe blanche maculée de boue étendue dans une tombe ouverte. L'espace d'un instant, elle sentit une odeur de décomposition par-dessus le parfum des roses.

Puis la femme ouvrit les yeux et les plongea dans les siens avec une espèce d'avidité folle.

9

Roz rentra chez elle sous une pluie glacée mêlée de neige fondue. Elle se débarrassa de sa veste, puis s'assit sur le banc de l'entrée pour ôter ses bottes. David la rejoignit, s'installa à côté d'elle et lui tendit une tasse de café qu'il avait apportée de la cuisine.

— Le beau professeur est dans la bibliothèque, annonça-t-il.

— Je sais, j'ai vu sa voiture.

Elle but son café en enserrant la tasse de ses deux mains pour les réchauffer.

— Harper est avec lui. Le docteur Canon l'a enlevé pour une interview. Nous avons fait la mienne autour d'un *latte* et d'un cake aux pommes.

— Du cake aux pommes ?

— Je t'en ai gardé une grosse part. Je sais que tu adores ça. À la météo, ils ont dit qu'il allait peut-être neiger.

— C'est aussi ce que j'ai entendu.

— Stella et les garçons sont chez Logan. Ils vont y dîner, et les garçons espèrent que la neige va les bloquer et les obliger à passer la nuit là-bas.

— OK. Bon, je monte. J'ai besoin d'une douche bien chaude.

Il reprit sa tasse vide.

— Je me suis dit que tu pourrais inviter le docteur Canon à dîner. Je fais un bon poulet et des boulettes de pâte pour lutter contre le froid.

— Mmm, bonne idée – le poulet. Et Mitch est le bienvenu s'il veut rester dîner et s'il n'a rien d'autre de prévu.

— Il n'a rien d'autre, affirma David. Je lui ai déjà posé la question.

Elle rit devant son grand sourire satisfait.

— Avec qui cherches-tu à le caser, David ? Toi ou moi ?

— Eh bien, puisque je suis un garçon extrêmement altruiste – et que, hélas, le professeur est cent pour cent hétéro –, toi, ma belle.

— Tu es un indécrottable romantique.

Elle commença à monter l'escalier et leva les yeux au ciel quand il lui lança :

— Mets quelque chose de sexy !

Dans la bibliothèque, Harper sirotait sa bière d'après le travail. Il ne voyait pas ce qu'il pouvait dire à Mitch de plus que ce que celui-ci savait déjà, mais il répondait volontiers à ses questions.

— J'ai la version de David de la nuit où vous avez vu Amelia dehors, dans le jardin, quand vous étiez petits...

— La nuit où nous avons campé, David, mes frères et moi, confirma Harper en hochant la tête. Sacré souvenir.

— D'après David, c'est vous qui l'avez vue en premier. Et vous l'avez réveillé.

— Je l'ai vue, entendue, sentie... C'est dur à expliquer. Mais c'est vrai que j'ai réveillé David. Je ne sais pas quelle heure il était. Tard. Nous avions passé la soirée à nous gaver de marshmallows et à nous faire peur en nous racontant des histoires terrifiantes. Ensuite, je l'ai entendue, je crois. Je ne sais pas très bien comment j'ai su que c'était elle. Ce n'était pas comme les autres fois.

— En quoi était-ce différent ?

— Elle ne chantait pas. Elle… elle gémissait, il me semble. En tout cas, elle émettait des sons inintelligibles, assez conformes à ce que l'on peut attendre d'un fantôme par une chaude nuit d'été au clair de lune quand on est enfant. Alors, j'ai regardé hors de la tente ; elle était là. Mais elle n'avait pas le même aspect qu'avant, lorsqu'elle venait dans ma chambre.

Il avait été courageux de regarder au lieu de tirer le sac de couchage sur sa tête, songea Mitch.

— À quoi ressemblait-elle ?

— Elle portait une espèce de chemise de nuit blanche, comme quand vous l'avez vue en haut au printemps dernier. Ses cheveux étaient détachés, emmêlés et sales. Et je voyais la lune briller à travers elle. Oui, à travers elle. Seigneur !

Il but une longue gorgée de bière.

— Alors, je me suis levé et j'ai réveillé David. Mes frères se sont réveillés aussi. Je voulais qu'Austin reste avec Mason, mais il n'en a pas été question. Nous l'avons donc suivie tous les quatre.

Mitch imaginait parfaitement la scène.

— Elle est allée directement dans les onagres de maman, en traversant les roses trémières, poursuivit-il. J'étais trop excité pour avoir peur. Elle n'arrêtait pas de gémir. Je crois qu'elle prononçait des mots, mais je ne les comprenais pas. Elle se dirigeait vers la remise à voitures. En tout cas, c'est l'impression que j'avais. Puis elle s'est retournée, et son visage…

— Oui ?

— C'était comme au printemps dernier, expliqua-t-il dans un soupir. Elle avait l'air folle. On aurait dit un personnage de film d'horreur. Elle souriait, mais c'était horrible. Quand elle m'a regardé, j'ai eu si froid que mon souffle s'est changé en vapeur dans l'air. Puis elle m'a tourné le dos et s'est remise à marcher. Je l'ai suivie.

— Vous l'avez suivie ? Vous avez suivi un fantôme fou ? Vous n'aviez pas peur ?

— Pas tellement. Ou alors je n'en avais pas conscience. J'étais fasciné. Il fallait que je sache. Mais Mason s'est mis à hurler. Là, j'ai été terrifié. J'ai cru qu'elle l'avait pris, ce qui était idiot puisqu'elle était devant moi et lui derrière. Les trois autres étaient plus loin derrière moi que je ne le croyais. Je les ai rejoints en courant et j'ai vu Mason par terre, le pied ensanglanté, et Austin qui courait à la tente chercher un tee-shirt pour lui faire un bandage parce que nous étions tous en slip. David et moi essayions de le porter quand maman est arrivée comme une furie.

Il se mit à rire à ce souvenir et plongea des yeux pétillants dans ceux de Mitch.

— Vous auriez dû la voir. Elle portait un short de coton et un minuscule tee-shirt. Elle avait les cheveux plus longs, à l'époque. Comme elle courait, ils volaient autour d'elle. Et j'ai vu – les autres ne s'en sont pas rendu compte, mais moi si – qu'elle avait pris le pistolet de mon grand-père. Je peux vous dire que si un fantôme ou qui que ce soit d'autre nous avait attaqués, elle l'aurait mis en fuite. Mais lorsqu'elle a compris en gros ce qui se passait, elle a glissé le pistolet dans la ceinture de son short, dans son dos, et elle a pris Mason dans ses bras. Elle nous a dit de nous habiller, et nous nous sommes entassés dans la voiture pour aller aux urgences, où Mason a eu droit à six points de suture.

— Tu ne m'as jamais dit que tu avais vu le pistolet, observa Roz, qui était entrée dans la bibliothèque pendant son récit.

— Je pensais que tu ne voulais pas que les autres soient au courant.

Elle s'approcha de lui et se pencha pour lui déposer un baiser sur la tête.

— Toi non plus, je ne voulais pas que tu le saches. Mais tu as toujours vu trop de choses. Je vous dérange ? demanda-t-elle à Mitch en posant la joue sur les cheveux de son fils.

— Non. Vous pourriez vous asseoir une minute. Ils sont déjà deux à m'avoir raconté cette histoire, et j'aimerais bien avoir votre version.

— Je ne peux pas ajouter grand-chose. Les enfants voulaient passer la nuit dehors. Je ne comprends pas pourquoi : il faisait une chaleur étouffante, et nous étions envahis d'insectes. Mais les garçons aiment dormir sous la tente. Comme je voulais les surveiller et les entendre, j'avais éteint la climatisation dans ma chambre pour pouvoir laisser les fenêtres ouvertes.

— Nous étions juste devant la maison, fit valoir Harper. Qu'est-ce qui aurait pu nous arriver ?

— Beaucoup de choses. Et vu la tournure que les événements ont prise, j'avais raison de me méfier. Quand ils ont été couchés, je me suis assoupie à mon tour. C'est le cri de Mason qui m'a réveillée. J'ai pris le pistolet de mon père – que je gardais à l'époque sur l'étagère du haut du placard de ma chambre –, les balles dans ma boîte à bijoux, et j'ai chargé l'arme tout en descendant. Quand je suis arrivée, Harper et David essayaient de porter Mason, qui était blessé au pied. J'ai dû les faire taire parce qu'ils parlaient tous en même temps. Ensuite, je suis rentrée avec mon bébé, j'ai nettoyé son pied et je me suis rendu compte qu'il allait lui falloir des points. C'est sur le chemin de l'hôpital qu'ils m'ont raconté ce qui s'était passé.

Mitch hocha la tête et leva le nez de ses notes.

— Et je suppose qu'en rentrant, vous avez fouillé la remise à voitures ?

— Oui, au lever du jour, répondit-elle en souriant. C'est le temps qu'il m'a fallu pour revenir de l'hôpital et pour coucher tout le monde.

— Vous aviez pris le pistolet ?

— Oui, au cas où ce qu'ils avaient vu aurait eu plus de corps que prévu.

— J'étais assez vieux pour t'accompagner, objecta Harper. Tu n'aurais pas dû y aller seule.

— Il me semble que c'est moi qui étais responsable de toi, lui rappela-t-elle en inclinant la tête sur le côté. De toute façon, il n'y avait rien à voir, et je ne saurais pas dire si j'ai réellement ressenti quelque chose ou si j'étais tellement tendue que j'ai fini par m'en convaincre.

— Que vous êtes-vous dit ?

— Qu'il faisait froid et que ce n'était pas normal. Et puis, j'ai senti... Cela peut sembler un peu mélodramatique, mais j'ai senti la mort tout autour de moi. J'ai retourné toute la remise jusqu'au grenier, mais je n'y ai rien trouvé.

— Quand a-t-elle été aménagée ?

— Mmm... voyons... fit-elle en fermant les yeux pour réfléchir. Au début du XXe siècle. Reginald Harper était connu pour vouloir ce qu'il y avait de plus moderne. Il lui a donc fallu des automobiles. Il a commencé par les ranger dans la remise à voitures, puis il s'est servi des écuries et la remise est devenue une espèce de débarras, avec un logement pour le jardinier au premier. Elle n'a été transformée en maison d'amis que par mon grand-père, dans les années vingt, il me semble.

— Alors, il est peu probable qu'Amelia y ait séjourné ou qu'elle y ait rendu visite au jardinier, puisque l'aménagement de la remise date d'après ses premières apparitions. Qu'est-ce qu'on y entreposait à l'époque où c'était encore une remise ?

— Des voitures à cheval, des harnais, j'imagine. Des outils, peut-être.

— Je trouve curieux qu'elle soit allée là-bas.

— Je me suis toujours demandé si elle y était morte, intervint Harper. Je pensais qu'elle me le ferait savoir une fois que j'aurais emménagé.

— Il s'y est passé des choses depuis que vous y habitez ? demanda Mitch.

— Non. Elle ne s'intéresse pas beaucoup aux garçons passé un certain âge. Hé ! Il neige.

Il se leva pour aller à la fenêtre.

— Cela va peut-être tenir. Vous avez encore besoin de moi ? demanda Harper à Mitch.

— Pas pour l'instant. Merci de m'avoir consacré tout ce temps.

— Pas de problème. À plus tard.

Roz regarda son fils sortir en secouant la tête.

— Il va aller dehors essayer de ramasser assez de neige pour faire une boule qu'il lancera à David. Certaines choses ne changent jamais... En parlant de David, il fait du poulet et des boulettes de pâte, ce soir. Si cela vous dit de rester en attendant qu'il arrête de neiger...

— Il faudrait être fou pour refuser un tel festin. J'ai pas mal avancé, la semaine dernière – si l'on peut dire que procéder par élimination, c'est avancer. Quoi qu'il en soit, je commence à manquer de candidates parmi les femmes sur lesquelles j'ai des renseignements.

Roz s'approcha du tableau de Mitch et considéra les photos, les graphiques et les notes.

— Et lorsque vous n'aurez plus aucune candidate, que ferez-vous ?

— Je chercherai ailleurs. Je change de sujet, mais aimez-vous le basket ?

— Comment cela ?

— Aimeriez-vous assister à un match ? J'ai réussi à avoir un deuxième billet pour le match de mon fils demain soir. J'espérais vous convaincre de m'accompagner...

— À un match de basket ?

— Oui. C'est informel, il y a beaucoup de monde et c'est amusant.

Quand elle se retourna, il affichait un sourire décontracté.

— Il me semble que ce serait un bon début, ajouta-t-il. Mais si vous préférez un dîner en tête à tête, je suis libre après-demain soir.

— Cela m'intéresserait beaucoup d'assister à un match de basket.

Assise sur le tapis de la chambre de Roz, Lily frappait avec un chien en plastique sur les touches d'un téléphone jouet tandis que sa mère avait la tête dans le placard.

— Je vous en prie, Roz, essayez cette ombre à paupières, insistait Hayley d'une voix étouffée en passant les vêtements en revue. Je savais que ce n'était pas une couleur pour moi quand je l'ai achetée, mais je n'ai pas pu résister. Sur vous, elle sera parfaite. Tu ne crois pas, Stella ?

— Si.

— Mais j'ai déjà du maquillage, protesta Roz.

Elle ne savait pas trop comment son espace personnel avait soudain été envahi par des femmes. Pendant des années, la maison avait été pleine de garçons, et elle n'avait pas l'habitude des femmes.

— Ô mon Dieu ! Il faut absolument que vous mettiez ça.

Hayley sortit le pantalon que David avait poussé Roz à acheter et que cette dernière n'avait encore jamais porté.

— Pas question.

— Roz, vous plaisantez ! Stella, regarde cette merveille. Tu vois le pull que j'ai reçu pour Noël ? L'angora rouge que m'a offert David ? Il irait à la perfection avec ce pantalon.

— Dans ce cas, prenez-le donc, suggéra Roz.

— Non. C'est vous qui allez le mettre. Vous voulez bien surveiller le bébé une seconde ? Je vais chercher le pull.

— Je ne mettrai pas votre pull. J'en ai plein à moi. Et je vous rappelle que ce n'est qu'un match de basket.

— Ce n'est pas une raison pour ne pas vous faire belle.

— Je vais mettre un jean.

Découragée, Hayley se laissa tomber sur le lit à côté de Stella.

— Elle est dure à cuire...

— Allez, je vais essayer votre ombre à paupières. Nous considérerons cela comme un compromis.

— Je peux choisir vos boucles d'oreilles ?

— Si je dis oui, vous me ficherez la paix ? demanda Roz à Hayley en la regardant dans le miroir.

— Promis.

La jeune femme sauta sur ses pieds et, comme Lily lui tendait les bras, elle la prit et l'installa sur sa hanche avant de fouiller dans la boîte à bijoux de Roz.

— Qu'est-ce que vous comptez mettre comme haut ? demanda-t-elle.

— Je ne sais pas. Un pull.

— Le cachemire vert, décida Stella. Celui qui a un col roulé. Et votre veste trois-quarts en cuir noir.

Roz réfléchit tout en se maquillant les yeux.

— D'accord, approuva-t-elle. Ça ira.

— Très bien, fit Hayley. Et pour les boucles d'oreilles... celles-ci.

Elle choisit des spirales en argent.

— Chaussures ? demanda-t-elle à Stella.

— Les bottes noires à talons.

— Prends-les. Je sors le pull et...

— Les filles, lança Roz, sortez. Je peux finir toute seule. Allez jouer ailleurs, maintenant, leur demanda-t-elle en se penchant pour embrasser Lily sur la joue.

— Viens vite, Hayley, sinon elle risque de mettre un vieux sweat-shirt et des chaussures de jardinage rien que pour nous embêter. Tu avais raison pour l'ombre à paupières, ajouta Stella en sortant et en entraînant Hayley à sa suite.

Peut-être, concéda Roz intérieurement. L'ombre à paupières était d'un marron intéressant, un peu doré. Autant par expérience que par goût, elle savait très bien se mettre en valeur quand il le fallait.

Néanmoins, il n'était pas désagréable d'avoir des femmes – et des femmes plus jeunes – dans la maison. Elles se révélaient de très bon conseil en matière vestimentaire. Sauf pour le pantalon.

Elle ouvrit le tiroir du milieu de sa commode, celui où elle rangeait ses jolis pulls. Elle adorait passer la main entre ces doux lainages, ces cachemires, ces cotons, ces soies...

Elle prit le vert foncé et le déplia.

Le froid qui la gifla soudain la fit reculer d'un pas. Elle se figea quand le pull lui fut arraché des mains. Incrédule, elle le regarda heurter le mur opposé, avant de tomber sur le sol.

Elle se força à rester debout, malgré ses jambes flageolantes, et traversa lentement sa chambre pour aller le ramasser.

Le devant était déchiré comme s'il avait été griffé.

— Ça, c'est méchant et petit de ta part, lâcha-t-elle tandis que son souffle formait de la vapeur devant sa bouche. Mesquin. J'aimais beaucoup ce pull. Mais ton geste ne changera rien.

Furieuse, elle se retourna, dans l'espoir de voir quelque chose, quelqu'un avec qui se battre.

— J'en ai d'autres, et si l'envie te prend de recommencer ce petit numéro avec tous mes vêtements, je te préviens que je sortirai nue plutôt que de céder à ton petit chantage. Alors, va faire ton caprice ailleurs.

Elle jeta le pull déchiré sur son lit et en sortit un autre au hasard. Elle l'enfila d'un geste brusque. Ses mains tremblaient de rage autant que de détresse quand elle mit son jean.

— C'est moi qui prends les décisions qui me concernent, déclara-t-elle. Depuis toujours. Et si tu continues, je coucherai avec lui rien que pour te mettre en colère.

Elle acheva de s'habiller, enfila ses bottes, prit son manteau et sortit de sa chambre en se retenant de claquer la porte.

Dans le couloir, elle s'adossa au battant et respira profondément plusieurs fois de suite pour se détendre. Une chose était sûre : Mitch et elle n'allaient pas manquer de choses à se dire pendant le trajet.

— Il y a deux choses dont il faut que je vous parle, déclara-t-elle quand ils eurent quitté Harper House. Ensuite, nous pourrons oublier le travail quelques heures.

— Je vous écoute.

— D'abord, il y a quelques jours, j'ai eu une visite assez agaçante au travail. Une connaissance spécialiste des ragots.

— Agréable…

— Il a été question de mon ex-mari. Ce n'est pas important en soi, mais cela m'a donné ce que j'appelle une migraine de contrariété. Je suis donc rentrée chez moi, j'ai pris de l'aspirine et je me suis étendue un moment. Je n'ai pas vraiment dormi, mais je me suis mise à flotter dans un agréable demi-sommeil. Je me suis vue assise sur un banc dans le jardin, à la fin du printemps.

— Comment savez-vous que c'était la fin du printemps ?

— À cause des plantes qui étaient en fleurs. Et puis, il s'est mis à faire froid.

Elle lui raconta le reste de l'épisode sans omettre un détail.

— C'est la première fois que vous me parlez d'un rêve, observa-t-il.

— Ce n'était pas un rêve puisque je ne dormais pas, répliqua-t-elle avec un geste impatient de la main.

— D'accord. C'est vous qui êtes la mieux placée pour le savoir.

— C'était comme si Amelia s'était emparée de mon esprit. Je sentais le froid, je respirais le parfum des fleurs – les roses blanches de la tonnelle – et je percevais la caresse de l'air sur ma peau. En même temps, j'avais conscience d'être dans ma chambre, sur mon lit, avec la migraine.

— Déconcertant.

— Oui. Et très contrariant. Je n'aime pas que l'on dirige mes pensées. Et quand je l'ai vue dans cette tombe et qu'elle a ouvert les yeux, son regard était chargé d'un... d'une sorte d'amour effrayant. Elle ne m'a jamais fait de mal, et je n'ai jamais eu l'impression qu'elle pourrait m'en faire – jusqu'à aujourd'hui.

Mitch se gara brusquement sur le bas-côté et se tourna vers elle. Le calme qui émanait de lui d'ordinaire avait laissé la place à une colère à peine contenue.

— Comment cela ? Elle vous a attaquée ?

— Non, mais elle s'en est prise à un très joli pull en cachemire, un cadeau que j'avais reçu pour mon dernier anniversaire, en novembre. Je suis encore furieuse qu'elle l'ait déchiré.

— Racontez-moi ce qui s'est passé exactement.

Quand elle eut fini, il s'appuya au dossier de son siège et tambourina du bout des doigts sur le volant.

— Elle ne voulait pas que vous sortiez avec moi ce soir, conclut-il.

— Apparemment, non, mais tant pis pour elle. Je suis là.

— Pourquoi ? demanda-t-il en se tournant de nouveau vers elle.

— Je vous ai dit que je viendrais et je fais toujours ce que je dis. Par ailleurs, elle m'a mise en colère, et je ne suis pas du genre à me laisser intimider. Et puis, j'ai envie de savoir si je vais apprécier votre compagnie en dehors de nos relations professionnelles.

— Vous êtes très directe, remarqua-t-il.

— C'est vrai. Il y a des gens à qui ça ne plaît pas.

— Je n'en fais pas partie. Je suis désolé pour votre pull.

— Moi aussi.

— On pourrait avancer l'hypothèse que...

— On pourrait, coupa-t-elle, mais pour l'instant, je n'y tiens pas. Je n'ai pas envie de passer la soirée avec Amelia. Vous voulez bien que nous parlions d'autre chose en attendant notre prochain rendez-vous de travail ?

— Entendu. De quoi avez-vous envie de parler ?

— Je pourrais commencer par me demander tout haut combien de temps vous comptez rester garé sur le bord de la route et si nous allons être très en retard au match de votre fils...

— Ah, oui.

Il démarra, avant de reprendre :

— Figurez-vous que j'ai une nouvelle femme de ménage. Elle est passionnée de *feng shui* et elle est en train de réorganiser tout l'appartement. Elle m'a dit qu'il me fallait absolument une nouvelle plante.

Alors, je me demandais si je pourrais récupérer celle que vous avez prise au printemps dernier.

— Celle que vous étiez en train de tuer.

— Je n'en avais pas conscience : je ne savais même pas qu'elle était là.

— La négligence et le manque de soins, c'est criminel.

— Vous êtes dure. Et si je vous signais une promesse de mieux m'en occuper ? En fait, c'est ma femme de ménage qui s'en chargerait, au moins une semaine sur deux. Et vous auriez un droit de visite.

— Je vais y réfléchir.

La salle était déjà bondée quand ils arrivèrent. L'excitation d'avant match était palpable. Mitch et Roz gagnèrent leurs places tandis que les joueurs s'échauffaient sur le parquet.

— C'est Josh, là-bas, dit-il en lui désignant son fils. Le numéro huit. Il va jouer chez les Celtics l'année prochaine. Je ne vais pas me vanter toute la soirée, mais il fallait quand même que je glisse cela.

— Il passe pro ? Chez les Celtics ? N'hésitez pas à vous vanter : j'en ferais autant à votre place.

Elle l'écouta ensuite lui exposer les règles de base du basket-ball et lui expliquer un minimum de vocabulaire.

Au coup d'envoi, elle se plongea dans l'action, ne s'intéressant plus qu'à la vivacité des gestes des joueurs, aux voix qui résonnaient autour d'eux, au bruit de tonnerre du ballon sur le parquet. De temps à autre au cours du premier quart-temps, Mitch se pencha vers elle pour lui expliquer une faute, une stratégie.

Jusqu'au moment où elle se leva avec tous les supporters de Memphis pour huer l'arbitre.

— Il lui faut des lunettes ou quoi ? Il a forcé le passage, bon sang !

Lorsqu'elle se rassit en poussant un soupir écœuré, Mitch se gratta le menton.

— Soit je suis un professeur exceptionnel, soit vous vous y connaissez en basket, constata-t-il.

— J'ai trois fils, lui rappela-t-elle. Je m'y connais en basket, en football, en base-ball. À une époque, je m'y connaissais même un peu trop à mon goût en lutte.

Elle quitta le jeu des yeux le temps de lui sourire.

— Mais vous aviez l'air si content de faire un cours à la petite dame que je n'ai pas voulu vous interrompre, ajouta-t-elle.

— Merci. Vous avez envie de boire quelque chose ?

— Oui, s'il vous plaît.

Elle s'amusait bien. À la mi-temps, Josh remarqua son père et lui sourit. Puis, en découvrant Roz, il leva les deux pouces en un signe d'approbation enthousiaste.

À la fin du match – que les Memphis Tigers remportèrent avec trois points d'avance –, Roz estima que l'expérience valait presque un pull en cachemire.

— Vous voulez attendre pour féliciter votre fils ? demanda-t-elle à Mitch.

— Pas ce soir. Il ne va pas sortir des vestiaires avant une heure au moins. Cela dit, j'aimerais beaucoup que vous le rencontriez un jour.

— Volontiers. Ce fut un plaisir de le voir jouer. Non seulement il est excellent, mais il a l'air d'adorer ça.

— Oui. Depuis qu'il est tout petit, confirma-t-il en lui passant un bras autour de la taille pour la guider dans la foule.

— Cela va être dur pour vous de le voir partir à Boston...

— Il en rêve depuis toujours. J'ai envisagé de déménager moi aussi, mais il faut bien finir par laisser ses enfants s'en aller.

— J'ai bien cru que j'allais mourir quand mes deux plus jeunes fils ont quitté la maison. J'ai l'impression qu'ils avaient cinq ans hier.

Il laissa retomber son bras, puis lui prit la main pour traverser le parking.

— Voulez-vous aller dîner quelque part ?

— Pas ce soir. Je dois me lever tôt demain matin. Mais merci beaucoup.

— Demain, alors ?

Elle lui coula un regard en biais.

— Je dois vous dire que normalement, il faut un troupeau de chevaux sauvages pour me faire sortir de chez moi deux soirs de suite. Mais demain soir, j'ai une réunion du club de jardinage à laquelle je tiens à assister pour des raisons personnelles.

— Après-demain ?

— J'ai comme l'impression que vous n'allez pas lâcher le morceau… Alors, voilà ce que je vous propose : venez dîner après-demain soir. Mais je vous préviens, c'est moi qui ferai la cuisine. C'est le soir de congé de David.

— Vous savez faire la cuisine ?

— Oui, très bien – même si je n'ai pas le droit quand David est là.

— À quelle heure ?

— Disons 19 heures, répondit-elle en riant.

— Comptez sur moi.

Lorsqu'ils arrivèrent à la voiture, il l'accompagna jusqu'à la portière côté passager, puis la fit pivoter vers lui et l'enlaça pour l'attirer contre lui. Et il posa la bouche sur la sienne pour un long baiser langoureux.

Roz se cramponna à ses bras, avant de se laisser envahir par les sensations qui l'assaillaient : la chaleur du corps de Mitch, la fraîcheur de l'air, le désir qu'elle sentait bouillonner sous le calme apparent de son baiser.

Puis il s'écarta, sans détacher les yeux des siens, et lui ouvrit la portière.

— J'ai fait cela maintenant parce que je me suis dit que si je patientais jusqu'à ce qu'on soit devant votre porte, vous vous y attendriez. J'espère arriver à vous surprendre au moins une fois de temps en temps, et je crois que ce n'est pas chose facile.

— Vous y êtes déjà parvenu à quelques reprises.

Elle s'installa dans la voiture, et il referma la portière. Il lui réservait peut-être encore quelques surprises, songea-t-il.

10

Harper pouvait passer plusieurs heures par jour dans la salle de greffage sans s'ennuyer et sans que la compagnie des autres lui manque. Les plantes sur lesquelles il travaillait étaient pour lui une éternelle source de fascination et de satisfaction. Il aimait autant créer des plantes classiques que faire des expériences sur des hybrides.

Il aimait aussi travailler dehors. Il avait déjà sélectionné un certain nombre d'arbres à greffer et comptait passer presque toute la semaine à prélever des scions et à tailler les jeunes arbres qu'il avait greffés l'année précédente.

Sa mère le laissait prendre ses décisions seul. Il savait que, venant d'elle, c'était une grande marque de confiance.

Cela dit, c'était elle qui lui avait enseigné les bases du métier, mais surtout qui lui avait transmis l'amour des plantes et des arbres.

Quand il était enfant, ils avaient passé d'innombrables heures ensemble dans le jardin ou la serre. Elle en avait fait autant avec ses frères, mais il était le seul à avoir réellement hérité de sa passion de l'horticulture. Et avec le temps, il s'était de plus en plus focalisé sur Harper House, le jardin et l'entreprise. Ses études universitaires n'avaient fait que cimenter en lui le goût de ce qui était devenu son métier.

Sa loyauté envers la propriété familiale et envers sa mère, qui lui avait tout appris, était totale. Il estimait avoir bien de la chance de pouvoir ainsi allier devoir et amour.

Il fit le tour de la salle en contrôlant les pots et en prenant des notes. Il était particulièrement satisfait des dahlias qu'il avait greffés au printemps précédent, à la demande de Logan. D'ici peu, Côté Jardin allait pouvoir proposer le Rêve de Stella, le dahlia d'un bleu profond qu'il avait créé.

C'était étonnant, la façon dont c'était arrivé : grâce à l'amour de Logan et Stella, et parce que celui-ci avait montré son côté sentimental en demandant à Harper de créer le dahlia bleu dont Stella avait rêvé – dont elle avait rêvé à cause du fantôme.

C'était une espèce de cercle qui revenait à Harper House et à ce qui y poussait.

Il n'y aurait pas eu de Rêve de Stella sans le fantôme, et pas de fantôme sans Harper House. Et rien de cela ne serait arrivé si sa mère n'avait pas été aussi déterminée à garder la maison et si elle n'avait pas créé Côté Jardin.

Comme il était face à la porte, il la vit s'ouvrir et Hayley entrer.

Elle non plus n'aurait pas été là sans sa mère, songea-t-il. C'était Roz qui avait offert un toit et un travail à cette jolie jeune femme venue frapper à la porte de Harper House alors qu'elle était enceinte de six mois.

Quand elle lui sourit, il sentit les battements de son cœur s'accélérer avant de reprendre leur rythme normal. Elle lui tapota la tête, et il ôta son casque.

— Désolée de t'interrompre. Roz a dit que tu devais avoir des pots suffisamment avancés pour être intégrés dans les stocks de plantes d'intérieur. Stella veut faire une promo d'hiver.

— Bien sûr. Tu veux que je les apporte ?

— Ça va, merci. J'ai des caisses et un chariot dehors.

— Attends, je vais vérifier l'inventaire, dit-il en allant s'asseoir devant son ordinateur. Tu veux un Coca ?

— J'adorerais, mais j'évite encore la caféine.

— Ah, oui, c'est vrai.

Hayley nourrissait toujours Lily, une idée qui ne lui était pas désagréable mais qui lui faisait tout drôle.

— Euh... j'ai aussi de l'eau, dans la glacière, ajouta-t-il.

— Avec plaisir. Quand tu auras le temps, tu pourras me montrer comment on fait une greffe ? Stella m'a dit que tu les faisais presque toutes, à cette époque de l'année.

— Pas de problème, répondit-il en lui tendant une bouteille d'eau. Tu pourrais commencer par un saule. C'est la première greffe que ma mère m'ait appris à faire, et c'est ce qu'il y a de mieux pour s'entraîner.

— Ce serait génial. Un jour, quand Lily et moi aurons notre propre maison, j'aimerais bien planter quelque chose que j'aurai créé moi-même.

Harper s'ordonna de se concentrer sur son inventaire. Malgré tout, il ne put s'empêcher de remarquer le parfum de Hayley, qui allait si bien avec celui de la terre et des plantes.

— Tu as assez de place à la maison, non ?

— Oh, largement, confirma-t-elle en riant et en essayant de lire par-dessus son épaule. Cela fait un an que j'y habite, et je n'arrive pas à m'habituer à tant d'espace. J'adore vivre ici, et c'est génial pour Lily d'être entourée de gens. Et puis, ta mère est la femme la plus extraordinaire que je connaisse. Mais un jour ou l'autre, il faudra que Lily et moi, nous nous installions, nous nous... enracinions chez nous.

— Tu sais que maman est ravie que tu sois là. Sinon, il y a longtemps qu'elle t'aurait poussée dehors.

— Ça, c'est vrai. Roz sait parfaitement organiser les choses de la façon qui lui convient. C'est une femme forte, intelligente, qui semble n'avoir peur de rien ni de personne. Tu ne peux pas savoir combien je l'admire.

— Toi non plus, tu ne manques ni de courage ni d'intelligence.

— Peut-être que j'ai l'air courageuse, mais je dirais que c'est plutôt de l'inconscience. Quand je regarde en arrière, je me demande comment j'ai pu partir de chez moi enceinte de six mois. Maintenant, je me rends compte de tout ce que je dois à Roz. Mon bébé vit dans un foyer chaleureux et aimant, et moi, j'ai un travail que j'apprécie de plus en plus tous les jours. Nous avons des amis, une famille. Si ta mère m'avait fermé sa porte, je me serais débrouillée, je n'en doute pas, mais Lily et moi n'en serions pas où nous en sommes aujourd'hui sans elle.

— C'est drôle, observa-t-il, je me disais justement que tout ici – cette maison, cet endroit, même Stella et Logan – tourne autour de ma mère. Peut-être même le fantôme.

— Pourquoi le fantôme ?

— Si maman avait vendu la maison – et il y a des moments où ç'aurait été la solution de facilité –, le fantôme ne serait sans doute plus là. Il faut peut-être qu'il y ait un ou une Harper. Je ne sais pas.

Il haussa les épaules et se leva pour rassembler les plantes qu'il avait sélectionnées dans l'inventaire.

— Enfin, c'est une question que je me posais, conclut-il.

— Tu as peut-être raison. Et toi, tu ne vendras pas Harper House, n'est-ce pas, quand tu en hériteras ?

— Non. D'ailleurs, chaque fois que je me dis que je devrais déménager, quitter la remise à voitures, j'y renonce. D'abord parce que j'y suis bien, que c'est là que j'ai envie de vivre. Mais aussi parce que même si ma mère est très forte et intelligente, j'ai l'impression qu'il vaut mieux que je reste dans les parages. Je crois qu'elle serait triste et qu'elle se sentirait un peu seule si Lily et toi vous en alliez. D'autant que Stella et les garçons vont partir habiter chez Logan d'ici peu.

— Peut-être. Je ne fais pas vraiment de projets pour l'instant. Mais maintenant que Mitch et Roz sortent ensemble, je me dis qu'elle ne va peut-être pas vouloir d'autre compagnie.

— Quoi ?

Harper se figea, un ficus dans les bras.

— Qu'est-ce que tu racontes ? Mitch et ma mère ne sortent pas ensemble !

— Quand deux personnes vont ensemble à un match de basket, que l'une d'elles fait la cuisine pour l'autre pour un dîner en tête à tête, je crois qu'on peut dire qu'elles sortent ensemble.

— Mitch et ma mère travaillent sur un projet. Ce sont des... des réunions.

Hayley lui adressa ce sourire un peu condescendant dont les femmes avaient la spécialité et qu'il ne connaissait que trop bien.

— On ne termine pas une réunion de travail par un long baiser sur la bouche, riposta-t-elle. En tout cas, je n'ai jamais eu la chance de participer à ce genre de réunion...

— Un baiser ? Que...

— Je ne les espionnais pas, ajouta Hayley avec empressement. J'étais à la fenêtre avec Lily qui s'était réveillée quand Mitch a raccompagné Roz après le match... D'accord, j'ai un peu regardé exprès quand j'ai entendu la voiture. En tout cas, à en juger par le baiser que je les ai vus échanger, je dirai qu'ils sortent ensemble et que c'est du sérieux.

Il posa brusquement la plante.

— Bon sang !

Elle cligna des yeux, surprise.

— Harper, tu ne peux pas être contrarié que ta mère fréquente un homme. Ce serait ridicule.

— La dernière fois qu'elle a fréquenté un homme, elle a fini par l'épouser, ce fumier !

— Elle a fait une erreur, concéda Hayley, qui s'échauffait. Mais Mitch n'a rien de commun avec cette ordure de Bryce Clerk.

— Et comment le sait-on ?

— On le sait, c'est tout. Et puis, ce n'est pas parce qu'il n'est pas riche ou que le sang bleu des Harper ne coule pas dans ses veines que tu dois monter un dossier contre lui, ajouta-t-elle en enfonçant un doigt accusateur dans son torse. Tu devrais avoir honte de toi, espèce de snobinard.

— Ce n'est pas ce que je dis, protesta-t-il. Ne sois pas idiote.

— Ne me traite pas d'idiote.

— Je ne t'ai pas traitée d'idiote, enfin !

— Je n'ai plus envie de parler avec toi, tiens ! riposta-t-elle en tournant les talons et en sortant.

— Très bien, moi non plus, lança-t-il derrière elle.

Il rumina la nouvelle que lui avait annoncée Hayley tout en chargeant finalement le chariot de plantes. Quand ce fut fini, il bouillait. Prêt à la bagarre, il alla chercher sa mère.

Elle était dehors, en train d'examiner les plates-bandes de la jardinerie et les rosiers. Avec son sweat-shirt à capuche gris, ses mitaines et ses bottes si vieilles et éraflées qu'on ne devinait plus leur couleur d'origine, elle avait plus l'air d'être une fille de son âge que sa mère.

— Hayley t'a trouvé ? lui demanda-t-elle.

— Oui, c'est fait.

— À l'occasion, j'aurai encore des idées de développement à te soumettre. Ah, et il faut que je te félicite pour les arbres hybrides que tu as créés. Je les adore. Les clients vont être emballés. D'ailleurs, je me demande si je ne vais pas prendre un pêche-nectarine pour moi. C'est du très beau travail, Harper, poursuivit-elle en en regardant un de près. Et ce poir…

— Maman, est-ce que tu couches avec Mitch Carnegie ?

— Quoi ?

Elle lui fit face. Son sourire s'était évanoui, et il n'y avait plus la moindre trace de fierté maternelle dans son regard.

— Qu'est-ce que tu viens de me demander ?

— Tu as très bien entendu. Et j'aimerais une réponse.

— Pourquoi répondrais-je à une question que rien ne t'autorise à me poser ?

— Je veux que tu me dises ce qu'il y a entre vous. J'ai le droit de le savoir.

— Absolument pas.

— Je me suis tu au sujet de Bryce Clerk. C'est une erreur que je ne referai pas. Je veille sur toi, que tu le veuilles ou non. Alors, si tu ne me réponds pas, c'est à lui que j'irai poser la question.

— Je te l'interdis, Harper.

Elle lui tourna le dos et s'éloigna de quelques pas. Il la connaissait suffisamment pour savoir qu'elle luttait contre un accès de colère. Ils avaient tous deux un tempérament volcanique qu'ils s'efforçaient de maîtriser.

— À quand remonte la dernière fois où je t'ai demandé avec qui tu avais des relations sentimentales ou intimes ?

— À quand remonte la dernière fois où j'ai épousé quelqu'un qui n'en avait qu'après mon argent ?

Elle pivota vers lui ; son regard lançait des éclairs de fureur.

— Ne me jette pas cela à la figure. C'est très désagréable.

— Je ne le fais pas par plaisir. Mais personne ne te blessera de nouveau comme Bryce l'a fait tant que je serai dans les parages. Tant pis si cela te rend folle de rage. Que savons-nous de Mitch, au juste ? De mon point de vue, il a déjà franchi la ligne jaune en séduisant quelqu'un pour qui il travaille.

— Tu es si comme il faut, quelquefois... fit Roz avant de pousser un long soupir. Je vais te poser une question. Tu m'as déjà vue commettre deux fois la même erreur ?

— Non, pas encore.

— Ta confiance en moi me touche, railla-t-elle en ôtant un de ses gants et en le faisant claquer contre sa cuisse. Écoute-moi bien. Mitch est un homme intéressant et séduisant que j'ai eu plaisir à voir deux ou trois fois en dehors du travail. Il entretient une relation forte et aimante avec son fils, et comme je me flatte d'en faire autant avec les miens, cela me touche particulièrement. Il est divorcé, mais a conservé des relations cordiales avec la mère de son fils, ce qui n'est pas toujours facile. Il n'a rien fait de répréhensible, même selon tes critères si sévères.

— Ils ne sont sévères que lorsqu'il s'agit de toi.

— Oh, Harper, je ne suis pas parfaite...

— Qui te demande de l'être ? Ce que je veux, c'est qu'il ne t'arrive rien et que tu sois heureuse.

— Mon chéri.

Elle s'approcha de lui, prit son visage entre ses mains et le secoua doucement de droite à gauche.

— Normalement, c'est moi qui devrais te dire cela, remarqua-t-elle. Si je te jure solennellement que

Bryce m'a servi de leçon, est-ce que tu vas te détendre ?

— Seulement si tu me promets de me prévenir au cas où Mitch essaierait de profiter de toi, de quelque manière que ce soit.

— Non mais écoute-toi... D'accord, je te le promets. Allez, viens. Jetons un coup d'œil au reste avant de rentrer.

Cette altercation avec Harper fit réfléchir Roz. Comment se faisait-il que, connaissant si bien son aîné, elle ait été aussi surprise par sa réaction ?

Cependant, quelle mère s'attendait que ses enfants s'inquiètent pour elle un jour ? Ni son cœur ni son esprit ne pouvaient l'envisager, envahis qu'ils étaient par le souci qu'elle se faisait constamment, elle, pour ses enfants.

C'était aussi la première fois qu'elle comprenait vraiment combien son mariage avec Bryce avait déçu son fils. Dans cette histoire, Harper avait souffert autant qu'elle, sinon plus.

Comme elle avait besoin de calme, elle se rendit directement dans sa chambre en passant par l'escalier extérieur.

Après avoir ôté sa veste et ses bottes, elle s'installa dans le salon avec l'intention de mettre de la musique et de passer un peu de temps à dessiner pour se détendre. Puis elle remarqua les piles de courrier bien rangées sur son bureau. Comme toujours, David avait séparé la correspondance personnelle – qui se faisait de plus en plus rare à mesure que ses amis et connaissances se mettaient aux e-mails –, les lettres professionnelles et les factures.

Préférant commencer par les mauvaises nouvelles, elle s'attaqua d'abord aux dernières. Les factures liées au fonctionnement de la maison lui arrachèrent une grimace. Mais c'était le prix à payer pour avoir autant d'espace et le partager avec autant de gens.

Elle sortit son carnet de chèques, tout en se promettant d'opter pour le paiement en ligne dès le mois suivant. Cette fois, c'était décidé. Stella lui montrerait comment faire.

Elle paya l'électricité, le gaz, le téléphone et sa carte de crédit. Puis elle fronça les sourcils en découvrant une enveloppe portant le nom d'un autre organisme de crédit. Elle faillit la jeter, pensant que c'était de la publicité, mais préféra tout de même vérifier, par acquit de conscience.

Elle ouvrit de grands yeux en découvrant le montant des dépenses, et surtout le total. Plus de huit mille dollars ! Mais cela ne tenait pas debout. Elle n'avait pas de carte de cet organisme et n'avait certainement pas dépensé une telle somme dans le mois. Restaurants, matériel électronique, le rayon homme de chez Dillard...

Stupéfaite, elle décrocha le téléphone pour signaler l'erreur.

Le coup de fil suivant fut pour son avocat.

Une fois les choses mises en branle, elle se rassit. Elle avait l'estomac tellement noué que cela lui donnait la nausée. La carte avait été prise à son nom avec tous les renseignements nécessaires : son adresse, son numéro de sécurité sociale et même le nom de jeune fille de sa mère. L'autre utilisateur inscrit était Ashby Harper.

Bien joué, songea-t-elle. Très bien joué.

Bryce ne s'était pas servi de son propre nom et n'avait pas utilisé la carte dans les lieux qu'il fréquentait habituellement. Maintenant, la carte était détruite, c'était une certitude. Le dernier règlement datait de trois jours avant la fin du cycle de facturation.

Ce fumier de Bryce avait tout prévu, comme toujours.

L'argent n'avait pas été son principal moteur, elle le devinait, même s'il n'avait pas dû trouver désagréable de disposer de huit mille dollars d'argent de poche. Non, sa première motivation, ç'avait été de l'ennuyer et de lui rappeler qu'il était toujours là, qu'elle ne pouvait pas y faire grand-chose.

Il y avait peu de chances qu'on puisse remonter jusqu'à lui et prouver que c'était lui qui avait monté cette escroquerie. Et c'était elle qui allait être forcée de démêler tout cela, d'y consacrer du temps et des efforts, de payer les frais d'avocat.

C'était minable, mesquin. C'était du Bryce tout craché.

Et Harper, le pauvre Harper qui craignait de la voir commettre la même erreur une seconde fois ! Cela ne risquait pas d'arriver.

Afin de se donner plus de temps pour se calmer, elle sauta le dîner et écrivit une longue lettre détaillée à ses deux derniers fils avant d'appeler Harper.

Quand les enfants furent couchés, elle demanda à Harper, David, Stella et Hayley de la rejoindre dans le salon.

— Je suis désolée, commença-t-elle. Je sais que certains d'entre vous avaient des projets pour ce soir. Mais je pense que ce ne sera pas long.

— Ne vous en faites pas, répondit Stella. Dites-nous ce qui se passe.

— J'ai déjà pris des mesures pour résoudre le problème, mais il est possible qu'on vous interroge tous. Voilà : en parcourant mes relevés de carte de crédit ce soir, je suis tombée sur une facture d'une carte que je ne possède pas pour des dépenses que je n'ai pas faites. Cependant, pour obtenir cette carte, on a donné beaucoup de renseignements personnels à mon sujet. L'organisme va bien entendu mener une enquête. Et comme j'ai été obligée de fournir la liste de tous les gens qui habitent la maison, je tenais à vous prévenir. Je suis absolument certaine que c'est Bryce qui a fait faire cette carte. Il détenait ces informations, et c'est tout à fait son style.

— Vous n'avez pas à payer, s'empressa d'assurer Hayley. Je le sais, car ce genre de chose s'est produit une fois à la librairie où je travaillais.

— Non, en effet, confirma Roz. Cela ne va me coûter que du temps et de l'énergie. Et cela perturbe la maisonnée, ce qui ferait certainement très plaisir à Bryce s'il le savait. Je suis désolée, ajouta-t-elle en regardant Harper. Vraiment désolée.

— Ne dis plus cela, répondit-il très doucement. Je ne veux plus t'entendre dire que tu es désolée, maman. Et la police ?

— Il y a des chances qu'elle intervienne. Mais je vais vous répéter ce que m'a dit mon avocat. Bien que l'organisme de crédit fasse une enquête, il va être très difficile de prouver que c'est Bryce qui s'est servi de la carte. Il n'a pas donné son vrai nom et il n'a pas fait de dépense d'un montant susceptible d'attirer l'attention. Personne ne se souviendra qu'il est passé chez Dillard acheter des chemises et une paire de chaussures.

Comme elle avait besoin de bouger, elle se leva pour remettre une bûche dans la cheminée.

— Le mieux que nous ayons à faire, c'est de laisser l'organisme de crédit enquêter. Un jour ou l'autre, j'en ai la certitude, Bryce fera l'une des trois choses suivantes : soit il se lassera, soit il trouvera quelqu'un d'autre à harceler, soit il ira juste un peu trop loin et se fera prendre.

— Je vote pour l'option numéro trois, déclara David.

— Le Ciel t'entende ! répondit Roz en se rasseyant. J'ai écrit à Austin et Mason parce que je veux que, comme vous, ils se tiennent sur leurs gardes. Bryce pourrait très bien s'amuser à faire subir le même genre de chose à l'un de vous.

À cette perspective, la tension s'accrut dans ses épaules. Ses muscles étaient comme des baguettes d'acier sous sa peau.

— Stella, ajouta-t-elle, nous devrons nous montrer particulièrement vigilantes concernant ce qui sera facturé à la société.

— Ne vous inquiétez pas. Ce fumier ne nous aura pas, Roz. Je suis vraiment navrée que vous ayez à subir cela. Y a-t-il quoi que ce soit que nous puissions faire ?

— Si j'ai besoin de vous, je vous le dirai, c'est promis. Très bien, conclut-elle en se levant. Je crois que c'est tout. Je vais monter, j'ai du travail en retard.

— Tu n'as pas dîné, lui rappela David. Veux-tu que je t'apporte quelque chose chez toi ?

— Pas pour l'instant, merci. Je descendrai grignoter quelque chose plus tard.

David la regarda sortir.

— Le fumier, marmonna-t-il quand elle fut hors de portée de voix. L'ordure.

— Si on allait lui rendre une petite visite ? suggéra Harper.

— Excellente idée, approuva Hayley en se levant, les poings serrés. On devrait tous y aller. Tout de suite.

— Du calme, Hayley, intervint David en lui tapotant l'épaule. Moi aussi, je trouverais extrêmement amusant d'aller lui casser quelques couronnes, mais ce n'est pas la solution.

— Si, répliqua Harper. C'est la seule solution.

— David a raison, intervint Stella. Cela ne ferait que mettre Roz dans une situation plus embarrassante et désagréable, et cela la contrarierait beaucoup.

— Nous n'aurons qu'à ne pas le lui dire, suggéra Hayley. Nous ne pouvons pas rester là sans rien faire, quand même !

— Moi, non, déclara Harper. Mais toi, si.

— Hé, attends un peu...

— Ça suffit, décréta David en se plaçant entre eux comme un arbitre. Réfléchis, Harper. Ne te laisse pas aveugler par la colère. Imagine que nous allions donner à Clerk la correction qu'il mérite. Il se remettra vite de nos coups et il aura la satisfaction de savoir qu'il a atteint Roz. C'est la dernière chose qu'elle veuille, tu le sais aussi bien que moi. Sa meilleure arme contre lui, c'est l'indifférence. Elle la perdra si elle doit venir payer ta caution parce que tu auras été arrêté pour coups et blessures.

— Je vais vous dire autre chose, déclara Stella, qui était restée assise, les mains serrées sur les genoux. Plus nous monterons cette affaire en épingle, plus cela lui fera de peine. Imitons-la. Traitons cette histoire froidement, comme un problème professionnel. Et souvenez-vous que si c'est difficile pour nous, cela doit l'être plus encore pour elle.

— Ça m'énerve de l'admettre, grommela Hayley, mais toi et David, vous avez raison. Si seulement vous aviez attendu que nous lui ayons cassé la figure pour avoir raison ! Allez, Harper, il faut avoir du caractère pour vouloir la défendre, mais il en faut aussi pour admettre que la violence n'est pas la solution.

Sans doute, songea Harper, mais il n'arrivait pas à chasser l'image de Bryce effondré à ses pieds, le visage en sang. Mais David avait raison, il le savait.

Cependant, il ne pouvait pas rester chez lui, à bouillir de colère. Il y avait un autre point dont il pouvait s'occuper, et il se fichait pas mal de savoir si cela plairait ou non à sa mère.

Il cherchait encore la bagarre quand il frappa à la porte de l'appartement de Mitch.

Il espérait presque le trouver avec une autre femme pour pouvoir lui mettre son poing dans la figure, ce qui aurait eu le mérite de le calmer un peu.

Mais quand Mitch lui ouvrit, il semblait bien être seul. Harper n'entendit que le bruit d'un match de basket à la télévision.

— Bonsoir ! Comment ça va ? Entrez donc.

— Il faut que je vous parle.

— D'accord... Une seconde.

Mitch avait déjà reporté son attention sur l'écran géant.

— On est à moins d'une minute de la mi-temps, expliqua-t-il. On a deux points de retard. Zut ! Bon sang, on a perdu la balle.

Malgré lui, Harper fut bientôt pris par l'action. Il cria quand le numéro huit récupéra le ballon et, avec une grâce magique, effectua un magnifique lancer.

— Trois points ! C'est un panier à trois points ! s'écria Mitch en donnant un coup de poing amical dans le bras de Harper. Ça y est, on sonne la mi-temps. Vous voulez boire quelque chose ?

— Une bière ne serait pas de refus.

— Je n'en ai pas, désolé. Un Coca ?

— Très bien, merci.

Il glissa les mains dans les poches tandis que Mitch sortait du salon. Quelques secondes plus tard, ce dernier revint avec deux canettes et l'invita à s'asseoir.

— Je vais aller droit au but, annonça Harper. Jusqu'où pensez-vous que cela ira, entre ma mère et vous ?

Mitch s'assit à son tour et l'observa un instant avant de répondre.

— Je ne peux pas vous le dire, parce que cela dépend en grande partie d'elle et de ce qu'elle souhaite. En ce qui me concerne, comme je ne suis ni aveugle, ni sourd, ni idiot, je la trouve très attirante. J'admire ce qu'elle a fait de sa vie et j'apprécie sa compagnie.

— Si tout ou partie de cette séduction a à voir avec son argent ou son statut social, vous avez intérêt à faire machine arrière tout de suite.

Avec un calme apparent, Mitch prit la télécommande et coupa le son.

— C'est une très vilaine insinuation.

— Sans doute, mais elle a vécu des choses très vilaines il n'y a pas si longtemps.

— Je le sais, et c'est l'unique raison pour laquelle je ne vous jette pas dehors. Votre mère n'a pas besoin de son argent ou de son statut social pour être séduisante, expliqua Mitch en prenant sur lui pour ne pas perdre patience. C'est l'une des femmes les plus belles et les plus fascinantes que j'aie connues. Je ressens quelque chose pour elle et je crois qu'elle ressent quelque chose pour moi. J'espère que nous aurons la possibilité de voir où ces sentiments nous mènent.

— Votre premier mariage n'a pas tenu le coup.

— Non. Par ma faute. Il n'y a pas de bière dans le réfrigérateur parce que je ne bois plus, expliqua-t-il en faisant tourner son Coca entre ses mains. Je n'ai pas touché à une goutte d'alcool depuis quatorze ans. J'étais alcoolique et cela a détruit mon premier mariage. J'ai raconté tout cela à votre mère, et en détail, parce que je pensais qu'elle méritait de savoir la vérité avant que nous ne fassions les premiers pas vers ce qui, j'espère, va être une relation sérieuse.

— Je vous prie de m'excuser de vous avoir embarrassé.

— Vous ne m'avez pas embarrassé. Mais vous m'avez mis assez en colère.

— Ça, je ne le regrette pas. C'est ma mère, et vous n'avez pas assisté à ce qu'elle a subi. À ce qu'elle subit encore.

— Comment cela, ce qu'elle subit encore ?

— Elle a découvert ce soir que son ex avait pris une carte de crédit à son nom. On ne peut pas encore le prouver, mais il n'y a pas de doute : c'est lui. Il s'est servi de cette carte, bien sûr. Et maintenant, c'est à elle de se donner la peine de clore ce compte et de s'occuper du côté juridique de la chose.

Mitch posa sa canette, se leva et se mit à faire les cent pas dans le salon. Et ce fut la colère qui émanait de lui qui calma Harper.

— J'ai envisagé d'aller lui casser la figure, dit-il.

— Je tiendrai votre veste, et ensuite, vous pourrez tenir la mienne.

Cette réaction aussi fit du bien à Harper. Il commençait à éprouver un certain respect pour Mitch.

— David et Stella m'ont convaincu d'y renoncer. Ma mère aurait été furieuse. Cela fait partie des choses qu'elle juge... inconvenantes. Et puis, cela aurait fait pas mal de bruit. Alors, à la place, je suis venu ici dans l'intention de me défouler sur vous.

— Mission accomplie ?

— On dirait.

— C'est déjà ça, commenta Mitch en se passant les deux mains dans les cheveux. Comment va-t-elle ? Elle tient le coup ?

— Oui, elle fait face, comme toujours. Mais ça l'a pas mal secouée. Elle a surtout peur qu'il tente le même genre d'escroquerie aux dépens de mes frères ou de moi. Et puis, elle est gênée, ajouta-t-il. C'est le genre de chose qui l'embarrasse.

Le visage de Mitch s'assombrit.

— Il le sait, bien sûr, devina-t-il. Cela lui fait encore plus plaisir que l'argent que lui a rapporté son arnaque.

— Exactement, confirma Harper. Je tiens à ce que vous sachiez que si vous la blessez de quelque manière que ce soit, je vous le ferai payer. Il me semble juste de vous prévenir à l'avance.

— Message reçu, répondit Mitch en revenant s'asseoir. Comprenons-nous bien. J'ai quarante-huit ans et je gagne confortablement ma vie. Rien d'exceptionnel, mais ça va. J'aime mon travail, je le fais bien et j'ai la chance qu'il me permette de vivre confortablement.

« Mon ex-femme et son mari sont des gens bien, et à nous trois – même si je n'y ai pas vraiment contribué les six premières années –, nous avons élevé un garçon formidable. J'en suis fier. Depuis mon divorce, j'ai eu deux relations sérieuses et d'autres qui ne l'étaient pas. Je tiens à votre mère, je respecte ce qu'elle a accompli et je n'ai pas l'intention de la faire souffrir ou de la rendre malheureuse. Mais si cela arrivait malgré tout, j'ai comme l'impression qu'elle me renverrait dans les cordes avant même que vous ayez eu le temps de bouger.

Il s'interrompit pour boire une gorgée de Coca.

— Vous voulez savoir autre chose ?

— Une seule, répondit Harper. Je peux rester regarder la fin du match ?

11

Les mains sur les hanches, Roz considérait la zone de préparation du terreau Côté Jardin qu'elle venait de finir d'aménager avec l'aide de la très précise Stella.

Cela leur avait pris deux jours, à raison de plusieurs heures par jour volées entre deux autres tâches. Roz estimait que, seule, elle aurait mis deux fois moins longtemps. Cependant, l'espace de travail aurait été loin d'être aussi fonctionnel. Il y avait des pots de terreau prêt à être emballés, des tables de travail, le stock de sacs, une balance, des pelles, de quoi sceller les sacs, des tabourets. L'ensemble était agencé avec l'efficacité d'une chaîne de montage.

La mise de fonds avait été relativement minime, ce qui avait plu à Stella, qui tenait autant aux bénéfices qu'à la précision. Entre le design très simple des sacs, un peu de marketing et ce qu'elle savait être un excellent produit, Roz ne doutait pas que cela marche, et même très bien.

Elle était donc d'excellente humeur quand elle se retourna pour accueillir Harper dans l'atelier.

— Alors, lui demanda-t-elle, que penses-tu de notre nouveau produit ?

En riant, elle prit un sac de deux kilos qu'elle avait déjà rempli, le scella et le lui lança.

— Pas mal, commenta-t-il en retournant le sac. Pas de chichis. Ça fait sérieux. On dirait que ça vient d'une boutique de jardinage haut de gamme.

— Exactement. Dans un premier temps, nous n'allons pas le vendre trop cher. Je me disais que nous pourrions demander à Ruby de s'occuper de remplir les sacs. Cela ne va pas nécessiter énormément de temps ni de travail.

— C'est une idée géniale, maman, assura-t-il en posant le sac. Tu es vraiment forte.

— Merci. On est toujours fâchés ?

— Non, mais on le sera peut-être de nouveau quand je t'aurai dit que je suis allé à Memphis voir Mitch Carnegie.

Le visage de Roz perdit toute expression, et sa voix se fit brusquement froide.

— Pourquoi as-tu fait une chose pareille, Harper ?

— Pour trois raisons : parce que j'étais en colère, parce que David et Stella m'avaient dissuadé d'aller casser la figure à Clerk, et parce que je voulais entendre par moi-même ce que Mitch avait à dire sur ce qui se passe entre vous.

— Je comprends parfaitement ta première raison. J'apprécie la deuxième à plus d'un titre. En revanche, je ne comprends pas pourquoi tu te crois autorisé à interroger un homme que je fréquente. C'est d'une grossièreté et d'une indiscrétion impardonnables. Je ne passe pas mon temps à espionner les femmes avec qui tu choisis de sortir, si ?

— Je n'ai pas espionné Mitch. Et je te rappelle que je ne suis jamais sorti avec une femme qui m'ait volé, qui ait mis la pagaille dans ma vie ou qui ait sali ma réputation.

— Tu es encore jeune, lâcha-t-elle, glaciale. Tu crois que je suis la seule femme au monde à avoir été assez bête pour succomber au charme d'un salaud ?

— Non, mais je me fiche pas mal des autres. Tu es ma seule mère.

— Cela ne te donne pas le droit de...

— Je t'aime.

— N'utilise pas cette arme contre moi.

— Je n'y peux rien : c'est la seule que j'aie.

Elle appuya les doigts au milieu de son front et se massa avec force.

— Il serait bien que tu associes un peu de confiance et de respect à cet amour, Harper.

— J'ai tout le respect du monde pour toi, maman, et je te fais confiance. C'est des hommes que je me méfie. Mais sache que Mitch a gagné mon respect et ma confiance, hier soir. Il est peut-être presque digne de faire la cour à ma maman.

— Il ne me fait pas la cour, enfin ! Où es-tu allé pêcher ce genre de... Nous sommes allés à un match de basket et nous avons dîné ensemble, c'est tout.

— Je crois qu'il craque sérieusement pour toi.

Elle le regarda fixement et, cette fois, porta les doigts à ses tempes.

— J'ai la tête qui tourne, dit-elle.

Il s'approcha d'elle et la prit dans ses bras.

— Je ne supporterais pas de te voir souffrir de nouveau, murmura-t-il.

— Avec Bryce, il n'y a que ma fierté qui ait souffert.

— C'est une plaie mortelle, pour nous, les Harper. Mais je ne crois pas que Mitch se conduise de la même façon. Pas délibérément, en tout cas.

— Alors, j'ai ta bénédiction ?

Il sourit quand elle recula la tête pour le regarder.

— C'est une question piège. Et je ne suis pas idiot : si je te dis oui, tu me botteras les fesses en me rappelant que tu n'as pas besoin de ma bénédiction. Alors, je vais me contenter de te dire que j'apprécie Mitch. Que je l'apprécie beaucoup.

— Tu es malin, Harper Ashby. Tu sais quoi ? ajouta-t-elle en lui tapotant le dos, avant de se libérer de son étreinte. Je voudrais bien que tu me donnes un coup de main ici. J'aimerais que tu remplisses vingt sacs de chaque poids.

— Je croyais que tu comptais confier cette tâche à Ruby ?

— J'ai changé d'avis. Cette tâche simple et monotone devrait te laisser le loisir de réfléchir à ta conduite et à tes erreurs. Allez, au travail.

En rentrant, Roz monta directement se laver. Méfiante, elle consulta soigneusement le courrier posé sur son bureau et vérifia les factures. Elle ne fut pas vraiment rassurée de ne rien trouver. Elle ne pouvait s'empêcher de craindre que Bryce n'en reste pas là.

Il l'avait déjà harcelée d'une façon similaire peu de temps après le divorce, puis il lui avait fichu la paix. Sans doute avait-il alors une autre proie en vue et était-il trop occupé pour pourrir la vie de son ex-femme.

Quoi qu'il en soit, elle avait résisté à la première vague. Elle résisterait à celle-ci aussi.

Pendant qu'elle s'habillait, le téléphone sonna. À la troisième sonnerie, elle pensa que David était occupé et décrocha.

— Bonsoir. Pourrais-je parler à Rosalind Harper, s'il vous plaît ? demanda une voix masculine.

— C'est elle-même.

— Bonsoir, madame. Ici Derek, de la galerie Carrington, à New York. J'appelle pour vous informer que le Vergano vous sera expédié demain.

— Je ne crois pas que ce soit une bonne idée, Derek. Je n'ai rien commandé à votre galerie.

— Le Cristina Vergano, madame. J'ai parlé personnellement avec votre représentant la semaine dernière.

— Je n'ai pas de représentant.

— Madame, je suis extrêmement troublé. Le montant a déjà été débité de votre compte. Votre représentant a indiqué que vous teniez à ce que le tableau vous soit envoyé dès la fin de l'exposition. Cette œuvre a soulevé beaucoup d'intérêt, mais comme elle était déjà vendue...

Roz massa sa nuque complètement nouée par la tension.

— On dirait que nous avons tous les deux un problème, Derek. Permettez-moi de vous exposer la mauvaise nouvelle.

Elle lui expliqua brièvement de quoi il s'agissait et se mit à faire les cent pas tout en parlant alors qu'une nouvelle migraine la gagnait. Elle nota le numéro de la carte de crédit que Bryce avait utilisée et le nom de l'organisme.

— Toute cette affaire est très ennuyeuse, commenta Derek.

— Je ne vous le fais pas dire, répondit-elle. Je suis désolée du désagrément que cela a pu vous causer, à vous et à votre galerie.

Après avoir raccroché, elle appela l'organisme de crédit et son avocat, puis leur décrivit à tous deux l'incident par écrit. Cela fait, elle prit une aspirine et descendit à la cuisine se servir un verre de vin.

David avait laissé un mot sur le comptoir.

J'ai un rencard. Délicieuses lasagnes au chaud dans le four. Hayley et le bébé sont chez Logan avec Stella et les garçons pour la soirée. Il y a largement assez de lasagnes pour deux. Le docteur Canon est dans la bibliothèque. Tu n'as qu'à réchauffer le pain et sortir la salade du frigo. Buon appetito !

David

P.-S. *J'ai choisi un CD que j'ai mis dans le lecteur. Et maintenant, remonte mettre tes Jimmy Choo !*

Elle nota qu'il avait mis le couvert dans le coin-repas de la cuisine. Jolies assiettes, grosses bougies, une bouteille de San Pellegrino, verres vert pâle. Et une bouteille de bon vin italien ouverte sur le comptoir.

— Les lasagnes, très bien, dit-elle tout haut. Mais je refuse de mettre des talons hauts pour les manger.

Les pieds bien au chaud dans les grosses chaussettes grises qu'elle portait toujours dans la maison, elle se rendit dans la bibliothèque.

Mitch était assis à la table, ses lunettes sur le nez, vêtu d'un sweat-shirt des Memphis Tigers. Ses doigts couraient sur le clavier de son ordinateur portable. Une grande bouteille d'eau était posée à côté de lui. David avait dû le convaincre d'alterner un peu eau et café.

Il était... très sexy, décida-t-elle, avec ses lunettes d'intellectuel et sa masse de cheveux châtains en bataille. Il avait de beaux yeux, derrière ses verres. Ce n'était pas seulement leur couleur, unique et profonde, qui faisait leur charme, mais aussi, et peut-être surtout, son regard franc et direct, chargé d'une intensité un peu déstabilisante – et, elle devait se l'avouer, très excitante.

Tandis qu'elle le regardait, il s'interrompit et marmonna quelque chose entre ses dents.

Voilà qui était intéressant, songea Roz. Elle aussi, il lui arrivait de se surprendre à parler toute seule.

Ce qui était surprenant, en l'occurrence, c'était la sourde palpitation qu'elle sentait au creux de son être et les petits frissons de désir qui couraient le long de sa colonne vertébrale. Il n'était pas désagréable de savoir que l'étincelle était toujours là. Que se passerait-il si elle prenait le risque de laisser la flamme s'allumer ?

À peine cette question lui eut-elle traversé l'esprit que des livres volèrent des étagères, avant de heurter les murs et de tomber par terre. Un feu d'enfer brûlait dans la cheminée alors que l'air de la pièce était glacé.

— Seigneur !

Mitch recula de la table si vite que sa chaise vacilla sur ses pieds. Il parvint à esquiver un livre et à en bloquer un autre. Quand Roz se précipita dans la pièce, tout s'arrêta, et le calme revint.

— Vous avez vu ça ? Vous avez vu ça ?

Il se pencha pour ramasser un livre qu'il posa sur la table. Ce n'était pas de la peur qu'elle décelait dans sa belle voix à l'accent un peu nonchalant, mais de la fascination.

— Il est glacé, remarqua-t-il.

— Amelia a piqué une colère.

Elle toucha le livre. Effectivement, il était incroyablement froid.

— Impressionnant. Je suis arrivé vers 15 heures. Cela fait donc près de quatre heures que je travaille ici. Tout était parfaitement calme, jusqu'à maintenant.

— Je crois que c'est moi qui ai déclenché sa crise. J'allais vous proposer de partager mon dîner. David a préparé ce qu'il faut avant de sortir, précisa-t-elle en ramassant les livres avec lui.

— On dirait qu'elle n'aime pas nous voir ensemble.

— De toute évidence.

— Alors, demanda-t-il en reposant le dernier volume sur l'étagère, qu'y a-t-il à dîner ?

Elle le regarda en souriant et se rendit compte que, au-delà du désir qu'il lui inspirait, il n'y avait rien chez lui qui ne lui plût pas.

— Des lasagnes. Et celles de David sont exceptionnelles.

— Génial. Mmm... vous sentez bon. Pardon, ajouta-t-il devant son haussement de sourcils surpris. Je pensais tout haut. Écoutez, je suis parvenu à éliminer encore des noms, et j'ai transcrit les interviews que j'ai déjà faites. J'ai un dossier pour vous.

— Très bien.

— Je vais essayer de retrouver des descendants des domestiques et de ce que nous appellerons les branches éloignées de votre arbre généalogique. Pour l'instant, il me semble que votre plus vieille parente vivante est votre cousine Clarise. Par chance, elle habite le secteur. J'aimerais lui parler.

— Bon courage.

— Elle me rapproche d'Amelia de toute une génération, fit-il valoir. Je crois qu'il me serait plus facile de prendre contact avec elle si vous lui parliez d'abord...

— Ma cousine Clarise et moi ne nous adressons plus la parole.

— Vous m'avez dit qu'il y avait eu un froid. Mais vous ne croyez pas que ce que j'ai entrepris l'intéresserait ?

— Possible. Cependant, je peux vous assurer qu'elle refusera de prendre la communication si je l'appelle.

— Écoutez, je comprends qu'il puisse y avoir des différends dans les familles. Cela dit...

— Vous ne comprenez pas qui est Clarise Harper. Elle a renoncé à son nom de famille il y a des années pour se faire appeler par ses deux prénoms. Elle a même fait des démarches légales en ce sens. C'est vous dire à quel point elle tient au nom de Harper. Elle ne s'est jamais mariée. Selon moi, c'est parce qu'elle n'a jamais trouvé d'homme assez mou ou assez stupide pour la supporter.

En fronçant les sourcils, il s'adossa contre la table.

— Est-ce une façon de me dire que vous ne voulez pas que je prenne contact avec elle, parce que...

— Je vous ai engagé pour effectuer un travail et je n'ai pas l'intention de vous dire comment le faire, alors ne vous hérissez pas. Ce que je vous dis, c'est que ma cousine Clarise a choisi de m'écarter de sa vie, ce qui me convient parfaitement. Je dois lui reconnaître ça : quand elle prend une décision, elle s'y tient.

— Mais vous ne voyez pas d'inconvénient à ce que je lui parle, à ce que je lui fasse part de mes recherches ?

— Aucun. Pour mettre toutes les chances de votre côté, écrivez-lui une lettre – très formelle – en n'oubliant pas de citer votre titre de docteur et tout ce que vous pouvez avoir comme références impressionnantes. Si vous lui expliquez que vous avez l'intention d'écrire un livre sur l'histoire de la famille Harper, que vous seriez très honoré de la rencontrer, etc., elle acceptera peut-être de vous recevoir.

— C'est elle que vous avez chassée de la maison, n'est-ce pas ?

— Si l'on veut, oui.

— Vous pouvez me rappeler pourquoi ?

— Parce que lorsque je l'ai invitée – bien à contrecœur – à un barbecue familial il y a des années, elle a traité mes fils de sales mioches et affirmé, alors qu'elle n'a pas élevé d'enfants, que si j'étais une bonne mère, je les fouetterais régulièrement. Elle a aussi traité Harper de menteur quand il a parlé du fantôme à ses petits cousins et lui a ordonné de se taire.

— Et elle est encore en vie ? commenta-t-il d'un ton faussement étonné.

Roz avait les joues rougies par la colère, mais la remarque de Mitch lui arracha un petit sourire.

— Elle était déjà en mauvaise posture parce qu'elle critiquait sans cesse ma façon d'élever mes enfants, de tenir ma maison, mon style de vie. Et personne ne peut impunément attaquer mes enfants chez moi. J'ai bien pensé au meurtre, mais, la connaissant, la bannir de Harper House représentait un châtiment bien plus douloureux pour elle.

— Vous êtes vraiment coriace. Ça me plaît.

— Tant mieux, parce que, à mon âge, je ne risque plus de changer. Bref, en partant, elle m'a maudite et a déclaré que c'était un jour funeste que celui où Harper House était tombée entre mes mains cupides et incompétentes.

— Elle a l'air charmante. Je vais lui écrire dès demain.

— Surtout, ne lui dites pas que vous travaillez pour moi.

— Elle n'aura pas de mal à le découvrir.

— C'est vrai, n'empêche que moins vous mentionnerez mon nom, mieux cela vaudra. Autre chose ?

— Hormis le fait que je me demande comment vous faites pour travailler toute la journée et rester si belle, non, je ne vois pas.

— Vous n'allez pas m'en parler, conclut-elle au bout de quelques instants.

— De quoi donc ?

— De la visite que vous a rendue mon fils hier soir.

— Ah.

Elle vit un éclair de surprise traverser son visage. Puis il ôta ses lunettes et prit le temps de les essuyer sur son sweat-shirt.

— Il vous l'a dit ?

— Oui. Il était en colère et il a agi sans réfléchir. Nous avons tous les deux un caractère épouvantable. La plupart du temps, nous prenons sur nous, mais nous n'y parvenons pas toujours. Je tiens à vous faire des excuses pour son attitude.

— Je ne peux pas les accepter.

Pour la première fois, Mitch lut de la détresse dans son regard.

— Mitch, je sais qu'il a passé les bornes. Il est jeune et...

— Comprenez-moi bien. Je ne peux pas accepter vos excuses parce que vous n'avez pas de raison de vous excuser. Ni lui, ni vous. Il ne cherchait qu'à vous protéger.

— Je ne veux pas que l'on me protège. Je n'en ai pas besoin.

— Peut-être, mais cela n'empêchera pas ceux qui vous aiment d'essayer de le faire. Votre fils et moi, nous avons discuté et nous nous sommes compris. Point final.

— Et vous n'allez pas m'en dire plus.

— Non. C'est entre lui et moi.

— Ah, le code d'honneur des hommes...

— De vous-même, vous ne m'auriez pas dit que votre ex vous harcelait, n'est-ce pas ? demanda-t-il à brûle-pourpoint.

Une seconde, elle songea au coup de téléphone de la galerie. Elle s'empressa de chasser cette pensée de son esprit.

— Il n'y a rien à en dire. Je m'en occupe.

— Que s'est-il passé depuis hier soir ? Vous êtes très maîtresse de vous-même, mais je vous ai prise au dépourvu. Alors ? Que s'est-il passé de nouveau ?

— Rien qu'une petite cause d'irritation que j'ai déjà réglée. C'est sans importance. Ou plutôt, je refuse d'y attacher de l'importance. Sinon, cela fera de moi une victime et il aura gagné. J'ai toujours refusé d'être sa victime, je ne vais pas commencer maintenant.

— M'en parler, évacuer un peu du stress ne fera pas de vous une victime.

— Je n'ai pas l'habitude de chercher à évacuer mes problèmes. Je me débrouille très bien toute seule. Enfin, merci de votre proposition.

— Considérez-la comme permanente, assura-t-il en lui prenant la main. En parlant de proposition, *Chicago* passe à l'Orpheum la semaine prochaine. Venez avec moi. Nous irons dîner ensuite.

— Pourquoi pas ? Me feriez-vous des avances, Mitchell ?

— Je préfère penser que je vous fais la cour, Rosalind, répondit-il en lui caressant la main du pouce.

— C'est une jolie expression, « faire la cour ». Et vous avez la délicatesse de ne pas exercer de pression sur moi pour passer du stade de la « cour » à celui de l'intimité.

— Si j'insistais, cela ne s'appellerait plus « faire la cour ». Et de toute façon, je suis sûr que vous me jetteriez dehors sans me laisser le temps de dire ouf.

— Très juste, confirma-t-elle d'une voix amusée. Vous êtes intelligent.

— Ce qui est sûr, c'est que j'ai le béguin pour vous.

— Encore un joli mot.

— Il va falloir que j'y prenne garde. Mon petit doigt me dit que vous vous méfiez des beaux parleurs.

— Vous êtes décidément très intelligent. Eh bien...

Elle avait le choix. Elle ne mit pas longtemps à se décider.

— Montons, dit-elle.

Pour la seconde fois de la soirée, elle vit la surprise se peindre sur le visage de Mitch. Puis il lui prit la main et la porta à ses lèvres.

— Est-ce que ça va être sérieux ? demanda-t-il.

— Oui. Très sérieux.

— Dans ce cas, c'est avec grand plaisir.

— La maison est vide, ce soir, expliqua-t-elle en lui montrant le chemin. Il n'y a que nous deux. Nous trois, plutôt, corrigea-t-elle en le regardant tandis qu'ils montaient l'escalier. Cela ne vous dérange pas ?

— Le fait qu'Amelia puisse nous regarder ? Bah, on verra bien. Avez-vous…

Il s'interrompit et secoua la tête.

— Quoi ?

— Non, rien. Laissons cela de côté.

— Très bien. J'espère que vous ne m'en voulez pas de retarder un peu le dîner…

En guise de réponse, il se tourna vers elle et la fit reculer jusqu'au mur pour poser ses lèvres sur les siennes.

Son baiser doux et chaud se fit bientôt brûlant, exigeant. Un long frisson de désir parcourut Roz.

— Vous disiez ? demanda-t-il en relevant la tête.

Cela la fit rire, et elle se détendit. Elle le prit par la main et l'entraîna dans sa chambre, dont elle referma la porte.

Il considéra quelques instants la pièce avec son ravissant lit à baldaquin et ses grandes fenêtres aux rideaux ouverts.

— Elle vous ressemble. Votre chambre, précisa-t-il en admirant les murs gris-vert, les objets anciens, les lignes pures et les détails raffinés. Elle est belle, elle respire la classe, et son élégance simple reflète une grâce et un sens du style innés.

— Vous me faites regretter de ne pas avoir pris le temps de me pomponner un peu.

Il la regarda, dans son pull décontracté et son pantalon confortable.

— Vous êtes parfaite comme cela, affirma-t-il.

— Quoi qu'il en soit, je suis comme je suis. Je crois que ce serait agréable de faire du feu, ajouta-t-elle en se dirigeant vers la cheminée.

Il posa la main sur son bras pour la retenir.

— Je m'en charge. Vous devez avoir une jolie vue sur le jardin, d'ici, devina-t-il en s'accroupissant devant le foyer.

C'est alors que la porte-fenêtre de la terrasse s'ouvrit à la volée, laissant pénétrer une bourrasque glacée dans la chambre.

— Oui, répondit Roz en allant refermer calmement la porte-fenêtre. Certains matins, quand j'ai le temps, j'aime bien prendre mon café sur la terrasse.

— Il ne doit pas y avoir beaucoup de façons plus agréables de commencer la journée, remarqua-t-il d'un ton aussi neutre que le sien.

— Ni de l'achever, assura-t-elle en ouvrant le lit. Il m'arrive aussi d'y prendre un dernier verre de vin ou une tasse de café avant de me coucher. Cela m'aide à me détendre.

Elle se pencha pour éteindre la lampe de chevet.

— Vous ne voulez pas la laisser allumée ? suggéra-t-il.

Elle fit non de la tête.

— La lumière du feu suffit la première fois. C'est plus flatteur, et j'ai la coquetterie de préférer cela.

Elle resta où elle était et attendit qu'il vienne à elle. Quand il la prit par les épaules, la porte de la chambre s'ouvrit puis claqua.

— Je crains que cela ne fasse que commencer.

— Ça m'est égal, répondit-il en prenant son visage entre ses mains. Complètement égal, ajouta-t-il avant de s'emparer de sa bouche.

Le cœur de Roz fit un bond dans sa poitrine, et tout son corps se réveilla, frémissant. Elle noua les bras autour du cou de Mitch et inclina la tête pour lui permettre de l'embrasser plus profondément.

Les horloges se mirent à carillonner follement. Par défi autant que par désir, elle se pressa contre lui.

— J'ai envie que tu me touches, murmura-t-elle tout contre sa bouche. J'ai envie de sentir tes mains sur moi.

Il l'étendit sur le lit et la rejoignit. Elle soupira sous son poids – son poids d'homme et tout ce qu'il signifiait. Puis il la caressa, et elle gémit.

Mitch sentait enfin la chaleur du corps de Roz, cette chaleur qu'il avait devinée sous son apparence de froideur fascinante. Sur son buste, son ventre, la délicieuse courbe de ses seins, sa peau avait la douceur du velours.

Elle était mince mais pas fragile. Son corps trahissait la même fermeté, la même discipline que son esprit. Et il était tout aussi séduisant. Il avait un goût de fruit défendu et un parfum de jardins de minuit.

Elle glissa les mains sous son sweat-shirt pour lui toucher le dos. Ses paumes fortes et dures formaient un délicieux contraste avec la finesse de sa silhouette et le satin de sa peau.

Elle lui ôta son sweat-shirt et se redressa pour lui mordiller l'épaule. Il eut l'impression qu'une décharge électrique lui traversait tout le corps.

La porte de la terrasse se rouvrit, et le vent le gifla. Il se contenta de remonter la couette sur eux pour les protéger.

En riant, elle trouva sa bouche dans l'obscurité. Sans cesser de la dévorer de baisers, il lui retira son pull.

— Dis-moi si tu as froid.

— Cela ne risque pas, assura-t-elle.

Elle brûlait de l'intérieur. Elle en voulait plus. Elle voulait plus de ses mains, de sa bouche. Elle se cambra vers lui, ardente, et crut mourir de bonheur quand il se mit à promener les lèvres et les doigts sur ses seins. Que c'était bon d'offrir son corps, qu'il serve de nouveau...

Ils roulèrent ensemble en se déshabillant l'un l'autre, luisants de chaleur et de passion.

La couette retomba, et la lueur des flammes dansa sur leur peau. Elle entendit vaguement des pleurs, mais n'y prêta pas attention. Elle ne sentait plus que le désir qui montait en elle, tout-puissant ; elle ne voyait plus que Mitch qui se dressait au-dessus d'elle, éclairé par le feu.

Elle se souleva pour venir à sa rencontre et s'ouvrit pour l'accueillir. Et elle soupira de joie quand il la pénétra.

Ils unirent leurs regards en même temps que leurs corps. Et ils se mirent à bouger, avec une lente intensité. Peu à peu, le souffle de Roz se fit plus court, haletant, alors qu'un plaisir sombre et violent la submergeait et l'emportait.

Il la regarda franchir la crête, vit son regard se brouiller, la sentit se resserrer autour de lui. Il lutta pour se retenir encore un instant, un seul instant, tandis qu'elle tremblait sous lui en poussant un long gémissement. Puis le corps de Roz se détendit et s'abandonna.

Alors, il l'embrassa une dernière fois, désespérément, avant de céder à son tour.

Les portes étaient fermées. Le feu crépitait dans la cheminée. La maison était calme ; il faisait bon.

Elle était blottie contre lui au centre du lit et s'autorisait à savourer pleinement ces moments de bonheur intense. Il n'aurait pas fallu grand-chose pour qu'elle glisse dans le sommeil.

— On dirait qu'elle a renoncé, remarqua Mitch.

— Oui. Pour l'instant.

— Tu avais raison pour le feu. C'est très agréable.

Il se retourna de façon qu'elle soit de nouveau sous lui et la regarda.

— Être avec toi… commença-t-il, avant de secouer la tête et de poser les lèvres sur les siennes. Être avec toi.

— Oui, répondit-elle en souriant et en lui caressant les cheveux. C'était très bon. Cela faisait longtemps que je n'avais pas eu envie d'être avec quelqu'un. Tu sais que tu as des bras musclés, pour un universitaire, remarqua-t-elle en lui palpant les biceps. J'aime bien les bras musclés. Je ne veux pas paraître trop superficielle, mais je dois dire que c'est agréable d'être au lit avec un homme qui se maintient en forme.

— Je te retourne le compliment. La première fois que je t'ai vue, je suis resté à te regarder t'éloigner. Je dois dire que vous avez un très joli derrière, madame Harper.

— Ce n'est pas faux, admit-elle en riant et en lui donnant une tape affectueuse. Bon, il vaut mieux qu'on se rhabille avant que tout le monde rentre.

— Dans une minute. En fait, ce sont tes yeux qui m'ont conquis.

— Mes yeux ?

— Oui. J'ai d'abord cru que c'était parce qu'ils avaient la couleur du whisky – et à une époque, j'aimais beaucoup le bon whisky. Mais ce n'est pas cela. C'est la façon dont tu me regardes : directe, sans peur et un tout petit peu hautaine.

— Je t'en prie !

— Oh, on voit bien que tu as un petit côté châtelaine. Ce que je ne comprends pas, c'est pourquoi c'est aussi sexy. Cela devrait être agaçant. Intimidant, au moins. Et en fait, à mes yeux, c'est simplement… stimulant.

— Alors, il va falloir que je me mette à porter des lunettes noires, si je ne veux pas que tu sois… stimulé à des moments inopportuns.

— Aucune importance, assura-t-il en lui donnant un léger baiser, avant de changer de position et de lui prendre la main. Cela, en revanche, c'était important. Très important. Il n'y a personne d'autre, tu sais.

Le cœur de Roz se mit à battre plus vite. Elle se sentait jeune et un peu bête.

— Oui, c'était important, confirma-t-elle. Pour moi non plus, il n'y a personne d'autre.

— C'est sérieux, dit-il en portant la main de Roz à ses lèvres. Et je vais avoir encore envie de toi très bientôt.

— On va voir ce qu'on peut faire, répondit-elle en serrant sa main dans la sienne.

12

Attirée par le bruit et l'odeur du café, Roz se rendit dans la cuisine. Une pluie grise et maussade avait annulé son jogging matinal, qu'elle avait remplacé par cinq kilomètres sur son tapis de course. D'ordinaire, cela l'ennuyait à mourir, mais ce matin, elle s'était surprise à chanter les rengaines des publicités qui coupaient l'émission qu'elle regardait en courant.

Dans la cuisine, le bébé frappait sur la tablette de sa chaise haute avec toute l'énergie d'un batteur de *heavy metal* tandis que les fils de Stella mangeaient leurs céréales en se plaignant.

— Oui, leur dit leur mère avec une note de frustration dans la voix, vous êtes obligés tous les deux de mettre votre imperméable parce que je suis méchante, que je vous commande tout le temps et que je veux que vous soyez malheureux.

— On déteste les impers, lui apprit Gavin.

— C'est vrai ? Ce n'est pas ce que vous disiez quand vous m'avez suppliée de les acheter.

— C'était *avant*.

Sans doute pour faire diversion, Lily jeta son hochet ainsi que son biscuit. Parker, qui ne ratait jamais rien, attrapa le biscuit au vol et le jouet tomba dans le bol de Luke.

En voyant gicler le lait, Lily poussa des cris de joie qui déclenchèrent une série d'aboiements aigus du chien tandis que Gavin se pliait en deux de rire.

Stella fut rapide, mais pour une fois, Luke la devança. Il sortit le hochet de son bol et le jeta, tout dégoulinant, sur les genoux de son frère.

— Ô Seigneur ! s'exclama Stella en prenant une serviette dans une main et en levant l'autre pour stopper toute tentative de représailles de la part de Gavin. N'y pense même pas, le mit-elle en garde.

— Je suis désolée, je suis désolée, fit Hayley en soulevant le bol et en lui donnant d'autres serviettes alors que les garçons se poussaient mutuellement.

Très calme au milieu de la tempête, David arriva avec une éponge humide.

— On va nettoyer ça. Petite coquine, ajouta-t-il à l'adresse de Lily, qui lui répondit par un grand sourire plein de miettes.

Roz considérait le chaos, radieuse.

— Bonjour, dit-elle à la cantonade en entrant dans la cuisine.

Tout le monde se retourna.

— Roz ? fit Stella en la regardant, surprise. Qu'est-ce que vous faites là ?

— Comme j'habite ici, je me suis permis de descendre prendre une tasse de café, répondit-elle en se penchant pour déposer un baiser sur la tête de Lily. Bonjour, les garçons. Cette petite vise bien, vous ne trouvez pas ? C'était au moins un panier à deux points.

Intrigués par cette idée, Gavin et Luke cessèrent de se disputer.

— Recommence, Lily ! s'écria Luke. Maman, rends-lui le hochet pour qu'elle puisse recommencer.

— Pas maintenant. Il faut que vous finissiez de manger, sinon vous allez être en retard à l'école.

Roz consulta sa montre et vit qu'il était effectivement plus de 8 heures, soit une bonne heure plus tard que son horaire habituel de petit déjeuner.

— Il y a de la bave de bébé dans mes céréales, se plaignit Luke.

— Tu n'as qu'à prendre un muffin à la place.

— Alors, moi aussi, je veux un muffin, protesta Gavin en repoussant son bol. S'il a le droit d'en avoir un, moi aussi, j'ai le droit.

— Très bien, très bien.

— Je vais les chercher, proposa Hayley. C'est le moins que je puisse faire.

— Mmm... qu'ils sentent bon, fit Roz en plongeant le nez dans le saladier de muffins à la pomme tout frais.

Elle en prit un et alla s'appuyer contre le plan de travail.

— Quelle façon agréable de commencer la journée, commenta-t-elle. Et regardez-moi cette belle pluie ! Rien de tel qu'un bon arrosage naturel toute la journée.

— On dirait que quelqu'un a rechargé ses batteries, murmura Hayley à l'oreille de Stella en revenant avec les muffins.

Celle-ci se retint à grand-peine de pouffer.

— Nous vous laissons la place tout de suite, assura-t-elle à Roz.

— Rien ne presse, répondit-elle en croquant dans son muffin.

— D'habitude, vous avez fini avant l'invasion...

— J'ai fait une petite grasse matinée, aujourd'hui.

— Ah, c'est pour ça que j'ai entendu à la radio qu'on avait découvert des poules avec des dents ! plaisanta David en lui resservant du café avec un sourire narquois. Alors, c'était bon... les lasagnes ?

— Très, répondit-elle d'un ton neutre.

Elle le regarda par-dessus le bord de sa tasse en se demandant s'il était écrit sur son front qu'elle avait couché avec Mitch.

— Tu devrais en manger plus souvent, suggéra David. Ça te met un joli rose aux joues.

— J'y penserai.

— Moi aussi, j'aimerais bien un bon plat de lasagnes bien chaud, commenta Hayley. Allez, ma poupée, viens te laver un peu, ajouta-t-elle en sortant Lily de sa chaise haute.

— Les garçons, allez chercher vos affaires – y compris vos imperméables, ordonna David. On part dans cinq minutes.

— Je vous emmène ? proposa Stella à Roz.

— Oui, merci.

Stella attendit de s'être engagée dans l'allée pour prendre la parole. Il y avait moins d'un kilomètre à faire pour aller déposer Lily chez la nounou : cela devrait suffire.

— Nous avons bien avancé la peinture, chez Logan, annonça-t-elle. Je suis contente : la salle à manger sera finie pour le mariage. Dès que nous serons installés, j'inviterai tout le monde à dîner – David, vous, Harper, Hayley, mon père et Jo. Ah, et Mitch, bien sûr.

— Ce sera très sympathique.

— Il est si souvent là en ce moment – Mitch, je veux dire – qu'on a l'impression qu'il fait partie de la maison.

Devant le « Mmm » évasif de Roz, Stella jeta un coup d'œil dans le rétroviseur. Hayley roulait des yeux excédés et lui faisait signe d'en venir au fait.

— Mitch et vous, vous avez travaillé sur le projet, hier soir, ou vous avez profité de ce que la maison était calme pour vous détendre un peu ?

— Stella, pourquoi ne pas me demander directement si j'ai couché avec lui ? Je n'aime pas qu'on tourne autour du pot.

— Je m'efforçais d'être subtile.

— Eh bien, c'est raté.

— Je lui ai dit qu'elle n'était pas obligée d'amener soigneusement toutes ses questions, intervint Hayley. De toute façon, nous savons que vous avez couché avec lui. Cela se voit à votre air satisfait.

— Mon Dieu !

— Évidemment, cela ne nous regarde pas, dit Stella en jetant un regard noir à Hayley dans le rétroviseur.

— Bien sûr que non, convint Roz avec décontraction.

— Mais nous cherchions un moyen de vous dire que si vous êtes heureuse, nous le sommes aussi. Nous trouvons que Mitch est un type génial et...

— Pff, coupa Hayley en se penchant en avant autant que sa ceinture de sécurité le lui permettait. Ce qu'elle essaie de vous dire à sa façon tarabiscotée, c'est : « Foncez ! »

— Non, protesta Stella. Ce que j'essaie de dire, avec un peu de délicatesse...

— On s'en fiche, de la délicatesse. Ce n'est pas parce que les gens ont passé la quarantaine qu'ils n'ont pas envie d'un peu de contact. Ils y ont droit, comme tout le monde.

— Je vais me répéter, fit Roz. Mon Dieu !

— Vous êtes hyperbelle et sexy, poursuivit Hayley. Et lui, il est canon et sexy. Alors, il me semble qu'une partie de jambes en l'air... Elle ne comprend pas, si ? s'inquiéta-t-elle soudain en regardant Lily, qui semblait très occupée à jouer avec ses doigts. J'ai lu quelque part que les bébés enregistraient tout, y compris les voix, les mots et... Zut ! On est arrivés.

Elle prit le sac à langer et sortit. Puis elle fit le tour de la voiture en courant pour aller ouvrir la portière, détacher Lily et l'envelopper dans une couverture.

— Vous n'avez pas intérêt à dire des trucs intéressants en mon absence, lança-t-elle aux deux autres avant de s'éloigner.

Roz poussa un long soupir.

— La moitié du temps, elle me fait me sentir vieille et usée, et l'autre moitié, elle me donne l'impression que j'ai dix-huit ans et aucune expérience.

— À moi aussi, reconnut Stella. Je sais que nous nous montrons un peu indiscrètes, mais... enfin... c'est simplement parce que nous vous aimons. Et puis, je dois avouer que nous nous demandions quand Mitch et vous alliez passer à la vitesse supérieure.

— Ah, oui, vous vous le demandiez ?

Stella fit la grimace.

— Disons que nous avons peut-être abordé le sujet une ou deux fois.

— Eh bien, disons que lorsque j'aurai envie d'aborder le sujet, je vous le ferai savoir.

— Oui. Bien sûr. D'accord.

Quand Hayley revint, Stella se racla la gorge – fort –, secoua rapidement la tête et démarra sans tenir compte du soupir dépité de la jeune femme.

— J'ai réfléchi à des idées de présentation du terreau... annonça-t-elle.

Son existence n'allait pas être chamboulée parce qu'elle couchait avec un homme qu'elle trouvait attirant et séduisant, se rappela Roz. La vie continuait, avec ses devoirs, ses obligations, ses sources d'irritation et ses plaisirs.

Elle ne savait trop dans quelle catégorie classer la réunion mensuelle du club de jardinage à laquelle elle se rendait.

Depuis l'époque de sa grand-mère, qui avait contribué à sa fondation en 1928, il y avait toujours eu un Harper membre du club. Harper House avait d'ailleurs accueilli bon nombre des premières réunions.

En tant que propriétaire d'une jardinerie, Roz se sentait doublement obligée de soutenir le club et d'en rester un membre actif, d'autant qu'elle ne trouvait pas désagréable de parler jardinage avec des passionnés et que le club se donnait du mal pour collecter des fonds destinés à réaliser des travaux d'embellissement ici et là – même si une partie des membres ne venaient là que pour déjeuner et échanger des commérages.

Quand elle arriva, la salle de réunion du country club bourdonnait de voix féminines. Des pots de narcisses forcés décoraient les tables. Une estrade avait été dressée pour que les membres du comité puissent prononcer leur discours ou faire part de leur rapport.

Heureusement qu'elle ne présidait aucune commission en ce moment ! songea Roz.

Lorsqu'elle entra dans la pièce, les têtes se tournèrent vers elle, et le silence se fit. Les conversations reprirent presque aussitôt, un ton trop haut. Elle laissa cet accueil glacé glisser sur elle et se força à avancer jusqu'à une table.

— Quelles jolies fleurs ! déclara-t-elle en regardant Jan Forrester dans les yeux. C'est vrai que le printemps approche. Comment vas-tu, Jan ?

— Très bien, Roz. Et toi ?

— Ça ne pourrait pas aller mieux, assura-t-elle. Et Quill, ça va ?

Jan rougit.

— Oh, tu connais Quill...

— Oui. Dis-lui bien des choses de ma part.

Elle traversa la foule hostile, soutenue uniquement par sa fierté, et s'arrêta pour saluer une quinzaine de personnes avant d'atteindre le buffet. Sa gorge la brûlait. Elle opta pour un verre de thé glacé au lieu de son café habituel.

— Roz, ma chérie, tu es magnifique ! s'exclama Cissy en s'approchant d'elle avec un sourire gourmand. Personne ne porte le tailleur-pantalon comme toi. Cette petite gourde de Mandy jase tant qu'elle peut, ajouta-t-elle à mi-voix. Il faut que nous ayons un petit tête-à-tête, toutes les deux.

— Ça va aller, assura Roz. J'ai saisi. Excuse-moi.

Elle se dirigea vers Mandy d'un pas décidé et eut le petit plaisir de la voir pâlir et s'interrompre au milieu d'une phrase.

— Mandy, comment allez-vous ? Je ne vous ai pas vue depuis décembre ; vous n'avez pas assisté à la réunion du mois dernier.

— J'ai été très occupée.

— La vie peut être un tel tourbillon, n'est-ce pas ? reprit Roz après avoir bu une gorgée de thé.

— Vous non plus, vous n'avez pas chômé, lança Mandy en relevant le menton.

— C'est vrai, concéda Roz.

— Peut-être que si vous passiez un peu plus de temps à vous occuper de vos affaires, il ne vous en resterait pas suffisamment pour harceler les gens au téléphone ou répandre d'odieux mensonges.

Dans la salle, les gens se turent et les regardèrent ouvertement.

— Vous ne me connaissez pas très bien, objecta Roz sans se départir de son calme. Je n'aime pas beaucoup téléphoner, donc je ne le fais jamais inutilement. Et je ne mens jamais. Je n'en vois pas l'intérêt alors que la vérité est souvent bien plus efficace.

Mandy croisa les bras et avança un pied en une posture agressive.

— Tout le monde sait ce que vous mijotez, seulement personne n'a le courage de vous le dire en face.

— Vous si, apparemment, alors allez-y. Dites-moi ce que vous avez sur le cœur. Sauf si vous préférez que nous ayons cette conversation en privé.

— Ça vous plairait, pas vrai ?

— Non. Pas plus que de l'avoir en public.

— Ce n'est pas parce que votre famille est installée dans le comté de Shelby depuis Dieu sait quand, que vous avez le droit de prendre tout le monde de haut. Ma famille est aussi importante que la vôtre, et j'ai autant d'argent et de prestige que vous.

— L'argent et le prestige ne permettent pas d'acheter des bonnes manières ; vous êtes en train d'en faire la démonstration.

— Vous avez un sacré culot de me parler de bonnes manières alors que vous faites tout votre possible pour ruiner la réputation de Bryce et la mienne.

— C'est à lui seul que Bryce doit sa réputation. Quant à vous, ma chère, vous n'êtes pas dans mon collimateur. Vous avez l'air tout à fait sympathique et je n'ai rien contre vous.

— Vous avez dit partout que je n'étais qu'une traînée, que je me servais de l'argent de mon père pour essayer de m'offrir un peu de classe.

— Où avez-vous entendu une chose pareille ? Dans la bouche de Bryce, j'imagine.

— Pas seulement.

Les joues rouges, Mandy regarda Jan.

— Jan ? fit Roz d'une voix altérée par la surprise. En voyant rougir l'intéressée, elle éprouva un regret fugace.

— Tu sais bien que ce n'est pas vrai, lui dit-elle. Tu devrais avoir honte.

— Je le tiens de source sûre, protesta Jan.

— De source sûre ? répéta Roz, sans se donner la peine de dissimuler le dégoût qu'elle lui inspirait. Tu te prends pour une journaliste d'investigation ? Tu aurais pu venir me poser la question. Ç'aurait été plus simple et plus élégant que de propager ces idioties sans vérifier.

— Tout le monde sait que tu étais furieuse contre Bryce quand il est arrivé chez toi avec Mandy. Mais l'endroit me semble mal choisi pour en parler.

— Oui, sauf que c'est trop tard. Cette jeune femme a au moins le courage de me dire en face ce qu'elle pense. On ne peut pas en dire autant de toi. Mandy, reprit-elle en se retournant vers cette dernière, est-ce que je vous ai paru furieuse quand vous êtes arrivée à ma soirée avec Bryce ?

— Bien sûr que vous étiez furieuse. Vous nous avez chassés alors qu'il essayait de faire la paix avec vous.

— Je ne partage pas votre avis concernant ses intentions. Qu'est-ce qui vous a donné l'impression que j'étais furieuse ? Ai-je crié et hurlé ?

— Non, mais...

— Vous ai-je injuriés ou poussés dehors physiquement ?

— Non, parce que vous êtes une femme froide, comme il le dit. Et comme le disent beaucoup d'autres gens quand vous n'êtes pas là pour les entendre. Vous avez attendu que nous soyons partis pour dire des choses affreuses à notre sujet.

— Ah, bon ?

Roz se retourna, décidée à en finir une fois pour toutes.

— La plupart d'entre vous étaient chez moi ce soir-là, dit-elle à la cantonade. Quelqu'un pourra peut-être me rafraîchir la mémoire, parce que je ne me rappelle pas avoir dit de « choses affreuses ».

— Vous ne l'avez pas fait, affirma Mme Haggerty, l'une des plus vieilles clientes de Roz et l'un des piliers du club de jardinage. Comme tout le monde, j'aime bien les cancans et je ne déteste pas qu'on enjolive un peu les histoires. Mais là, il s'agit de mensonges éhontés. Rosalind s'est conduite avec bienséance dans des circonstances très difficiles, Mandy. Et elle s'est montrée tout à fait aimable avec vous. Je l'ai vue de mes yeux. Lorsqu'elle est rentrée, elle n'a pas dit un mot contre vous ni contre le fieffé coquin que vous avez choisi pour champion. Si quelqu'un veut dire autre chose, nous sommes tout ouïe.

— Roz n'a pas dit de mal de vous, Mandy, renchérit Cissy avec un sourire malicieux, même quand moi, je l'ai fait.

— Bryce m'a dit que vous essaieriez de monter les gens contre moi.

— Pourquoi ferais-je une chose pareille ? demanda Roz d'un ton las. Enfin, croyez ce que vous voulez. Pour ma part, j'en ai assez de parler de cela – et de vous parler.

— J'ai autant le droit que vous d'être ici.

— Cela ne fait aucun doute.

Roz tourna les talons et alla s'asseoir à une table pour finir son thé, mettant fin à cet échange.

Au bout de dix secondes, Mandy éclata en sanglots. Elle sortit de la salle accompagnée de quelques femmes qui jetèrent des regards noirs à Roz.

— Elle est bien jeune, n'est-ce pas ? commenta Roz quand Mme Haggerty vint s'asseoir à côté d'elle.

— La jeunesse n'a jamais excusé la stupidité, ni la grossièreté. Vous, ajouta-t-elle avec un signe de tête à l'adresse de Cissy, qui les rejoignait, vous m'avez surprise.

— Moi ? Pourquoi ?

— Cela vous change – en bien – de parler franchement.

Cissy haussa les épaules et s'assit à son tour.

— J'aime bien les scènes, je l'avoue. Cela met un peu de piment dans la vie. Mais je n'aime pas Bryce Clerk. Et puis, quelquefois, parler franchement rend les choses plus intéressantes. Évidemment, ç'aurait été encore plus amusant si Roz avait donné à cette bécasse de Mandy la gifle qu'elle méritait. Mais je sais que ce n'est pas ton style, dit-elle à Roz.

Puis elle posa doucement la main sur la sienne avant d'ajouter :

— Si tu veux t'en aller, je pars avec toi.

— C'est très gentil, mais non, merci. Je vais tenir.

Elle assista à la réunion jusqu'au bout – question de cran et de sens du devoir. Une fois rentrée chez elle, elle se changea, puis sortit par-derrière dans le jardin et s'assit sur un banc dans la fraîcheur de la fin de journée pour guetter les signes de l'arrivée du printemps.

Les bulbes commençaient à percer. Les jonquilles et les jacinthes n'allaient pas tarder à fleurir. Les crocus plus précoces étaient déjà épanouis, mais ils ne dureraient pas longtemps.

Au bout de quelques instants, les émotions qu'elle avait contenues se libérèrent. Elle était en colère ; elle avait été insultée, blessée. Elle s'autorisa à flotter quelque temps dans cette mer de sentiments noirs.

Elle resta assise là, au calme, le temps que sa rage atteigne son paroxysme puis retombe peu à peu, jusqu'à ce qu'elle puisse de nouveau respirer normalement.

Elle avait fait ce qu'il fallait, décida-t-elle. Elle avait affronté la situation, même si elle n'aimait pas ce genre de scène publique. De toute façon, mieux valait prendre les problèmes à bras-le-corps que les fuir, quelles que soient les circonstances.

Bryce avait-il cru que c'était ce qu'elle ferait ? se demanda-t-elle. Qu'elle craquerait en public et que, humiliée, elle s'enfuirait ?

Sans doute. Il ne l'avait jamais comprise.

John, si, se rappela-t-elle en contemplant la tonnelle où les roses blanches qu'elle avait plantées pour lui fleuriraient du printemps à l'automne. Lui, il l'avait comprise, et aimée. En tout cas, il avait compris et aimé la jeune fille, la jeune femme qu'elle était alors.

Aurait-il aimé la femme qu'elle était devenue ?

Curieuse pensée, songea-t-elle en penchant la tête en arrière et en fermant les yeux. Peut-être n'aurait-elle pas été celle qu'elle était aujourd'hui s'il avait vécu.

Il t'aurait quittée. C'est ce qu'ils font tous. Il t'aurait menti. Il t'aurait trompée. Il t'aurait détruite. Il aurait pris des putains pendant que tu serais restée à l'attendre. C'est ce qu'ils font tous. Je suis bien placée pour le savoir.

Non, non, protesta Roz *in petto* en fermant plus fort les yeux tandis que la voix sifflait dans sa tête.

Mieux vaut pour toi qu'il soit mort plutôt qu'il ait vécu assez longtemps pour te ruiner. Comme l'autre. Comme celui que tu reçois dans ton lit aujourd'hui.

— Tu es vraiment pitoyable, murmura Roz. Pourquoi cherches-tu à salir la mémoire d'un homme bien ?

— Roz ?

La main sur son épaule la fit sursauter.

— Excuse-moi, dit Mitch. Tu parlais en dormant ?

— Non.

Sentait-il le froid aussi, ou ce froid était-il seulement en elle ?

— Je ne dormais pas. Je réfléchissais. Comment as-tu su que j'étais ici ?

— David m'a dit qu'il t'avait vue par la fenêtre te diriger ici il y a plus d'une heure. Il fait un peu froid pour rester dehors aussi longtemps sans bouger.

Il s'assit à côté d'elle, lui prit la main et la frotta entre les siennes.

— Tu as les mains glacées, observa-t-il.

— Ça va, assura-t-elle.

— On ne dirait pas, pourtant, répliqua-t-il. Tu as l'air triste.

Elle pesa le pour et le contre, puis se rappela qu'il y avait certaines choses qu'elle ne pouvait garder secrètes. Mitch travaillait pour elle.

— Oui, c'est vrai, reconnut-elle. Je suis un peu triste. Elle m'a parlé. Dans ma tête.

— À l'instant ? demanda-t-il en serrant les mains sur la sienne.

— Oui. Tu as interrompu notre conversation. C'était sa rengaine habituelle – les hommes mentent, etc.

— Shakespeare lui-même n'aurait pas créé un fantôme plus déterminé que ton Amelia, remarqua-t-il en fouillant le jardin du regard. J'espérais que tu passerais dans la bibliothèque, pour plusieurs raisons. En voici une.

Il la fit pivoter vers lui et prit possession de sa bouche.

— Ça ne va pas, constata-t-il. Il y a autre chose.

Comment faisait-il pour lire ainsi en elle, pour découvrir ce qu'elle parvenait à cacher à tout le monde, ou presque ?

— Non. Je suis de mauvaise humeur, c'est tout, affirma-t-elle en retirant sa main des siennes. Une femme m'a fait une scène, tout à l'heure.

— Tu ne veux pas m'en parler ?

— Non. Cela n'en vaut pas la peine.

Elle sentit qu'il allait argumenter, insister, mais il se ravisa. Au lieu de cela, il se tapota l'épaule.

— Mets ta tête là, lui enjoignit-il.

— Quoi ?

— Pose ta tête sur mon épaule, fit-il en lui passant un bras autour de la taille pour l'attirer contre lui. Alors ? demanda-t-il quand elle eut obtempéré.

— Ce n'est pas mal, reconnut-elle.

— Et la terre ne s'est pas écroulée parce que tu t'es appuyée un instant sur quelqu'un d'autre.

— Non, c'est vrai. Merci.

— Je t'en prie. Maintenant, passons aux autres raisons pour lesquelles j'espérais te voir dans la bibliothèque. Je voulais te dire que j'ai écrit à ta cousine Clarise Harper. Si je n'ai pas de ses nouvelles d'ici à une semaine, je la relancerai. Et j'ai plusieurs arbres généalogiques détaillés pour toi : ceux des Harper, de la famille de ta mère et de ton premier mari. J'ai trouvé une Amelia Ashby… Non, laisse ta tête là, dit-il en la retenant quand elle voulut se redresser.

« *A priori*, elle n'a rien à voir avec notre Amelia puisqu'elle a passé toute sa vie en Louisiane et qu'elle est trop proche de nous dans le temps. J'ai tout de même fait quelques recherches pour voir si elle n'était pas liée d'une façon ou d'une autre au fantôme – si, par exemple, c'était à cause de notre Amelia qu'elle portait ce nom –, mais je n'ai rien trouvé. Je corresponds par e-mail avec l'arrière-petite-fille de la gouvernante qui a travaillé à Harper House de 1887 à 1912. Elle est avocate à Chicago et elle juge l'histoire de la famille suffisamment intéressante pour faire des recherches de son côté. Ce qu'elle trouvera pourra nous être très utile.

Tout en parlant, il lui caressait doucement le bras pour l'aider à se détendre.

— Tu as bien avancé, commenta-t-elle.

— C'est de la routine. En revanche, j'ai réfléchi à un aspect moins banal de notre projet. Lorsque nous avons fait l'amour...

— Dans quelle partie du projet cela rentre-t-il ?

Il rit de son ton pince-sans-rire et frotta la joue contre ses cheveux.

— Dans une partie très personnelle, et j'espère remplir de nombreuses pages de ce dossier. Mais laisse-moi t'expliquer où je veux en venir. Elle s'est... manifestée, non ?

— C'est le moins que l'on puisse dire.

— Elle a fait claquer des portes, sonner les pendules, etc. C'était sans aucun doute sa manière de nous exprimer ce qu'elle pensait de ce qui se passait entre nous, comme elle le fait depuis que nous avons ouvert ce dossier personnel. Or, je ne suis pas le premier homme avec qui tu aies des relations intimes dans cette maison.

— Non, confirma-t-elle.

— Mais tu n'as pas évoqué de scènes qu'elle aurait faites à propos de John Ashby, de Bryce Clerk – ou de qui que ce soit d'autre.

— Parce que cela ne s'était jamais produit avant.

— D'accord.

Il se leva et se mit à faire les cent pas tout en parlant.

— Tu vivais ici à l'époque où John Ashby et toi êtes sortis ensemble, où vous vous êtes fiancés...

— Bien sûr : c'est ma maison.

— Et vous y avez beaucoup séjourné après votre mariage, avant de vous y installer complètement à la mort de tes parents.

— Nous venions très souvent. Ma mère n'allait pas bien, et la moitié du temps mon père était incapable de s'occuper d'elle. Quand il est mort, nous avons vécu ici de façon informelle, et nous nous sommes installés définitivement à la mort de ma mère.

— Et pendant tout ce temps, Amelia n'a jamais manifesté de colère contre John ?

— Non. J'ai cessé de la voir quand j'avais... hum... onze ans, il me semble, et je ne l'ai revue qu'après mon mariage. John et moi n'étions pas mariés depuis très longtemps, mais nous essayions déjà d'avoir un enfant. Une nuit où je n'arrivais pas à dormir, je suis descendue dans le jardin, et je l'ai vue. À ce moment-là, j'ai su que j'attendais un bébé. Ensuite, je l'ai revue au début de chacune de mes grossesses. Et bien sûr, je l'ai vue ou entendue quand les garçons étaient petits.

— Et ton mari, l'a-t-il vue ?

— Non, répondit-elle en fronçant les sourcils. Il l'a entendue, mais pas vue. Et je l'ai vue le soir de sa mort.

— Tu ne m'avais jamais dit cela.

— C'est vrai. Je n'en ai jamais parlé. C'est très personnel, et cela me fait encore souffrir.

— Je ne sais pas ce que c'est que d'aimer et de perdre quelqu'un comme tu as aimé et perdu John. Je me rends compte que je suis indiscret, mais tout est lié, Roz. Pour remplir ma mission, il faut que je sache ce genre de chose.

— Je ne m'en doutais pas quand je t'ai engagé. Je n'imaginais pas que tu aurais besoin d'informations aussi personnelles... Attends, ajouta-t-elle en levant une main comme il allait parler. Je crois que je comprends mieux ta façon de travailler, maintenant. Ta façon de voir les choses et les gens. Le tableau dans la bibliothèque, les photos qui sont épinglées dessus pour que tu puisses te représenter les personnes sur lesquelles tu fais des recherches. Tous ces petits détails que tu accumules. C'est différent de ce à quoi je m'attendais. Mais je crois que je trouve cela plutôt positif.

— J'ai besoin de m'immerger dans mon sujet, expliqua-t-il.

— Comme tu t'es immergé dans la vie de Baudelaire, répondit-elle en hochant la tête. Je comprends que tu aies besoin de savoir certaines choses. Et je pense que je suis capable de te dire tout cela à cause de ce que nous sommes en train de devenir l'un pour l'autre. Mais ne crois pas que ce soit facile pour moi de me sentir proche de quelqu'un, d'un homme. Ni de lui faire confiance. Ni de le désirer.

— Mais tu ne voudrais pas que ce soit facile.

Elle secoua la tête.

— Comment se fait-il que tu me connaisses déjà aussi bien ? Non, je ne voudrais pas que ce soit facile. Je me méfie de ce qui est trop facile. Mais je suis bien quand tu es en moi, Mitchell.

— Moi aussi.

Elle le considéra, debout devant elle, bien vivant. La tonnelle se dressait derrière lui avec ses roses encore endormies. Elles se réveilleraient avec le soleil et la chaleur. Mais pas John. John, lui, avait disparu pour toujours.

— John rentrait de son bureau à Memphis après une réunion tardive. La nuit était déjà tombée depuis longtemps. Il pleuvait, les routes étaient glissantes, et il y avait du brouillard.

Son cœur se serra, comme chaque fois qu'elle se souvenait de ce soir-là.

— Il y a eu un accident. Quelqu'un qui roulait trop vite et qui a franchi la ligne blanche. J'étais debout ; je l'attendais en m'occupant des enfants. Harper avait fait un cauchemar, et Mason et Austin avaient un rhume. Quand ils ont été endormis, je suis allée me coucher, un peu agacée que John ne soit pas encore rentré. Et j'ai trouvé Amelia dans ma chambre.

Elle laissa échapper un petit rire et se passa la main sur le visage.

— Ça m'a fait un choc. J'ai pensé que j'étais enceinte, et crois-moi, après avoir passé la soirée à m'occuper de trois enfants agités et grognons, je n'étais pas d'humeur à accueillir avec joie une telle nouvelle. Mais il y avait quelque chose de bizarre dans ses yeux. Ils étaient trop brillants. Méchants, même. Cela m'a fait un peu peur. Ensuite, la police est venue et... Enfin, je n'ai plus pensé à elle.

Elle était parvenue à conserver une voix assurée, mais son regard trahissait son chagrin.

— Ça a dû être dur. Très dur, dit-il. Je n'arrive même pas à l'imaginer.

— Ma vie s'est arrêtée net. Et lorsqu'elle a redémarré, rien n'était plus comme avant.

Il ne la toucha pas, ne chercha pas à la réconforter. Ce qu'il y avait dans son cœur en cet instant appartenait à quelqu'un d'autre.

— Tu n'avais personne pour te soutenir, observa-t-il. Ni père, ni mère, ni frère, ni sœur.

— J'avais mes fils, cette maison. Et je m'avais, moi.

Elle regarda au loin. Il devina qu'elle essayait de se reprendre, de refermer cette porte sur son passé.

— Je ne comprends pas ce qui se passe maintenant, dit-elle. Amelia n'a jamais manifesté une telle colère contre John, ni contre les hommes que j'ai pu fréquenter après lui, ni contre Bryce. Pourquoi réagit-elle ainsi aujourd'hui, à ton avis ?

— J'y ai pas mal réfléchi et je suis parvenu à plusieurs hypothèses. Mais rentrons d'abord. Il fait presque nuit, et tu vas geler. Tu n'es pas très enveloppée... Non que je m'en plaigne, précisa-t-il comme elle le regardait en plissant les yeux.

— Je suis issue d'une lignée de femmes à l'ossature fine et frêle, déclara-t-elle en forçant son accent du Sud.

— Il n'y a rien de frêle chez toi, corrigea-t-il en la prenant par la main pour regagner la maison. Sais-tu ce que tu m'évoques ? Une rose sauvage à longue tige. Une rose noire pleine d'épines.

— Il n'existe pas de roses noires sauvages. Il faut les cultiver, et personne n'est encore jamais parvenu à obtenir un noir véritable.

— Une rose noire, répéta-t-il en portant leurs mains jointes à ses lèvres. Rare et exquise.

— Si tu continues à me parler comme cela, il va falloir que je t'invite dans mes appartements privés.

— J'ai cru que tu ne me le proposerais jamais.

13

— Il faut que je te prévienne : ma... maisonnée s'intéresse beaucoup à l'évolution de notre relation, lui annonça-t-elle.

— Cela ne me dérange pas. Moi aussi, je m'intéresse beaucoup à l'évolution de notre relation.

— Ta main est nettement plus grande que la mienne, remarqua-t-elle au bout de quelques pas, en regardant leurs mains enlacées. Et pourtant, elles s'adaptent parfaitement l'une à l'autre.

Il rit et prononça tendrement son prénom. Puis il s'arrêta un instant pour poser la bouche sur la sienne.

— Nos lèvres aussi...

— Je me disais la même chose, répondit-elle. Mais j'aimerais autant que ces pensées et cette relation restent entre toi et moi.

— Ce n'est pas facile, dans la mesure où nous avons tous les deux d'autres personnes dans notre vie. Mon fils m'a déjà demandé où j'avais rencontré la jolie brune avec laquelle j'étais venu au match.

— Et que lui as-tu répondu ?

— Que j'avais enfin réussi à faire en sorte que Rosalind Harper daigne me regarder.

— Oh, mais je te regarde, assura-t-elle en joignant le geste à la parole tandis qu'ils montaient les marches de l'escalier extérieur. Cependant, je veille jalousement sur ma vie privée, et je ne vois pas pourquoi nous ne pourrions pas profiter de la compagnie l'un de l'autre sans que tout le monde soit au courant.

Au moment où elle posait la main sur la poignée de la porte-fenêtre, le battant s'ouvrit à la volée et faillit la frapper au visage. Une rafale de vent glacé sortit de sa chambre, la faisant reculer d'un pas. Mitch la retint fermement.

— Bonne chance ! cria-t-il par-dessus le sifflement de l'air.

— Je ne tolère pas ça !

Furieuse, elle se dégagea et força le passage pour entrer.

— Je ne tolère pas ce genre de scène chez moi !

Les photos encadrées volaient des tables comme des missiles tandis que les lampes clignotaient. Une chaise traversa la chambre et alla heurter la commode avec une violence qui fit trembler le vase d'orchidées posé dessus. En voyant le coffre que ses fils lui avaient offert commencer à glisser, Roz se précipita pour le rattraper.

— Arrête ces idioties tout de suite ! ordonna-t-elle. Je ne supporte pas cette attitude.

Un martèlement de poings furieux ébranlait les murs. Le plancher tremblait sous ses pieds. Un gros flacon de parfum Baccarat explosa, bombe de cristal qui projeta mille éclats, tel un shrapnel.

Roz restait debout au milieu de ce tourbillon, le coffre serré contre elle. Sa voix, qui dominait les explosions de verre brisé, les claquements et le fracas des coups, était glaciale.

— Je cesserai de chercher qui tu es et ce qui t'est arrivé. Je ferai ce qu'il faut pour te chasser de cette maison. Tu ne seras plus la bienvenue ici. C'est ma maison ! reprit-elle alors qu'un feu s'allumait spontanément dans la cheminée et que la bougie posée sur le manteau s'élevait dans les airs. Et je t'en chasserai. Je jure que je t'en chasserai !

L'air se calma soudain, et tous les objets qui volaient s'écrasèrent bruyamment sur le sol.

La porte s'ouvrit aussitôt. David, Logan et Stella entrèrent tandis que Harper faisait irruption dans la chambre par la terrasse.

— Maman ! dit-il en prenant Roz dans ses bras et en la soulevant de terre. Ça va ?

— Oui, ça va. Ça va.

— Nous n'arrivions pas à entrer, expliqua Stella en lui posant une main tremblante dans le dos. Nous n'arrivions pas à ouvrir les portes.

— Ça va aller, maintenant. Où sont les enfants ?

— En bas. Avec Hayley. Quand nous avons entendu… Mon Dieu, Roz, on aurait dit que c'était la guerre !

— Allez lui dire que tout va bien, fit-elle en embrassant Harper sur la joue, avant de se dégager. Allez-y tout de suite.

— Que s'est-il passé ? demanda David. Roz, que s'est-il passé ?

— Mitch et moi allions entrer dans la chambre quand elle a protesté. Violemment.

— Votre mère lui a dit sa façon de penser, précisa Mitch. Elle lui a fait comprendre qui commandait dans cette maison.

— Vous saignez, constata Harper.

— Ô mon Dieu !

Roz fourra le coffre entre les mains de son fils et se précipita vers Mitch pour examiner la coupure sur sa joue.

— Un éclat de verre, expliqua-t-il. Rien de grave.

— Tu as aussi des éraflures sur les mains, observa-t-elle en laissant retomber les siennes avant qu'elles se mettent à trembler. Eh bien, on va désinfecter ça.

— Je vais ranger ici, proposa Stella.

— Non, laissez. Descendez vous assurer que Hayley et les enfants vont bien. Logan, tu devrais les emmener chez toi.

— Il n'est pas question que je vous laisse, affirma Stella en secouant la tête. Et ce n'est pas négociable.

— Je vais rester cette nuit, suggéra Logan en passant un bras autour des épaules de Stella. Si cela ne te dérange pas, Roz.

— Pas du tout.

Elle laissa échapper un soupir et reprit le coffre à Harper.

— J'aurais fait plus que lui sonner les cloches si elle l'avait cassé, précisa-t-elle en le remettant à sa place, avant de se retourner vers Harper et de presser tendrement sa main. Ça va aller, mon chéri. C'est promis.

— Si elle te fait mal de quelque façon que ce soit, je trouverai un moyen de la chasser.

— Telle mère, tel fils, fit-elle en souriant. Je lui ai dit la même chose, et elle a arrêté ; elle doit savoir que je ne parle jamais à la légère. Descends, maintenant. Hayley ne peut pas laisser les enfants, et elle doit être affolée. Mitch, viens dans la salle de bains, que je nettoie tes blessures.

— Je ne veux pas que tu restes seule ce soir, maman, déclara Harper en sortant de la chambre.

— Ce ne sera pas le cas, assura Mitch.

Lorsqu'il entra dans la salle de bains, Roz était déjà en train d'imbiber une compresse de désinfectant.

— Ce ne sont que des égratignures, fit-il valoir.

— Ce n'est pas une raison pour ne pas les soigner. Je ne sais pas comment on traite des plaies causées par la colère d'un fantôme, alors je vais faire comme d'habitude. Assieds-toi.

— Oui, chef.

Il obéit, tout en examinant le visage de Roz.

— Tu n'as rien, toi, observa-t-il.

— Mmm ? fit-elle, distraite, en examinant ses propres mains avant de se regarder dans le miroir au-dessus du lavabo. Ah, oui. Tu as raison.

— Je ne pense pas qu'elle ait voulu te faire du mal. Cela ressemble plus à une mise en garde... Intéressant.

— Je t'admire. Tu te fais blesser par un fantôme hystérique et tu trouves cela intéressant...

— Moi aussi, je t'admire d'avoir affronté un fantôme en colère et d'avoir gagné.

— C'est ma maison. Ne bouge pas, ajouta-t-elle d'une voix plus douce en lui relevant le menton. Ça ne va pas faire mal.

— C'est toujours ce qu'on dit.

Pendant qu'elle nettoyait ses coupures d'une main adroite et rapide, il ne quitta pas son visage des yeux.

— Tu cherches quelque chose ? s'enquit-elle.

— Je me demande si je n'ai pas trouvé.

— Il y a un éclat qui n'est pas passé loin de ton œil.

Plus perturbée qu'elle n'était prête à l'admettre, elle se pencha pour poser les lèvres sur sa blessure.

— Voilà, dit-elle en reculant d'un pas. Je pense que tu vas survivre.

— Merci.

Il lui prit les deux mains et plongea ses yeux verts dans les siens.

— J'ai des théories, ajouta-t-il.

— J'ai hâte de les entendre. Mais j'aimerais d'abord ranger ici, et j'ai envie d'un verre de vin.

— Je vais t'aider.

— Non, je préfère le faire seule. À vrai dire, je crois qu'il le faut.

— Tu ne me facilites pas les choses en me demandant sans cesse de faire un pas en arrière.

— J'imagine, admit-elle en lui passant la main dans les cheveux. Mais sache que cela m'aide beaucoup que tu sois suffisamment sûr de toi pour faire ce pas en arrière quand j'en ai besoin.

— C'est peut-être l'une des raisons pour lesquelles nous sommes si bien adaptés l'un à l'autre.

— Sans doute. Tu veux bien descendre retrouver les autres et me laisser une demi-heure pour remettre de l'ordre ? Cela m'aidera à me détendre.

— D'accord, dit-il en se levant. Mais je reste ici cette nuit. Je vais faire comme Stella et te dire que ce n'est pas négociable. En revanche, tu peux mettre cette demi-heure à profit pour décider si tu préfères que je dorme avec toi ou dans une chambre d'amis.

Sur ces mots, il sortit sans attendre de réponse.

Mitch trouva tout le monde dans la cuisine. On aurait dit une famille, songea-t-il. Un plat mijotait sur le feu, un bébé rampait par terre, deux petits garçons enfilaient leur blouson tandis qu'un chien sautait autour d'eux, tout excité.

Tous les regards se tournèrent vers lui. Après un instant de silence, Stella s'adressa à ses fils d'un ton joyeux :

— Allez, filez, Parker et vous. Mais attention aux plates-bandes ! Et n'oubliez pas que c'est bientôt l'heure de dîner.

Gavin et Luke sortirent bruyamment, accompagnés par les aboiements de Parker et un éclat de rire de Lily, et ne manquèrent pas de claquer la porte derrière eux.

— Comment va Roz ? demanda Stella en glissant la main dans celle de Logan.

— Elle est calme, comme toujours, répondit Mitch. Elle a dit qu'elle avait besoin d'une demi-heure. Je reste cette nuit, ajouta-t-il à l'adresse de Harper.

— Bonne idée, commenta Hayley. Plus nous serons nombreux, mieux cela vaudra. On se fait assez bien à la présence d'un fantôme dans la maison, mais ce n'est pas la même chose quand ce fantôme se met à vous jeter des objets à la figure.

— Surtout à la vôtre, fit Mitch en se frottant distraitement la joue. Vous avez remarqué ? Il y a eu une sacrée pagaille dans la chambre, mais rien – rien de matériel, en tout cas – n'a été dirigé contre Rosalind. Je dirai qu'Amelia a pris soin de ne pas lui faire de mal physiquement.

— Sinon, ma mère l'aurait fichue dehors, déclara Harper en soulevant Lily, qui essayait de grimper le long de sa jambe.

— C'est exactement ce dont Roz l'a menacée.

— Si elle est là-haut toute seule, intervint David en levant le nez de ses fourneaux, c'est parce qu'elle y tient. Et tout le monde dans cette maison – mort ou vivant – sait que quand elle veut quelque chose, ce n'est même pas la peine d'essayer de s'opposer à elle.

— Oui, confirma Logan. C'est elle qui mène la danse.

— Sauf que, après cet incident, il va falloir qu'elle s'habitue à lâcher la barre de temps en temps, déclara Mitch. Il y a du café ? demanda-t-il en désignant la cafetière.

En haut, Roz ramassait les débris des trésors et des souvenirs qu'elle gardait dans sa chambre.

La destruction délibérée, songea-t-elle, la perte de choses précieuses à cause d'une colère égoïste, c'était ce qu'il y avait de pire.

— Tu t'es comportée comme une enfant gâtée, marmonna-t-elle tout haut. Je n'ai jamais supporté que mes enfants se conduisent ainsi et je ne supporterai pas plus que tu le fasses. Qui que tu sois.

Elle remit les meubles en place et refit le lit.

— Tu ferais bien de garder cela à l'esprit, Amelia. Tu ferais bien de ne pas oublier qui est la maîtresse de Harper House.

Après avoir rangé et dit ce qu'elle avait à dire – même si c'était à une pièce vide –, elle se sentit beaucoup mieux.

Apaisée, elle se rendit dans la salle de bains. Elle se recoiffa et se remaquilla un peu. Et elle songea à Mitch.

Quel homme fascinant... Le fait qu'il ait déclaré qu'il passerait la nuit ici, qu'il ne l'ait pas demandé poliment mais qu'il ait affirmé qu'il le ferait, était très intéressant et révélateur. Il ne lui avait laissé que le choix de la chambre dans laquelle il dormirait.

Oui, elle trouvait fascinant qu'il soit capable d'être à la fois dominateur et obligeant dans la même phrase.

Et elle avait envie de lui. C'était merveilleux d'avoir envie, besoin d'un homme. De sentir le désir renaître en elle. Elle n'avait aucune raison de s'interdire de prendre un amant, et elle était suffisamment intelligente pour se rendre compte que cet amant était un homme qu'elle pouvait respecter. Peut-être même un homme digne de confiance.

Mais il lui était un peu plus difficile d'avoir confiance en quelqu'un que de lui témoigner du respect...

Eh bien, ils allaient commencer par le commencement, décida-t-elle, et ils verraient bien où cela les mènerait.

En sortant de la salle de bains, elle entendit de la musique, du blues de Memphis, dans son salon privé. Les sourcils froncés, elle franchit le seuil.

Un dîner pour deux était dressé sur la table : des morceaux de poulet rôti, de la purée de pommes de terre, des pointes d'asperges et des biscuits.

Comment David avait-il fait pour préparer tout ce qu'elle aimait manger pour se réconforter en si peu de temps ? Elle n'en avait aucune idée, mais c'était du David tout craché.

Debout dans la lumière des bougies, Mitch était en train de lui servir du vin.

Son cœur fit un bond dans sa poitrine. C'était un coup bas, songea-t-elle, l'estomac noué. Malgré elle, elle éprouvait soudain bien plus que du désir. Et elle n'y pouvait rien.

C'est alors qu'il la regarda et qu'il lui sourit.

Oh, bon sang !

— David et les autres se sont dit que tu préférerais dîner tranquillement, expliqua-t-il. Comme je voulais te parler, je n'ai pas contredit ta garde rapprochée.

— C'est curieux que tu emploies cette expression.

— Elle me paraît bien choisie. Harper serait prêt à tout pour te protéger – tes autres fils aussi, sans doute.

— Je me crois capable de me défendre toute seule.

— Raison de plus pour qu'ils veuillent le faire. Et puis, il y a David, qui pourrait aussi bien être ton quatrième fils, ajouta-t-il en lui apportant son verre de vin. Il t'adore.

— C'est réciproque.

— Et Logan… Je ne suis pas sûr qu'il apprécierait la comparaison, mais si tu étais reine, ce serait ton chevalier.

— Je ne crois pas qu'il apprécierait, confirma-t-elle avant de boire une gorgée de vin.

— Tu n'es pas uniquement son employeur, poursuivit-il en levant son verre d'eau comme pour porter un toast. Pas plus que pour Stella et Hayley. Et les enfants… Désormais, tu représentes une part essentielle, vitale de leur vie. Quand je suis descendu à la cuisine, ce que j'ai vu, c'est une famille. Et c'est toi, le cœur de cette famille. C'est toi qui l'as formée.

Elle le regarda sans rien dire, puis laissa échapper un soupir.

— Ma foi, je ne sais pas quoi répondre à cela.

— Tu as de quoi être fière. Tous ces gens que tu as réunis autour de toi sont des gens bien. Au fait, Harper a-t-il conscience d'être amoureux de Hayley ?

Elle le regarda de nouveau, étonnée, et s'assit.

— Tu as encore plus d'intuition, tu es encore plus observateur que je ne le pensais. Non, je ne crois pas qu'il le sache. Pas vraiment, en tout cas. Cela explique peut-être pourquoi Hayley ne se rend absolument pas compte de ce qu'il éprouve pour elle. Elle sait qu'il adore Lily, mais pour l'instant, je crois que c'est tout ce qu'elle voit.

— Et toi, qu'en dis-tu ?

— Je veux que Harper soit heureux et qu'il ait ce qu'il désire le plus dans la vie. Nous devrions dîner avant que ce soit froid.

C'était une façon polie de lui faire comprendre qu'elle estimait qu'ils avaient assez parlé de l'intimité de sa famille, comprit-il. Roz avait des limites très bien définies.

— Comment te sens-tu ? demanda-t-il.

— Ça va. Vraiment. J'ai seulement besoin de me calmer un peu.

— Je reconnais que tu as l'air d'aller bien. Comment fais-tu pour être aussi belle, Rosalind ?

— La lumière des bougies est flatteuse. Si les femmes avaient eu leur mot à dire, Edison n'aurait jamais inventé cette fichue ampoule électrique.

— Tu n'as pas besoin de la lumière des bougies pour être belle.

— Si tu as décidé de me flatter tout en mangeant ce poulet rôti pour que je ne t'envoie pas dans une chambre d'amis après le dîner, tu n'as pas à t'en faire, répliqua-t-elle en haussant les sourcils. Je te veux dans mon lit.

— Je ne te flattais pas, je ne faisais que constater un fait. Mmm... ce poulet est divin.

— Je t'apprécie vraiment, Mitch, déclara-t-elle de but en blanc. Je voulais te le dire sans ambages. J'ai l'impression que tu ne fais pas semblant, que tu ne joues pas la comédie. Je dois dire que dans ce domaine, c'est un agréable changement pour moi.

— Je ne mens pas, confirma-t-il. J'ai arrêté en même temps que j'ai cessé de boire. C'est la seule chose que je puisse te promettre, Roz : je ne te mentirai pas.

— C'est ce qui compte le plus à mes yeux.

— Pour changer un peu de sujet, il y a une chose que j'aimerais te demander. Ce qui s'est passé ce soir, ce... remue-ménage, c'était la première fois ?

— Oui. La première fois – et la dernière, j'espère.

— Amelia ne s'est jamais mise en colère à cause de John ?

— Non, je te l'ai déjà dit.

— Ni lorsque tu as eu des relations par la suite, ni quand tu étais mariée avec Clerk ?

— Elle a peut-être manifesté une légère irritation, reconnut-elle avec un petit haussement d'épaules. De la désapprobation, de l'agacement. Mais jamais une telle rage, non.

— Dans ce cas, j'ai peut-être une théorie. Je ne suis pas sûr qu'elle te plaise, mais en plus de ne pas te mentir, je vais te dire carrément ce que je pense – et j'espère que tu en feras autant.

— Voilà qui promet d'être intéressant.

— Elle a besoin d'enfants dans la maison. C'est ce qui lui apporte du réconfort, voire de la satisfaction. John et toi alliez donner des enfants à la maison, c'est pourquoi elle n'a pas trop protesté. Elle voyait en lui un moyen de parvenir à ses fins, en quelque sorte.

— C'est une théorie bien froide, commenta-t-elle.

— Oui, et elle va le devenir plus encore. Une fois que vous avez eu des enfants, elle n'a plus eu besoin de lui. Alors, selon moi, elle a vu sa mort comme quelque chose de bien, de juste.

Roz pâlit, horrifiée.

— Si tu suggères que, d'une façon ou d'une autre, c'est elle qui a causé...

— Non, corrigea-t-il en posant la main sur la sienne. Ses pouvoirs sont circonscrits à Harper House. Je ne suis pas expert en paranormal, mais j'en suis convaincu. C'est la logique : ce qu'elle est, ce qu'elle a est centré sur la maison.

— Oui, approuva-t-elle en se détendant et en hochant la tête. D'après moi, jamais elle n'a agi en dehors des limites de Harper House. Je suis sûre que je le saurais, que j'en aurais entendu parler, s'il s'était passé quelque chose.

— Elle est liée au domaine, et peut-être à ta famille. Mais je ne pense pas qu'elle ait été sensible à ton chagrin ni à celui de tes fils à la mort de John. Cependant, certaines choses peuvent la toucher. Nous l'avons constaté au printemps dernier, quand Stella a communiqué avec elle en tant que mère. Et de nouveau ce soir, lorsque tu as mis les choses au point avec elle.

— D'accord, fit-elle en prenant son verre. Jusqu'ici, je te suis.

— Lorsque tu as recommencé à sortir, à fréquenter des hommes, ou même quand tu as eu des amants, cela ne l'a que légèrement dérangée. Parce qu'ils ne comptaient pas pour toi. Pas vraiment. Ils n'allaient pas faire partie de ta vie ni de cette maison à long terme.

— Tu veux dire qu'elle le savait ?

— Elle est liée à toi, Roz. Elle sait ce qui se passe en toi. En tout cas, elle en sait assez pour comprendre ce que tu penses et ce que tu ressens. Pour deviner des choses que tu n'exprimerais pas forcément tout haut.

— Elle s'insinue dans mon esprit, confirma-t-elle à mi-voix. Oui, j'ai déjà eu cette impression. C'est très désagréable. Mais que devient ta théorie quand on ajoute Bryce ? Je l'ai épousé ; il a vécu ici. Et même s'il est arrivé qu'Amelia fasse un peu de cinéma, cela n'a jamais été aussi extrême, aussi violent que ce soir.

— Tu ne l'aimais pas.

— Je me suis mariée avec lui.

— Et tu as divorcé de lui. Elle ne le voyait pas comme une menace. On dirait qu'elle a su que ce mariage était voué à l'échec avant toi. En tout cas, avant que tu en aies pleinement conscience. Pour elle, il était... disons... quantité négligeable. Peut-être parce qu'il était faible. Ce qui est sûr, c'est qu'il ne l'inquiétait pas.

— Alors que toi, si.

— À l'évidence. On pourrait supposer que cela a un rapport avec mon travail, mais cela ne tient pas debout. Elle veut que nous découvrions qui elle était, ce qui lui est arrivé. Elle veut que nous travaillions dans ce sens.

— Tu en sais bien long sur elle pour quelqu'un qui ne la connaît pas depuis longtemps.

— Notre relation est récente, admit-il, mais intense. Il faut que tu comprennes que les morts font partie de mon travail. Ce qui me plaît le plus, c'est de cerner leur personnalité, pour pouvoir me les représenter au mieux. Et je sais que ce qui met Amelia en colère, c'est que tu m'aies fait une place dans ta vie, dans ton lit.

— Parce que tu n'es pas faible.

— Effectivement, confirma-t-il. Et aussi parce que je compte pour toi, ou que je finirai par compter.

Je ferai tout ce qu'il faut pour y arriver, car ce vers quoi nous allons, tous les deux, est très important.

— Mitch, je ne prends pas notre liaison à la légère, mais...

— Rosalind, coupa-t-il en la regardant dans les yeux. Tu sais très bien que je suis en train de tomber amoureux de toi. À vrai dire, c'est le cas depuis que j'ai ouvert la porte de mon appartement et que je t'ai trouvée sur le seuil. Cela me fiche une trouille terrible, mais je ne peux rien y changer.

— Je ne le savais pas, avoua-t-elle en dégageant sa main pour la porter à sa gorge. Je ne m'en doutais absolument pas. Je ne suis pas plus clairvoyante que Hayley, on dirait. Je pensais que nous étions très attirés l'un par l'autre, que nous nous respections mutuellement et... Qu'est-ce qui te fait sourire ?

— Tu es nerveuse. Je ne t'avais encore jamais vue nerveuse. Comment cela se fait-il ?

— Je ne suis pas nerveuse, affirma-t-elle en piquant au bout de sa fourchette son dernier morceau de poulet. Je suis surprise, c'est tout.

— Tu as peur, tu veux dire.

— Certainement pas, riposta-t-elle en se levant de table. Bon, si, d'accord... Oh, ça ne m'étonne pas que ça te fasse plaisir, ajouta-t-elle quand il éclata de rire. Les hommes adorent mettre les femmes dans tous leurs états.

— N'importe quoi !

Au-delà de l'humour, elle perçut une note de froideur dans le ton de Mitch. Intriguée, elle scruta son visage.

— Tu es extraordinairement sûr de toi.

— La première fois que tu m'as dit ça, c'était un compliment. Cette fois, tu veux dire que je suis arrogant. Eh bien, toi aussi, ma belle.

Cette fois, elle rit. Puis elle pressa le bout des doigts sur ses paupières.

— Ô mon Dieu, Mitchell... Je ne sais pas si j'aurai encore la force de vivre une relation... importante. C'est tellement de travail ! L'amour peut être – doit être – si dévorant, si exigeant... Je ne sais pas si j'aurai l'endurance, le courage, la générosité...

— Je n'en doute pas une seconde, assura-t-il. Mais nous prendrons les choses comme elles viennent et nous aviserons au fur et à mesure. Et pour te dire la vérité, je ne suis pas fâché de te rendre un peu nerveuse, ajouta-t-il en se levant à son tour. Il n'y a pas grand-chose qui t'ébranle – en tout cas, tu ne le montres pas.

Il l'enlaça et l'entraîna souplement, au rythme de la musique.

— Mais sais-tu que ton impassibilité est l'une de tes qualités les plus sexy ?

— Est-ce la partie séduction de la soirée ?

— Elle ne fait que commencer. Je peux ?

— Tu m'as posé cette question la première fois que tu m'as embrassée. Je te répondrai la même chose : oui, tu peux.

— J'aime que tu sois belle, confia-t-il. C'est peut-être superficiel, mais c'est comme ça. Il faut bien que j'aie quelques défauts.

Amusée, elle lui caressa la nuque du bout des doigts.

— La perfection, c'est ennuyeux – mais ne dis surtout pas à Stella que j'ai dit cela !

— Dans ce cas, je ne t'ennuierai jamais.

Il posa légèrement les lèvres sur les siennes, une fois, puis deux, avant de lui donner un baiser plus appuyé.

Une onde de chaleur, de vie, d'excitation, de puissance se répandit en elle. Elle évolua avec lui dans cette danse sensuelle, dans ce baiser, se laissa glisser comme sur un chemin parsemé de pétales parfumés, à travers des rayons de lune.

En entendant une porte se refermer doucement, elle ouvrit les yeux et se rendit compte qu'il l'avait entraînée dans sa chambre.

— Vous êtes un danseur très habile, docteur Carnegie, remarqua-t-elle en riant alors qu'il la faisait tourbillonner.

Il l'embrassa de nouveau, en la faisant reculer jusqu'à la porte. Il acheva son baiser par une légère morsure, puis passa les mains sur les bras de Roz avant de s'écarter.

— Allume les bougies, suggéra-t-il. Je m'occupe du feu.

Troublée jusqu'au tréfonds de son être, elle s'adossa au battant. Son cœur, qui lui semblait gonflé de tendresse, battait presque douloureusement dans son sein. Elle s'avança lentement dans la chambre, d'un pas mal assuré. Et lorsqu'elle approcha la flamme de la mèche des bougies, elle se rendit compte que ses mains tremblaient.

— J'ai envie de toi, dit-elle d'une voix qui, heureusement, n'était pas aussi chevrotante qu'elle l'avait craint. Et ce désir est plus fort, différent de ce que j'ai pu connaître jusqu'ici. Peut-être parce que...

— N'y réfléchis pas. Pas ce soir, en tout cas.

— D'accord.

Elle se tourna en même temps que lui, si bien qu'ils se firent face, chacun à un bout de la chambre.

— Disons seulement que j'ai envie de toi. Très fort. C'en est presque pesant. Je ne suis pas tout à fait à l'aise.

À la lueur dorée des flammes, il vint la rejoindre et lui prit les mains.

— Laisse-moi te montrer ce que je ressens, lui dit-il.

Il porta ses deux paumes à ses lèvres pour les embrasser l'une après l'autre. Puis il lui prit le visage et lui caressa les joues du bout des pouces, avant de glisser les doigts dans ses cheveux.

— Laisse-moi te prendre, reprit-il en posant la bouche sur la sienne. Ce soir, laisse-moi simplement te prendre.

Il voulait qu'elle s'abandonne à lui. C'était beaucoup demander, mais elle lui offrit sa bouche, puis son corps quand il commença à la caresser. Et ils dansèrent de nouveau, tournoyèrent, ondulèrent tandis qu'elle s'imprégnait du plaisir qu'il lui offrait.

Mitch lui parla à l'oreille de sa peau, de son parfum. Elle lui donnait ce qu'il lui avait demandé. Elle s'abandonnait. C'était lent, progressif, mais il la sentait, cette merveilleuse renonciation à la maîtrise de soi. Il la déshabilla tout en dansant, prenant un soin et un plaisir presque douloureux à ôter toutes les barrières de tissu qui séparaient ses mains de la peau de Roz.

C'était extrêmement érotique de danser à la lueur du feu et des bougies, alors qu'elle était entièrement nue et lui encore habillé, d'admirer sa silhouette longiligne dans le miroir, de regarder la lumière jouer sur sa peau qui frissonnait sous ses doigts, de sentir palpiter son pouls contre sa bouche.

Lorsqu'il glissa la main entre ses cuisses, elle tressauta et retint son souffle.

Elle était déjà brûlante et humide. Elle enfonça les ongles dans ses épaules quand il se mit à jouer avec elle, paresseusement. Il la tourmenta de petites caresses jusqu'à ce qu'il entende son souffle devenir de plus en plus saccadé et qu'il sente, lui, des flammes courir dans ses veines.

Elle se laissa aller contre lui et, la tête rejetée en arrière, fondit dans le plaisir. Son regard ambre était fixe et brillant.

Il l'allongea sur le lit. Ils se regardèrent pendant qu'il se déshabillait, puis il promena les doigts sur sa jambe, la souleva et se pencha pour passer les lèvres sur son mollet.

— J'en veux encore tellement plus... murmura-t-il.

Oui, songea-t-elle. Tellement plus. Alors, elle céda à la passion, à Mitch, et lui donna tout ce qu'il voulait.

Elle laissa sa bouche l'explorer, la prendre jusqu'à la faire trembler d'un plaisir sombre et profond, jusqu'à ce qu'elle soit obligée de se cramponner au drap pour ne pas voler en éclats.

Elle s'entendit articuler son prénom dans un sanglot pendant qu'il s'introduisait en elle. Pas une fois il ne rompit son rythme langoureux, mais il fit croître son excitation avec une patience presque brutale, un acharnement délicieux et enivrant. Elle n'eut pas le choix. Elle perdit tout contrôle et ne put que trembler, brûler, se délecter tandis qu'il la poussait de plus en plus près du gouffre. Et lorsqu'elle tomba une dernière fois, elle eut l'impression de s'envoler.

Elle tremblait encore. C'était ridicule, songea-t-elle. C'était fou. Mais elle ne parvenait pas à s'arrêter. Elle avait chaud. Trop chaud, même. C'est alors seulement qu'elle se rendit compte qu'ils étaient tous deux baignés de sueur.

— J'essaie de trouver quelque chose à dire, murmura-t-elle.

— Pourquoi pas « waouh » ? proposa-t-il, la bouche contre son cou.

Elle lui passa paresseusement la main dans les cheveux.

— Cela résume assez bien ma pensée, reconnut-elle. J'ai joui trois fois.

— Quatre.

— Quatre ? fit-elle d'une voix aussi brouillée que sa vue. J'ai dû perdre le compte.

— Pas moi.

Quand il roula sur le dos, elle découvrit sur son visage la satisfaction coquine qu'elle avait décelée dans sa voix.

— Je suis dans un tel état de béatitude que je suis prête à avouer que c'est la première fois que j'ai quatre orgasmes d'affilée.

— Reste avec moi, poupée, et ce ne sera pas la dernière, promit-il en lui prenant la main et en enlaçant ses doigts aux siens.

Elle éclata de rire, puis se souleva à moitié en prenant appui sur le torse de Mitch.

— Tu es assez fier de toi, on dirait.

— Et comment !

— Moi aussi.

Elle posa la tête sur son cœur et ferma les yeux.

— Je vais courir à 6 heures, annonça-t-elle.

— Du matin ?

— Oui. Il y a une tenue de rechange de Harper dans la chambre à côté, si tu veux venir avec moi.

— D'accord.

Elle se pelotonna comme un chat et se laissa dériver dans le sommeil.

— Elle ne s'est pas manifestée, cette fois, remarqua-t-elle juste avant de s'endormir.

14

Vêtu d'un costume et d'une cravate, armé d'une douzaine de roses jaunes et d'une boîte de chocolats Godiva, Mitch monta dans l'ascenseur de la résidence où vivait Clarise Harper et appuya sur le bouton du deuxième étage. Il avait la lettre qu'elle lui avait écrite dans son porte-documents. Son ton formel, très « dame du Sud », lui avait fait comprendre qu'un costume et des fleurs étaient de rigueur, comme le lui avait d'ailleurs dit Roz.

Elle ne lui avait pas fixé de rendez-vous : elle lui accordait une audience.

Il n'avait pas été fait mention de Rosalind, ni d'aucun occupant de Harper House dans leur correspondance.

Il sonna à la porte et se prépara à se montrer charmant et persuasif.

La jeune femme qui lui ouvrit devait avoir à peine plus de vingt ans. Elle était vêtue d'une jupe noire simple et classique, d'un chemisier blanc et de chaussures plates. Ses cheveux bruns étaient coiffés en un chignon qui ne flattait pas son jeune visage étroit.

La première impression de Mitch fut celle d'un chiot exceptionnellement calme et docile capable d'aller chercher les pantoufles de son maître sans laisser la moindre trace de dents dans le cuir.

— Docteur Carnegie, je vous en prie, entrez. Mlle Harper vous attend.

Sa voix douce et bien élevée correspondait à son apparence.

— Merci, dit-il en pénétrant dans un salon meublé d'un fatras d'antiquités.

Parmi les meubles et les objets de styles et d'époques très divers, son œil de collectionneur s'arrêta sur un secrétaire George III et une vitrine Louis XVI. Les sièges devaient être italiens et le canapé victorien. Le tout semblait effroyablement inconfortable.

Les surfaces planes étaient envahies de statuettes – bergères, chats et cygnes principalement – et de vases lourdement ornementés. Les murs étaient peints en rose bonbon, et la moquette beige disparaissait presque entièrement sous les tapis à motifs floraux.

L'air sentait l'encaustique et la lavande. Tout reluisait. Il devinait que la jeune fille sage devait traquer impitoyablement le moindre grain de poussière.

— Je vous en prie, dit-elle, asseyez-vous. Je vais prévenir Mlle Harper de votre arrivée.

— Merci, mademoiselle...

— Paulson. Jane Paulson.

— Paulson ? répéta-t-il en parcourant mentalement l'arbre généalogique de la famille. Vous êtes de la famille de Mlle Harper, alors ? Du côté de son père ?

— Oui, confirma-t-elle en rougissant. Je suis la petite-nièce de Mlle Harper. Excusez-moi.

Pauvre petite, songea-t-il quand elle s'éclipsa. Il manœuvra entre les meubles et se condamna à une chaise dure.

Quelques instants plus tard, il entendit des pas et vit apparaître la maîtresse des lieux.

Malgré sa maigreur et son âge, il ne l'aurait pas décrite comme frêle – plutôt comme dure et réduite à l'essentiel, sans une once de chair superflue. Elle portait une robe violette et s'appuyait sur une canne d'ébène à pommeau d'ivoire.

Ses cheveux formaient un casque d'un blanc immaculé. Son visage aussi mince que son corps ressemblait à une carte de rides sous la poudre et le fard. Sa bouche se réduisait à une fine lame rouge vif.

Elle avait des perles aux oreilles et autour du cou, et tellement de bagues qu'on aurait dit qu'elle portait un coup-de-poing américain.

Le chiot docile la suivait comme son ombre.

Mitch, qui connaissait son rôle, se leva et esquissa même une courbette.

— Bonjour, mademoiselle, dit-il. C'est un honneur de vous rencontrer.

Il prit la main qu'elle lui tendait et lui fit un baisemain courtois.

— Je vous suis extrêmement reconnaissant de prendre le temps de me recevoir, ajouta-t-il en lui offrant les roses et les chocolats. J'espère que ces petites choses témoigneront de ma gratitude.

Elle fit un petit signe de tête qui pouvait passer pour approbateur.

— Merci, dit-elle. Jane, mettez ces jolies roses dans le Minton. Je vous en prie, asseyez-vous, monsieur. J'ai été très intriguée par votre lettre, ajouta-t-elle en s'asseyant sur le canapé et en appuyant sa canne contre l'accoudoir. Vous n'êtes pas originaire de Memphis ?

— Non. Je suis de Charlotte, où mes parents et ma sœur habitent encore. Mon fils est à l'université ici, et j'ai déménagé pour rester près de lui.

— Vous êtes divorcé de sa mère, n'est-ce pas ?

Elle avait fait des recherches, constata-t-il. Pas de problème, lui aussi.

— Oui, mademoiselle, confirma-t-il.

— Je suis contre le divorce. Le mariage n'est pas une plaisanterie.

— Certainement pas, admit-il. Et je dois avouer que je suis en grande partie responsable de mes difficultés conjugales, précisa-t-il en la regardant dans les yeux. J'étais alcoolique, et même si je suis sobre depuis des années, j'ai beaucoup fait souffrir mon ex-femme le temps qu'a duré notre mariage. Je suis heureux de pouvoir dire qu'elle est remariée avec un homme bien et que nous entretenons des relations cordiales.

Clarise Harper plissa ses lèvres coquelicot en hochant la tête.

— J'ai du respect pour les gens qui endossent la responsabilité de leurs erreurs. Un homme qui ne supporte pas l'alcool ne doit pas boire. Point final.

La vieille bique !

— J'en suis la preuve vivante, dit-il néanmoins.

— Vous enseignez ?

— J'ai enseigné autrefois. Pour l'instant, je me consacre à temps complet à mes recherches et à l'écriture d'histoires de famille et de biographies. J'estime que nos ancêtres sont nos fondations.

— Certainement.

Elle se tourna vers Jane, qui revenait avec les fleurs.

— Non, pas là, jeta-t-elle. Oui, ici. Et faites attention. Occupez-vous des rafraîchissements, maintenant. La moindre des choses, c'est de faire preuve d'hospitalité envers notre invité. Vous vous intéressez à la famille Harper ? demanda-t-elle à Mitch.

— Beaucoup.

— Dans ce cas, vous devez savoir que les Harper sont non seulement mes fondations, pour reprendre votre expression, mais aussi une part essentielle des fondations du comté de Shelby et même de l'État du Tennessee.

— J'en suis tout à fait conscient, assura-t-il, et j'espère rendre justice au rôle primordial qu'ils ont joué dans la région. C'est pourquoi je suis venu vous voir, pour vous demander de partager vos souvenirs avec moi. Et aussi pour vous prier de bien vouloir me confier les lettres, journaux et autres documents écrits que vous pourriez posséder. Cela m'aiderait à rédiger un récit exact et détaillé de l'histoire de la famille Harper.

Il s'interrompit en voyant Jane revenir, chargée d'un plateau.

— Laissez-moi vous aider, dit-il en se levant.

En s'approchant d'elle, il la vit couler un regard inquiet à sa grand-tante. Visiblement troublée, elle le laissa la débarrasser.

— Merci.

— Servez le thé, ma fille ! ordonna Clarise Harper.

— Mlle Paulson est donc votre petite-nièce, reprit Mitch en se rasseyant. Ce doit être réconfortant d'avoir un membre de sa famille près de soi.

— Il est primordial de s'acquitter de son devoir envers sa famille, observa-t-elle. J'imagine que vous avez déjà effectué d'importantes recherches...

— Oui, confirma-t-il en sortant de son porte-documents le dossier qu'il avait préparé pour elle. Je me suis dit que vous apprécieriez peut-être ceci : c'est l'arbre généalogique de la famille que j'ai établi.

Elle prit le dossier et agita les doigts en l'air. Jane obéit à cet ordre silencieux en lui apportant ses lunettes.

Clarise passa la chaînette dorée autour de son cou, chaussa ses lunettes et se mit à lire. Pendant ce temps, Mitch s'efforça d'avaler le breuvage fade qui lui avait été servi.

— Combien prenez-vous ?

— C'est un cadeau, mademoiselle. Ce n'est pas vous qui avez fait appel à mes services, c'est moi qui vous demande votre aide pour un projet que j'ai très envie de mener à bien.

— Soyons clairs, monsieur. Je ne tolérerai pas que vous m'envoyiez une facture à quelque moment que ce soit.

— Cela va de soi.

— Je vois que vous êtes remonté jusqu'au XVIIIe siècle, au moment où les premiers membres de la famille sont arrivés d'Irlande. Vous pensez remonter encore plus loin ?

— Oui, même si je compte me concentrer avant tout sur la vie des Harper ici, dans le Tennessee, sur ce qu'ils ont construit après leur arrivée en Amérique, sur le rôle de premier plan qu'ils ont tenu dans l'industrie, la culture et la société, et sur la famille elle-même, bien sûr – les mariages, les naissances, les décès...

Clarise scrutait les documents d'un regard de prédateur.

— Comment se fait-il que les employés et les domestiques figurent ici ? s'étonna-t-elle.

Mitch avait prévu cette question et avait décidé de se fier à son instinct pour y répondre.

— Tout simplement parce qu'ils faisaient partie de la maison et du quotidien de la famille. En fait, je suis en relation avec une descendante d'une des gouvernantes de Harper House – elle y travaillait pendant l'enfance de votre mère, Victoria Harper. La vie quotidienne ainsi que les célèbres réceptions données par les Harper sont des éléments essentiels pour mon livre.

— Et le linge sale ? s'enquit-elle avec hauteur. Ces secrets que seuls les domestiques connaissent ?

— Je vous assure qu'il n'est pas dans mes intentions d'écrire un roman à clés ni un livre à scandale, mais une histoire détaillée, factuelle et complète de votre famille. Une famille qui a certainement ses triomphes et ses tragédies, ses vertus et ses défauts. Je n'exclurai rien de ce que mes recherches m'amèneront à découvrir.

— Les défauts, les scandales pimentent un récit et font vendre.

— Je ne vous dirai pas le contraire. Toutefois, grâce à votre contribution, le côté positif aurait plus de poids...

Elle posa le dossier et but quelques gorgées de thé.

— Vous avez sans doute pris contact avec Rosalind Harper, devina-t-elle.

— Oui.

— Et... elle coopère ?

— Mme Harper m'a été d'une aide précieuse. J'ai passé pas mal de temps à Harper House. C'est une maison magnifique. Le symbole même de ce que votre famille a bâti depuis son arrivée dans le comté de Shelby, mais aussi un hommage au charme et à la grâce.

— C'est mon arrière-arrière-grand-père qui a construit Harper House. Et son fils a réussi à préserver la propriété pendant la guerre. Mon grand-père, quant à lui, a agrandi et modernisé la maison sans la dénaturer.

Il attendit qu'elle poursuive d'elle-même et qu'elle évoque la contribution de son oncle. Mais elle s'arrêta là, et il se contenta de hocher la tête.

— Harper House est le testament de votre famille et un véritable trésor pour le comté.

— Dans la région, c'est la plus vieille maison de ce genre qui ait été continuellement habitée par la même famille. Selon moi, il n'y en a pas de comparable dans le Tennessee ni ailleurs. Il est seulement dommage que mon cousin n'ait pas été capable d'avoir un fils pour transmettre le nom de la famille.

— Mme Harper le porte, fit-il valoir.

— Et elle tient une boutique de fleurs dans la propriété, répliqua-t-elle avec un reniflement de mépris. On peut seulement espérer que, lorsqu'il héritera de Harper House, son fils aîné fera preuve de plus de raison et de dignité. Mais rien ne le laisse présager pour l'instant.

— Votre famille a toujours travaillé dans le commerce, l'industrie, les affaires... objecta-t-il.

— Sans impliquer la maison. Je vais peut-être décider de coopérer avec vous, monsieur, car ma cousine Rosalind n'est certainement pas la mieux placée pour vous raconter l'histoire de la famille. Vous vous en doutez peut-être, nous ne sommes pas en très bons termes.

— J'en suis navré.

— Il pourrait difficilement en être autrement. Il paraît que des étrangers – dont une Yankee – vivent à Harper House.

Mitch se tut un instant, puis se rendit compte qu'elle attendait qu'il confirme.

— Je crois en effet que Mme Harper héberge des amis, dont une cousine éloignée de son premier mari.

— Une fille mère, précisa-t-elle en pinçant les lèvres. C'est une honte.

— C'est une situation délicate... mais qui se produit très souvent dans l'histoire d'une famille. Il se trouve que l'une des légendes que j'ai découvertes à propos de la maison et des Harper a à voir avec un fantôme. Celui d'une jeune femme qui pourrait s'être retrouvée dans la même situation.

— Balivernes.

Interdit, il faillit cligner des yeux. Il ne se rappelait pas avoir déjà entendu quelqu'un employer cette expression dans la conversation.

— Un fantôme ! ajouta-t-elle. Je pensais qu'un homme aussi instruit que vous serait plus sensé.

— Comme les scandales, mademoiselle, les fantômes pimentent un récit. La légende de l'Épouse Harper est connue dans la région. On ne peut pas faire l'impasse sur ce point dans une histoire détaillée de la famille. Il serait d'ailleurs surprenant qu'une maison aussi ancienne que Harper House n'ait pas la réputation d'être hantée. Vous avez dû entendre cette histoire des quantités de fois pendant votre enfance...

— Je connais l'histoire mais, même enfant, j'étais suffisamment raisonnable pour ne pas ajouter foi à ce genre d'idiotie. Certains trouvent ces choses-là romantiques ; ce n'est pas mon cas. Si vous faites bien votre travail et si vous êtes compétent, vous allez certainement découvrir qu'aucune épouse Harper n'est morte jeune dans cette maison, en tout cas pas depuis que cette histoire a commencé à circuler.

— Vers quelle époque ?

— Du temps de mon grand-père, selon toutes les versions. D'ailleurs, les papiers que vous m'avez apportés discréditent complètement cette théorie ridicule. Ma grand-mère a vécu jusqu'à un âge avancé, tout comme ma mère. Mes tantes n'étaient pas jeunes non plus quand elles sont mortes. Mon arrière-grand-mère et tous ses enfants qui ont dépassé l'âge de cinq ans ont vécu jusqu'à plus de quarante ans.

— Selon certaines théories, il s'agirait du fantôme d'une parente plus éloignée, voire d'une invitée ou d'une domestique.

— Tout ceci est absurde.

Il afficha son sourire le plus aimable et hocha poliment la tête.

— Il n'empêche que cela fait partie de la légende familiale. Alors, à votre connaissance, aucun membre de votre famille n'a vu ce fameux fantôme ?

— Certainement pas.

— Dommage. Cela aurait fait un chapitre intéressant. J'espérais trouver quelqu'un qui ait une histoire à raconter ou qui ait écrit quelque chose sur le sujet dans son journal intime. À propos de journaux intimes, j'espère pouvoir en ajouter à mes recherches et utiliser leur contenu pour personnaliser cette histoire. En auriez-vous certains qu'auraient pu tenir votre mère, votre père ou d'autres membres de votre famille ? Votre grand-mère, peut-être ? Vos tantes, vos cousins et cousines ?

— Non.

Du coin de l'œil, il vit Jane ouvrir la bouche comme pour parler, puis la refermer vivement.

— J'espère avoir l'occasion de vous interviewer de manière plus approfondie pour aborder des détails précis ou recueillir les anecdotes dont vous voudrez bien me faire part. Si vous en êtes d'accord, j'aimerais aussi que vous me confiiez des photos que je ferai reproduire à mes frais pour les inclure dans le livre.

— Je vais y réfléchir très sérieusement. Je vous ferai signe quand j'aurai pris une décision.

— Merci infiniment. Je vous suis très reconnaissant du temps que vous avez bien voulu m'accorder, déclara-t-il en se levant. L'histoire de votre famille m'intéresse beaucoup, et ce fut un plaisir de parler avec vous.

— Au revoir, monsieur. Jane, raccompagnez le docteur Carnegie.

Sur le pas de la porte, il serra la main de la jeune femme et lui sourit en la regardant dans les yeux.

— J'ai été très heureux de faire votre connaissance, mademoiselle.

Clarise Harper avait quelque chose, songea-t-il en attendant l'ascenseur. Quelque chose qu'elle ne voulait pas partager. Et le gentil petit chiot savait ce que c'était.

Roz rentra à pied par les bois. Elle était d'excellente humeur. Le moment de la grande ouverture de printemps approchait. La saison allait commencer très fort. Il y aurait beaucoup de travail, et elle adorait cela.

Le nouveau terreau commençait déjà à se vendre. Quand la saison battrait son plein, les sacs de quinze kilos partiraient comme des petits pains, elle le sentait.

Aujourd'hui, à vrai dire, elle sentait tout : le bourdonnement dans l'air qui annonçait le printemps, les rayons de soleil qui filtraient à travers les branches, le jeu souple de ses muscles.

Rien d'étonnant à ce qu'elle ait les muscles souples et détendus, après une telle nuit, songea-t-elle. Quatre orgasmes. Seigneur ! Et Mitch était un homme de parole. « Reste avec moi, poupée, lui avait-il dit, et ce ne sera pas la dernière fois. »

Il le lui avait prouvé au milieu de la nuit.

Elle avait fait l'amour deux fois au cours de la même nuit ; c'était une date à marquer d'une croix rouge sur le calendrier.

Avec John… ils étaient jeunes et insatiables. Même après la naissance des enfants, l'aspect charnel de leur mariage était resté très vivant et essentiel.

Ensuite, il s'était écoulé très longtemps avant qu'elle permette à un autre homme de la toucher. D'ailleurs, aucun n'y était parvenu vraiment, au-delà du physique.

Bryce non plus. Cependant, elle avait cru, au moins un temps, que c'était de sa faute à elle. Elle ne l'avait jamais aimé profondément, mais il lui plaisait, elle l'appréciait et il l'attirait.

C'était stupide, mais peu importait, maintenant.

Au lit, c'était acceptable, sans plus, mais elle s'en était contentée. À l'époque, elle avait besoin d'un compagnon, d'un partenaire.

Depuis son divorce – et même depuis assez longtemps avant –, elle était restée chaste. C'était son choix, et un choix qui lui convenait parfaitement.

Jusqu'à Mitch.

Il l'avait mise sens dessus dessous, et elle en était très heureuse. Soulagée, aussi, de se rendre compte que sa libido était intacte.

Il lui avait dit qu'il était en train de tomber amoureux d'elle, et quand elle repensait à cette déclaration, une petite boule se formait au creux de son estomac. Car l'amour avait encore un sens précis pour elle.

Il signifiait le mariage, la famille – des choses essentielles pour elle.

Elle ne prendrait plus jamais le mariage à la légère, alors elle ne pouvait pas prendre l'amour, qu'elle considérait comme son préalable, à la légère.

En revanche, elle pouvait profiter de la compagnie de Mitch et savourer l'allégresse qu'elle ressentait après cette nuit mémorable. Et elle n'allait pas se priver de le faire.

En traversant la pelouse, elle vit que les premières jonquilles fleurissaient. Pourquoi ne pas rentrer prendre son sécateur et faire un bouquet pour sa chambre ?

En approchant de la maison, elle aperçut Stella et Hayley sous la véranda et leur fit signe.

— Ça sent le printemps, lança-t-elle. Il va falloir commencer à…

Elle s'interrompit en voyant la mine sombre des deux jeunes femmes.

— Vous avez l'air bien solennelles, reprit-elle. Il y a quelque chose qui ne va pas ?

— Pas exactement, répondit Stella. Mme Haggerty est passée à la boutique aujourd'hui.

— Elle a un problème ?

— Non. Mais elle se demandait comment vous alliez, si vous n'étiez pas trop perturbée.

— Pourquoi le serais-je ?

— Elle avait peur que la scène au club de jardinage vous ait bouleversée.

— C'est mal me connaître, fit Roz en haussant les épaules.

— Pourquoi ne nous en avez-vous pas parlé ? s'enquit Stella.

— Pardon ?

— Mme Haggerty nous a dit que cette espèce de poupée Barbie vous avait insultée devant tout le monde, expliqua Hayley. Qu'elle faisait courir des rumeurs sur vous, qu'elle vous accusait de harceler ce crétin avec lequel elle s'est mise à la colle...

— Vous semblez savoir l'essentiel. Si elle ne l'a pas fait, je tiens à préciser que c'est Mandy qui a fini par avoir l'air idiote. Elle a été beaucoup plus gênée que moi par cette scène.

— N'empêche que vous ne nous avez rien dit, répéta Stella.

— Pourquoi l'aurais-je fait ? demanda Roz, distante.

— Parce que même si c'est Mandy qui a été la plus gênée, cela vous a forcément troublée. Et vous avez beau être la patronne, bla-bla-bla, bla-bla-bla...

— Bla-bla-bla ?

— Et vous avez beau nous faire un peu peur... expliqua Stella.

— Un peu ?

— Cela a considérablement diminué en un an.

— Je n'ai pas peur de vous, déclara Hayley. Enfin, pas trop, rectifia-t-elle en rentrant la tête dans les épaules quand Roz la regarda froidement.

— Bien que nous soyons vos employées, nous sommes aussi vos amies. En tout cas, nous le croyions.

— Oh, bon sang, les filles sont tellement plus compliquées que les garçons ! soupira Roz en se laissant tomber sur la balancelle. Bien sûr que nous sommes amies !

— Dans ce cas, déclara Hayley, vous êtes censée nous prévenir quand une espèce de garce maigrichonne vous cherche des poux. Sinon, comment voulez-vous que nous sachions que nous la détestons ? Comment voulez-vous que nous cherchions des trucs méchants à dire sur elle ? Tenez, en voilà un : savez-vous que soixante-dix pour cent des femmes dont le prénom se termine par un y sont des bimbos ?

Roz resta un moment silencieuse.

— Cela fait partie des choses bizarres que vous savez ou vous venez de l'inventer ? finit-elle par demander.

— D'accord, je l'ai inventé. Mais dans le cas de Mandy, ça se vérifie. C'est une bimbo.

— Ce n'est qu'une fille pas très maligne qui croit les mensonges d'un beau parleur, rectifia Roz.

— Je maintiens bimbo.

— Elle n'avait pas le droit de dire ces choses. Ni devant vous, ni dans votre dos, affirma Stella.

— Non, en effet. Et elle l'a compris à ses dépens. D'accord, cela m'a un peu perturbée sur le moment, concéda Roz. Je n'aime pas qu'on déballe ma vie privée sur la place publique.

— Nous ne sommes pas la place publique, fit valoir Hayley avec fermeté.

Roz se tut de nouveau. Puis elle leur tapota affectueusement la cuisse à toutes les deux.

— Décidément, les femmes sont plus compliquées que les hommes. Et bien que je sois une femme, je crois que je comprends mieux les hommes. Quoi qu'il en soit, en gardant cette histoire pour moi, je ne cherchais vraiment pas à vous blesser.

— Tout ce que nous voulons, c'est que vous sachiez que nous sommes là pour vous. Pour le meilleur et pour le pire.

— Dans ce cas, répondit Roz, touchée par les paroles de Hayley, sachez que j'ai chassé Mandy de mon esprit depuis longtemps, comme je le fais pour tous les gens qui ne comptent pas. Et ce soir, je suis de trop bonne humeur pour perdre mon temps à penser à elle. Lorsqu'une femme – surtout une femme de mon âge – a un amant qui se montre largement à la hauteur deux fois dans la même nuit, au point qu'elle doit compter sur les doigts des deux mains les fois où il lui a donné du plaisir, une idiote mal élevée est vraiment le cadet de ses soucis.

Elle leur tapota de nouveau la cuisse, puis se leva.

— Ce n'est pas une information intéressante, ça ? conclut-elle avant de rentrer dans la maison.

— Waouh, articula Hayley. Super méga waouh. Combien de fois l'a-t-il fait grimper aux rideaux, d'après toi ? Au moins six, c'est ça ?

— Tu sais ce que je me suis dit la première fois que j'ai vu Roz ? demanda Stella.

— Non...

— Que j'aimerais lui ressembler, plus tard. C'est plus vrai que jamais.

Roz se rendit tout droit dans la cuisine et se servit une tasse de café. Ensuite, elle s'approcha de David, qui était en train de préparer son célèbre chocolat chaud, et lui planta un baiser sur la joue.

— Les garçons sont dehors ?

— Ils dépensent un peu de leur énergie avec Parker, histoire d'apprécier encore plus mon chocolat. Comme tu vois, mon autre invitée n'est pas très loquace.

En souriant, Stella se tourna vers Lily, qui dormait dans son transat.

— Quelle jolie poupée, commenta-t-elle. Et toi, que tu es gentil de t'occuper de ces trois enfants pour que leurs mères puissent me coincer !

— On fait ce qu'on peut. Mais tu aurais dû me dire ce qu'elle avait fait, cette garce idiote.

— Tu m'as déjà vue ne pas savoir comment réagir face à une garce idiote ?

— Je ne t'ai jamais vue ne pas savoir réagir face à quoi que ce soit. Mais tu aurais dû m'en parler. Autrement, je ne peux pas savoir quelle forme donner à la poupée vaudoue.

— Ne t'en fais pas. Bryce va se charger de lui planter toutes les aiguilles qu'il faut dans le corps.

— Ne compte pas sur moi pour la plaindre.

— Non. C'est une croix qu'elle devra porter seule.

— On dîne dans une heure, annonça-t-il comme elle sortait de la cuisine. Et tu as des messages. Comme c'était ta ligne directe, je n'ai pas décroché.

— Je vais les écouter en haut.

Elle monta avec son café et se déchaussa sur le seuil de sa chambre. Puis elle appuya sur le bouton du répondeur.

— Roz, je ne veux pas te déranger au travail…

— Quelle belle voix vous avez, docteur Carnegie, commenta-t-elle tout haut, en s'asseyant sur son lit pour écouter le message.

— C'est ma soirée pizza avec Josh ; j'ai oublié de te le dire. J'espère que je vais te manquer et que je pourrai me faire pardonner en t'invitant à sortir demain soir - ce que tu veux, où tu veux. Par ailleurs, j'ai avancé aujourd'hui et j'aimerais bien te parler de ce que j'ai fait. Je devrais arriver à Harper House demain vers midi. Si je ne te vois pas, tu peux me joindre sur mon portable. Je pense à toi.

— Voilà qui est très agréable à entendre…

Elle était encore sur un petit nuage quand le message suivant commença.

— Madame Harper, ici William Rolls, du Riverbend Country Club. J'ai reçu votre lettre ce matin et je suis navré d'apprendre que vous êtes mécontente de nos services au point de vouloir nous quitter. J'avoue être étonné, et même stupéfait par la liste de vos doléances. Je regrette seulement que vous ne m'en ayez pas parlé avant. Nous avons été très heureux que vous fassiez partie du Riverbend pendant ces nombreuses années et sommes désolés de ne plus vous compter parmi nos membres. Si vous souhaitez me parler de votre décision – que, encore une fois, je regrette sincèrement –, n'hésitez pas à m'appeler au numéro suivant…

Elle resta parfaitement immobile jusqu'à la fin du message. Puis elle ferma les yeux.

— Va te faire f…, Bryce.

Une heure plus tard, elle avait parlé à William Rolls, lui avait assuré qu'elle n'était pas mécontente, qu'elle ne se plaignait de rien et que ce n'était pas elle qui avait écrit cette lettre. Lettre dont il lui avait envoyé une copie par fax.

Elle avait l'impression qu'elle allait exploser.

Elle était en train de se rechausser quand Hayley arriva, son bébé dans les bras.

— David dit que le dîner… Hou la, qu'est-ce qui ne va pas ?

— Qu'est-ce qui ne va pas ? Vous voulez que je vous dise ce qui ne va pas ? Je vais vous dire ce qui ne va pas ! s'écria Roz en saisissant la lettre qu'elle avait jetée sur son lit. Voilà ce qui ne va pas ! Cette espèce de fumier, ce minable a abusé de ma patience une fois de trop !

— « L'admission d'individus de classes sociales inférieures et de multiples origines ethniques, lut

Hayley en tenant la feuille hors de portée de Lily. Des employés d'une moralité discutable. Une intimité dégradante entre les employés et les membres, un service qui laisse à désirer... »

Elle se tourna vers Roz en ouvrant de grands yeux.

— Vous n'avez pas écrit cela, devina-t-elle.

— Bien sûr que non ! Alors, je vais prendre cette lettre, aller trouver Bryce Clerk et la lui faire avaler.

— Non ! s'écria Hayley en se précipitant vers la porte pour lui barrer le passage.

Lily se mit à rire et à s'agiter en prévision d'une autre secousse.

— Non ? Comment ça, non ? J'en ai assez supporté. Ça suffit. Quand j'en aurai fini avec lui, je pense qu'il aura compris.

— Vous ne pouvez pas, insista Hayley. Vous êtes trop en colère pour aller où que ce soit.

Elle n'avait jamais vu Roz dans un tel état de rage. Là, contrairement à ce qu'elle lui avait dit tout à l'heure, elle avait un peu peur d'elle.

— Et même si je ne connais pas votre ex, ajouta-t-elle, je parierais un mois de salaire que c'est exactement ce qu'il espère. Il faut que vous vous asseyiez et que vous vous calmiez. Il doit avoir tout prévu pour vous faire arrêter pour agression ou je ne sais quoi. Il joue avec vous, Roz.

— Vous croyez que je ne le sais pas ? répliqua-t-elle en écartant les bras et en tournant sur elle-même, en quête de quelque chose dans quoi donner un coup de pied ou un coup de poing. Mais je ne vais quand même pas rester là sans rien faire, à laisser ce fumier se moquer de moi !

Devant ses cris et sa fureur, le petit visage de Lily se chiffonna, sa bouche trembla et elle se mit à hurler.

— Ô mon Dieu ! Voilà que je fais peur au bébé... Je suis désolée, désolée. Tenez, donnez-la-moi.

Lily continua de sangloter quand Roz la prit des bras de Hayley et se mit à la câliner.

— Là, là, ma chérie. Je ne suis pas en colère contre toi, ni contre ta maman. Pardon, mon petit cœur.

Elle chantonna tout en embrassant le bébé qui se cramponnait à elle.

— C'est contre ce salaud que je suis en colère. Contre ce fils de p... qui fait tout son possible pour me pourrir la vie.

— Vous avez dit « fils de p... », murmura Hayley, sidérée.

— Excusez-moi. Lily ne comprend pas vraiment ce que je dis, alors cela ne peut pas lui faire de mal, assura-t-elle tandis que les pleurs de la petite fille se calmaient et qu'elle reniflait en lui tirant les cheveux. Je n'aurais pas dû crier comme cela devant elle. C'est le ton qui lui a fait peur, pas les mots.

— N'empêche que vous avez dit « fils de p... ».

Cette fois, Roz se mit à rire.

— Je suis tellement furieuse, expliqua-t-elle en marchant pour bercer Lily et se calmer elle-même. Folle furieuse. Mais c'est vous qui avez raison, et j'avoue que cela m'agace. Je ne peux pas aller lui casser la figure ; c'est exactement ce qu'il espère.

— Je suis vraiment désolée, Roz. J'aimerais pouvoir aller lui casser la figure à votre place.

— Merci, ma chérie. C'est très gentil. Allez, descendons dîner.

Elle souleva Lily et lui souffla sur le ventre pour la faire rire.

— Oui, on va descendre dîner et oublier ce crétin, pas vrai, mon bébé ?

— Vous êtes sûre ?

— Absolument.

— Quand je pense que vous avez dit « fils de p... » !

15

Roz remit sa sortie avec Mitch au surlendemain, puis au jour suivant. Elle voulait avoir les idées claires et avoir recouvré son calme, ce qui lui prit du temps. Il fallait aussi qu'elle consulte son avocat, et elle se sentit obligée d'aller voir William Rolls au country club.

Elle ne détestait rien tant que d'être arrachée à son travail, surtout au début de la pleine saison. Dieu merci, elle avait Stella, Harper et Hayley. Son entreprise n'aurait pu être entre de meilleures mains.

Mais ces mains n'étaient pas les siennes. En tout cas, pas tant qu'elle courait en tous sens pour réparer les dégâts causés par Bryce.

Quand elle en eut enfin terminé avec ces corvées, elle se rendit à la salle de multiplication sous une pluie battante. Pendant une heure ou deux au moins, elle allait pouvoir se plonger dans le travail de préparation du printemps. Elle allait aussi pouvoir cacher sa migraine et sa mauvaise humeur dans son domaine privé et laisser le travail opérer sa magie.

Une fois qu'elle aurait fini, elle irait trouver Mitch, décida-t-elle. S'il ne travaillait pas dans la bibliothèque, elle lui téléphonerait. Elle avait envie de sa compagnie. Ou du moins, elle espérait qu'elle en aurait envie d'ici au soir.

Elle voulait parler d'autre chose que de ses problèmes. Et puis, il serait bien agréable de se détendre avec lui, dans le salon, peut-être, au coin du feu s'il pleuvait encore, et de savourer un peu la façon dont il la regardait.

Elle sentait qu'il lui serait facile de s'habituer à être regardée comme si elle était la plus belle, la plus désirable, la seule qui comptât. Elle pourrait même finir par le croire, découvrit-elle. Quelle différence cela faisait, d'être attirée par un homme en qui elle pouvait avoir confiance !

Elle ouvrit la porte de la salle de multiplication...

Et entra dans sa chambre.

Seul le feu de cheminée éclairait la pièce, faisant jaillir des lueurs rouges et dorées dans la pénombre. Tout d'abord, elle ne vit rien, ne perçut que des bruits – le souffle haletant, les rires étouffés, le froissement des vêtements.

Puis elle les vit, à la lumière des flammes. Bryce, son mari, et cette femme qu'elle avait invitée chez elle. Enlacés. Non, plus encore. Ils se jetaient l'un sur l'autre, pressés de se toucher, de se goûter. Elle sentait leur excitation, le frisson de l'interdit. En quelques secondes, elle comprit que ce n'était pas la première fois. Loin de là.

Elle resta là, submergée par l'humiliation. Elle entendait à peine les bruits de la fête derrière elle.

Puis elle recula pour les laisser. Au même instant, Bryce tourna la tête vers elle, sans cesser de caresser les seins de l'autre femme.

Et il lui sourit, de son sourire à la fois charmeur et narquois. Puis il laissa échapper un rire satisfait.

— Espèce d'idiote, je n'ai jamais été fidèle. Aucun homme ne l'est.

Pendant qu'il parlait, son visage changeait au gré des ombres et de la lumière qui jouaient dessus, et il prenait les traits de Mitch.

— Pourquoi devrions-nous l'être ? Les femmes sont faites pour être utilisées. Tu crois vraiment qu'il y en a qui comptent plus que les autres à nos yeux ?

Il caressait l'autre femme en parlant, sa belle voix empreinte de dérision.

— Nous mentons tous, parce que nous pouvons le faire.

Des ombres flottèrent de nouveau devant son visage, qui devint celui de John. John, son mari, son amour, le père de ses fils.

— Tu crois que je t'ai été fidèle, pauvre imbécile ?

— John, gémit-elle, pliée en deux par la douleur. Oh, John...

— Oh, John, répéta-t-il, singeant sa voix, tandis que de ses mains il faisait gémir la femme qu'il étreignait. J'avais besoin de fils, c'est tout. Tu n'as été pour moi qu'une poulinière, une reproductrice. Si j'avais eu plus de chance, j'aurais vécu plus longtemps et je t'aurais quittée. J'aurais pris mes fils et tout ce qui comptait, et je serais parti.

— C'est un mensonge.

— Nous mentons tous.

Quand il se mit à rire, elle dut plaquer les mains sur ses oreilles. Elle avait l'impression qu'on lui donnait des coups de poing dans tout le corps, dans le cœur. Elle tomba à genoux et s'entendit pousser des gémissements et des sanglots amers.

En revanche, elle n'entendit pas la porte s'ouvrir derrière elle, ni le cri de surprise de Harper. Elle sentit qu'on l'enlaçait étroitement, et elle reconnut l'odeur de son fils.

— Maman, qu'est-ce qui ne va pas ? Tu es blessée ? Maman ?

— Non, non.

Elle s'agrippa à lui et cacha le visage dans son épaule en s'efforçant d'arrêter de pleurer.

— Ça va, mon chéri. Ne t'inquiète pas. Je suis...

— Non, ça ne va pas. Ne me dis pas de ne pas m'inquiéter. Dis-moi ce qu'il y a. Dis-moi ce qui s'est passé.

— Dans une minute. Une minute, s'il te plaît.

Elle resta contre lui et le laissa la bercer jusqu'à ce que la chaleur du corps de son fils imprègne peu à peu ses os glacés.

— Oh, Harper, quand es-tu devenu si grand et si fort ? Mon petit bébé…

— Tu trembles ! Tu n'es pas malade. Tu as peur.

— Non, je n'ai pas peur. Mais je suis peut-être un peu traumatisée, avoua-t-elle avant de prendre une longue inspiration.

— Je te ramène à la maison. Tu pourras tout me raconter là-bas.

— Je… Oui, c'est mieux.

Elle s'écarta un peu de lui et s'essuya le visage.

— Je ne veux voir personne pour l'instant, précisa-t-elle. Je ne me sens pas au mieux, et je dois avoir une sale tête.

— Ne t'en fais pas. Tu veux que je te porte ?

— Oh, fit-elle, les larmes aux yeux tant elle était touchée. Mon petit garçon chéri. Non, je peux marcher. Dis-moi une chose, avant que nous partions. Tout est normal, ici ? Tout est à sa place ?

Harper balaya la serre du regard.

— Rien à signaler.

— Très bien. Alors, rentrons.

Elle se laissa guider sous la pluie et poussa un soupir de soulagement en montant dans la voiture de Harper.

— Détends-toi, lui ordonna-t-il en se penchant vers elle pour lui boucler sa ceinture de sécurité. Nous serons à la maison dans deux minutes.

— Tu feras un excellent papa.

— Quoi ?

— Tu es d'un naturel protecteur. Peut-être parce que tu es jardinier... Je n'en sais rien. Quoi qu'il en soit, non seulement tu sais t'occuper des autres, mais tu le fais. Seigneur, que ces derniers jours ont été pénibles...

— Tu t'es disputée avec Mitch ?

— Non.

Elle garda les yeux fermés pendant qu'il roulait mais esquissa un sourire.

— J'espère qu'il faut un peu plus qu'une prise de bec pour me mettre dans un état pareil, ajouta-t-elle.

— Je ne t'ai pas vue pleurer comme cela depuis la mort de papa.

— Je crois que cela ne m'est pas arrivé.

En sentant la voiture tourner, elle rouvrit les yeux et vit apparaître Harper House.

— Est-ce qu'il t'est arrivé de souhaiter que j'abandonne cette maison ? s'enquit-elle.

— Non, répondit-il en tournant vers elle un regard choqué. Bien sûr que non.

— Tant mieux. Cela me fait du bien d'en avoir la certitude. De toute façon, je ne sais pas si j'aurais pu me séparer de Harper House. Même pour tes frères et toi.

— C'est notre maison, déclara-t-il en se garant. Ce sera toujours notre maison.

Il se précipita pour lui ouvrir la portière avant qu'elle ait le temps de sortir toute seule.

— Je suis un peu secouée, Harper, pas mortellement blessée, lui rappela-t-elle.

— Tu vas monter directement mettre des vêtements secs. Je t'apporte du cognac.

— Harper, cela va te paraître ridicule, mais je ne suis pas tout à fait prête à monter.

— Je vais aller te chercher des vêtements, alors. Tu n'auras qu'à te changer dans la chambre de David.

— Merci.

Il ne lui demandait même pas pourquoi, nota-t-elle. Il prenait les choses en main sans hésiter. Son fils était un homme exceptionnel.

— Va trouver David, lui ordonna-t-il. Dis-lui de te donner du cognac. Et du thé bien chaud.

— Oui, chef.

Elle n'avait pas fait un pas que Mitch sortit de la bibliothèque et vint vers eux.

— Il me semblait bien avoir entendu la porte. Je tendais l'oreille et… Qu'est-ce qu'il y a, Rosalind ? s'inquiéta-t-il en pressant le pas. Tu es malade ? Blessée ?

— Non. J'ai l'air malade ?

— Tu es très pâle et tu as pleuré. Que s'est-il passé ? demanda-t-il à Harper par-dessus la tête de Roz.

— Elle n'a envie de voir personne pour l'instant, déclara ce dernier.

— Ça va aller, assura-t-elle en pressant tendrement la main de son fils. C'est ce que je lui ai dit, ajouta-t-elle à l'adresse de Mitch. Mais dès que j'aurai un peu repris mes esprits, j'aimerais autant vous raconter ce qui s'est passé à tous les deux – enfin, à tous les trois, puisque j'imagine que David est dans la cuisine – en même temps.

— Il lui faut des vêtements secs, reprit Harper. Je vais les chercher. Vous, emmenez-la voir David et faites-lui boire du cognac.

— Voilà ce qui arrive quand on est une faible femme dans une maison pleine d'hommes grands et costauds ! Je n'ai pas besoin qu'on m'emmène où que ce soit et je suis capable de me servir du cognac toute seule.

— Elle va mieux, remarqua Harper en faisant un signe de tête à Mitch. Occupez-vous d'elle ; j'en ai pour une minute.

— Je l'ai inquiété, constata Roz tandis qu'il montait les marches quatre à quatre. Je déteste l'inquiéter.

— Eh bien, moi aussi, tu m'inquiètes.

— J'imagine qu'on n'y peut pas grand-chose. Mais je voudrais bien ce cognac, tout de même.

À peine furent-ils entrés dans la cuisine que David se précipita vers elle, l'air inquiet. Roz leva aussitôt une main pour l'arrêter.

— Je ne suis ni blessée ni malade, déclara-t-elle. Inutile de faire toute une histoire. Tout ce dont j'ai besoin, c'est d'une rasade de cognac et des vêtements que Harper est monté me chercher. Tu veux bien que je me change dans ta chambre ?

— Bien sûr. Assieds-toi, en attendant. Qui t'a fait pleurer ? demanda-t-il en essuyant la farine qu'il avait sur les mains.

Comme cette question ressemblait fortement à une accusation dirigée vers Mitch, ce dernier leva les deux mains en signe de protestation.

— Je n'y suis pour rien, affirma-t-il. Vous savez bien que j'étais dans la maison, et Harper vient de la ramener dans cet état.

— Puis-je vous rappeler que je suis là ? intervint Roz. Je peux parler toute seule. Merci, David, ajouta-t-elle, avant de porter le verre ballon à ses lèvres et de boire une longue gorgée rapide. Brrr ! J'ai toujours détesté ce truc, mais je dois dire que ça réchauffe.

Elle parvint à sourire quand Harper entra dans la cuisine avec un sweat-shirt, un jean et des grosses chaussettes.

— Mon héros ! fit-elle. J'en ai pour deux minutes. Ensuite, j'essaierai de vous expliquer ce qui s'est passé.

Harper attendit qu'elle ait refermé la porte de la chambre de David derrière elle pour parler.

— Je l'ai trouvée à genoux par terre dans la salle de multiplication, raconta-t-il. Elle sanglotait, elle qui ne pleure presque jamais. Oh, elle a quelquefois la larme à l'œil quand elle est très heureuse ou émue, mais lorsqu'elle est triste ou qu'elle souffre, elle ne le montre pas.

— Que s'est-il passé ces derniers jours ? demanda Mitch. Je suis sûr qu'il s'est produit quelque chose, ajouta-t-il en voyant David et Harper échanger un regard, parce qu'elle m'évite.

— Mieux vaut qu'elle vous le dise elle-même. David, tu peux préparer du thé ?

— Je fais chauffer de l'eau. Il y a des chocolats dans le réfrigérateur, tu devrais les sortir. Mitch, vous voulez bien faire du feu ?

Lorsque Roz revint, David préparait du thé, Harper disposait des chocolats sur une assiette, et Mitch allumait un feu dans la cheminée de la cuisine.

— J'aurais dû penser à faire une petite crise de ce genre plus tôt, observa-t-elle, si cela me vaut d'avoir trois hommes plus beaux les uns que les autres aux petits soins pour moi. Avant que nous nous installions... Mitch, j'aurais dû te le dire plus tôt, mais tu vas peut-être avoir besoin de ton Dictaphone.

— Je vais le chercher.

Cela laissa encore un peu de temps à Roz pour se calmer. Elle était presque détendue quand ils prirent place autour de la table, si bien qu'elle réussit à tout leur raconter d'un ton neutre. Quand elle eut de nouveau froid aux mains, elle serra sa tasse de thé pour les réchauffer, tout en continuant à leur expliquer ce qui s'était passé dans la serre.

— Moi qui avais un faible pour l'Épouse Harper, commenta David, j'ai changé d'avis. En fait, ce n'est qu'une sale garce.

— Difficile de te contredire, admit Roz en prenant un chocolat. Mais on dirait qu'elle croit sincèrement tout cela : à l'entendre, les hommes sont des bons à rien menteurs et infidèles. Elle veut m'en persuader pour qu'on ne se serve plus de moi, pour qu'on ne me fasse plus souffrir.

— Maman, fit Harper, les yeux rivés à sa tasse, tu crois que papa t'a été infidèle ?

— Absolument pas. Mieux, mon chéri, je sais qu'il m'a été fidèle. Je n'en doute pas une seconde.

— Pourtant, elle te l'a montré en train de te tromper.

— C'est vrai, et c'est cela qui m'a brisé le cœur. Il était si jeune ; il paraissait si réel, si vivant... Et il était juste hors de ma portée, alors qu'en le voyant, tout ce que je ressentais pour lui s'est réveillé en moi de façon tout aussi réelle. Mais au moment même où cela s'est produit, j'ai su que c'était un mensonge. Il n'aurait jamais prononcé les paroles cruelles qu'elle lui a mises dans la bouche. Il n'a jamais été cruel.

— Elle s'est servie de ton expérience douloureuse avec Bryce, qu'elle a transférée sur l'homme qui l'a précédé, John, et sur celui qui l'a suivi, moi, expliqua Mitch. Elle est prête à te faire souffrir pour t'empêcher d'avoir une relation avec moi.

— C'est un peu tard.

— Ah, oui ?

— Tu me crois assez faible pour me laisser influencer par son cinéma ?

— Au contraire, je te crois d'une force de caractère qui frise l'entêtement. Ce que je ne sais pas, c'est si tu ne partages pas en partie son avis.

— Je vois. Bon, eh bien, je crois que je vous ai tout dit. Je vais monter travailler un peu. Harper, cela me rassurerait si tu retournais à la jardinerie vérifier que tout va bien. David, ce thé était parfait, merci.

Elle se leva et sortit de la cuisine sans se retourner.

— Au moins, la colère lui a redonné bonne mine, remarqua David.

— Dans ce cas, elle risque d'avoir des couleurs à vie quand j'en aurai fini avec elle, répondit Mitch. Excusez-moi.

— Il est bien courageux, fit David lorsqu'il sortit.

— Ou complètement idiot, suggéra Harper. En tout cas, je crois qu'il est amoureux d'elle. S'il est idiot, elle n'en fera qu'une bouchée. Mais s'il est courageux, il parviendra peut-être à ses fins. Je l'espère.

Roz ouvrait la porte de sa chambre quand Mitch la rattrapa et entra dans la pièce à sa suite. Elle se retourna avec une lenteur délibérée.

— Je ne me rappelle pas t'avoir invité à entrer, lâcha-t-elle froidement.

— Je ne me rappelle pas t'avoir demandé d'invitation.

Tout aussi lentement qu'elle, il referma la porte. À clé.

— Tu vas rouvrir cette porte tout de suite et sortir. Sinon, crois-moi, la colère de ce fantôme psychotique te paraîtra bien pâle comparée à la mienne.

— Si tu veux t'en prendre à moi, ne te gêne pas. Mais avant, j'aimerais bien savoir pourquoi.

— Je te l'ai dit. Je n'aime pas que l'on envahisse mon espace privé de cette façon, ni que l'on présume...

— N'importe quoi, coupa-t-il en balayant ses arguments d'un geste. Qu'est-ce qu'il y a ? Tu m'évites depuis plusieurs jours. La dernière fois que nous nous sommes retrouvés ensemble, c'était dans ce lit. Et tu semblais heureuse à ce moment-là, Rosalind. Je veux savoir ce qui a changé.

— Rien du tout. J'ai ma vie, et toi aussi. J'ai eu beaucoup à faire, précisa-t-elle en allant ouvrir la porte-fenêtre qui donnait sur la terrasse.

Sans rien dire, il traversa la chambre pour aller la refermer.

La gorge nouée par la colère, Roz n'était pas sûre d'arriver à parler.

— Si tu crois que je vais tolérer…

— Calme-toi, coupa-t-il sèchement. J'aimerais que tu répondes à une question. Une seule. L'autre jour, je t'ai dit que j'étais en train de tomber amoureux de toi. Ai-je eu tort ?

— De me le dire ? Non. De tomber amoureux, peut-être. Je ne suis pas facile à vivre.

— Ce n'est pas un scoop.

— Mitchell, je suis fatiguée, je suis en colère, je suis émotionnellement… Je ne sais même pas ce que je suis, mais je ne veux pas me disputer avec toi. Je risquerais de dire des trucs vaches et de le regretter plus tard. Je n'ai pas envie de te parler. Je n'ai pas envie d'être avec toi.

— Je ne vais pas partir parce que tu es fatiguée, en colère ou bouleversée. Si tu ne veux pas me parler ni te disputer avec moi, très bien. Couche-toi et fais un somme. J'attendrai que tu te sentes plus en forme.

— Bon sang ! s'écria-t-elle en retournant ouvrir la porte de la terrasse à la volée, malgré la pluie. J'ai besoin d'air, nom d'un chien ! J'ai besoin d'air !

— Très bien. Alors, respire autant que tu veux. Mais cette fois, Rosalind, tu vas me parler.

— Qu'est-ce que tu veux que je te dise ? Qu'est-ce que tu as envie d'entendre ?

— La vérité, par exemple.

— D'accord. Allons-y pour la vérité. Elle m'a fait mal, lâcha-t-elle d'une voix brisée par l'émotion, en pressant le poing sur son cœur. Elle m'a blessée. Voir

John comme cela… Je ne peux pas… Je n'ai pas les mots pour exprimer ce que cela m'a fait.

Elle se retourna vers lui, et il découvrit qu'elle avait les yeux baignés de larmes. Des larmes qui ne roulaient pas sur ses joues. Il imaginait à peine la force qu'il devait lui falloir pour les retenir. Mais ses yeux couleur ambre étaient complètement brouillés.

— Elle m'a jetée à terre, et je n'ai rien pu faire. Comment lutter contre cela ? Comment lutter contre quelque chose qui n'a pas d'existence réelle ? J'ai beau savoir pourquoi elle a fait tout cela, elle m'a broyé le cœur.

D'un geste impatient, elle essuya les larmes qui échappaient à son contrôle.

— Il ne méritait pas qu'elle se serve de lui comme cela, tu comprends ? Il ne le méritait pas. C'était un homme bien, Mitchell. Un homme bien, un bon mari et un bon père. Je suis tombée amoureuse de lui quand j'avais quatorze ans. Quatorze ans ! Tu imagines ? Il m'a faite femme, mère et… ô mon Dieu… veuve. Je l'aimais à la folie.

— Elle ne peut pas toucher à ce que tu ressens pour lui. Quoi qu'elle fasse. Je ne l'ai pas connu, mais en te regardant, Rosalind, je vois tout cela. Je le vois.

Elle laissa échapper un soupir tremblant et douloureux.

— Tu as raison, reconnut-elle. Oui, tu as raison.

Elle s'appuya au chambranle de la porte-fenêtre et regarda de nouveau dehors.

— Toi non plus, tu ne mérites pas qu'elle se serve de toi. Tu ne mérites pas qu'elle essaie de te faire passer pour un traître à mes yeux. Je ne l'ai pas crue à propos de John et je ne l'ai pas crue à propos de toi. N'empêche que ça m'a fait affreusement mal.

Elle prit une inspiration plus profonde avant de poursuivre :

— Je ne te mets pas dans le même sac que Bryce. J'espère que tu le sais.

— J'aimerais savoir ce que tu ressens, plutôt que ce que tu ne ressens pas. Pourquoi ne voulais-tu pas me voir, Roz ?

— Ce n'est pas de ta faute, c'est de la mienne... Tu ne détestes pas quand les gens disent cela ?

— Assez pour avoir envie de te secouer pour t'obliger à dire ce qu'il en est vraiment. Tu n'es pas la seule à être capable de te mettre en colère.

— Non. Mais j'ai l'impression que je viens d'essuyer le plus gros de la tempête. L'une de tes qualités que j'apprécie le plus, c'est ta capacité à te maîtriser. Et crois-moi, avec mon sale caractère, je suis une experte en la matière.

— C'est merveilleux comme nous sommes adultes, ironisa-t-il.

— Oh, tu m'en veux encore.

Elle laissa échapper un petit rire et tenta de lui donner ce qu'il lui avait demandé. La vérité.

— La dernière nuit que nous avons passée ensemble était magnifique, dit-elle en tournant le dos à la porte ouverte pour le regarder. Elle a énormément compté pour moi, à plus d'un égard. Le lendemain, j'ai pensé à toi toute la journée. En rentrant, je m'apprêtais à t'appeler. Il y avait un message de toi sur mon répondeur...

— Roz, je vois Josh toutes les semaines. Mon fils...

— Je sais. Ce n'est pas cela. Mon Dieu ! Ne t'inquiète pas, je ne fais pas partie de ces femmes qui ont besoin de l'attention d'un homme à chaque instant. C'est le message qu'il y avait après le tien qui m'a mise en rage. Il provenait du country club. D'après le directeur, j'avais annulé mon adhésion en envoyant une lettre truffée de plaintes et de commentaires grossiers. Bien entendu, je n'y étais pour rien.

Ce n'était pas moi qui avais écrit ce tissu d'insultes.

— Clerk, devina-t-il.

— Sans aucun doute. Cela n'a pas été très compliqué à régler, vraiment... Non, corrigea-t-elle. Tu m'as demandé la vérité. Alors, la vérité, c'est que cela a été irritant et très gênant à régler. Mais ce n'est pas cela non plus qui m'a mise en rage.

« En entendant ce message, j'ai vu rouge. Je sortais de ma chambre, prête à traquer Bryce pour lui faire payer ce coup bas, quand Hayley est arrivée avec son bébé. Elle m'a retenue, et je lui en suis reconnaissante. Sans elle, je ne sais pas ce que j'aurais fait. J'aurais sans doute fini en prison pour coups et blessures. Bref, j'étais dans une telle colère que j'ai effrayé Lily et que je l'ai fait pleurer. Je suis allée jusqu'à traiter Bryce de fils de p... devant elle !

— Dans la mesure où Lily n'a même pas un an, je ne pense pas que cela l'ait traumatisée.

— Peu importe. J'ai failli perdre la tête. Je suis parvenue à me maîtriser, mais j'ai continué à bouillir intérieurement un bon moment. Je voulais me calmer complètement avant de te voir. Et puis, j'ai dû aller chez mon avocat et faire une visite de courtoisie au club, histoire de redonner le sourire à tout le monde.

— La prochaine fois, pense que j'aimerais bien que tu me laisses une chance de te le redonner, à toi.

— Je suis odieuse quand je suis fâchée.

— Je veux bien le croire. Roz, tu devrais aller trouver la police, ajouta-t-il comme elle se laissait tomber dans un fauteuil.

— C'est fait. Encore un moment gênant. Et inutile de me dire que je n'ai pas à me sentir gênée. Je me sens gênée, c'est un fait. Les policiers ne peuvent pas faire grand-chose, bien sûr, mais je leur ai tout raconté. Si l'on réussit à prouver que Bryce est derrière tout cela, ce sera considéré comme de la fraude, voire du harcèlement. Si je peux le faire tomber, je te jure que je n'aurai pas une seconde d'hésitation.

Il s'approcha et s'accroupit devant elle.

— J'aimerais beaucoup t'aider à le pousser, déclara-t-il.

— Je ne voulais pas te rejeter, assura-t-elle en posant la main sur sa joue. Je pensais à toi. D'ailleurs, je comptais venir te chercher pour voir si tu voulais passer la soirée avec moi quand j'ai fait ce petit cauchemar.

— Moi aussi, je pensais à toi et je me demandais si tu accepterais de passer la soirée avec moi. Tu veux sortir de la maison quelques heures ?

— Non, merci. Vraiment pas.

— Dans ce cas, nous resterons ici.

— J'aimerais te demander quelque chose.

— Vas-y.

— Il va y avoir une grande soirée habillée au club. Le dîner dansant annuel de printemps. Malgré ce qui se passe entre nous, j'avais prévu d'y aller avec David pour éviter de faire jaser en me montrant en public avec toi. Mais tant pis. J'aimerais beaucoup que tu m'accompagnes.

— Quand tu parles de « soirée habillée », cela veut dire en smoking ?

— J'en ai bien peur.

— Pas de problème. Alors, nous ne sommes plus fâchés, tous les deux ?

— On dirait que non. Qu'est-ce que tu en penses ?

— Tu veux te reposer, maintenant ?

— Non.

Satisfaite, elle se pencha en avant pour l'embrasser sur les deux joues.

— Ce qui me fait envie, c'est un long bain bien chaud. Et j'aimerais beaucoup avoir de la compagnie dans la baignoire.

— Quelle invitation ! commenta-t-il en se levant et en l'aidant à en faire autant. Je l'accepte volontiers. Nous serons très bien dans la baignoire pour que je te raconte ma récente visite à Clarise Harper.

— Cousine Rissy ? J'ai hâte d'entendre ce récit.

Roz trouvait délicieux, décadent, absolument parfait d'être étendue dans un bain moussant dans sa grande baignoire ancienne, le dos appuyé au torse de Mitch, alors qu'à cette heure-ci, elle aurait dû être en train d'achever sa journée de travail.

— Clarise devient plus méchante et plus maigre chaque année, remarqua Roz.

— J'ai pu constater que, elle aussi, elle te tenait en très haute estime.

— Elle me déteste pour toutes sortes de raisons, la principale étant que c'est moi qui possède cette maison et pas elle.

— En effet, je pense que c'est en haut de la liste.

— Elle ment quand elle affirme qu'elle n'a jamais vu Amelia ni senti sa présence. J'ai entendu ma grand-mère en parler. Clarise a la mémoire sélective ; elle ne se souvient que de ce qui l'arrange. Elle ne supporte pas les absurdités, vois-tu, et les fantômes entrent dans cette catégorie.

— Elle a dit « balivernes ».

Roz rejeta la tête en arrière et rit à gorge déployée.

— Oh, ça ne m'étonne pas ! Je l'entends comme si j'y étais. Mais elle aura beau affirmer le contraire, elle t'a menti. Je sais qu'elle doit avoir des lettres, peut-être même des journaux intimes et un certain nombre de photos. Elle a pris des choses dans la maison à la mort de mon père. Elle le niera toujours, mais je sais qu'elle s'est servie ici et là. Nous avons eu une dispute mémorable quand je l'ai surprise en train de voler une paire de chandeliers d'argent dans le salon alors que la veillée funèbre de mon père n'était même pas finie. Quelle vieille bique !

— Je parie qu'elle n'est pas repartie avec les chandeliers en question...

— Pas cette fois, en tout cas. Je me fichais pas mal de ces chandeliers – des horreurs –, mais mon père n'avait même pas encore été mis en terre ! Je n'en reviens toujours pas. Elle a prétendu que c'était elle qui les lui avait offerts, ce qui était faux, et qu'elle voulait les récupérer pour des raisons sentimentales. Comme si elle avait jamais éprouvé d'autres sentiments que la haine et la rancœur !

Il frotta la joue contre ses cheveux, comme pour l'apaiser.

— Et tu crois qu'elle a pris d'autres choses sans que tu la voies ?

— Oh, je sais qu'elle l'a fait. Elle a volé une photo de mon grand-père enfant dans un cadre ancien en argent, un compotier Waterford, deux bergères de Dresde... et bien d'autres choses qu'on n'a jamais retrouvées après ses visites.

— Mmm... fit-il en posant le menton sur sa tête et en lui savonnant paresseusement le bras. Que sais-tu de cette Jane Paulson ?

— Pas grand-chose. Je l'ai vue quelquefois à des mariages ou des enterrements, mais c'est tout juste si je me souviens d'elle. Je crois me rappeler une gentille petite fille. Elle doit avoir pratiquement vingt-cinq ans de moins que moi, si je ne me trompe pas.

— Elle m'a fait penser à un chiot qui a reçu tant de coups de pied qu'il garde en permanence la queue entre les jambes.

— Cela ne m'étonne pas, si elle vit avec ma cousine Clarise. Pauvre petite.

— Elle sait quelque chose, cependant.

Intriguée, Roz tourna la tête pour le regarder.

— Qu'est-ce qui te fait dire cela ?

— Une expression qui est passée sur son visage quand Clarise a affirmé ne pas détenir de journaux intimes. J'ai cru qu'elle allait l'aider en disant : « Oh, vous ne vous souvenez pas de celui que… » ou je ne sais quoi. Mais elle s'est ressaisie et n'a rien dit. Je suis prêt à parier que ta cousine possède des documents qui pourraient nous être utiles.

— Mais si elle ne veut pas que tu y aies accès, elle est suffisamment perverse pour les brûler plutôt que de te les donner.

— Elle n'en fera rien si elle ignore que je sais qu'elle les a, et si nous parvenons à convaincre Jane de nous aider.

— Qu'est-ce que tu comptes faire ? Séduire cette pauvre gamine ?

— Non, répondit-il en se penchant pour lui déposer un baiser sur l'épaule. C'est toi qui vas le faire. Je me suis dit qu'elle avait bien besoin d'une amie, ou peut-être qu'on lui propose un autre emploi. Si tu parvenais à prendre contact avec elle sans que Clarise le sache…

Roz s'accorda quelques secondes de réflexion.

— C'est très sournois, répondit-elle finalement. L'idée me plaît.

— Je l'espérais, reconnut-il en faisant glisser ses mains sur les seins de Roz, les couvrant de mousse.

— Ça ne me dérange pas de viser en dessous de la ceinture de temps à autre, reprit-elle en se retournant complètement face à lui, une lueur malicieuse dans les yeux. Entraînons-nous un peu.

16

Pour Roz, l'arrivée du printemps n'allait pas sans un certain stress. Avait-elle préparé assez de plateaux ? Proposait-elle les plantes vivaces qu'il fallait ? En quantité suffisante ?

Les fleurs seraient-elles suffisamment grosses pour attirer les clients ? Les plantes assez saines et fortes pour entretenir la réputation de qualité qu'elle s'était faite ?

Avaient-ils garni suffisamment de paniers, de pots, de jardinières ? En avaient-ils trop préparé ?

Et les arbustes, les arbres, les autres produits ? Leur vente s'ajouterait-elle à celle des plantes ou ferait-elle diminuer celle-ci ?

Était-ce une bonne idée de proposer du colorant pour paillis ? Les clients apprécieraient-ils la variété dans ce domaine ?

Elle confiait beaucoup de ces décisions à Stella. C'était pour cela qu'elle avait engagé une directrice : pour se décharger sur elle d'un maximum de détails. Toutefois, Côté Jardin restait son bébé et lui procurait les mêmes fiertés et les mêmes angoisses qu'un enfant à sa mère.

Elle aimait bien la bousculade et le désordre, les clients qui tournaient autour des tables avec leur chariot pour choisir la plante qui conviendrait le mieux à leur jardin ou leur patio. Elle aimait aussi prodiguer conseils et recommandations, et cela compensait un peu le petit pincement au cœur qu'elle ressentait au début de la saison, quand elle voyait s'en aller les plantes qu'elle avait élevées.

À cette époque de l'année, elle se reprochait souvent d'être trop sentimentale avec ce qu'elle avait fait pousser. Toutefois, elle ne voyait pas, elle ne pourrait jamais voir les plantes comme de simples produits. Au cours des semaines, des mois, souvent des années qu'il fallait pour les cultiver, elle tissait avec elles des liens très personnels.

Alors, chaque année, les premiers jours du printemps étaient assez durs. Mais ensuite, elle se remettait au travail.

Elle était dans la salle de multiplication, à l'écart de la foule des clients, en train de se demander quelles plantes transférer dans la zone de vente, quand Cissy fit irruption dans la serre.

— Roz, je suis désespérée, annonça-t-elle.

Roz fronça les sourcils. Cissy, d'ordinaire tirée à quatre épingles, était presque décoiffée, et on lisait de la panique dans ses yeux.

— Je vois ça, répondit-elle. Ton coiffeur prend sa retraite ? Ta masseuse est partie avec un musicien ?

— Oh, ne plaisante pas. Je suis on ne peut plus sérieuse, protesta Cissy en s'approchant d'un pas pressé des tables où travaillait Roz. Mes beaux-parents débarquent.

— Ah.

— Ils ont lâché cette bombe ce matin. Ils arrivent dans deux jours ! Je déteste que les gens se croient les bienvenus et s'annoncent sans qu'on les ait invités.

— Ce ne sont pas des « gens », ils font partie de la famille, fit valoir Roz.

— C'est pire, si tu veux mon avis. Tu sais bien que ma belle-mère s'en prend toujours à moi. Depuis vingt-six ans. S'ils n'étaient pas partis vivre à Tampa, je crois que je serais devenue folle. Ou alors je serais en prison pour meurtre. J'ai besoin de ton aide, Roz.

— Je ne vais pas tuer ta belle-mère pour toi, Cissy. Il y a des limites à l'amitié.

— N'empêche, je parie que tu aurais les moyens de le faire, fit-elle en regardant autour d'elle. Je suis sûre qu'il y a toutes sortes d'excellents poisons, ici. Je pourrais en verser dans son martini et mettre fin à cet enfer... Bon, je garde cette idée sous le coude. Tu sais ce qu'elle m'a dit ?

— Non, mais tu ne vas pas tarder à me le dire...

— Elle a dit qu'elle imaginait que je n'avais pas encore changé le tapis de la salle à manger et qu'elle serait ravie de s'en occuper pendant son séjour, qu'elle trouverait juste ce qu'il fallait et que je n'avais pas à m'inquiéter du temps que cela lui prendrait, car elle en avait beaucoup maintenant que Don et elle étaient à la retraite. Et elle a ajouté que, d'ailleurs, je ne tarderais pas à savoir ce que c'était puisque j'arrivais à cet âge. Que j'arrivais à cet âge ! Tu te rends compte ?

— Comme j'ai le même âge que toi, je vais peut-être te trouver un poison...

— Et encore, ce que je te dis là, ce n'est qu'un échantillon. J'en aurais pour la journée si je voulais tout te raconter. Je n'ai pas le temps parce que je suis dans une situation critique. Elle s'est mise à me faire des reproches sur le jardin et la pelouse. Elle trouve que je ne m'en occupe pas assez et que je devrais être un peu plus fière de la maison que son fils m'a offerte.

— Ton jardin est très bien, protesta Roz.

Certes, il n'avait pas atteint tout son potentiel, mais il était bien tenu et plutôt joli.

— Elle m'a énervée, comme chaque fois que je lui parle, alors je lui ai répondu que j'avais travaillé comme une folle, que j'avais créé de nouvelles plates-bandes et fait un tas de choses. Bref, j'ai raconté n'importe quoi, et maintenant, si tu ne viens pas à mon secours, elle va se rendre compte que j'ai menti.

— Si tu veux Logan, je peux demander à Stella quel est son programme, mais...

— Je lui ai déjà demandé. Elle m'a dit qu'il n'avait pas une minute de libre avant deux semaines. Je t'en prie, Roz, supplia-t-elle en joignant les mains. Retire-le d'un autre chantier et envoie-le-moi. Rien que deux jours...

— Je ne peux pas faire cela... Mais attends, ajouta-t-elle en voyant les larmes monter aux yeux de Cissy. On va trouver une solution. Deux jours, reprit-elle dans un soupir. Cela ne va pas être donné.

— Je m'en fiche. L'argent est le cadet de mes soucis. Là, c'est ma vie qui est en jeu. Si tu ne m'aides pas, je vais être obligée de sauter en douce dans le premier avion pour Tampa et d'aller l'assassiner dans son sommeil.

— Alors, commençons tout de suite à te sauver la vie – et à sauver la sienne.

Roz se représentait déjà mentalement ce qu'il fallait faire. Elle fit une razzia dans la jardinerie à mesure qu'elle détaillait le projet à Cissy, laquelle ne cilla pas en la voyant accumuler plantes, arbustes, arbres d'ornement, pots et jardinières.

— Harper, va à la maison chercher mon pick-up. Nous allons charger tout cela et je vais t'enlever quelques heures. Stella, dites à Logan de me rejoindre quand il aura terminé sa journée. Il va faire des heures supplémentaires. Qu'il prenne ce que j'ai noté et qu'il l'apporte à cette adresse, précisa-t-elle en griffonnant celle de Cissy sur un papier. Et venez aussi. J'aurai besoin de vos mains et de votre coup d'œil.

— Vous croyez vraiment pouvoir faire tout cela en moins de deux jours ? s'étonna Stella.

— Oui, parce que je n'ai pas le choix.

Roz n'aimait rien tant que les défis. Et il n'y avait rien de tel que creuser la terre pour oublier ses soucis.

Elle mesura, marqua, bêcha, ajouta de la sphaigne et ratissa.

— En temps normal, je préférerais disposer de plus de temps pour préparer le sol, expliqua-t-elle. Créer une plate-bande est une affaire sérieuse.

— Mais tu vas quand même pouvoir le faire ? s'inquiéta Cissy en se mordillant les lèvres et en tordant son collier de perles entre ses doigts.

— Il n'y a pas grand-chose que je ne puisse faire avec de la terre et des plantes. C'est un don que j'ai. Et lui aussi, ajouta-t-elle en regardant Harper, qui installait déjà un treillis métallique décoratif. Quant à toi, Cissy, tu vas apprendre quelque chose aujourd'hui. Enfile ces gants. Tu vas travailler comme une folle – ainsi, tu pourras dire en toute honnêteté que tu n'as pas menti.

— Je me fiche pas mal d'avoir menti, marmonna-t-elle.

Cependant, elle obéit.

Roz lui expliqua en termes simples qu'ils allaient réaliser un jardin de vivaces quatre-saisons. De la sorte, il serait beau toute l'année, et ses beaux-parents pourraient venir n'importe quand : ils seraient impressionnés. Elle avait choisi des iris, des œillets et des campanules, des cœurs de Marie et des ancolies pour une floraison instantanée, ainsi que des bulbes de printemps, des plantes annuelles et des feuillages pour garnir tout de suite les zones de floraison plus tardive.

Lorsqu'elle en aurait fini avec ce jardin, ce serait un trésor que même la plus pointilleuse des belles-mères ne pourrait qu'admirer.

Elle confia à Cissy le soin de planter des célosies et des cinéraires maritimes, puis s'attela à la réorganisation et à l'embellissement des plates-bandes existantes.

Une heure plus tard, elle se rendit compte qu'elle allait utiliser tout ce qu'elle avait apporté et qu'il lui fallait d'autres plantes. Elle appela Stella et lui dicta une liste – elle ne doutait pas une seconde que sa très efficace directrice rassemblerait, facturerait et livrerait tout en un temps record.

Le long de la clôture au fond du jardin, elle planta des cannas, de la sauge hormin et des dimorphothecas. Puis elle s'assit sur ses talons quand Cissy s'approcha avec un grand verre.

— De la citronnade, annonça celle-ci. Je l'ai faite moi-même pour racheter mes péchés. Ma manucure est fichue, ajouta-t-elle en tendant le verre à Roz. Et j'ai déjà mal à des muscles dont j'ignorais l'existence jusqu'à aujourd'hui. Je ne sais pas comment tu fais.

— Et moi, je ne sais pas comment tu fais pour jouer au bridge toutes les semaines.

— Bah, chacun son truc, sans doute. En tout cas, sache que je te dois beaucoup plus que le chèque que je t'ai fait.

— Oh, tu vas devoir m'en faire un ou deux autres d'ici que nous ayons fini...

— Hank va me tuer, fit Cissy en fermant les yeux.

— Je ne crois pas, déclara Roz en se relevant, avant de lui rendre le verre vide et de s'étirer le dos. Il va être ravi, fier et touché que tu te sois donné tant de mal – et que tu sois allée jusqu'à fiche en l'air ta manucure – pour que ta maison soit plus belle pour la visite de sa mère. Il comprendra que c'est ta façon de lui montrer à quel point tu tiens à la maison qu'il t'a offerte.

— Oh, s'exclama-t-elle en souriant. Que tu es maligne, Rosalind…

— Ce n'est pas parce que je n'ai pas de mari que je ne sais pas comment ça marche ! Je te préviens, tu as intérêt à prendre soin de tout cela. Sinon, c'est moi qui te tuerai.

Cissy regarda les tas de terre, les plates-bandes en cours de plantation, les pelles, les râteaux, les sacs de terreau et d'engrais.

— Ça va être vraiment beau, quand ce sera fini, n'est-ce pas ?

— Oui. Tu ne me fais pas confiance ?

— Oh, si ! Totalement. Le moment est peut-être mal choisi, mais je tiens à te dire que ton fils est un bien beau garçon. Je te jure que mon cœur a failli s'arrêter quand je lui ai donné de la citronnade et qu'il m'a souri. Mon Dieu, il doit avoir toutes les filles de la région à ses pieds !

— Je n'ai jamais entendu dire qu'il avait du mal à se trouver des petites amies. Cela dit, il n'a pas l'air de les garder très longtemps.

— Bah, il est encore jeune.

Le soir tombait quand Roz rentra. Sale et un peu courbatue, elle passa la tête par la porte de la bibliothèque. Mitch devait être encore là : elle avait vu sa voiture dehors.

— Tu travailles tard ? lui demanda-t-elle.

— Oui. Et toi, fini pour aujourd'hui ?

— J'ai passé une journée géniale. Je me suis amusée comme une folle. Je vais prendre une bonne douche et dîner comme quatre, annonça-t-elle.

— Tu veux de la compagnie ? J'ai du nouveau pour toi.

— Volontiers. Monte.

— Tu as joué dans la terre ?

— Presque toute la journée. Urgence de jardinage, expliqua-t-elle en lui souriant par-dessus son épaule. Une amie. Visite surprise des beaux-parents. Tendance passive-agressive, désir de faire mieux que les autres. Résultat : un joli bénéfice pour l'entreprise et une excellente journée pour moi.

Elle se rendit directement dans la salle de bains et ôta sa chemise.

— Cela faisait longtemps que je ne m'étais pas occupée de la partie conception et aménagements paysagers. J'avais presque oublié combien j'aimais cela.

Elle se déshabilla en mettant directement ses vêtements dans le panier à linge sale. Puis elle ouvrit les robinets de la douche et se pencha pour vérifier la température de l'eau. Mitch resta sur le pas de la porte, à l'écouter.

— Je devrais avoir honte de lui facturer une telle somme alors que cela m'a procuré un tel plaisir, mais ce n'est pas le cas. Nous avons bien mérité cet argent.

— Nous ?

— J'ai eu besoin de renforts, expliqua-t-elle en entrant dans la douche. J'ai emmené Harper avec moi, et Logan et Stella nous ont rejoints plus tard. J'ai réalisé un jardin quatre-saisons vraiment ravissant, avec presque uniquement des plantes vivaces. Il est déjà très joli et il va évoluer tout au long de l'année. Mais je suis sûre que je te casse les pieds, ajouta-t-elle en sortant une tête ruisselante de la douche.

— Pas du tout. Je n'y connais pas grand-chose, mais tu ne m'ennuies pas. Tu as l'air emballée.

— Oui ! J'y retourne demain matin faire quelques finitions et présenter la note finale à Cissy. Elle va peut-être s'évanouir, mais ses beaux-parents seront épatés.

— Au fait, tu ne m'as jamais répondu, pour ma plante. Tu sais, le *feng shui*...

— Non, c'est vrai.

Il attendit quelques secondes, mais n'entendit que le bruit de l'eau. Il se mit à rire.

— Je crois que cela répond à ma question. Tu sais, je suis un homme relativement intelligent et responsable. Je pourrais apprendre à m'occuper d'une plante.

— C'est possible, mais ton casier judiciaire ne plaide pas en ta faveur. Il est épouvantable. Enfin, nous pourrons peut-être envisager une période d'essai. J'ai prévenu Cissy que si elle ne prenait pas bien soin du jardin que je lui ai créé, elle aurait affaire à moi. Je l'ai entendue discuter avec Logan pour tenter de le convaincre de venir deux fois par semaine. C'est très bien. Il faut avoir conscience de ses limites.

— Une plante, ça s'arrose et ça se met au soleil. Ça ne doit pas être bien difficile.

— Comme si cela suffisait ! Tu veux bien me passer une serviette ?

Elle coupa l'eau, prit le drap de bain qu'il lui tendait et se sécha.

— Nous avons tellement travaillé, ces derniers temps, que je n'ai pas eu le temps de penser à autre chose. Mais il y a le mariage de Stella qui approche, sans parler de tes recherches...

Il la regarda se passer du lait hydratant sur le corps. Le parfum de la lotion se mêlait à celui du savon.

— Nous allons arriver à tout mener de front, assura-t-il.

— L'hiver passe à toute vitesse, maintenant que j'ai l'entreprise. Il y a beaucoup plus de choses à faire en cette saison que les gens ne l'imaginent. Et revoilà déjà le printemps. J'ai peine à croire que...

Elle s'interrompit au milieu de sa phrase en fronçant les sourcils et referma soigneusement le flacon de lait hydratant.

— Tu viens de t'en rendre compte, c'est ça ? fit Mitch.

— De quoi donc ?

— De nous deux, là, tout de suite.

Il ne bougea pas quand elle passa à côté de lui pour aller dans la chambre mettre des vêtements propres.

— Parler en prenant une douche à la fin d'une journée de travail, ça fait très couple marié, non ?

Elle enfila un short gris et un tee-shirt.

— Qu'est-ce que tu en penses ? demanda-t-elle.

— Je ne sais pas trop. Ça me rend un peu nerveux sur les bords – mais étonnamment calme au centre. Et toi ?

Elle se frictionna les cheveux en le considérant.

— Me remarier ne faisait pas partie de mes projets. Au contraire, c'était en haut de ma liste de choses à éviter, avec les serpents venimeux, les pluies de crapauds, le virus Ebola, etc.

Il s'appuya au chambranle en souriant.

— Je remarque que tu parles au passé...

— Tu es très observateur. Je suis tombée amoureuse une fois, très jeune, et je me suis mariée. Ce fut merveilleux, et j'aimerai John Ashby toute ma vie. Je le verrai toujours dans les fils que nous avons eus ensemble et je sais que ces fils, je ne les aurais pas si nous ne nous étions pas tant aimés.

— C'est une grande chance d'avoir pu vivre un amour de cette qualité.

— Oui, reconnut-elle. À un moment donné, je me suis sentie seule. Mes fils étaient partis vivre leur vie, et la maison me paraissait si vide, si calme...

Malgré ma fierté de voir les jeunes gens que j'avais élevés, j'étais profondément triste.

Elle retourna dans la salle de bains suspendre sa serviette humide et se passa de la crème sur le visage.

— J'avais besoin de quelque chose pour chasser cette tristesse. Du moins le croyais-je. Je voulais quelqu'un avec qui partager le reste de mes jours. J'ai choisi un homme qui, en apparence, semblait convenir. Cette erreur m'a coûté très cher, tant sur le plan financier que sur le plan émotionnel.

— Et à cause de cela, tu seras très prudente avant d'envisager un autre mariage.

— Oui. Mais je t'aime, Mitchell.

Elle vit l'émotion envahir ses yeux. Quelle joie de savoir que c'était à cause d'elle !

Il fit un pas en avant et s'arrêta quand il sentit, sans qu'elle ait besoin de le dire, qu'elle préférait qu'il attende. Quel bonheur, songea-t-elle, d'être aussi bien comprise...

— Je ne m'attendais pas à retomber amoureuse. Pas de cette façon. Pas de tout mon cœur. C'est l'erreur que j'ai commise avec Bryce, tu vois : épouser quelqu'un que je n'aimais pas de tout mon cœur. Mais le mariage est un très grand pas. Cela ne t'ennuie pas d'attendre que je sois prête à le franchir ?

— Non, cela ne m'ennuie pas, parce que je t'aime, Rosalind. Autrefois, j'ai commis des erreurs qui ont fait souffrir ceux que j'aimais. Je ne recommencerai pas.

— Nous risquons d'en faire d'autres, des erreurs, objecta-t-elle en s'approchant de lui.

Il se pencha pour effleurer ses lèvres des siennes.

— Ça va aller, assura-t-il.

— Oui, je crois que ça va aller. Tu veux qu'on descende voir ce que David a préparé ? Ensuite, tu pourras me raconter ta journée au lieu de me laisser te rebattre les oreilles avec la mienne.

Il était tard. Les enfants avaient déjà dîné, et Stella et Hayley étaient en train de les coucher.

— Quelquefois, on oublie que cette maison est pleine de monde, remarqua Roz en se servant de spaghettis et de boulettes de viande. Et d'autres fois, c'est tellement animé qu'on dirait la cage des singes au zoo.

— Et les deux situations te plaisent autant.

— Oui. Je suis pleine de contradictions. J'ai besoin de solitude, sinon je deviens désagréable. Mais si je suis trop seule, j'ai le cafard. En gros, je suis invivable. Tu devrais peut-être prendre ce facteur en compte dans l'équation.

— C'est déjà fait.

Elle s'arrêta, la fourchette en l'air, et la reposa en éclatant de rire.

— Bien fait pour moi.

— De mon côté, je suis désordonné, je ne fais pas très attention aux détails qui ne m'intéressent pas – et je n'ai pas l'intention de changer. Voilà un facteur pour ton équation à toi.

— C'est noté. Et maintenant, de quoi voulais-tu me parler ?

— Je ne suis jamais à court de sujets de conversation avec toi.

— Au cours des premières semaines d'une histoire d'amour, les hommes parlent plus qu'ils ne le feront durant les vingt années suivantes.

— Tu vois ? Nous avons de la chance de nous être rencontrés à ce moment de notre vie. Nous savons tous les deux comment ça se passe. Mais en l'occurrence, je voulais te parler de Clarise Harper.

— Tu vas me couper l'appétit. C'est dommage, parce que j'adore les boulettes de viande et les pâtes.

— Je suis retourné la voir ce matin.

— Ça a été l'enfer ?

— Pas tant que cela. Elle m'aime bien, je crois. Enfin, elle me trouve intéressant, au moins, et je dirai que cela l'amuse de me donner certaines informations tout en gardant pour elle ce qu'elle ne veut pas que je sache. J'ai enregistré notre entretien, ajouta-t-il en partageant un morceau de pain à l'ail avec elle, si ça t'intéresse. Elle m'a raconté une histoire amusante. Sa mère lui aurait dit que, quand ton grand-père était petit, il s'était endormi dans un placard avec un chiot qu'il avait choisi dans une portée aux écuries. Il voulait le garder, mais sa mère avait refusé – pas de chiens dans la maison, tu vois le genre. Alors, il l'a caché dans sa chambre pendant près d'une semaine, dans son placard. Il volait de quoi le nourrir dans la cuisine.

— Quel âge avait-il ?

— Une dizaine d'années, d'après Clarise. Ou plutôt d'après le récit de sa mère. Il s'est fait prendre en s'endormant avec lui dans le placard. On l'a cherché partout, ce jour-là, et c'est une femme de chambre qui a entendu gémir le chiot et les a découverts tous les deux au fond du placard de sa chambre.

— Il a pu garder le chien ?

— Oui. Son père l'a autorisé à le garder, et sa décision l'a emporté sur celle de sa mère. Apparemment, ce chiot était un corniaud qui a toujours refusé d'apprendre les bonnes manières. Ton grand-père l'a gardé durant dix-huit ans, si bien que Clarise se souvient vaguement de lui. Quand il est mort, il l'a enterré derrière les écuries et a planté un petit arbre.

Roz hocha la tête.

— C'est Spot. Ma grand-mère m'a montré sa tombe, autrefois. Elle m'a dit que c'était là qu'était enterré le chien chéri de mon grand-père. Elle ne devait pas connaître cette histoire, sinon elle me l'aurait racontée.

— Je pense que si Clarise m'en a parlé, c'est pour me montrer à quel point le petit frère de sa mère était gâté par son père.

— Cela ne m'étonnerait pas d'elle, confirma Roz.

— J'ai appris autre chose. Jane ne travaille pas un mercredi sur deux – ou un mercredi après-midi sur deux. Enfin, bref, en général, elle va à la librairie-café Davis-Kidd. Elle y déjeune, puis elle regarde les livres.

— Ah, bon ?

— Si quelqu'un voulait lui parler en privé, il lui suffirait de l'y rencontrer par hasard. Et il se trouve que demain, c'est mercredi.

— Tu sais quoi ? Ça fait un moment que je n'ai pas pris le temps de flâner dans une librairie.

— Alors, je crois qu'il est grand temps que tu le fasses.

Sans la description de Mitch, Roz n'aurait sans doute pas reconnu Jane Paulson, avec ses cheveux d'un brun terne, ses vêtements tristes et son expression sérieuse.

Elle entra dans le café, se dirigea tout droit vers le comptoir et commanda rapidement, comme quelqu'un dont les habitudes ne variaient pas beaucoup, puis elle alla s'asseoir à une table dans un coin et sortit un livre de poche de son sac.

Roz attendit deux minutes avant de s'approcher.

— Jane ? Jane Paulson ? fit-elle joyeusement, une note d'étonnement dans la voix.

La jeune femme sursauta avant de lever les yeux vers elle.

— Ça alors, reprit Roz, quelle surprise !

Sans attendre d'y être invitée, elle s'assit en face de Jane.

— On ne s'est pas vues depuis combien de temps ? Je suis Rosalind Harper, au fait.

— Oui. Je... je sais. Bonjour, cousine Rosalind.

— Bonjour, ma petite Jane, dit-elle en lui tapotant affectueusement la main, avant de boire une gorgée de café. Comment vas-tu ? Depuis combien de temps es-tu en ville ? Raconte-moi tout. Dans les moindres détails.

— Je... je vais bien. J'habite ici, maintenant.

— Non ! Ici, à Memphis ? C'est formidable. Ta famille va bien, j'espère ?

— Oui, merci. Tout le monde va bien.

— Tu m'en vois ravie. Tu transmettras mes amitiés à tes parents. Alors, que fais-tu à Memphis ?

— Je... euh...

Jane se tut quand le serveur lui apporta un bol de soupe et un demi-sandwich.

— Merci, dit-elle. Euh... vous voulez quelque chose, cousine Rosalind ?

— Non, merci. Mon café me suffit.

Roz s'interrompit et réprima un soupir. Elle n'avait pas le courage de regarder ce petit visage malheureux et de continuer à mentir.

— Jane, je vais être honnête avec toi, déclara-t-elle. Je suis venue ici pour te voir.

— Je ne comprends pas.

— Je sais que tu habites avec cousine Rissy, que tu travailles pour elle.

— Oui. D'ailleurs, je viens de me rappeler que j'avais une course à faire pour elle. Je ne sais pas comment j'ai pu oublier. Il faut vraiment que j'y aille et...

— Ma chérie, coupa Roz en posant la main sur la sienne pour la retenir et, elle l'espérait, la rassurer. Je sais parfaitement ce qu'elle pense de moi, alors ne t'en fais pas. Je ne lui dirai pas que nous nous sommes parlé. Je ne veux surtout pas t'attirer d'ennuis. Je te le promets.

— Que voulez-vous ?

— D'abord, laisse-moi t'assurer que rien de ce que nous dirons ne remontera jusqu'à elle. Tu sais qu'elle ne m'aime pas, et c'est réciproque. Donc, Clarise et moi ne parlerons pas de cette rencontre. Cela étant dit, je voudrais d'abord savoir si tu es heureuse chez elle.

— J'avais besoin d'un travail ; elle m'en a proposé un. Je dois vraiment...

— Mmm. Et si tu trouvais un autre emploi ?

— Je... je n'ai pas les moyens de me loger pour l'instant, balbutia Jane en fixant sa soupe d'un regard sombre. Et je ne sais rien faire.

— J'ai peine à le croire, mais ce point peut attendre. Si je t'aidais à trouver un emploi qui te plaise et un appartement pas trop cher, préférerais-tu encore travailler pour Clarise et habiter chez elle ?

Jane releva la tête. Elle était toute pâle.

— Pourquoi feriez-vous cela ?

— En partie pour la faire enrager et en partie parce que je n'aime pas voir les gens malheureux – surtout quand ils font partie de la famille – alors que la solution est facile à trouver. Et puis, aussi, parce que j'espère que tu vas pouvoir m'aider.

— Qu'est-ce que je pourrais bien faire pour vous ?

— Clarise détient des choses qui viennent de ma maison, de Harper House.

À l'expression de Jane, Roz comprit qu'elle était au courant et qu'elle avait peur.

— Tu le sais, poursuivit-elle, et moi aussi. Je me moque des statues, des objets. Mais je veux les papiers. Les livres, les lettres, les journaux. Pour être franche, Jane, j'ai l'intention de te soudoyer pour que tu les récupères. Si tu acceptes de faire cela pour moi, je t'aiderai à trouver du travail et un logement, et je te donnerai un peu d'argent pour démarrer si tu en as besoin.

— Pourquoi ?

Roz se pencha en avant pour répondre.

— Si elle l'avait pu, Clarise m'aurait écrasée. Elle m'aurait manipulée, elle aurait dirigé ma vie, elle aurait brisé mon esprit. Je ne l'ai pas laissée faire, et je ne vois pas pourquoi je la laisserais te faire subir tout cela.

— Elle n'y est pour rien. C'est de ma faute... Je ne peux pas en parler.

— Dans ce cas, nous n'en parlerons pas. Et je ne vais pas te forcer la main.

Ç'aurait été possible, Roz le savait. C'était justement pour cette raison qu'elle s'y refusait.

— Ce que je vais faire, c'est te donner mes numéros de téléphone. Voilà. À la maison, au travail et mon portable. Range-les à un endroit où elle ne pourra pas les trouver. Tu dois savoir qu'elle fouille dans tes affaires quand tu n'es pas là.

Jane hocha la tête.

— Ce n'est pas grave, dit-elle. Je n'ai rien.

— Si tu continues comme cela, tu n'auras jamais rien. Réfléchis à ce que tu veux et vois si tu as envie que je t'aide à l'obtenir. Ensuite, appelle-moi.

— Vous m'aideriez même si je ne vous aidais pas ?

— Oui. S'il le faut, je suis capable de me débrouiller seule. Elle a des choses qui m'appartiennent ; je trouverai un moyen de les récupérer, même sans toi. Et si tu veux partir de chez elle, je t'aiderai sans que cela t'engage à quoi que ce soit.

Jane ouvrit la bouche, la referma, puis se leva vivement.

— Cousine Rosalind, pouvons-nous... aller ailleurs ? Elle sait que je viens ici, et il se peut qu'elle...

— Qu'elle ait des informateurs ? Oui, c'est possible. Très bien, allons ailleurs. Ma voiture est juste devant.

Roz l'emmena dans un petit restaurant où elles avaient peu de chance de tomber sur quelqu'un qu'elles ou Clarise connaissaient. L'établissement sentait le barbecue et le bon café bien fort. Roz commanda pour elles deux, afin de laisser à Jane le temps de se détendre un peu.

— Tu avais un travail, chez toi ? lui demanda-t-elle ensuite.

— Je... j'ai fait un peu de travail de bureau dans l'entreprise de mon père. Vous savez qu'il a une entreprise de pose de revêtements de sol.

— Cela te plaît, le travail de bureau ?

— Non. De toute façon, je crois que je ne suis pas très douée pour cela.

— Qu'est-ce qui te plaît, alors ?

— Je me disais que je pourrais travailler dans une librairie. Ou alors une galerie. J'aime les livres et l'art. Et je m'y connais un petit peu.

— C'est un bon début.

Pour inciter Jane à manger au lieu de détacher nerveusement les grains de sésame de son pain, Roz prit la moitié de l'énorme sandwich qu'elle avait coupé en deux et mordit franchement dedans.

— Tu as un peu d'argent de côté ?

— J'ai économisé à peu près deux mille dollars.

— Encore un bon début.

— Je... j'ai été enceinte, lâcha-t-elle soudain.

— Oh, ma chérie, fit Roz en posant son sandwich et en lui prenant la main.

— L'année dernière... murmura Jane alors que des larmes roulaient sur ses joues. C'était l'année dernière. Je... Il était marié. Il disait qu'il m'aimait, qu'il allait quitter sa femme. J'ai été tellement bête, tellement stupide...

— Arrête, lui ordonna Roz vivement, en lui tendant une serviette en papier. Ne dis pas cela, ce n'est pas vrai.

— Il était marié, et je le savais. Je me suis laissé entraîner. C'était si merveilleux que quelqu'un me désire, si excitant de devoir garder le secret... J'ai cru tout ce qu'il me disait, cousine Rosalind.

— Roz. Bien sûr que tu l'as cru ! Tu étais amoureuse de lui.

— Mais lui, il ne m'aimait pas, fit-elle en secouant la tête et en mettant sa serviette en lambeaux. Quand j'ai découvert que j'étais enceinte, je le lui ai dit. Il a été si froid... Pas vraiment furieux, mais agacé. Comme si c'était... je ne sais pas... un désagrément. Il m'a demandé d'avorter. J'étais sous le choc. Il m'avait dit que, un jour, il se marierait avec moi, et voilà qu'il voulait que j'avorte !

— Ça a dû très dur, Jane. Je suis désolée.

— J'ai accepté d'avorter. J'étais affreusement triste, mais j'ai dit oui. Je ne voyais pas quoi faire d'autre. Mais je n'arrêtais pas de retarder le moment parce que j'avais peur. Et puis, un jour, alors que j'étais avec ma mère, je me suis mise à saigner et à avoir des crampes, dans le restaurant où nous déjeunions.

Elle pleurait de plus belle. Roz prit une autre serviette en papier dans le distributeur et la lui donna.

— J'étais en train de faire une fausse couche. Je ne lui avais pas dit que j'étais enceinte, et je faisais une fausse couche pratiquement sous ses yeux. Mon père et elle étaient dans tous leurs états. On m'a donné des calmants qui m'ont abrutie, et je leur ai dit qui était le père. Un ami de golf de papa.

Cette fois, elle enfouit le visage dans la serviette et se mit à sangloter. Quand la serveuse voulut s'approcher, Roz l'arrêta d'un signe de tête. Elle alla s'asseoir à côté de Jane et lui passa un bras autour des épaules.

— Excusez-moi.

— Ne t'en fais pas. Pleure un bon coup.

— Ç'a été une scène affreuse. Une période affreuse. Je les ai mis dans l'embarras, je les ai déçus.

— Je dirai que, dans de telles circonstances, ils auraient dû être de tout cœur avec toi et te soutenir.

— Je leur ai fait honte, hoqueta Jane en s'essuyant les yeux. Tout cela pour un homme qui ne m'a jamais aimée. Et j'ai perdu le bébé. Peut-être parce que je ne voulais pas de lui. J'ai souhaité qu'il s'en aille, et c'est ce qui s'est passé.

— On ne peut pas faire partir un bébé par la seule force de sa volonté, assura Roz. Tu peux éventuellement te reprocher de l'avoir conçu – en partie seulement, parce qu'il faut être deux –, mais pas de l'avoir perdu.

— Toute ma vie, je n'ai fait qu'obéir. Sauf une fois. Et voilà ce qui s'est passé.

— Je suis désolée de ce qui t'est arrivé. Nous faisons tous des erreurs, Jane, et parfois, nous les payons très cher. Mais rien ne t'oblige à les payer toute ta vie.

Elle lui serra affectueusement les épaules, puis retourna à sa place pour qu'elles soient face à face.

— Regarde-moi, maintenant. Écoute-moi. L'homme qui s'est servi de toi ne fait plus partie de ta vie ?

— Non.

— Très bien. Maintenant, tu vas pouvoir commencer à choisir ce que tu veux faire. Soit tu décides de te construire une nouvelle vie, soit tu continues à te laisser dériver sur l'épave de l'ancienne.

— Vous m'aideriez vraiment à trouver un emploi ?

— Oui. Mais ensuite, ce sera à toi de te débrouiller pour le garder.

— Cousine Rissy... elle a beaucoup de vieux journaux intimes. Elle les garde dans sa chambre, dans un tiroir fermé à clé. Mais je sais où elle range la clé.

— Tu es épatante, déclara Roz en se laissant aller contre le dossier de sa chaise.

17

— Cette vieille cousine, ce n'est quand même pas le mal incarné ! fit Hayley en remontant Lily sur sa hanche et en regardant Harper planter des pourpiers derrière chez lui.

— On dirait que tu n'as pas entendu maman la qualifier de garce diabolique...

— Dans ce cas, elle a peut-être quelque chose à voir avec Amelia. Si ça se trouve, c'est elle qui l'a tuée.

— Elle n'était même pas née quand Amelia est morte.

— Ah, oui, fit Hayley en fronçant les sourcils. Sauf si nous nous trompons sur les dates.

— Et en admettant qu'Amelia ait bien été assassinée.

— C'est vrai. Mais il lui faut bien une raison pour avoir volé les journaux et les avoir gardés, non ? fit-elle valoir.

— Être une vieille bique égoïste et coincée ne suffit pas ?

— Non. Oui, mon petit chat.

Comme Lily s'agitait, elle la posa et la fit marcher dans le patio en lui tenant les deux mains.

— Il y a peut-être des choses dans ces journaux qui la mettent en cause.

— Alors, pourquoi ne les a-t-elle pas brûlés ?

— Oh, je ne sais pas, jeta-t-elle. Ce n'est qu'une théorie. Il faut bien une théorie, des hypothèses, pour trouver la solution, non ?

— Si tu le dis. Mais à mon avis, cousine Rissy n'est qu'une vieille sorcière cleptomane et mauvaise. Regarde, mon chou, ajouta-t-il en cueillant une rose et en la tendant à Lily. Elle est jolie, hein ? Tu la veux ?

La petite fille fit un grand sourire et lâcha une main pour la tendre vers la fleur.

— Non, non. Il va falloir que tu viennes la chercher.

Il la tint juste hors de sa portée, et elle fit trois pas chancelants pour l'attraper.

— Ô mon Dieu ! Mon Dieu ! Tu as vu ? Elle a marché ! Tu as vu ça ?

— Et comment ! répondit Harper en attrapant Lily pour la stabiliser quand elle prit la fleur. Regarde-toi, ma beauté. Une vraie championne.

— Elle a fait ses premiers pas, dit Hayley en reniflant et en écrasant une larme. Elle a marché jusqu'à toi.

Toujours gêné de voir quelqu'un pleurer, Harper leva la tête.

— Je suis désolé, dit-il. J'aurais dû te faire tenir la fleur.

— Non, non, ce n'est pas cela du tout. Elle a fait ses premiers pas, Harper. Ma petite fille. Je l'ai vue faire ses premiers pas. Oh, il faut qu'on montre ça à tout le monde ! s'exclama-t-elle en esquissant une petite danse, avant de soulever Lily en l'air, ce qui la fit éclater de rire. Il faut qu'on montre à tout le monde comme tu es forte !

Puis elle s'arrêta et poussa un soupir, avant de se pencher en avant pour embrasser Harper sur la joue.

— Elle a marché jusqu'à toi, répéta-t-elle avant de reprendre le chemin de la grande maison, son bébé dans les bras.

Roz adorait boire son café dans le patio en regardant le jardin se réveiller après l'hiver. Elle entendait les fils de Stella jouer avec le chien, et cela lui rappelait l'époque où c'étaient ses propres fils qui criaient dans le jardin.

Elle était bien, dehors, dans la lumière douce et l'odeur des plantes. D'autant qu'elle était en bonne compagnie : pendant qu'elle buvait son café, Logan, Stella, David et Mitch bavardaient autour d'elle.

Elle aurait bien voulu que Harper soit là aussi. Ainsi que Hayley. Mais son fils ne répondait pas au téléphone – ce qui lui arrivait souvent. Et elle n'avait pas trouvé Hayley et Lily.

— Elle a dit que son mari était si content du jardin qu'il l'avait emmenée acheter de nouveaux meubles pour le patio, racontait Stella en sirotant son verre de thé glacé. J'ai rarement vu une cliente aussi satisfaite – et un jardin conçu aussi vite.

— Je connaissais suffisamment bien le jardin et Cissy pour savoir qu'elle serait satisfaite du changement. Et qu'elle engagerait Logan pour que le tout reste beau.

— Je n'aimerais pas avoir peur de ma belle-mère ni la détester, commenta Stella en souriant à Logan. J'ai de la chance : je vais avoir une vraie perle.

— Elle pense la même chose de toi, ce qui va beaucoup me simplifier la vie, répondit-il en levant son verre en direction de sa future femme pour lui rendre hommage. Le grand jour se rapproche, ma belle.

— Plus que deux semaines, confirma-t-elle, et il y a encore tant à faire... Chaque fois que je me dis que tout est réglé, je pense à quelque chose d'autre. Organiser un petit mariage tout simple est plus compliqué qu'il n'y paraît.

— Il suffit de dire oui et de manger le gâteau, répliqua Logan, ce qui lui valut un regard sévère de la part de Stella.

— Jolene m'a été d'une aide précieuse, reprit-elle. Ainsi que la mère et la sœur de Logan – à distance. Et je ne sais pas ce que j'aurais fait sans toi, David.

— Tu n'auras qu'à me lancer le bouquet, et nous serons quittes, répondit celui-ci.

— À propos de belle-mère, j'ai parlé à Jolene, aujourd'hui, intervint Roz.

— Ah, oui ?

— S'il y a quelqu'un qui connaît tout le monde dans le comté de Shelby, c'est bien elle. Je me suis souvenue qu'elle avait une amie qui tenait une petite galerie-boutique de cadeaux dans le centre-ville. Jane a un entretien d'embauche là-bas mercredi prochain.

— Tu ne perds pas de temps, commenta Mitch.

— Elle a grand besoin d'un coup de main. Maintenant, on verra bien ce qu'elle en fait. Jolene a une autre amie dont la sœur travaille dans une agence immobilière. Elle a justement un petit deux-pièces à louer à cinq minutes à pied de la galerie. Les locataires actuels s'en vont dans quinze jours, et les gens qui devaient leur succéder se sont rétractés.

— J'aurais dû dire que tu faisais des miracles, plutôt, corrigea-t-il.

— Je ne fais qu'en demander.

— Tu crois vraiment qu'elle va le faire ? intervint Logan. Qu'elle va partir de chez Clarise en emportant les journaux ? À la façon dont tu l'as décrite, elle n'a pas l'air très courageuse.

— Elle est jeune et elle manque un peu d'entrain, concéda Roz. Cela dit, j'ai eu beau lui certifier que cela ne l'engageait à rien, je suis presque sûre que si elle accepte cet emploi et cet appartement, elle se sentira obligée de récupérer les journaux. Reste à savoir si elle sera assez débrouillarde pour le faire.

— Sinon ?

— Eh bien, cousine Rissy et moi aurons une petite conversation amicale. J'ai quelques atouts dans ma manche et je n'hésiterai pas à les sortir s'il le faut.

— Quels atouts ? demanda David, les yeux brillants. Des cancans ?

— Des broutilles familiales qu'elle n'aimerait pas voir déballées au grand jour. Il suffira que je la menace de les étaler sur la place publique si elle ne me rend pas ce qui appartient à Harper House. En attendant, conclut-elle en tapotant le menton de David de l'index, ce sont mes petits secrets.

— Rabat-joie !

Elle se retourna brusquement, et tous les autres l'imitèrent, en entendant crier Hayley. Toute rouge, celle-ci courait vers eux.

— Lily a marché ! Elle a fait trois pas jusqu'à Harper !

Il fallut absolument que Lily fasse aussitôt une démonstration. Mais chaque fois que Hayley voulait lui faire faire un pas, elle pliait les genoux. Elle préférait ramper sur le sol du patio ou essayer de grimper sur le fauteuil de Roz.

— Je vous jure qu'elle a marché. Vous pouvez demander à Harper.

— Je vous crois, assura Roz en soulevant Lily pour l'embrasser. C'est toi qui fais marcher ta maman, on dirait...

Elle se leva, le bébé dans les bras, et prit un cracker qu'elle donna à Hayley.

— Il est temps que vous appreniez à utiliser ce moyen d'éducation de base qu'est la corruption, déclara-t-elle. Tenez, accroupissez-vous là et tendez-lui le biscuit.

Quand Hayley fut en place, Roz posa Lily sur le sol, bien d'aplomb sur ses pieds.

— Harper lui a tendu une fleur...

— Ce garçon sait y faire avec les filles. Allez, ma chérie. Vas-y.

Sous les applaudissements enthousiastes de l'assistance, Lily fit quelques pas. Puis elle se laissa tomber sur son derrière pour manger le cracker.

Bientôt, tout le monde rentra, et Mitch et Roz restèrent seuls dans la lumière du crépuscule.

— Tu vas te vexer si je te dis que tu fais une merveilleuse grand-mère honoraire ?

— Le terme de « grand-mère » me fait encore un choc, mais il est vrai que je n'aimerais pas plus cette petite fille si elle était de ma chair et de mon sang. Quand je pense qu'elle a fait ses premiers pas pour aller vers mon fils ! Je ne peux pas m'empêcher de me dire que cela signifie quelque chose.

— Elle ne sort avec personne ? Hayley, je veux dire.

— Pour l'instant, sa vie tourne entièrement autour de Lily. Cela dit, elle est jeune et passionnée. Quant à Harper, il reçoit beaucoup de jeunes femmes chez lui – sans jamais m'en présenter aucune. Ça aussi, ça signifie quelque chose.

— À propos de fils, le mien sort depuis peu avec une jeune fille de la région, et figure-toi que ses parents sont membres de ton club. Josh sera à la soirée de demain. J'ai hâte de vous présenter.

— Et moi de faire sa connaissance. Comment s'appelle sa petite amie ?

— Shelby – du nom du comté. Shelby Forrester, je crois.

— Le monde est petit. Je connais bien Jan et Quill, ses parents. Elle aussi, je la connais ; c'est une jeune fille charmante. En revanche, ses parents et moi sommes un peu... en froid. Quill fait je ne sais quelles affaires avec Bryce, et cela complique un peu nos rapports.

— Bah, les rapports compliqués et les froids sont la spécialité du Sud, non ?

— C'est vrai. Je te le dis pour que, si tu sens une gêne, tu saches pourquoi. Mais je suis prête à faire preuve d'une extrême politesse. Tu n'as pas à t'inquiéter.

— Que tu décides d'être polie ou non, je ne m'inquiète pas. Tu ne veux pas qu'on fasse un petit tour ? Comme cela, je pourrai te prendre la main et trouver un coin sombre et parfumé du jardin pour t'embrasser.

— Excellente idée.

— C'est bien, ce que tu fais pour Jane Paulson.

— Peut-être, sauf que mes motivations sont troubles.

En riant, il porta la main de Roz à ses lèvres.

— Si tes motivations étaient toujours pures, je crois que je te trouverais moins fascinante.

— Mmm... j'adore la flatterie habile. Allons du côté des écuries. Je vais te montrer où est enterré Spot.

— Volontiers. Cela m'aidera peut-être à étayer une autre théorie que je rumine depuis quelque temps.

— J'aimerais autant que tu la craches au lieu de la ruminer.

— Je ne sais pas trop ce que tu vas en penser. J'examine les dates, les événements et les gens et je m'efforce de les relier à Amelia...

Arrivée aux écuries, Roz s'arrêta et les considéra, la tête inclinée sur le côté, les poings sur les hanches. Les pierres s'effritaient, et le bois avait souffert des intempéries.

— J'aime beaucoup ces écuries, bien qu'elles soient un peu délabrées. Je pourrais les faire restaurer, évidemment... On verra plus tard, si j'ai des petits-enfants et qu'ils aiment les chevaux. L'équitation n'a jamais tellement intéressé mes fils. Je crois que c'est plutôt un truc de fille, en règle générale.

Elle étudia les écuries dans la lumière du soir. Le toit s'affaissait, et la peinture des huisseries était fanée. Les plantes grimpantes et les herbes d'ornement qu'elle avait plantées donnaient un air sauvage au bâtiment.

— On dirait un décor de film, commenta Mitch. Ou de livre de contes de fées.

— C'est fait exprès. C'est mon père qui a laissé le bâtiment s'écrouler – en tout cas, il ne l'a jamais entretenu. Je me souviens qu'il avait envisagé de le faire raser et que ma grand-mère l'en avait dissuadé. Elle disait qu'il faisait partie du domaine et qu'elle le trouvait beau. Viens, la tombe du chien est derrière. Oh, excuse-moi, Mitch, je m'égare. Parle-moi de ta théorie.

— Je ne sais pas ce que tu vas en penser.

— Sumac vénéneux, le prévint-elle en le poussant pour lui éviter de frôler une plante. Il va falloir que je vienne arracher ça. Nous y voilà.

Elle s'accroupit et, sans gants, se mit à dégager un coin de terre qu'elle balaya du plat de la main jusqu'à faire apparaître une pierre sur laquelle était inscrit le nom de Spot.

— Je trouve cela très touchant qu'il ait enterré son vieux chien ici, qu'il ait gravé une pierre. Ce devait être un homme bien. Sinon, ma grand-mère ne l'aurait pas tant aimé, de toute façon.

— Or, elle l'a aimé, confirma Mitch. Cela se voit sur les photos où ils sont tous les deux.

— Lui a l'air assez froid sur ces clichés. En réalité, il ne l'était pas du tout. Une fois, j'ai posé la question à ma grand-mère, et elle m'a dit qu'il détestait être pris en photo. Il était timide. Cela me fait drôle de penser à mon grand-père comme à un homme timide qui aimait son chien.

— Ta grand-mère était plus extravertie ?

— Oh, oui. Beaucoup plus. Elle aimait sortir et recevoir presque autant qu'elle aimait jardiner. Elle donnait surtout des déjeuners et des thés. Pour ces occasions, elle s'habillait : chapeau, gants, robe de mousseline...

— J'ai vu des photos ; elle était très élégante.

— En même temps, elle était capable d'enfiler un vieux pantalon et de gratter la terre pendant des heures.

— Cela me rappelle quelqu'un que je connais... remarqua-t-il en lui caressant les cheveux. Ton grand-père est né plusieurs années après la plus jeune de ses sœurs, reprit-il.

— Oui. Il y a eu d'autres grossesses, je crois. Ma grand-mère a fait deux fausses couches, et il me semble qu'elle disait que la même chose était arrivée à sa belle-mère. Je me demande s'il n'y a pas eu aussi un bébé mort-né.

— Mais après ces fausses couches, un garçon est né à l'époque où nous estimons qu'Amelia a vécu – et est morte. Amelia qui hante la maison mais dont rien ne prouve qu'elle y ait habité, et qui n'est certainement pas de la famille. Amelia qui chante des berceuses aux enfants et qui semble leur être totalement dévouée alors qu'elle se méfie des hommes. Qu'elle les méprise, même.

Roz fronça les sourcils. La nuit tombait très vite, et il commençait à faire froid.

— Oui. Et alors ?

— Et si l'enfant né en 1892 était le sien ? Son fils, Roz. Le fils d'Amelia, pas de Beatrice Harper.

— C'est une théorie un peu extrême, Mitchell.

— Ah ? Peut-être. De toute façon, ce n'est qu'une hypothèse, et elle repose en partie sur des suppositions non vérifiées. Mais ce ne serait pas sans précédent.

— J'en aurais entendu parler, objecta-t-elle. Quelqu'un l'aurait forcément évoqué, aurait commis une indiscrétion.

— Comment ? Pourquoi ? Si les parties concernées au premier chef ont été discrètes, il n'y a pas de raison que la chose se soit ébruitée. Un homme riche et influent prêt à payer pour avoir un héritier… ma foi, cela se voit encore.

— Mais comment aurait-il pu cacher la supercherie ? fit-elle en se relevant. Car tu ne parles pas d'une adoption légale, n'est-ce pas ?

— Non, confirma-t-il. Suis-moi une minute. Et si Reginald avait engagé une jeune femme, sans doute bien élevée et intelligente, qui se serait retrouvée dans une situation délicate ? Il paie les factures, lui offre un toit et prend l'enfant si c'est un garçon.

— Et si c'est une fille, il aura perdu son temps et son argent ?

— Disons que c'est un pari. On peut aussi imaginer que ce soit bien lui le père.

— Et sa femme aurait élevé ce bâtard comme son propre fils, son héritier ?

— C'était lui qui tenait les cordons de la bourse, non ?

— C'est une théorie bien cynique, déclara Roz en se frottant les bras pour se réchauffer.

— Oui. Mais peut-être a-t-il vraiment aimé Amelia. Peut-être comptait-il divorcer de sa femme. Peut-être Amelia est-elle morte en couches. En tout cas, si cet enfant, Reginald Harper Junior, est le fils d'Amelia, cela explique certaines choses.

— Lesquelles ?

— Elle ne t'a jamais fait de mal. Ni à toi, ni à quelqu'un de ta famille. En est-elle incapable parce que vous descendez d'elle ? Parce que tu es son arrière-petite-fille ?

Elle s'éloigna de la petite tombe.

— Mais comment expliques-tu sa présence dans la maison, dans la propriété ? Tu crois qu'elle a eu le bébé ici, à Harper House ?

— Possible. À moins qu'elle ne soit venue en visite ici, qu'elle n'ait séjourné à Harper House. Peut-être en tant que nurse de l'enfant, ce qui ne serait pas sans précédent non plus. Et elle serait morte ici, d'une façon ou d'une autre.

— D'une façon ou...

La tombe n'était pas à la taille d'un chien. Elle ne portait pas de pierre gravée. Elle était béante, sombre, profonde.

Roz se tenait au bord et regardait le corps dans sa robe sale et en lambeaux, la chair qui se détachait des os. Une odeur de pourriture assaillit ses narines, lui piqua les yeux et la gorge, lui souleva le cœur.

Le sol était humide et glissant sous ses pieds. Une fine couche de brouillard fétide tachait la terre noire et l'herbe mouillée de longues taches grises.

Elle enfonça la pelle dans le sol et se mit à jeter des pelletées de terre dans la tombe, de plus en plus vite. Les yeux de la morte s'ouvrirent, étincelants de folie et de méchanceté. Elle souleva une main, ses os transperçant la chair décomposée, et commença à grimper le long de la paroi de terre.

Roz sursauta, jeta la pelle et frappa les mains qui voulaient l'agripper.

— Du calme. Du calme. Respire lentement.

Au moment où elle repoussait la main de Mitch, elle se rendit compte qu'elle était par terre et qu'il la serrait contre lui.

— Que s'est-il passé ? demanda-t-elle.

— Tu t'es évanouie.

— Certainement pas. Je ne me suis jamais évanouie de ma vie.

— Dis-toi que c'est une première. Tu es devenue toute blanche et tes yeux se sont révulsés. Je t'ai rattrapée au moment où tu tombais. Cela a duré à peine une minute.

Un peu tremblant lui-même, il appuya le front contre le sien.

— Mais ça a été la plus longue minute de ma vie, ajouta-t-il.

Il prit une profonde inspiration, puis une seconde.

— Ça ne te dérange pas si je reste assis une minute, le temps de reprendre mes esprits ?

— C'est ahurissant.

— Je ne voulais pas te bouleverser. Ce n'est qu'une théorie, de toute façon.

— Tu ne crois quand même pas que je suis tombée dans les pommes parce que tu m'as dit que mon grand-père était peut-être un enfant illégitime ! Non, mais pour qui me prends-tu ? Je ne suis pas une cruche sans caractère qui risque de remettre en cause son identité à cause de ce qu'ont fait ses ancêtres ! Je sais parfaitement qui je suis.

Elle avait repris des couleurs, et ses yeux bordés de longs cils lançaient des éclairs.

— Alors, tu veux bien me dire pourquoi tu...

Cette fois, ce fut lui qui pâlit.

— Mon Dieu, Roz, tu n'es pas enceinte ?

— Reprends-toi, enfin ! Il y a dix minutes, tu me voyais en grand-mère, et maintenant, tu as peur que je sois enceinte. Je ne vais pas nous faire un enfant de vieux, rassure-toi. J'ai été... envoûtée, je crois.

— Tu veux bien préciser ?

— Nous étions en train de parler, et soudain, je me suis retrouvée debout au bord d'une tombe ouverte. Amelia était dedans, et elle n'était pas belle à voir.

Elle ne pouvait s'arrêter de trembler. Elle se laissa aller contre lui et posa la tête sur son épaule forte et rassurante.

— Elle était plus que morte ; elle se décomposait. Je le voyais, je sentais l'odeur. Je crois que c'est à cause de ça que je me suis évanouie. Dire que c'était extrêmement désagréable serait un euphémisme. J'étais en train de l'enterrer, il me semble. Puis elle a ouvert les yeux et s'est mise à sortir de sa tombe.

— Si cela peut te rassurer, je crois que je serais tombé dans les pommes, moi aussi, si j'avais eu ce genre de vision.

— Je ne sais pas si c'était ici. Je n'en ai pas l'impression, mais c'est difficile à dire. Ce qui est sûr, c'est que je suis passée près des écuries des centaines de fois, que j'ai fait des plantations par ici et que je n'ai jamais rien ressenti d'étrange avant ce soir.

— Peut-être, mais pour risquer encore une théorie, tu n'as jamais été aussi près de découvrir qui était Amelia.

— Sans doute. Il va falloir creuser pour voir si elle est là, conclut-elle en se levant.

Ils éclairèrent la zone et creusèrent jusqu'à plus de minuit, Roz, Stella, Hayley et les hommes, en se relayant pour surveiller les enfants endormis.

Ils ne trouvèrent rien d'autre que les os du chien Spot.

— C'était peut-être métaphorique, remarqua Harper le lendemain, en rentrant par les bois avec Roz.

Elle savait pourquoi son fils l'accompagnait, un bras négligemment passé autour de ses épaules. C'était parce que Mitch lui avait dit qu'elle s'était évanouie.

Depuis que c'était arrivé, c'était tout juste si elle avait eu cinq minutes de solitude. Il allait falloir que cela change, décida-t-elle. Elle allait accorder encore un jour à sa petite famille, puis elle mettrait les choses au point.

— Qu'est-ce qui était peut-être métaphorique ?

— Cette... cette vision que tu as eue. Dans la réalité, tu ne t'es jamais tenue au bord de la tombe d'Amelia, tu ne lui as jamais jeté de terre dessus. Mais si on suit cette idée de métaphore, on pourrait dire que tu cherches à ouvrir sa tombe, mais que comme quelque chose t'échappe, comme tu n'arrives pas à faire la lumière sur sa vie, tu l'enterres.

Roz réfléchit un instant.

— Mitch a une théorie, annonça-t-elle à son fils. Nous étions en train d'en parler quand j'ai tourné de l'œil.

Tout en lui exposant l'hypothèse de Mitch, elle lui passa le bras autour de la taille. Ils étaient sortis des bois, à présent, et se dirigeaient vers la maison.

— Tout bien considéré, ce n'est pas forcément tiré par les cheveux, commenta-t-il. J'ai toujours eu l'impression qu'elle faisait partie de la famille.

— Il me semble que cela ne fait que soulever de nouvelles questions et que cela ne nous rapproche pas vraiment de notre but - à savoir, découvrir son identité, rétorqua Roz. En revanche, ce que je sais, c'est que je tiens plus que jamais à récupérer ces journaux intimes. Si Jane se dégonfle, j'irai moi-même affronter Clarise.

— Tu voudras que je t'accompagne ?

— Peut-être. Je ne comprends pas pourquoi j'éprouve plus de sympathie pour Amelia, qui est morte et dont on ne sait absolument pas si elle fait partie de la famille, que pour Clarise, qui est bien vivante et qui, elle, est assurément ma cousine.

— Elle m'a tapé, une fois.

Roz se raidit instantanément.

— Elle a fait quoi ?

— Elle m'a donné une bonne claque un jour où elle était venue nous voir. Elle m'a surpris en train de grimper sur le plan de travail pour prendre la boîte de biscuits. Je devais avoir dans les six ans. Elle m'a giflé et m'a fait descendre en me traitant de sale gosse désobéissant et gourmand.

— Pourquoi ne me l'as-tu pas dit ? Elle n'avait pas à lever la main sur toi. Elle aurait eu affaire à moi.

— Et moi aussi, ensuite, fit-il valoir, puisque tu m'avais dit de ne jamais monter sur le plan de travail et de ne jamais prendre de biscuits sans demander la permission. Alors, j'ai encaissé la claque et j'ai filé sans rien dire.

— Si quelqu'un avait le droit de te donner une claque, c'était moi, et personne d'autre. Et selon ma loi, il n'y a pas de prescription pour ce genre de crime. Quelle garce ! ajouta Roz en arrivant à la maison. Et toi, Harper Jonathan Ashby, tu sais que tu ne dois pas fourrer ton nez dans la boîte de biscuits.

— Oui, maman, chantonna-t-il.

— Ne te fiche pas de moi, répliqua-t-elle en lui donnant un petit coup de coude.

— Je ne me le permettrais pas. Tu crois qu'il y a des biscuits, dans la boîte, en ce moment ?

— Probablement.

— J'ai bien envie de biscuits et d'un verre de lait.

— Bonne idée. Allons harceler David jusqu'à ce qu'il nous en donne. Mais il ne faut pas traîner. Je sors, ce soir, et il faut que je me prépare.

Roz savait quels styles et quelles couleurs la flattaient. Elle avait choisi cette robe Dior pour ses lignes pures et fluides et sa jolie couleur d'or profond. Les fines bretelles et l'élégant drapé derrière découvraient ses épaules et son dos. Comme elle avait le dos et les bras fermes et musclés – elle se donnait assez de mal pour cela –, elle ne voyait pas de raison de ne pas les montrer. Elle mit les diamants de sa grand-mère à ses oreilles et autour de son cou.

Puis, tout en sachant qu'elle allait le regretter, elle enfila des escarpins à talons très hauts et très fins qui découvraient ses orteils, dont elle avait verni les ongles du même ton doré que la robe.

Elle se tourna pour se regarder de dos dans le miroir.

— Entrez, fit-elle d'un ton absent quand on frappa à la porte.

— Roz, je voulais juste... commença Stella avant de s'arrêter net et de la regarder, bouche bée. Seigneur ! Vous êtes splendide. Magnifique. Spectaculaire.

— Merci, fit Roz en hochant la tête. Il y a des jours où on a envie de les faire tomber à la renverse, vous voyez ce que je veux dire ? Eh bien, c'est le cas ce soir.

— Je... Ne bougez pas.

Elle sortit en courant, et Roz l'entendit appeler Hayley.

Avec un sourire amusé, elle prit sa pochette. Qu'est-ce qui lui avait pris d'acheter cette petite chose ridicule aussi cher ? se demanda-t-elle en glissant dedans ce dont elle avait besoin pour la soirée.

— Il faut que tu voies ça, entendit-elle Stella déclarer.

Arrivée dans la chambre, Hayley cligna des yeux, comme éblouie.

— Tournez sur vous-même, s'il vous plaît, dit-elle.

Roz obtempéra de bon gré.

— Ce sont de vrais diamants ? Je sais que ça craint de poser la question, mais ils sont si brillants !

— Ils étaient à ma grand-mère, et j'y tiens énormément. Au fait, Stella, j'ai quelque chose que vous aimeriez peut-être porter pour votre mariage. Ce serait vieux, bleu et emprunté.

Elle lui tendit l'écrin qu'elle avait déjà sorti de son coffre-fort.

— Ô mon Dieu !

— John me les avait offertes pour mes vingt et un ans, confia-t-elle en souriant. Je crois qu'elles devraient bien aller avec la robe que vous avez choisie, mais si ce n'est pas le cas, je ne me vexerai pas.

— Je ne vois pas avec quoi elles pourraient ne pas aller, protesta Stella en sortant de l'écrin les boucles d'oreilles en saphir en forme de cœur. Elles sont exquises. Plus encore. Je suis tellement...

Elle s'interrompit en agitant une main devant son visage et s'assit sur le lit.

— Excusez-moi. Je suis tellement... Enfin, que vous me les prêtiez...

— Si j'avais une sœur, j'aimerais qu'elle porte quelque chose qui m'appartienne le jour de son mariage. Alors, voilà.

— Je suis si touchée... et honorée. Maintenant, il va falloir que je reste ici deux minutes pour pleurer.

— Ce n'est pas grave, assura Roz. Ne vous gênez pas.

— Vous savez que le « quelque chose de vieux » de la tradition symbolise le lien de la mariée avec sa famille ? intervint Hayley en reniflant.

— Ça m'aurait étonnée que vous ne sachiez pas ce genre de chose, commenta Roz en lui tapotant la joue. Vous pouvez rester là toutes les deux et verser une petite larme ensemble.

— Quoi ? s'exclama Hayley. Où allez-vous ?

— Je descends. Mitch ne devrait pas tarder à arriver.

— Vous ne pouvez pas, affirma-t-elle en se mordillant la lèvre. Il faut que vous attendiez qu'il arrive, expliqua-t-elle, et que vous descendiez l'escalier quand il sera dans l'entrée. Cet escalier est fait pour être descendu par une femme en robe longue. Vous devez faire une entrée spectaculaire.

— Certainement pas, répondit Roz d'un ton sans réplique. Vous me rappelez ma mère, qui m'a obligée à faire exactement cela pour accueillir mon cavalier

– heureusement, c'était John, alors nous avons pu en rire ensuite – le soir du bal où elle m'a forcée à aller pour mes débuts dans le monde. Croyez-moi, ce ne sera pas la fin du monde si c'est moi qui ouvre la porte à Mitch.

Elle ferma sa pochette et se regarda une dernière fois dans la glace.

— Et puis, il y a une autre tradition à laquelle je ne dois pas déroger, ajouta-t-elle. Si je ne descends pas demander l'avis de David sur ma tenue, cela va le blesser. Il y a des mouchoirs en papier dans le tiroir de la table de chevet, lança-t-elle en sortant.

Elle avait à peine fini de défiler devant David que Mitch sonna.

En lui ouvrant, elle eut le plaisir de le voir écarquiller de grands yeux. Puis il laissa échapper un sifflement admiratif entre ses dents.

— Qu'est-ce que j'ai fait pour avoir autant de chance ? lui demanda-t-il.

— Cher docteur, vous êtes si beau dans ce smoking qu'il se pourrait bien que vous en ayez encore plus d'ici à la fin de la soirée…

18

— Je me demande quand j'ai mis un smoking pour la dernière fois, dit Mitch en prenant place au volant de sa voiture et en s'offrant le plaisir de regarder Roz encore une fois avant d'attacher sa ceinture de sécurité. Je crois que c'était au mariage d'un copain – un copain dont le fils aîné est actuellement en terminale.

— C'est dommage, parce que je trouve que ça te va très bien.

— Penche-toi un peu par là, lui demanda-t-il.

Quand elle obéit, il posa un instant ses lèvres sur les siennes.

— Oui, déclara-t-il, c'est aussi bon que ça en a l'air.

— Et comment, confirma-t-elle.

Il mit le contact et démarra.

— On pourrait sécher la soirée et aller se marier, suggéra-t-il. On a la tenue qu'il faut.

Elle lui coula un regard de côté au moment où il franchissait la grille de Harper House et s'engageait sur la route.

— Vous devriez réfléchir avant de faire des demandes en mariage inconsidérées, docteur, le prévint-elle. J'en ai déjà accepté deux par le passé.

— Si tu es prête à tenter le coup une troisième fois, préviens-moi.

C'était bien agréable d'être sur son trente et un et de flirter avec un bel homme, songea-t-elle.

— Serais-tu en train de devenir sérieux ? demanda-t-elle.

— On dirait. N'oublie pas néanmoins que je suis le genre d'homme qui loue ses smokings – mais si tu décides de faire le grand saut, je me précipiterai chez le loueur.

— Évidemment, c'est un facteur à prendre en considération.

Il posa un instant la main sur la sienne.

— Je gagne bien ma vie, et le fait que tu aies de l'argent ne m'attire pas particulièrement mais ne me gêne pas non plus. Je crois avoir à peu près résolu les problèmes que j'ai pu avoir. Depuis des années, mon fils est l'élément essentiel de ma vie. Aujourd'hui, c'est un homme, et s'il est certain qu'il restera toujours mon grand amour, je suis prêt à d'autres amours, à d'autres éléments essentiels.

— Et quand il va partir à Boston ?

— Cela va être très douloureux.

Cette fois, ce fut elle qui posa la main sur la sienne.

— Crois-moi, je sais ce que ça fait de laisser ses enfants s'en aller.

— On ne peut pas les suivre partout. Et puis, il me sera assez facile de lui rendre visite à Boston ou d'aller le voir jouer ici ou là.

— J'ai hâte de faire sa connaissance.

— Et moi de vous présenter. J'espère que les parents de sa petite amie ne vont pas te mettre trop mal à l'aise.

— Non. C'est Jan qui risque d'être dans ses petits souliers, puisqu'elle n'a aucun caractère et qu'elle a décidé que son amitié – si on peut parler d'amitié dans ce cas – avec moi l'embarrassait. C'est idiot, mais il faut bien dire qu'elle n'est pas très maligne.

Quant à moi, la mettre mal à l'aise va beaucoup m'amuser. Mais admettons que j'ai un mauvais fond, ajouta-t-elle d'un ton satisfait, en se reculant contre le dossier de son siège.

— C'est ce qui me plaît tant chez toi.

— Tant mieux, dit-elle tandis qu'ils tournaient dans l'allée qui menait au club, parce que je risque de le montrer ce soir.

Mitch trouvait ce milieu fascinant. Les convives, vêtus de leurs plus beaux atours, formaient de petits groupes rassemblés à des tables, dans les coins ou à des endroits stratégiques où ils pouvaient être vus d'autres bandes. Il y avait aussi quelques papillons qui volaient de coterie en coterie, étalaient leurs ailes et goûtaient un peu du nectar des commérages çà et là.

La mode semblait être l'un des principaux sujets de conversation. Il avait perdu le compte du nombre de variations qu'il avait entendues sur le thème de : « Grands dieux, elle devait avoir bu quand elle a acheté cette robe ! »

Il avait eu un avant-goût de tout cela à la soirée de Roz. Toutefois, ce soir, il l'accompagnait officiellement, et cela changeait considérablement la donne. Il se sentait dans la peau du petit nouveau.

On le dévisageait. On lui demandait qui il était, ce qu'il faisait, d'où il venait. Les questions avaient beau lui être posées de façon charmante, il regrettait presque de ne pas avoir imprimé des copies de son CV pour les distribuer.

Lorsqu'il repéra Josh, il coupa court aux questions d'un couple curieux concernant son travail sur la famille Harper.

— Excusez-moi, dit-il. Mon fils vient d'arriver.

Il se fraya un chemin entre les smokings et les robes longues pour aller le retrouver.

— Salut, dit-il en l'embrassant rapidement. Dis-moi, tu t'es fait beau. Vous devez être Shelby, ajouta-t-il en souriant à la petite brune qui accompagnait son fils.

— Oui, monsieur. Et vous êtes sûrement le père de Josh. C'est fou ce qu'il vous ressemble !

— Super, pas la peine que je fasse les présentations, commenta Josh en balayant la pièce du regard. La vache ! Sacré truc.

La salle de bal était décorée de lumières scintillantes et de fleurs printanières. Des serveurs se tenaient derrière les trois bars ; d'autres circulaient avec des plateaux de verres ou de canapés. L'éclat des diamants rivalisait avec celui des émeraudes tandis que les couples évoluaient sur la piste de danse.

— Oui. On se croirait un peu dans *Indiscrétions*.

— Quoi ?

— Figure-toi qu'il y a eu des films avant *Terminator*, fit Mitch dans un soupir condescendant.

— Si tu le dis, papa... Où est ta cavalière ?

— Elle a été happée par... Ah, la voilà.

— Excuse-moi, Mitch, dit Roz, je me suis fait coincer. Bonjour, Shelby. Tu es ravissante.

— Merci, madame Harper. Votre robe est magnifique. Josh m'a dit que vous veniez avec son père.

— Je suis ravie de faire enfin votre connaissance, Josh. Votre père n'arrête pas de me parler de vous.

— Et il n'arrête pas de me parler de vous, répondit-il en riant. Il va falloir que nous trouvions un coin tranquille pour que vous me disiez ce qu'il raconte sur moi, et *vice versa*.

— Avec plaisir.

— Mes parents sont là-bas, annonça Shelby en faisant un signe de tête en direction d'une table. J'aimerais bien te présenter à eux, Josh. Et ton père aussi. Comme cela, j'aurai fait mon devoir et tu pourras m'inviter à danser.

— Excellente idée. Papa m'a dit que vous étiez dans les plantes, madame Harper.

— Appelez-moi Roz. Oui, c'est vrai.

— C'est une calamité pour les plantes, vous savez, révéla-t-il pendant qu'ils traversaient la salle. Il les tue.

— C'est ce que j'ai pu constater.

— En fait, en général, elles se suicident en le voyant pour en finir tout de suite.

— Tais-toi, Josh.

— Je ne veux pas que tu la roules, c'est tout, répliqua-t-il en adressant un grand sourire à son père. D'après Shelby, vous habitez la maison extraordinaire devant laquelle nous sommes passés en venant.

— Oui, confirma Roz. Elle est dans ma famille depuis très longtemps.

— Elle est immense, s'exclama-t-il. Et magnifique. Papa y passe beaucoup de temps, en ce moment...

— Je travaille, grommela Mitch.

— J'espère que vous viendrez aussi très bientôt, Josh, reprit Roz.

Ils s'arrêtèrent à la table à laquelle Jan et Quill étaient installés avec un couple d'amis.

— Bonsoir, tout le monde, dit Roz joyeusement.

Comme elle s'y attendait, Jan se crispa et pâlit. Roz se pencha pour l'embrasser sur la joue.

— Vous êtes tous superbes.

— Papa, maman, intervint Shelby, voici Joshua Carnegie et son père, le docteur Mitchell Carnegie. Mes parents, Quill et Jan Forrester, et M. et Mme Renthow.

Quill, un homme à la carrure solide et dont une mèche dissimulait habilement une calvitie passablement avancée, se leva pour saluer chaleureusement les nouveaux venus. Il serra la main de Mitch, puis celle de Josh, avant d'incliner la tête devant Roz.

— Bonsoir, Rosalind. Comment ça va ?

— Très bien, Quill. Comment vont les affaires ?

Elle vit qu'il prenait sur lui pour afficher un visage impassible.

— On fait aller, répondit-il en hochant la tête.

— Tant mieux. Jan, Shelby est une vraie beauté. Tu dois être très fière d'elle.

— Oui, bien sûr. Je ne savais pas que tu étais liée à son cavalier.

— Son père et moi sommes de grands amis, expliqua Roz avec un grand sourire, en glissant le bras sous celui de Mitch. En fait, il enquête sur l'histoire de la famille Harper. Il est en train de découvrir toutes sortes de secrets et de scandales. Et on adore les scandales, dans le comté de Shelby, n'est ce pas ? ajouta-t-elle avec un petit rire.

— Ah, il me semblait bien que votre nom me disait quelque chose, docteur Carnegie, intervint Renthow. J'ai lu un de vos livres. Je fais moi-même un peu de généalogie en amateur. C'est passionnant.

— En effet. D'autant plus qu'en l'occurrence, les ancêtres des Harper m'ont conduit à Roz, répondit Mitch en baisant la main de l'intéressée. Je leur en serai toujours reconnaissant.

— Vous savez, insista Renthow, j'ai fait mon arbre généalogique et je suis remonté jusqu'aux Fife, en Écosse.

— Ah, oui ? fit Mitch, intéressé. Y aurait-il un lien avec Duncan Phyfe avant qu'il change l'orthographe de son nom ?

— Oui, exactement.

Visiblement ravi, Renthow tourna sa chaise de façon à faire face à Mitch.

— J'aimerais bien parvenir à quelque chose de plus détaillé, expliqua-t-il. Vous pourriez peut-être orienter un peu mes recherches...

— Avec plaisir.

— Si nous nous asseyions ? suggéra Shelby. Ce sera l'occasion de faire un peu connaissance tout en...

— Nous attendons des amis, coupa Jan. Notre table est pleine. Je suis sûre que Rosalind et le docteur Carnegie vont trouver une autre table. Nous serons tous plus à l'aise.

— Maman ! murmura Shelby dans un souffle, choquée.

Roz s'empressa d'intervenir.

— Nous avons déjà une table, merci, assura-t-elle. D'ailleurs, nous allons vous enlever ce charmant jeune couple. Shelby, viens, que je te montre où nous sommes installés. Pendant ce temps, Mitch et Josh vont aller nous chercher un verre.

Sur ce, elle prit Shelby par le bras et l'entraîna.

— Je... je suis désolée, madame. Je ne comprends vraiment pas...

— Ne t'en fais pas. Tiens, voilà notre table. Asseyons-nous. Dépêche-toi de me raconter comment Josh et toi vous êtes rencontrés avant que les hommes reviennent. Et tu peux m'appeler Roz, maintenant. Nous sommes presque en famille.

Elle bavarda pour la mettre à l'aise jusqu'à ce que les hommes les rejoignent avec des verres et des canapés. Roz attendit que Josh ait entraîné Shelby sur la piste de danse pour exprimer sa colère.

— Jan n'avait pas à mettre cette enfant mal à l'aise comme cela ! dit-elle dans un murmure indigné. Si elle avait une once de cervelle, elle se serait doutée que je n'allais pas m'installer à leur table. Shelby est adorable. Je ne peux qu'en conclure que ce n'est pas héréditaire.

— Tu as très bien su arranger les choses. Si j'ai arrêté d'enseigner, c'est en partie pour échapper à ce genre d'échanges hargneux et de querelles mesquines. Mais où que l'on aille, on finit toujours par les retrouver, non ?

Roz hocha la tête.

— En particulier ici. Je me tiens à l'écart de ce milieu autant que possible, mais je me sens obligée de me montrer de temps en temps.

— Et tu n'es pas la seule à avoir décidé de faire acte de présence ce soir, lui annonça-t-il en enlaçant ses doigts aux siens sur la table. Est-ce que tu vas être très contrariée d'apprendre que Bryce Clerk vient d'entrer, en compagnie de la blonde avec laquelle il a tenté de s'incruster à ta fête ?

La main de Roz se crispa dans la sienne, puis se décontracta lentement.

— Je me doutais un peu qu'il viendrait. Eh bien, ce n'est pas grave. Je vais juste m'éclipser deux minutes pour me refaire une beauté et me sermonner un peu. Je n'ai pas l'intention de me livrer à une autre scène publique, ne t'en fais pas.

— Cela ne me dérangerait pas.

— C'est bon à savoir, au cas où mon sermon n'aurait pas suffisamment de poids…

Elle se leva, quitta la salle et emprunta le couloir qui menait aux toilettes.

À l'intérieur, elle se remit du rouge à lèvres et se rappela les règles de bienséance. Elle ne devait pas s'abaisser au niveau de Bryce, quoi qu'il fasse pour la provoquer. Elle ne devait pas laisser cette cruche de Mandy l'entraîner dans une dispute. Elle ne devait pas…

Cissy entra, interrompant sa leçon de morale silencieuse.

— J'ai eu toutes les peines du monde à me sortir des griffes de Justine Lukes, se plaignit-elle. Quel moulin à paroles, celle-là ! Et pour ne rien dire d'intéressant, en plus. Je voulais venir à ta table te saluer. En tout cas, Roz, tu es follement glamour.

— Merci. Je crois que j'ai donné toute ma mesure... Alors, comment s'est passée la visite de tes beaux-parents ?

— Ma belle-mère a été complètement sidérée. Mieux, elle n'a rien pu trouver à critiquer. Enfin, j'ai été obligée de renverser mon verre de vin sur mon chemisier tout neuf pour faire diversion quand elle m'a demandé le nom d'un des arbustes. Celui qui a les branches recourbées et toutes ces fleurs blanches qui sentent si bon...

— Le leucothoe fontanesiana.

— Sûrement. Quoi qu'il en soit, je te dois une fière chandelle. Mais dis-moi, ce n'est pas la fille de Jan avec qui tu parlais tout à l'heure ? demanda-t-elle en s'approchant du miroir pour retoucher sa coiffure.

— Si. Elle sort avec le fils de mon cavalier, figure-toi.

— Je rêve de faire leur connaissance, à tous les deux. J'adore ajouter des noms à mon contingent d'hommes séduisants. J'imagine que tu as vu arriver Bryce, ajouta-t-elle en se tournant vers Roz. J'ai abandonné Justine pour ne pas avoir à faire semblant d'être aimable avec lui. Je ne sais pas si tu es au courant de la dernière, mais...

Elle se tut quand Jan entra avec Mandy.

Les deux femmes stoppèrent net. Jan semblait prête à s'éloigner rapidement, mais Mandy s'approcha de Roz et pointa un doigt accusateur sur elle.

— Si vous n'arrêtez pas ce harcèlement, je vais porter plainte contre vous et vous faire arrêter.

— Je ne crois pas qu'assister à une soirée du country club puisse être considéré comme du harcèlement, répliqua Roz en sortant son poudrier. Je vais tout de même demander à mon avocat de se pencher sur la question dès demain matin.

— Vous savez parfaitement ce que je veux dire. Vous avez appelé mon institut de beauté en vous faisant passer pour moi et vous avez annulé tous mes soins. Vous me téléphonez jour et nuit et vous raccrochez dès que je réponds.

Roz se repoudra le nez, imperturbable.

— Voyons, pourquoi ferais-je tout cela ?

— Parce que vous ne supportez pas de savoir que je vais me marier avec Bryce.

— Ah, les choses en sont là ? fit-elle en refermant son poudrier.

Tant mieux, songea-t-elle. Si Bryce avait mis le grappin sur une riche héritière, il allait peut-être les laisser tranquilles, sa famille et elle.

— Dans ce cas, malgré la grossièreté de votre attitude, je tiens à vous assurer de toute ma sympathie.

— Je sais aussi ce que vous avez fait à Bryce, ainsi qu'à Jan. Vous vous êtes attaquée à elle parce que c'est mon amie et qu'elle a pris ma défense.

— Je n'ai rien fait à personne, affirma Roz en regardant tour à tour Mandy et Jan. Et ces histoires ne m'intéressent pas le moins du monde.

— Quelqu'un a appelé l'un des plus gros clients de Quill en se faisant passer pour moi, expliqua Jan froidement. Ce coup de fil d'une personne ivre et odieuse lui a fait perdre le client.

— Tu m'en vois navrée, Jan. Si tu me crois vraiment capable d'une chose pareille, je ne vais pas perdre mon temps ni te faire perdre le tien à tenter de te convaincre du contraire. Excuse-moi.

Elle s'éloigna, et tandis que la porte se refermait derrière elle, elle entendit Cissy lâcher d'un ton exaspéré :

— Jan, comment peux-tu avoir l'esprit aussi lent ?

Elle n'avait pas fait cinq pas dans le couloir qu'elle tomba sur Bryce, adossé au mur. Dans l'espoir d'éviter une scène, elle tourna les talons et partit en sens inverse.

— Tu bats en retraite ? fit-il avec un rire narquois en la rattrapant. Tu me surprends.

Elle s'arrêta. Après tout, elle n'avait pas pu finir son petit sermon, tout à l'heure. De toute façon, elle était d'une telle humeur que ç'aurait été peine perdue.

— Toi, tu ne me surprends jamais, riposta-t-elle.

— Oh, je crois que si. Et ce n'est pas près de s'arrêter. Je ne savais pas si tu serais là ce soir. J'ai entendu dire que tu avais résilié ton abonnement au club, précisa-t-il d'un ton sournois et plein de suffisance.

— C'est l'inconvénient des rumeurs : elles sont souvent fausses. Dis-moi, Bryce, pourquoi te donnes-tu tant de mal ? Écrire des lettres, passer des coups de téléphone, risquer de tomber sous le coup de la loi en falsifiant des cartes de crédit…

— Je ne vois pas de quoi tu parles.

— Nous sommes seuls, pour l'instant, dit-elle en désignant le couloir vide. Alors, venons-en au fait. Que veux-tu ?

— Tout ce que je pourrai obtenir. Tu ne réussiras jamais à prouver que j'ai passé ces coups de fil, écrit ces lettres ou utilisé ces cartes de crédit. Je suis très prudent – et très malin.

— Combien de temps crois-tu pouvoir continuer ainsi ?

— Aussi longtemps que j'en aurai envie. J'ai investi beaucoup de temps et d'efforts sur toi, Roz, et tu m'as chassé d'une chiquenaude. Maintenant, je suis de retour, et il ne se passera pas une journée sans que je me rappelle à ton bon souvenir. Bien entendu, si tu me faisais une proposition financière discrète…

— Jamais.

— Comme tu voudras, lâcha-t-il en haussant les épaules. J'ai encore beaucoup de moyens de t'ennuyer.

Je pense que tu finiras par changer d'avis. Je sais l'importance que tu attaches à ton standing et à ta réputation dans le comté de Shelby.

— Je ne crois pas, non, répliqua-t-elle en continuant à le regarder dans les yeux, alors qu'elle avait vu s'ouvrir la porte des toilettes quelques mètres derrière eux, dans le dos de Bryce. Tu auras beau me calomnier, tu ne pourras pas m'atteindre vraiment. Quill n'est pas idiot. Il ne va pas mettre longtemps à se rendre compte que tu le mènes en bateau, que tu le roules.

— Tu as une trop haute opinion de lui. Il est avide. Je sais très bien manipuler les gens avides.

— Cela ne m'étonne pas : tu l'es tellement toi-même ! Dis-moi, combien as-tu déjà pris à cette pauvre Mandy ?

— Pas plus qu'elle ne pouvait se permettre de perdre. Toi non plus, Roz, je ne t'ai jamais pris trop, fit-il valoir en lui caressant la joue.

Elle le laissa faire.

— Et je t'en ai donné pour ton argent, poursuivit-il. Si tu n'étais pas aussi étroite d'esprit, nous serions encore ensemble.

— Si tu ne m'avais pas volée et trompée avec une autre femme dans ma propre maison, oui, peut-être. Tout compte fait, je te suis reconnaissante de ta conduite. Autre chose, Bryce. Que trouves-tu à Mandy ?

— Elle est riche – mais toi aussi. Par ailleurs, elle est jeune – pas toi. Et puis, elle est remarquablement idiote – pas toi. Tu es un peu lente, peut-être, mais pas idiote.

— Tu comptes vraiment l'épouser ?

— C'est ce qu'elle croit, répondit-il en jouant avec son briquet doré. Qui sait ? Riche, jeune, malléable... C'est peut-être la femme qu'il me faut.

— Je trouve assez mesquin de ta part de passer des coups de fil qui la mettent dans l'embarras, de lui compliquer la vie – et de t'en prendre à Jan et Quill, à qui tu fais perdre des clients. Il te faudrait un travail un peu plus constructif.

— Bah, autant faire d'une pierre deux coups : comme cela, je t'embête, et en plus, ils sont gentils avec moi.

— Que crois-tu qu'il arrivera quand ils découvriront la vérité ?

— Cela ne se produira pas. Comme je te l'ai dit, je suis prudent. Tu ne pourras jamais rien prouver.

— Ce ne sera pas la peine. Tu as toujours aimé te vanter, Bryce, dit-elle en lui tapotant la joue en guise de coup de grâce. Ce n'est qu'un de tes nombreux défauts.

Elle fit un geste en direction de Jan et Mandy, qui se tenaient derrière lui, immobiles, le visage déformé par le choc.

À côté d'elles, Cissy se mit à applaudir. Roz salua et s'éloigna.

Ce fut son tour d'être surprise quand elle découvrit Mitch au bout du couloir.

— Je suis arrivé à temps pour assister au spectacle, lui dit-il en lui prenant la main. J'ai trouvé le premier rôle féminin exceptionnel.

— Merci.

— Ça va ?

— Je crois, mais j'aimerais prendre un peu l'air.

— Très bien joué, commenta-t-il en l'emmenant sur la terrasse.

— Très improvisé, précisa-t-elle.

Maintenant que c'était fini, elle avait l'estomac noué.

— Il se trouve qu'il avait envie de me narguer, de faire le malin, et que ces deux femmes pitoyables et ennuyeuses étaient là pour l'entendre. Et grâce à la présence de Cissy – un bonus –, le récit de cette petite scène va se répandre comme une traînée de poudre.

Elle avait à peine fini sa phrase que des bruits de voix retentirent dans la salle de bal, suivis des sanglots hystériques d'une femme.

— Tu veux rentrer assister au deuxième acte ? proposa Mitch.

— Non. Je préférerais que tu m'invites à danser. Ici.

— Avec plaisir, dit-il en l'enlaçant. Quelle belle nuit…

— Oh, oui.

Elle poussa un long soupir et posa la tête sur son épaule. Bientôt, elle se sentit apaisée.

— Tu sens le parfum de la glycine ? Merci de ne pas être venu à mon secours, tout à l'heure, ajouta-t-elle après un petit silence.

— J'ai failli le faire, reconnut-il en déposant un baiser sur ses cheveux. Mais je me suis rendu compte que tu contrôlais parfaitement la situation, alors je me suis contenté de suivre la scène sans en perdre une miette.

— Mon Dieu ! Tu entends hurler cette femme ? Elle n'a donc aucun amour-propre ? Je crains que Bryce n'ait eu raison sur un point : elle est remarquablement idiote, la pauvre.

— Papa ! s'écria Josh en sortant sur la terrasse. Il faut que tu voies ça !

Mitch continuait à danser avec Roz, bien que la musique se soit tue, cédant la place aux cris et aux bruits de bagarre.

— Je suis occupé, répondit-il.

— Le père de Shelby vient de coller un pain à un type. Il l'a mis K.-O. Et ensuite, une femme s'est jetée sur lui – sur l'autre type, pas le père de Shelby. Elle est en train de le mordre et de le griffer. Tu rates quelque chose.

— Retournes-y ; tu pourras nous raconter la bataille tout à l'heure. Je vais rester ici encore un moment pour embrasser Roz.

— La vache, je vais aller à des soirées de country club plus souvent, annonça Josh avant de retourner dans la salle.

Dès qu'il fut parti, Mitch se pencha vers Roz et prit possession de sa bouche.

Elle avait besoin de se détendre, songea Roz en rangeant ses bijoux. Elle avait réussi à se maîtriser, et grâce à ce qu'elle était parvenue à faire ce soir, elle espérait que son ex-mari lui ficherait enfin la paix.

Hélas, cela ne s'était fait qu'au prix d'une autre scène publique.

Elle en avait assez de ces histoires, assez de voir son linge sale exposé aux yeux de tous. Enfin, elle s'en remettrait. Elle n'avait pas le choix.

Elle se déshabilla et enfila une confortable robe de chambre de flanelle.

Par chance, Mitch et elle avaient pu rentrer tôt. Rien ne les retenait vraiment, songea-t-elle avec un sourire ironique. Le club était dans un désordre invraisemblable : tables retournées, nourriture et boissons renversées, convives horrifiés et agents de sécurité débordés.

L'affaire allait alimenter les cancans pendant des semaines. Et le cas de Roz également.

Ce n'était pas grave, tenta-t-elle de se convaincre en se faisant couler un bain chaud. Elle allait serrer les dents le temps que cela durerait, et tout finirait par rentrer dans l'ordre. Comme toujours.

Elle versa du bain moussant dans l'eau et entra dans la baignoire. Ensuite, quand elle serait détendue, rose et parfumée, il se pourrait bien qu'elle descende dans la bibliothèque proposer à Mitch de la rejoindre.

Elle le bénissait de comprendre qu'elle avait besoin d'être un peu seule. Avec un soupir de contentement, elle s'enfonça dans l'eau jusqu'aux oreilles. Rares étaient les hommes qui savaient deviner les changements d'humeur des femmes et les accepter.

C'était le cas de John, se rappela-t-elle. Presque tout le temps. Ils s'entendaient parfaitement. Ils tombaient toujours d'accord, que ce soit pour élever leurs enfants, profiter du présent ou prévoir leur avenir. En le perdant, elle avait perdu une partie d'elle-même.

Pourtant, elle s'en était sortie. Plutôt bien, d'ailleurs. Elle avait élevé ses fils, qui étaient devenus des hommes dont elle était fière – et dont John aurait été fier, lui aussi. Elle avait entretenu sa maison, mené une vie honorable et monté son entreprise. Pas mal, pour une veuve.

Cela, elle pouvait en être satisfaite. Mais la tension lui raidit de nouveau la nuque quand elle passa à la phase suivante de sa vie. Bryce. Une erreur stupide due à son impulsivité. Certes, tout le monde avait le droit de se tromper. Cependant, cette erreur-là avait eu de lourdes conséquences sur ses finances, son entourage et surtout sa fierté.

Il avait su la faire douter d'elle-même durant leur mariage, elle qui était toujours si sûre d'elle. Il avait réussi à saper sa confiance en elle à petits coups sournois qu'il prenait soin d'enrober de charme.

Elle trouvait bien dégradant de reconnaître qu'elle s'était comportée comme une idiote à cause de cet homme.

Enfin, elle lui avait bien rendu la monnaie de sa pièce, ce soir. Cela compensait l'irritation, la honte et la douleur. Il avait donné le bâton pour se faire battre, et elle ne s'était pas gênée. Cette fois, il avait son compte.

Bien joué, se félicita-t-elle.

Maintenant, le moment était peut-être venu de passer à un autre chapitre de sa vie. Mais était-elle prête ? Prête à faire ce grand pas vers un homme qui l'aimait comme elle était ? À quarante-cinq ans, penser à l'amour et au mariage – pour la troisième fois –, était-ce de la folie ?

Ou bien cette rencontre avec Mitch était-elle un don du Ciel ?

Elle était amoureuse, songea-t-elle en souriant et en fermant les yeux tandis qu'elle se détendait enfin. Oui, elle était amoureuse d'un homme intéressant, séduisant, attentionné. D'un homme bien. Avec juste ce qu'il fallait de défauts et d'excentricité pour ne pas être ennuyeux.

Elle soupira de nouveau, envahie par un contentement béat. Au même moment, une légère vapeur grise se mit à courir sur le carrelage.

Et au lit ? Oh, que c'était bon... songea-t-elle en s'étirant et en ronronnant presque. Chaud et doux, tendre et passionné. Et stimulant. Oui, terriblement stimulant. Avec Mitch, elle avait l'impression que son corps revivait.

Peut-être, oui, peut-être pourrait-elle envisager de vivre avec lui. Peut-être l'amour ne frappait-il pas forcément au moment le plus opportun. Peut-être la troisième fois était-elle la bonne. En tout cas, cela valait la peine d'y réfléchir très, très sérieusement.

Le mariage... Elle se perdit dans ses pensées, somnolente, en jouant du bout des doigts avec la mousse tandis qu'une vapeur de plus en plus épaisse s'élevait du sol.

Cela revenait à faire une promesse intime à quelqu'un que l'on aimait, mais aussi en qui l'on avait confiance. Et elle avait confiance en Mitch. Elle savait qu'il ne la décevrait pas.

Ses fils croiraient-ils qu'elle avait perdu la tête ? Peut-être, mais c'était sa vie, après tout.

Cela lui plairait de vivre avec lui. Avoir ses vêtements à côté des siens dans l'armoire, ses livres à côté des siens sur les étagères. Certes, il n'était pas très ordonné, mais elle pourrait le supporter si…

L'eau mousseuse devint soudain glacée. Roz poussa un cri et se redressa en serrant instinctivement les bras autour d'elle. Stupéfaite, elle découvrit que la salle de bains s'était emplie d'un brouillard si épais qu'elle ne distinguait plus les murs ni le sol.

Ce n'était pas de la vapeur, comprit-elle, mais une brume épaisse et glacée.

Quand elle se leva pour sortir de la baignoire, elle se sentit retenue dans l'eau.

Son cœur se mit à tambouriner dans sa poitrine sous l'effet du choc, d'abord, puis de la peur. Durant un instant, elle resta paralysée dans l'eau glacée qui l'attirait vers le fond, l'y maintenait. Puis elle commença à se débattre. Elle étouffait, mais luttait pour remonter à la surface alors que le froid lui raidissait les membres. Elle sentait des mains lui enserrer la tête, des ongles s'enfoncer dans ses épaules. Pourtant, la tête sous l'eau, elle ne voyait rien que des bulles de savon et des mèches de brouillard.

« Arrête ! » hurlait-elle mentalement. Elle prit appui des pieds et des mains sur le fond de la baignoire et poussa de toutes ses forces en un mouvement désespéré. Elle parvint à sortir la tête de l'eau et aspira frénétiquement une longue goulée d'air, avant que l'implacable pression sur ses épaules la plonge de nouveau dans l'eau.

Elle recommença à se débattre, faisant jaillir l'eau par-dessus le rebord de la baignoire. Elle entendait les hurlements étouffés qu'elle poussait tandis qu'elle essayait de frapper son adversaire invisible. Quand son coude heurta l'émail, la douleur le disputa à la terreur.

C'est pour ton bien. Pour ton bien. Il faut que tu comprennes !

La voix sifflait à son oreille, perçant le battement du sang qui cognait dans ses tympans. Cette fois, elle vit le visage qui flottait au-dessus d'elle, avec ses lèvres retroussées en un rictus de fureur. Et elle vit la folie dans les yeux d'Amelia.

Il n'est pas différent des autres. Ils mentent tous ! Je te l'ai dit, non ? Pourquoi ne m'as-tu pas écoutée ? Mais je vais t'obliger à écouter. Je vais t'obliger à arrêter. Ton sang est impur. Tu as son sang en toi. Il a fini par t'abîmer.

Elle était en train de mourir. Ses poumons la brûlaient. Son cœur galopait. Elle luttait désespérément pour trouver une prise, pour trouver de l'air. Elle n'abandonnerait pas, elle résisterait jusqu'au bout. Elle se débattit de toute la force de ses jambes, de ses bras. Et de son esprit.

« Lâche-moi ! cria-t-elle dans sa tête. Lâche-moi ! Je ne pourrai pas t'écouter si je suis morte. Tu es en train de me tuer. Si je meurs, tu seras perdue pour l'éternité. Tu seras pour toujours prisonnière. Prisonnière de l'enfer. »

Elle rassembla ses dernières forces, banda ses muscles fatigués avec toute l'énergie de son instinct de survie et parvint à se libérer.

L'eau déborda en un petit raz de marée d'une violence étonnante et éclaboussa les murs et le sol. Roz se cramponna au rebord de la baignoire et se pencha à l'extérieur. Elle s'étranglait, toussait, recrachait tout ce qu'elle avait avalé. Elle sentait son estomac se soulever, mais elle bloqua les deux bras sous le rebord. Elle ne laisserait pas Amelia la couler de nouveau.

— Ne me touche pas, espèce de garce !

La respiration sifflante, elle se hissa hors de la baignoire et s'effondra sur le tapis de bain trempé. Le corps secoué de tremblements, les oreilles bourdonnantes, elle se roula en boule en attendant d'avoir repris son souffle.

Soudain, elle l'entendit pleurer.

— Tes larmes ne me touchent pas beaucoup, pour l'instant, lança-t-elle.

Les jambes en coton, elle se traîna sur le sol jusqu'à ce qu'elle puisse saisir d'une main tremblante une serviette dont elle s'enveloppa pour se réchauffer.

— Je vis avec toi depuis toujours, reprit elle. Je me suis efforcée de t'aider. Et toi, tu essaies de me noyer ! Dans ma baignoire ! Je t'avais prévenue : je vais trouver un moyen de te chasser de cette maison.

Ses mots ne sortaient pas de sa bouche avec autant de violence ni de colère qu'elle l'aurait souhaité. Il était difficile de faire preuve d'autorité quand on avait les dents qui claquaient, autant de peur que de froid.

Elle sursauta lorsque la robe de chambre qu'elle avait accrochée à la porte vint se poser sur ses épaules.

— Oh, merci, fit-elle d'un ton sarcastique assez réussi. Comme c'est gentil, après avoir essayé de me tuer, de t'assurer que je n'aie pas froid ! J'en ai assez !

Elle passa les bras dans les manches de la robe de chambre, qu'elle serra le plus possible autour d'elle, et se leva, encore tremblante.

À travers le brouillard qui se dissipait peu à peu, elle vit Amelia. Non pas l'Amelia échevelée au regard fou qui s'était penchée sur elle alors qu'elle luttait contre la mort, mais une Amelia brisée, aux joues baignées de larmes et aux mains jointes dans une attitude suppliante.

Quand elle eut disparu et que la brume se fut complètement évaporée, Roz découvrit un message inscrit sur le miroir.

Pardonne-moi.

— Tu aurais pu mourir !

Mitch faisait les cent pas dans la chambre de Roz, furieux.

Roz était descendue faire du café et lui demander de monter – elle voulait être sûre que personne ne l'entendrait quand elle lui raconterait ce qui s'était passé.

— Ce n'est pas arrivé. Heureusement.

Le café lui faisait du bien, mais elle était encore gelée. Elle avait envie de se pelotonner sous l'épaisse couverture dont elle s'était couverte.

— Tu aurais pu mourir alors que j'étais en bas, plongé dans mes stupides livres et dossiers. Tu étais là, à te battre pour survivre, et je...

— Arrête, coupa-t-elle gentiment. Rien de ce qui est arrivé ou de ce qui aurait pu arriver n'est de ta faute, assura-t-elle. Ni de la mienne, d'ailleurs. Le seul coupable, c'est ce fantôme sérieusement dérangé. Et je me fiche pas mal d'avoir l'air ridicule en disant cela.

— Rosalind, dit-il en venant s'agenouiller devant elle et en prenant ses mains dans les siennes, fortes et chaudes. Je sais ce que tu ressens pour cette maison, mais...

— Tu vas dire que je devrais déménager, au moins temporairement. Je sais que c'est ce que dicterait le bon sens, Mitch. Mais je m'y refuse. Tu peux dire que c'est parce que je suis têtue comme une mule si tu veux...

— Et je ne vais pas manquer de le faire.

— Cela dit, poursuivit-elle, je ne vois pas pourquoi je me laisserais chasser de chez moi – m'en aller ne résoudra pas le problème, de toute façon. En outre, mon fils habite ici, ainsi que d'autres gens auxquels je tiens beaucoup. Mon entreprise est ici. Faut-il que je dise à tout le monde de chercher un autre logement ? Faut-il que je ferme la jardinerie, au risque de tout perdre ? Ou au contraire que je résiste et que je m'attelle à trouver des réponses ?

— Elle est de plus en plus menaçante, Roz. Pendant des années, elle n'a pas fait grand-chose de plus que chanter des berceuses aux enfants. C'était une présence étrange mais relativement sympathique dans la maison. Même si elle faisait une petite bêtise de temps en temps, ce n'était jamais grave. Mais au cours de cette dernière année, elle est devenue de plus en plus instable, de plus en plus violente.

— C'est vrai, concéda-t-elle en nouant fermement les doigts aux siens. Tu sais ce que je pense ? Je me dis que nous devons nous approcher de la vérité et que c'est peut-être la raison pour laquelle elle s'impatiente et devient lunatique. Incontrôlable. Elle attache de l'importance à nos recherches. Tout comme elle en attache à ce que je pense, à ce que je ressens, qu'elle l'approuve ou non.

— Ce qui signifie ?

Il n'allait sans doute pas bien le prendre, devina-t-elle. Mais cela devait être dit.

— Je pensais à toi. À nous. Quand j'ai eu fini de ruminer ce qui s'est passé au club, j'ai commencé à me détendre. Et j'ai pensé à ce que je ressentais pour toi, à ce que tu ressentais pour moi.

— Elle a essayé de te tuer parce que nous nous aimons, conclut-il en se levant, le visage figé. Alors, c'est moi qui dois partir, qui ne dois plus m'approcher de cette maison ni de toi jusqu'à ce que nous ayons découvert la vérité sur Amelia.

— C'est ainsi que tu te conduis avec les gens qui font du chantage ? Tu leur cèdes ?

Il se tourna vivement vers elle. Ses yeux lançaient des éclairs.

— Nous ne parlons pas d'un gamin qui essaierait de nous faire peur pour nous voler notre goûter. Il s'agit de ta sécurité. De ta vie, bon sang !

— Je refuse de lui céder. C'est ma façon de rester en vie, de garder la main. Tu crois que je ne suis pas en colère ? Que je n'ai pas peur ? Tu te trompes.

— Je remarque quand même que c'est la colère qui domine chez toi.

— Parce que c'est une émotion positive. En tout cas, j'ai toujours considéré qu'une bonne colère bien saine valait mieux que la peur. C'est ce que j'ai vu chez elle, Mitch, à la fin : la peur.

Elle repoussa la couverture et se leva pour s'approcher de lui.

— Elle était choquée. Désolée. C'était pitoyable. L'autre jour, tu as dit qu'elle ne voulait pas me faire de mal. Je crois que c'est vrai.

— J'ai aussi dit qu'elle pourrait t'en faire involontairement, et ce qui vient de se produire m'a donné raison.

Il encadra le visage de Roz de ses mains, avant de les laisser glisser jusqu'à ses épaules.

— Je ne sais pas quoi faire pour te protéger, avoua-t-il. Mais ce que je sais, c'est que je ne peux pas te perdre.

— J'aurai moins peur si tu es avec moi.

Il inclina la tête sur le côté et sourit presque.

— Serait-ce un prétexte pour me garder près de toi ?

— Peut-être bien, dit-elle en l'enlaçant et en se laissant aller contre lui. Tu sais, Amelia m'a demandé pardon. J'ignore si je pourrai lui pardonner, mais ce qui est sûr, c'est que j'ai besoin de réponses. Et que j'ai besoin que tu m'aides à les trouver. Bon sang, Mitch ! J'ai besoin de toi. Et je t'assure que ce n'est pas une chose facile à dire pour moi.

— J'espère que tu vas t'y habituer, parce que j'aime bien l'entendre. Bon. Je ne vais pas te forcer à déménager, Roz. Nous n'allons rien changer pour l'instant.

— Merci. Quand je suis sortie de là, raconta-t-elle en regardant la porte de la salle de bains, et que j'ai un peu repris mes esprits, tu ne peux pas savoir comme j'ai été soulagée que tu sois en bas. Soulagée de pouvoir tout te raconter. Soulagée de ne pas être seule ce soir.

— Il n'est même pas envisageable que tu restes seule, maintenant, déclara-t-il en la soulevant de terre. Allez, au lit. Tu as besoin de te réchauffer.

— Et toi, tu...

— Je vais examiner la scène du crime de plus près avant d'éponger.

— Je peux m'en occuper, d'éponger.

— Non, répondit-il en la bordant fermement. Il faut apprendre à donner mais aussi à recevoir, Roz. Alors, fais ce que je te dis et reste au lit comme une petite fille bien sage. Tu as eu une journée intéressante, mais éprouvante.

— Comme tu dis.

C'était merveilleux de se pelotonner sous la couette en sachant que quelqu'un d'autre se chargeait des détails matériels.

— Je ne sais pas ce que je vais avoir à donner, mais j'aimerais te demander encore une chose.

— Tu veux de la soupe ? Quelque chose de chaud ? Du thé ? Du thé, ça serait mieux que du café.

Il était trop mignon, songea-t-elle, avec sa belle chemise aux manches retroussées, en train de lui proposer de lui faire de la soupe.

Elle lui prit la main tandis qu'il s'asseyait au bord du lit.

— Non, merci, répondit-elle. Ce que je veux te demander, c'est de garder pour toi l'incident de ce soir. Pour l'instant.

— Roz, je ne te comprends pas, dit-il avec une telle frustration dans la voix et sur le visage qu'elle faillit sourire. Tu as failli te faire noyer dans ta baignoire par le fantôme de la maison et tu ne veux pas en parler ?

— Ce n'est pas tout à fait cela. Nous en parlerons, nous l'écrirons, nous entrerons dans les détails s'il le faut. Seulement, je veux attendre que le mariage de Stella soit passé. J'ai juste besoin d'un peu de calme. Quand Harper l'apprendra… Enfin, ça ne va pas lui plaire.

— Non, tu crois ? fit Mitch en feignant la surprise avec une exagération qui la fit rire.

— Tout le monde va être bouleversé, perturbé, inquiet. Et qu'est-ce que cela changera ? Rien. Ce qui est arrivé est arrivé ; c'est terminé. Il y a tant de choses dont nous devons nous occuper en ce moment… Pour commencer, il va falloir gérer les retombées de ce qui s'est passé au club ce soir. Je te parie que la nouvelle va se répandre comme une traînée de poudre et que ce sera le sujet de conversation principal à la table du petit déjeuner demain matin.

— Cela te contrarie ?

— En fait, figure-toi que je crois que ça va m'amuser. Je suis assez mesquine pour savourer un peu cette victoire. Donc, gardons l'histoire de la salle de bains pour nous jusqu'à ce que Stella soit mariée, d'accord ? Ensuite, nous en parlerons à tout le monde. Mais pour l'instant, nous avons tous besoin d'un peu de bonheur sans mélange.

— D'accord. Je n'y vois pas d'inconvénient.

— Merci. Je ne suis plus aussi en colère et je n'ai plus aussi peur, maintenant, remarqua-t-elle en s'enfonçant dans les oreillers. J'ai gagné. J'ai lutté contre Amelia et j'ai gagné. Je serais capable de le refaire. Je crois que ça compte.

Mitch se pencha vers elle pour l'embrasser sur la joue.

— À mes yeux, ça compte énormément, affirma-t-il.

19

Son bébé à cheval sur la hanche, Hayley entra en trombe dans la cuisine le lendemain matin. Ses cheveux étaient retenus en une petite queue de cheval derrière sa tête, elle ouvrait de grands yeux et elle avait boutonné sa veste de pyjama de travers.

— Je viens de parler à la nounou de Lily, annonça-t-elle à la cantonade. Sa tante fait partie du country club. Elle dit que Roz a été mêlée à une bagarre, hier soir.

— Absolument pas, rectifia l'intéressée.

La vie était si prévisible, songea-t-elle en continuant à étaler de la confiture sur un toast.

— Quel genre de bagarre ? demanda Gavin. Vous avez donné des coups de poing ?

— Non, je n'ai pas donné de coups de poing, assura Roz en lui tendant le toast. Les gens exagèrent tout, jeune homme. C'est ainsi que va le monde.

— Vous avez donné un coup de pied dans la figure de quelqu'un ?

— Bien sûr que non, répondit-elle à Luke en haussant les sourcils d'un air surpris. Mais on pourrait dire, métaphoriquement, que j'ai botté les fesses de quelqu'un.

— Qu'est-ce que ça veut dire, méph…

— Une métaphore, c'est quand on utilise une image pour dire quelque chose. Par exemple, je pourrais dire que j'ai mangé du lion. Ça voudrait dire que je suis pleine d'énergie, mais pas que j'ai réellement avalé de la viande de lion. En l'occurrence, cette personne, je ne l'ai pas touchée.

— Qui ça ? demanda Stella.

— Bryce Clerk, répondit David en resservant du café à la ronde. Mon réseau d'informateurs est très étendu et très efficace. Il n'était même pas 23 heures hier soir quand j'ai appris ce qui s'était passé.

— Et tu n'as rien dit à personne ? lança Hayley d'un ton accusateur, en installant Lily dans sa chaise haute.

— J'attendais que tout le monde soit là. Ah, voilà Harper. Je lui ai dit qu'il devait impérativement venir pour le petit déjeuner, aujourd'hui.

— Enfin, David, il n'y a rien d'extraordinaire à raconter, protesta Roz. Et il faut que j'aille me préparer pour aller travailler.

— Au contraire, intervint Mitch en secouant la tête. Ça a été tout à fait extraordinaire. Cette femme est extraordinaire, précisa-t-il en coulant un long regard à Roz.

Elle lui prit la main sous la table et la serra tendrement pour le remercier de ne pas laisser les horreurs de la nuit précédente troubler cette atmosphère joyeuse.

— Qu'est-ce qui se passe ? demanda Harper. Comment se fait-il qu'il y ait des omelettes ?

— Parce que ta maman aime ça et qu'elle a besoin de recharger ses batteries après son numéro d'hier soir.

— Quel numéro ? Que s'est-il passé hier soir ?

— Tu vois ce que tu manques en n'allant pas au club ? répliqua David à Harper.

— Si quelqu'un ne se dépêche pas de tout raconter, je vais devenir folle, prévint Hayley en donnant un biberon de jus de fruits à Lily avant de s'asseoir. Allez, crachez le morceau. Je veux tous les détails.

— Il n'y a pas grand-chose à raconter, assura Roz.

— Je vais le faire, intervint Mitch. Elle risquerait de ne pas tout vous dire. Dans mon récit, il y aura des éléments que je lui ai arrachés parce que je n'étais pas là sur le moment, d'autres que mon fils m'a rapportés et d'autres auxquels j'ai assisté. Mais je vais vous les livrer en bloc. Ça aura plus d'impact.

Il commença par leur petit arrêt à la table des Forrester, puis passa à la scène dans les toilettes, avant de dramatiser un peu l'altercation entre Roz et Bryce dans le couloir.

— Ô mon Dieu, elles sont sorties pendant que vous étiez en train de parler avec ce...

Hayley s'interrompit et se racla la gorge en se rappelant qu'il y avait des enfants.

— ... cet homme, acheva-t-elle.

— Il leur tournait le dos, expliqua Mitch. La mise en scène était parfaite.

— C'est trop cool, dit-elle à Roz, tout en faisant manger Lily. On dirait... je ne sais pas... comme une scène que vous auriez répétée.

— Le *timing* était parfait, confirma Mitch. Si vous aviez vu votre mère, Harper ! Elle était froide et lisse comme un iceberg – et tout aussi dangereuse.

— Que de métaphores et de comparaisons, ce matin, intervint Roz. Personne n'envisage d'aller travailler ?

— Je l'ai déjà vue comme cela, déclara Hayley en prenant de l'omelette. Elle fait très peur.

— Il se trouve que j'étais placé de telle façon que j'ai vu la réaction des dames derrière eux, poursuivit Mitch. Je vous jure que cela valait le coup. Clerk ne se sentait plus. Il était là, à se vanter de la façon dont il arnaquait tout le monde, à affirmer qu'il ne se ferait jamais pincer, à insulter Quill et à traiter

Mandy d'idiote. Et Roz restait tellement impassible qu'il ne s'est pas rendu compte tout de suite qu'elle l'avait achevé. Sans broncher, elle l'a fait parler encore et encore, jusqu'à ce que ce fils de... rien, dit-il en se rappelant les enfants, se soit grillé tout seul. Et quand il a eu fini, elle s'est contentée de faire un petit geste pour attirer son attention sur Jan et Mandy et de s'en aller. C'était magnifique.

— J'espère qu'elles lui sont tombées dessus à bras raccourcis, marmonna Stella entre ses dents.

— À peu près, oui. Apparemment, il a encore essayé de les embobiner, de les convaincre que c'était une erreur, mais la blonde est devenue hystérique. Elle s'est mise à hurler, à pleurer, à le gifler. Quant à l'autre, elle est allée trouver son mari et lui a tout raconté, si bien qu'il a su que c'était à cause de Bryce qu'il avait perdu un gros client. Il s'est précipité vers Bryce en bousculant tout le monde sur son passage et lui a cassé la figure, d'après ce que m'a raconté mon fils. Les gens n'en revenaient pas. Puis la blonde s'est jetée sur Bryce pour le mordre et le griffer.

— La vache, murmura Gavin, très impressionné.

— Ils ont dû l'arracher à lui, et pendant ce temps, Quill s'en est de nouveau pris à Bryce, si bien qu'ils ont dû aussi l'emmener de force.

— J'aurais bien voulu voir ça, déclara Harper.

— Les gens couraient se cacher ou, au contraire, se rapprochaient de l'action. Ils glissaient sur les olives des martinis et dans la mousse au saumon, renversaient les tables... Ils étaient sur le point d'appeler la police quand le service de sécurité est arrivé.

— Où étiez-vous ? s'enquit Hayley.

— Sur la terrasse, en train d'emballer Roz... de danser avec Roz, corrigea-t-il avec un clin d'œil. Nous avions une excellente vue de ce qui se passait à l'intérieur par les portes-fenêtres.

— Cette histoire va alimenter les potins de la ville pendant un moment, conclut Roz. Selon moi, ils ont tous eu ce qu'ils méritaient. Une belle scène bien embarrassante. Bon, je ne sais pas ce que vous comptez faire, mais moi, il faut que j'aille travailler.

— Attendez, attendez ! s'exclama Hayley. Et Bryce ?

— J'imagine qu'il va quitter le comté de Shelby la queue entre les jambes et qu'on ne le reverra pas de sitôt.

— C'est tout ? Vous n'allez pas... Non, c'est bien, reconnut Hayley en essuyant la bouche de Lily. S'il part, c'est bien.

Roz ébouriffa les petits garçons, puis se pencha pour déposer un baiser sur la tête du bébé.

— Je vais faire une déposition au commissariat cet après-midi, ainsi que Mitch, qui a été témoin des vantardises de Bryce. J'imagine que les trois femmes qui ont assisté à une partie de la scène vont aussi être entendues. Nous verrons bien ce qui en sortira.

— Encore mieux, approuva Hayley.

— Je ne donne pas de coups de poing ni de coups de pied dans la figure des gens, conclut Roz, mais il ne faut pas non plus trop me chercher.

Sur ce, elle sortit de la cuisine, satisfaite et même ravie que la journée commence dans les rires plutôt que dans l'angoisse.

Roz s'arrêta en haut de la petite colline à l'orée des bois et contempla l'étendue et la disposition de Côté Jardin. Les couleurs étaient partout : sur les vieilles tables marron patinées par le temps qui servaient de présentoirs pour les plantes en pot, dans les plates-bandes. Il y avait du vert tendre, du rose vif, du bleu exotique, du rouge éclatant. Partout, la végétation explosait en un feu d'artifice pour fêter le printemps. Les bâtiments étaient propres et accueillants. Les serres débordaient d'activité.

De son poste d'observation, elle voyait une partie de la zone des arbustes et des arbres d'ornement, jusqu'au champ avec ses rangées tirées au cordeau et ses puissantes machines.

Où qu'elle regarde, il y avait des gens, des clients et des employés qui s'affairaient. Les chariots rouges qui se suivaient ou s'évitaient semblaient danser un ballet dans les allées et sur le parking, où leur chargement était transféré dans des remorques ou des coffres de voiture.

Les clients emportaient des montagnes de paillis, des tours de dalles, des mètres et des mètres de clôture.

Malgré toute cette agitation, le site ne perdait rien du charme qu'elle avait toujours tenu à lui donner. Cette tonnelle, ici, se couvrait déjà de belles-de-jour. Là, un banc courbe était stratégiquement placé près de la fontaine. Une petite mangeoire à oiseaux accrochée à une branche se balançait, et un carillon éolien chantait en oscillant doucement dans la brise.

Bien sûr, elle aussi aurait dû être en bas, à surveiller ses stocks et à modifier l'inventaire. Avoir une directrice – même une directrice aussi extraordinaire que Stella – ne la dispensait pas d'avoir l'œil à tout.

Mais elle avait besoin de prendre un peu l'air après les heures passées dans l'atmosphère étouffante de la salle de multiplication. En en sortant, elle avait eu envie de voir d'ici ce qu'elle avait construit. Ce pour quoi elle avait travaillé. Son pari.

Aujourd'hui, sous un ciel si bleu qu'il semblait irréel, c'était très beau. Cela valait largement toutes les heures qu'elle avait passées, pendant toutes ces années, à travailler, à s'inquiéter, à calculer, à se battre.

L'entreprise était solide et marchait bien. Et elle avait pris la forme que Roz avait voulu lui donner dès le départ : un grand jardin qui partait dans tous les sens. Certes, Côté Jardin était avant tout une entreprise, mais une entreprise humaine et qui lui ressemblait, qui était empreinte de son style, de sa vision et de son héritage.

Si certains persistaient à considérer son travail comme un hobby, ce n'était pas grave. Si d'autres – presque tous, en fait – la voyaient uniquement comme la femme en robe longue parée de diamants qui assistait aux soirées du country club et aux réunions de bienfaisance, tant pis. D'ailleurs, se mettre sur son trente et un de temps en temps ne la dérangeait pas. Elle trouvait même cela plutôt agréable.

Mais la vraie Rosalind Harper, c'était la femme qui se tenait là, dans un vieux jean, un sweat-shirt délavé et une casquette de base-ball, chaussée de bottes éraflées.

La vraie Rosalind Harper avait des factures à payer, une entreprise à diriger et une maison à entretenir. C'était de cette femme-là qu'elle était fière, alors qu'elle ne jouait son rôle au country club et dans la bonne société que par devoir envers son nom. La vie, c'était cela, tout le reste.

Elle inspira à fond, se concentra et força ses pensées à prendre une direction précise. Elle verrait bien ce qui arriverait, si Amelia réagissait – et comment.

Si c'était sa vie, songea-t-elle alors, si elle était libre de la vivre comme elle l'entendait, pourquoi ne pourrait-elle pas tenter un nouveau pari ? Pourquoi ne pas donner une nouvelle dimension à son existence en y accueillant totalement l'homme qui l'excitait et l'apaisait à la fois, l'homme qui l'intriguait et l'amusait ?

L'homme qui était parvenu jusqu'à elle à travers le labyrinthe de chagrin, de travail, de devoir et de fierté qu'elle avait édifié autour de son cœur.

L'homme qu'elle aimait.

Elle était capable de vivre seule si nécessaire. Et alors ? Qu'est-ce que cela prouvait ? Qu'elle était autonome, indépendante, forte et compétente. Elle le savait. Elle l'avait toujours été et le serait toujours.

Elle pouvait aussi faire preuve de courage.

N'en fallait-il pas pour lier sa vie à celle d'un autre être humain, pour partager le quotidien avec lui, pour accepter des compromis ? C'était du travail que de vivre avec un homme, de se réveiller tous les jours prête à accepter la routine autant qu'à accueillir des surprises.

Or, le travail ne lui avait jamais fait peur.

Certes, le mariage ne serait pas la même chose à l'âge qu'elle avait qu'à vingt ans. Mitch et elle n'auraient pas d'enfants, mais peut-être vieilliraient-ils côte à côte.

Ils pourraient être heureux.

Ils mentent toujours. Ils ne disent jamais la vérité.

Roz n'avait pas bougé. Elle était toujours sur son petit promontoire à la lisière des bois, mais Côté Jardin avait disparu, cédant la place à des champs mornes, des arbres aux branches nues et une bise glaciale.

— Pas tous, protesta-t-elle. Pas toujours.

J'en ai connu plus que toi.

Amelia traversait les champs, aussi peu substantielle que la brume qui s'élevait de la terre noire. Sa robe blanche et ses pieds nus étaient sales. Ses cheveux blonds emmêlés tombaient autour de son visage animé par la folie.

Une vague de peur s'empara de Roz, aussi soudaine qu'un orage. Malgré cela, elle planta les deux pieds dans le sol, bien décidée à ne pas céder.

Il faisait sombre. De gros nuages noirs couraient dans le ciel.

— J'ai vécu plus longtemps que toi, répliqua-t-elle.

Elle ne put se retenir de frissonner quand Amelia s'approcha. Toutefois, elle ne recula pas d'un pouce.

Et tu as bien peu appris. Tu as tout ce que tu peux désirer : une maison, des enfants, un travail qui te satisfait. Qu'as-tu besoin d'un homme ?

— L'amour, ça compte.

Amelia répondit par un rire, une espèce de gloussement aigu qui crispa les nerfs de Roz.

L'amour est le plus grand de tous les mensonges. Il va te prendre, se servir de toi, te tromper et te mentir. Il va te faire souffrir jusqu'à ce que tu sois creuse, vide, desséchée, laide. Et morte.

Dans le cœur de Roz, la pitié le disputait à la peur.

— Qui t'a trahie ? demanda-t-elle. Qui est responsable de ce que tu es devenue ?

Tous. Ce sont tous les mêmes. Tous ceux qui venaient dans mon lit, sur moi, en moi pendant que leurs femmes dormaient.

— Ils t'ont forcée ? Ils…

Ensuite, ils te prennent ce qui t'appartient. Ce qui est à toi !

Elle plaqua les deux mains sur son ventre, et la force de sa fureur et de son chagrin obligea Roz à reculer de deux pas.

L'orage éclatait dans le ciel, semblait sortir du sol, s'élevait en tourbillons dans le brouillard. Roz étouffait. Elle avait l'impression de respirer de la boue.

Malgré le vent, elle entendit des hurlements déments.

Tue-les tous ! Tue-les tous dans leur sommeil. Taille-les en pièces et baigne-toi dans leur sang. Reprends ce qui est à moi. Qu'ils soient damnés ! Qu'ils soient tous damnés !

— Ils sont partis, assura Roz.

Elle avait voulu crier, mais dans la tourmente ses mots étaient à peine audibles.

— Ils sont tous retournés à la poussière, poursuivit-elle. Suis-je ce qui reste ? Ce qu'ils ont laissé ?

L'orage s'arrêta aussi brusquement qu'il avait commencé. L'Amelia qui se tenait devant elle était la même que celle qui chantait des berceuses aux enfants. L'Amelia triste et pâle dans sa robe grise.

Elle tendit la main vers Roz.

Tu es à moi. Tu es mon sang, ma chair et mes os. Tu es sortie de mon ventre et de mon cœur. On t'a volée. Arrachée à moi. Trouve-moi. Je suis tellement perdue...

Et Roz se retrouva seule, dans l'herbe tendre à l'orée des bois, avec ce qu'elle avait bâti étalé à ses pieds.

Elle retourna travailler parce que le travail l'aidait à se détendre. La seule façon pour elle de digérer ce qui s'était passé sur la colline était de s'occuper les mains à des tâches familières pendant que son esprit essayait de débrouiller cette histoire stupéfiante.

Elle resta seule parce que la solitude l'apaisait.

Elle passa l'après-midi à diviser des touffes de plantes vivaces et à effectuer des boutures. Puis elle arrosa, mit de l'engrais et étiqueta.

Quand elle eut fini, elle rentra par les bois et dévalisa sa serre personnelle. Elle planta des cannas à un endroit auquel elle désirait donner du caractère, des pieds-d'alouette et des primevères là où elle voulait plus de charme et, à l'ombre, des campanules et des géraniums pour apporter de la sérénité.

La sérénité, elle la retrouvait toujours ici, dans son jardin, à l'ombre de Harper House.

Quels secrets se cachaient dans ces pièces, derrière ces murs de pierre jaune ?

Elle avait passé presque toute sa vie ici, de même que son père et son grand-père avant elle. Elle avait élevé ses fils ici et travaillé dur pour préserver cet héritage afin que les enfants de ses enfants y soient aussi chez eux un jour.

Il fallait qu'elle découvre ce qui avait été fait autrefois pour assurer la transmission de cette maison. Qu'elle le découvre et qu'elle l'accepte.

Quand elle se sentit de nouveau tout à fait bien, elle rangea ses outils et rentra se doucher, avant d'aller trouver Mitch dans la bibliothèque.

— Désolée de te déranger, mais il faut que je te parle, annonça-t-elle.

— Ça tombe bien, répondit-il en faisant pivoter son siège vers elle. Moi aussi.

— Commence, décida-t-elle.

— Mmm ? Ah, d'accord.

Il se passa une main dans les cheveux et ôta ses lunettes. Elle le connaissait assez maintenant pour savoir que ces gestes signifiaient qu'il mettait de l'ordre dans ses pensées.

— J'ai fait à peu près tout ce que je pouvais, ici, annonça-t-il. Je pourrais passer encore des mois sur l'histoire de ta famille, à compiler des détails et à remonter à des générations antérieures – d'ailleurs, j'ai bien l'intention de le faire. Mais en ce qui concerne l'affaire pour laquelle tu m'as engagé, je suis dans une impasse. Amelia ne faisait pas partie de ta famille, Roz. Ce n'était pas une Harper, en tout cas, rectifia-t-il. Ni de naissance, ni par mariage. Absolument aucun des documents que j'ai réunis ne mentionne une Amelia dans cette maison ni dans la famille Harper. Et aucune femme dont l'âge pourrait correspondre à celui que nous lui avons donné n'est morte dans cette maison à l'époque sur laquelle nous avons centré nos recherches.

— Je vois.

Roz s'assit, tout en regrettant de ne pas avoir pensé à prendre une tasse de café.

— Évidemment, si Stella s'était trompée sur le nom…

— Non, coupa-t-elle en secouant la tête. C'est bien Amelia.

— Je le pense aussi. Mais aucune Amelia Harper n'apparaît nulle part. D'ailleurs, ce qui est curieux, compte tenu de l'âge de cette maison, c'est qu'il semble qu'aucune femme d'une vingtaine ou d'une trentaine d'années n'y soit morte. Des plus jeunes et des plus vieilles, oui, en revanche. Quelques-unes.

Il tapota un dossier sur le dessus de la pile.

— Je t'ai fait la liste des femmes Harper qui sont mortes ici. J'ai également des renseignements sur les domestiques qui sont mortes à Harper House, mais aucune ne correspond à notre Amelia. Et j'ai reçu des informations de l'avocate de Chicago dont je t'ai parlé. La descendante d'une des gouvernantes de Harper House à l'époque de Reginald Harper, précisa-t-il en prenant un autre dossier.

« Elle a découvert que trois de ses ancêtres avaient travaillé ici : la gouvernante en question, l'oncle de la gouvernante, qui était gardien, et une de ses jeunes cousines, qui était fille de cuisine. À partir de là, j'ai également pu établir une histoire détaillée de cette famille. Il n'y a pas de rapport direct avec Amelia, mais je me suis dit que cela pourrait t'intéresser.

— Tu as bien fait.

— L'avocate continue à chercher quand elle a le temps. Elle s'est prise au jeu. Nous aurons peut-être de la chance…

— Tu as abattu un travail considérable.

— Mais qui ne te servira à rien.

— Tu te trompes, répondit-elle en considérant la montagne de dossiers et le tableau couvert de papiers, de photos et de notes. Cela m'est très utile. C'est une chose que j'aurais dû faire faire depuis longtemps. Grâce à toi, grâce à ce que tu as découvert et que tu m'as raconté, j'ai l'impression de connaître un peu mieux mes ancêtres.

Elle s'approcha du tableau pour regarder les visages et les noms. Certains lui étaient familiers, alors que d'autres étaient pour elle de quasi-étrangers.

— Je me rends compte maintenant que mon père s'intéressait plus au présent qu'au passé. Et mon grand-père est mort quand j'étais petite, si bien que je ne me le rappelle pas me racontant des histoires de famille. Je tiens presque tout ce que je sais de ma grand-mère, qui n'était pas une Harper de naissance, et de quelques vieilles cousines. Il m'arrive de parcourir de vieux papiers de famille, et chaque fois, je me promets de le faire plus souvent, d'en lire plus… mais je n'en prends jamais le temps. L'histoire de ma famille, de tous ceux qui m'ont précédée est importante, conclut-elle en se détournant du tableau. Pendant trop longtemps, je n'y ai pas prêté suffisamment d'attention.

— Je suis d'accord avec la première partie de ton analyse, mais pas avec la seconde, déclara-t-il. Cette maison montre le grand respect que tu as pour ta famille. Enfin, bref, ce que je veux te dire, c'est que je crains de ne pas pouvoir la trouver. Amelia est probablement une de tes aïeules, mais elle ne fait pas partie de ta famille. Je ne trouverai pas son nom dans les archives familiales. Et je ne pense pas non plus qu'elle ait travaillé ici.

— Non ?

— Compte tenu des mœurs de l'époque, une domestique aurait pu être mise enceinte par un membre de la famille, mais elle n'aurait probablement pas été autorisée à rester ici durant sa grossesse. Elle aurait été renvoyée – éventuellement avec un dédommagement financier. Mais pour moi, cela ne tient pas.

Roz jeta un dernier coup d'œil au tableau et retourna s'asseoir.

— Pourquoi ? demanda-t-elle.

— C'était Reginald le chef de famille. Tout ce que j'ai sur lui indique que c'était un homme extrêmement fier et conscient de ce que l'on appellera sa position sociale très élevée dans la région. Il jouait un rôle dans la politique, dans les affaires, dans la société. Pour être honnête, Roz, je ne le vois pas couchant avec la bonne. Je l'imagine plus sélectif dans ses choix. Évidemment, la bonne en question aurait pu être engrossée par un oncle, un cousin ou un beau-frère, mais j'ai l'intime conviction que le lien entre Amelia et toi est plus étroit que cela.

— Quelle possibilité cela nous laisse-t-il ?

— Une maîtresse.

Elle observa un long silence avant de parler.

— Tu sais ce que je trouve intéressant, Mitchell ? C'est que nous sommes parvenus à la même conclusion en prenant des chemins diamétralement opposés. Tu as parcouru tant de documents que j'ai mal à la tête rien que d'y penser. Tu as passé des coups de fil, fait des recherches par ordinateur, aux archives... Tu as dressé des arbres généalogiques, des tableaux et Dieu sait quoi encore. En faisant cela, non seulement tu m'as montré ma famille sous un jour sous lequel je ne l'avais jamais vue, tu m'as fait connaître des gens dont j'ignorais le nom alors que, sans eux, je n'existerais pas, mais tu as aussi éliminé des dizaines de possibilités concernant l'identité de cette malheureuse. Tu as considérablement déblayé le terrain. Crois-tu que, si nous parvenons à l'identifier, elle trouvera le repos ?

— Je n'en sais rien. Pourquoi es-tu si triste ? lui demanda-t-il. Cela me fend le cœur de te voir triste.

— Je ne sais pas. Peut-être à cause de ce qui s'est passé aujourd'hui.

Elle lui en fit le récit détaillé.

— J'ai eu si peur ! avoua-t-elle ensuite. J'ai eu peur la nuit où elle s'est enfermée avec les enfants, et le soir où nous sommes rentrés tous les deux par la terrasse, quand elle a piqué une crise et qu'elle s'est mise à jeter des objets. J'ai eu peur dans la baignoire, lorsqu'elle a essayé de me noyer. Je pensais impossible d'avoir de nouveau aussi peur. Mais aujourd'hui, en la regardant s'approcher de moi dans ce champ, à travers le brouillard, j'étais terrifiée. J'ai vu la folie sur son visage, une espèce de détermination insensée plus forte que tout.

« J'imagine que ça doit paraître bizarre, concéda-t-elle, mais je crois qu'elle est en proie à une folie plus forte que la mort et qu'elle ne peut pas se libérer.

— Elle ne t'a pas touchée, cette fois ? s'inquiéta-t-il. Elle ne t'a pas fait de mal ?

Roz secoua la tête.

— Pas même au plus fort de sa colère. Je n'arrivais pas à respirer, j'avais l'impression que de la terre entrait dans mes poumons, mais c'est peut-être bien parce que j'étais morte de peur. Elle parlait de tuer, de se baigner dans le sang... Je n'ai jamais entendu parler d'un meurtre dans cette maison, mais je me demande... Ô mon Dieu ! Est-il possible que quelqu'un de ma famille l'ait assassinée ?

— Tu dis qu'elle parlait de tuer, fit-il valoir. Pas du fait qu'elle avait été assassinée.

— C'est vrai. Mais vu son état mental, quelle foi peut-on ajouter à ses propos ? Elle a dit que j'étais de son sang. Que ce soit vrai ou non, elle en est persuadée... Et toi aussi, tu le crois, ajouta-t-elle.

Il se leva pour venir la rejoindre et lui prit les deux mains pour l'attirer dans ses bras.

— Et toi, qu'en penses-tu ?

Elle posa la tête sur son épaule et se sentit aussitôt apaisée. Il pourrait lui apporter tant de réconfort, si elle se laissait faire...

— Elle a les mêmes yeux que mon père. Je m'en suis rendu compte aujourd'hui, à la fin. Je n'y avais jamais fait attention avant – peut-être parce que je ne m'autorisais pas à envisager une chose pareille. Tu crois que mon arrière-grand-père lui a pris son enfant, Mitch ? Tu crois qu'il a pu être cruel à ce point ?

— Si tout cela est vrai, il se peut aussi qu'elle lui ait abandonné le bébé de son plein gré. Peut-être ont-ils conclu un arrangement qu'elle a regretté par la suite. Il existe une foule de possibilités.

— Je veux savoir ce qui s'est passé, maintenant. Je tiens à découvrir la vérité.

Elle se redressa et parvint à sourire.

— Mais comment va-t-on faire pour retrouver une femme qui a peut-être été la maîtresse de mon arrière-grand-père ? s'enquit-elle.

— Nous connaissons son prénom, son âge approximatif, et nous pouvons penser qu'elle a vécu à Memphis. Nous devrons nous contenter de cela pour commencer.

— D'accord. Bon, je vais me servir un verre de vin. Tu veux quelque chose ?

— Après tout le café que j'ai bu, j'ai bien besoin d'un verre d'eau. Je viens avec toi.

Il passa un bras autour de ses épaules tandis qu'ils se rendaient dans la cuisine.

— Il vaudrait mieux mettre tout cela de côté jusqu'au mariage de Stella et Logan. Si exigeants que puissent être les morts, il faut laisser la priorité aux vivants, déclara-t-elle.

Elle sortit du réfrigérateur une bouteille d'eau et un citron et poussa un soupir.

— J'ai peine à croire que, dans quelques jours, Gavin et Luke ne vivront plus ici.

— Merci, dit-il en prenant le verre qu'elle lui tendait. Je pense qu'ils viendront assez souvent pour que tu ne te rendes pas vraiment compte qu'ils ont déménagé.

— Je l'espère.

Elle se servit du vin, mais le téléphone sonna avant qu'elle ait pu en boire une gorgée.

— Où est passé David ? demanda-t-elle à la cinquième sonnerie, avant de décrocher elle-même.

Au bout d'un instant, elle sourit à Mitch et leva son verre comme pour porter un toast.

— Bonsoir, Jane.

— Ce que c'est excitant ! s'exclama Hayley dans l'ascenseur qui les menait, Roz, Stella et elle, chez Clarise Harper. On se croirait dans un roman d'espionnage. Passer la matinée à se faire faire les ongles et l'après-midi à essayer de récupérer des documents secrets, c'est le comble du glamour.

— On verra si tu dis toujours cela quand nous aurons été arrêtées et que nous passerons la nuit en prison, objecta Stella. Si Logan doit venir m'épouser à travers les barreaux d'une cellule demain, ma colère sera terrible, je vous préviens.

— Je vous avais dit de ne pas venir, lui rappela Roz.

— Pas question de rater ça, protesta Stella avant de prendre une profonde inspiration et de sortir de l'ascenseur. Je ne suis pas une dégonflée. Et puis, Hayley a raison : c'est plutôt excitant.

— Je ne trouve pas particulièrement excitant d'entrer dans l'appartement d'une vieille femme revêche pour récupérer ce qui m'appartient – ainsi qu'un pauvre petit lapin apeuré. Jane aurait pu partir toute seule en emportant les journaux, ajouta Roz dans un soupir, cela nous aurait fait gagner du temps. Comme si nous n'avions pas assez à faire pour le mariage !

— Je sais bien. Et je vous remercie encore de nous avoir donné une journée de congé pour nous faire belles, assura Stella en déposant impulsivement un baiser sur sa joue. Nous travaillerons deux fois plus après le mariage pour compenser.

— On verra. Maintenant, prions pour que la vieille bique soit sortie se faire faire sa permanente comme prévu, sinon il va y avoir du grabuge.

— Vous ne l'espérez pas un peu ? demanda Hayley.

Au même moment, la porte s'entrouvrit, et le visage de Jane apparut dans l'entrebâillement.

— Je... je pensais que vous seriez seule, cousine Rosalind, bredouilla-t-elle. Je ne sais pas si...

— Elles travaillent pour moi. Ce sont des amies, assura Roz avec impatience, en poussant la porte et en entrant. Jane, voici Stella et Hayley. Tu as fait tes bagages ?

— Oui. Il n'y a pas grand-chose. Mais je me suis dit que cousine Rissy allait être très contrariée de ne pas me trouver en rentrant. Je me demande si...

— C'est toujours aussi horrible, ici, remarqua Roz. Ça empeste la lavande ! Comment fais-tu pour supporter cela ? Tiens, mais c'est l'une de nos bergères de Dresde qui est là. Et ce chat... Oh, et puis zut. Où sont les journaux ?

— Je ne les ai pas sortis. Je ne me suis pas senti le droit...

— Très bien. Donne-moi la clé et montre-moi où ils sont. Je vais les prendre moi-même. Ne perdons pas de temps, ajouta-t-elle comme la jeune fille restait plantée là, à se mordiller la lèvre. Tu as un appartement qui t'attend et tu dois commencer un nouveau travail dès lundi matin. C'est à toi de décider de partir ou non, mais moi, je ne m'en irai pas sans ce qui m'appartient. Alors, soit tu me donnes cette clé, soit je fouille partout.

— Oh, je ne me sens pas bien, gémit Jane, tout en sortant une clé de laiton très ornée de sa poche. Le bureau dans sa chambre. Tiroir du haut. J'ai la tête qui tourne, ajouta-t-elle, toute pâle.

— Reprends-toi, lui conseilla Roz. Stella, vous voulez bien aider Jane à rassembler ses affaires ?

— Bien sûr. Venez, Jane.

Certaine que Stella saurait gérer la situation, Roz se tourna vers Hayley.

— Surveillez la porte, lui ordonna-t-elle.

— Oh, la la. Me voilà guetteuse, fit-elle d'un ton de conspiratrice.

Roz ne put se retenir de rire en se rendant dans la chambre. Là aussi, l'air empestait la lavande, avec des notes de violette plus écœurantes encore. La tête de lit matelassée était tendue de soie dorée. Roz remarqua aussitôt que le couvre-lit ancien venait de Harper House, de même que le guéridon devant la fenêtre et la lampe Art nouveau.

— Voleuse, marmonna-t-elle en se dirigeant tout droit vers le bureau.

Elle ouvrit le tiroir et laissa échapper un cri stupéfait en découvrant toute la série de journaux intimes à reliure de cuir.

— Ça va te faire les pieds, tiens, déclara-t-elle en les fourrant dans le cabas qu'elle portait en bandoulière.

Pour s'assurer qu'elle avait bien tout, elle ouvrit les autres tiroirs et fouilla sans scrupules dans les tables de chevet, la coiffeuse et la commode.

Puis, bien qu'elle se sentît un peu ridicule, elle essuya soigneusement tout ce qu'elle avait touché – Clarise était capable d'appeler la police et de déclarer qu'on l'avait cambriolée. Quand elle eut fini, elle posa la clé en évidence sur le bureau.

— Stella est descendue avec Jane, annonça Hayley quand Roz ressortit de la chambre. La pauvre tremblait tellement que nous avons préféré la faire sortir d'ici avant qu'elle ait une attaque. Roz, elle n'a qu'une valise. Tout ce qu'elle possède tient dans une seule valise !

— Elle est jeune. Elle a tout le temps d'acquérir plus de choses. Vous n'avez rien touché, j'espère ?

— Non. Je me suis dit… vous savez… les empreintes.

— Bravo. Allons-y.

— Vous avez les journaux ?

— Oui, répondit Roz en tapotant son cabas. Ç'a été très facile.

Ce ne fut que quand elles eurent installé Jane dans son appartement et qu'elles furent rentrées à Harper House que Roz remarqua le silence inhabituel de Hayley.

— Ne me dites pas que vous avez des remords, que vous vous sentez coupable ou je ne sais quoi !

— Quoi ? Oh, non, non. Ces journaux sont à vous. À votre place, j'aurais repris toutes les choses qui appartenaient à Harper House. En fait, je pensais à Jane. Elle est plus jeune que moi, mais pas tant que cela. Et elle a l'air si… si fragile, si inquiète de tout… Enfin, je trouve que ce qu'elle a fait est courageux, quand même.

— Elle n'a pas eu autant de chance que vous et elle n'est pas aussi débrouillarde. Mais surtout, elle n'a pas eu un père comme le vôtre. Un père qui l'ait aimée, qui lui ait appris des choses, qui lui ait offert un foyer rassurant et heureux. Elle ne se sent pas forte et séduisante comme vous savez que vous l'êtes.

— Elle a besoin d'une bonne coupe de cheveux et de vêtements un peu moins tristes. Hé, Stella, tu ne crois pas que ce serait amusant de la relooker ?

— Du calme, ma belle.

— Non, je suis sérieuse. Plus tard, quand nous aurons le temps. Je pensais aussi à la tête qu'elle a faite en entrant dans ce petit appartement. Elle a eu l'air si surprise et si heureuse que vous y ayez fait apporter l'essentiel, Roz. Un lit, un canapé et de la nourriture dans la cuisine. On dirait que personne n'a jamais rien fait pour elle. J'ai de la peine pour elle, et en même temps, je suis heureuse de l'avoir vue si émerveillée, si émue quand elle a regardé autour d'elle.

— Voyons ce qu'elle va faire de cela, maintenant.

— En tout cas, vous lui avez donné la possibilité de prendre un nouveau départ. Comme à Stella et à moi.

— Oh, ne commencez pas.

— Si, insista Hayley. Vous nous avez donné un coup de pouce à toutes les trois. Aujourd'hui, Jane a un appartement et du travail, moi un beau bébé avec lequel je vis dans une maison merveilleuse, et Stella se marie demain.

Quand elle se mit à renifler, Roz leva les yeux au ciel dans le rétroviseur.

— Je vous le répète, ne commencez pas.

— Je ne peux pas m'en empêcher. Je suis si heureuse ! Stella se marie demain. Et vous êtes mes meilleures amies. Les meilleures amies qui puissent exister.

Stella lui tendit des Kleenex – non sans en garder un pour elle.

Il y avait en tout seize volumes de journaux intimes : sept d'Elizabeth Harper, la grand-mère de Roz, et neuf de son arrière-grand-mère Beatrice. Tous étaient remplis de la première à la dernière page.

Ceux de sa grand-mère contenaient aussi des dessins, remarqua-t-elle en les feuilletant. Les regarder lui réchauffait le cœur.

Toutefois, elle n'avait pas besoin que Mitch le lui dise pour savoir que même si ces journaux étaient enfin en leur possession, les lire pour trouver des éléments se rapportant à Amelia représenterait un travail considérable.

— Ils ne sont pas datés, observa Stella en se frottant les yeux et en s'appuyant au dossier du canapé du salon. D'après ce que je vois, pour Beatrice Harper, un volume ne correspondait pas à une année. Elle les remplissait d'un bout à l'autre sans se soucier de la période qu'ils couvraient. Et quand elle en avait fini un, elle passait au suivant.

— Nous allons les classer du mieux que nous pourrons, décida Mitch, puis nous les répartir pour les lire.

— J'espère que j'en aurai un bien croustillant, déclara David, qui avait préparé un copieux thé dînatoire pour cette réunion informelle.

— Je tiens à ce que l'on sache toujours où ils sont. Tous. Mais nous avons un mariage demain. Stella, je ne veux pas que, à cause de moi, vous vous présentiez à l'autel avec les yeux cernés. Qui cela peut-il être ? demanda Roz quand on sonna à la porte. Tout le monde est là, pourtant. Non, reste assis, David. J'y vais.

Elle sortit avec Parker, qui caracolait sur ses talons en aboyant pour lui faire savoir qu'il était prêt à intervenir en cas de danger. En ouvrant la porte, Roz haussa les sourcils, étonnée, et son sourire se réduisit à une ligne glaciale.

— Oh, cousine Rissy. Quelle mauvaise surprise.

— Où sont cette bonne à rien et mes affaires ?

— Je ne vois pas du tout de quoi vous parlez, et je m'en fiche pas mal, rétorqua Roz en remarquant que sa cousine avait loué une berline avec chauffeur pour cette expédition hors de la ville. Les bonnes manières m'obligent à vous inviter à entrer, mais je vous préviens, je suis capable d'ordonner une fouille au corps avant votre départ, ce qui pourrait se révéler traumatisant pour toutes les parties concernées. Alors, n'essayez même pas de subtiliser quoi que ce soit.

— Vous êtes toujours aussi grossière et désagréable.

— Que c'est drôle ! s'exclama Roz en s'effaçant pour la laisser entrer. Je me disais exactement la même chose de vous. Nous sommes en train de prendre le thé dans le salon... Cousine Rissy est venue nous rendre visite, annonça-t-elle sur le pas de la porte. Ce n'est vraiment pas de chance. Vous vous souvenez peut-être de mon fils Harper. Vous n'arrêtiez pas de vous plaindre de lui quand vous veniez nous voir. Et voici David, l'ami d'enfance de Harper, qui tient Harper House – et qui ne manquera pas de compter l'argenterie.

— Je n'ai cure de votre insolence.

— Hélas, je n'ai pas grand-chose d'autre à vous offrir. Je crois que vous avez déjà fait connaissance avec le docteur Carnegie...

— Oui. Je vais parler de lui à mon avocat.

— C'est Mitchell Carnegie, précisa-t-il en souriant. Avec deux l.

— Et voici Logan Kitridge, ami et voisin, qui travaille avec moi et est fiancé à Stella Rothchild, la directrice de la jardinerie.

— Vos arrangements avec vos employés ne m'intéressent pas. Pas plus que votre habitude plus que discutable de les laisser envahir Harper House.

— Les enfants de Stella, Gavin et Luke, et leur chien Parker, enchaîna Roz comme si Clarise n'avait rien dit. Et une jeune cousine du côté Ashby, qui travaille également pour moi, Hayley Phillips, avec son beau bébé, Lily. Voilà. Vous connaissez tout le monde. David, je crois qu'il faut que tu serves une tasse de thé à Clarise.

— Je ne veux pas de thé, surtout servi par un homosexuel.

— Ce n'est pas contagieux, assura David sans broncher.

— David ? Tu es homosexuel ? s'exclama Roz en feignant la stupeur. C'est incroyable.

— Je m'efforce de rester discret.

— Où est Jane ? demanda Clarise. J'exige de lui parler immédiatement.

Roz prit un minuscule biscuit et le donna à une Lily ravie.

— Qui est Jane ?

— Vous le savez très bien. Jane Paulson.

— Ah, oui, bien sûr. La petite Jane. Je suis désolée, mais elle n'est pas ici.

— Je ne tolère pas ces mensonges.

Devant son ton agressif, Parker émit un grognement menaçant.

— Et ne laissez pas cet horrible petit chien s'approcher de moi.

— Il n'est pas horrible ! intervint Gavin, qui sauta sur ses pieds mais fut aussitôt retenu par sa mère. C'est vous qui êtes horrible.

— Et si vous êtes méchante, renchérit Luke, il va vous mordre parce que c'est un bon chien.

— Gavin, Luke, emmenez Parker dehors, leur ordonna Stella en pressant un instant Gavin contre elle. Allez.

— Prenez le Frisbee, suggéra Logan avec un clin d'œil. J'arrive.

Gavin souleva le chien dans ses bras et sortit, l'œil mauvais. Luke s'arrêta sur le pas de la porte.

— On ne vous aime pas, déclara-t-il d'un air décidé, avant d'emboîter le pas à son frère.

— Je vois que vos employés ne savent pas élever leurs enfants mieux que vous, Rosalind.

— En effet. J'en suis très fière. Bien, comme vous ne voulez pas de thé et que je ne vois pas comment vous aider à trouver Jane, je pense que vous allez pouvoir vous en aller.

— Où sont les journaux ?

— Les journaux ? Oh, vous voulez parler des journaux intimes de ma grand-mère et de mon arrière-grand-mère qui ont été pris dans cette maison sans ma permission ?

— Je n'ai pas besoin de votre permission. Je suis l'aînée des Harper vivants, et ces journaux me reviennent de droit.

— Vous me permettrez de ne pas être de votre avis. Quoi qu'il en soit, je peux vous dire où ils sont : à la place qui est la leur du point de vue moral, légal et éthique.

— Je vais vous faire arrêter !

— Je vous en prie, ne vous gênez pas. Cela risque d'être amusant.

Glaciale, Roz s'assit sur l'accoudoir d'un fauteuil et croisa les bras sur sa poitrine.

— Vous allez adorer voir votre nom, le nom des Harper, sali dans la presse et colporté par des rumeurs dans tout le comté.

Ses yeux lançaient des éclairs qui contrastaient avec la froideur de sa voix.

— Car je ferai tout ce qu'il faut pour que ce soit le cas. J'accorderai le plus d'interviews possible et je ne manquerai pas une occasion de parler de cette histoire fort inconvenante à mes amis et connaissances. Ce genre de chose ne me dérange absolument pas.

Elle s'interrompit, le temps de prendre le biscuit que lui offrait Lily.

— Oh, merci, mon petit cœur. Mais vous ? reprit-elle à l'adresse de Clarise. Je ne crois pas que vous ayez envie d'être la cible de cancans et de railleries. D'autant que cela ne servira pas votre cas : ces journaux sont à moi légalement.

Elle prit Lily, l'assit sur ses genoux et lui rendit le biscuit. Le silence s'était installé dans la pièce. On n'entendait que la respiration outragée de Clarise. Roz buvait du petit-lait.

— Si vous voulez que la police enquête sur la façon dont j'ai repris ce qui m'appartenait, je me ferai un plaisir de répondre à ses questions. J'espère qu'il vous sera aussi facile de lui expliquer comment il se fait que des documents appartenant à Harper House, et donc à moi, aient été enfermés à clé dans votre bureau. Et qu'il y ait chez vous plusieurs objets de valeur figurant dans l'inventaire de Harper House.

— Vous allez salir le nom de la famille ! s'écria Clarise, le visage déformé par la colère. Vous n'en avez pas le droit. Vous n'avez pas à remuer ce qu'il vaut mieux laisser enfoui.

Avec le plus grand calme, Roz passa le bébé à Mitch. Lily le regarda en faisant des bulles et en lui proposant de partager son biscuit mâchouillé.

Il encouragea Roz du regard.

— De quoi avez-vous peur ? demanda-t-elle à Clarise. Qui était Amelia ? Que lui a-t-on fait ?

— C'était une fille perdue. Une prostituée de bas étage qui n'a eu que ce qu'elle méritait. Je me suis toujours doutée que son sang parlerait en vous. Je ne me suis pas trompée.

— Alors, je descends d'elle, conclut Roz calmement.

— Je n'en dirai pas plus. C'est un crime et un péché qu'une femme comme vous soit la maîtresse de cette maison. Vous n'avez aucun droit sur Harper House. Vous êtes une bonne à rien cupide. Vous souillez le nom de la famille. Ma grand-mère aurait lâché les chiens sur vous plutôt que de vous laisser franchir le seuil de Harper House.

— Très bien. Ça suffit.

Avant que Roz ait pu dire un mot – et elle en avait plus d'un à dire –, Harper s'était levé et traversait le salon.

— Vous allez partir et ne plus jamais revenir, ordonna-t-il.

— Ne me parle pas sur ce ton, mon garçon.

— Je n'ai plus huit ans et vous n'êtes pas la bienvenue dans cette maison. Vous croyez pouvoir venir ici et insulter ma mère, une femme qui a plus de classe dans un seul de ses cils que vous dans tous les vieux os de votre corps desséché ? Maintenant, soit je vous raccompagne, soit je vous jette dehors. C'est à vous de choisir.

— Tu es comme elle.

— C'est la première chose juste que vous ayez dite depuis votre arrivée. Par ici, cousine Rissy.

Il lui prit le bras. Elle eut beau tenter de l'en empêcher en lui tapant la main, il l'entraîna hors de la pièce.

Leur sortie fut saluée par un silence, puis par un long sifflement admiratif de Hayley.

— Bravo, Harper.

20

— La journée a été longue, commenta Mitch en prenant les pieds de Roz et en les posant sur ses genoux pour les masser.

Ils étaient au calme, dans le salon privé de Roz.

— Tu peux le dire.

— En tout cas, tu l'as bien remise à sa place.

— Oui, mais c'est Harper qui a été formidable.

— Je vais emporter ma part de journaux chez moi, annonça-t-il en levant le pied de Roz pour déposer un baiser sur sa cheville. Je commencerai à les lire dès ce soir.

— Pour toi aussi, la journée a été longue, répondit-elle. Ça peut attendre que le mariage soit passé. En plus, ajouta-t-elle en penchant la tête en arrière et en fermant les yeux, si tu rentres chez toi, tu vas arrêter de me masser les pieds.

— Je comptais un peu là-dessus pour te corrompre, avoua-t-il.

— Inutile, assura-t-elle. J'espérais que tu pourrais rester.

— Par chance, il se trouve que j'ai mon costume pour le mariage dans la voiture.

Elle sourit sans ouvrir les yeux.

— J'aime beaucoup les hommes prévoyants.

— Je ne savais pas si un homme serait le bienvenu dans la maison ce soir. La veille d'un mariage, il doit y avoir toutes sortes de rituels féminins…

— Nous avons commencé au salon de beauté ce matin et nous reprendrons demain. Ils vont former une charmante famille, tu ne trouves pas ?

— C'est déjà le cas. J'ai adoré voir les garçons tenir tête à Clarise, déclara Mitch. Sans parler des coups que tu lui as portés avec ton élégance habituelle et du bouquet final de Harper.

— Nous avons tous été merveilleusement mal élevés, n'est-ce pas ? Évidemment, elle ne va plus t'adresser la parole. Cela ne te facilitera pas la tâche pour ton livre.

— Cela ne m'inquiète pas trop. Et je lui réserve un coup de pied de l'âne. Elle risque de ne pas aimer ce que je vais écrire sur elle.

— Moi, je vais adorer, affirma Roz. Elle sait. Elle sait qui est Amelia et ce qui lui est arrivé. Elle l'a probablement toujours su. Il y a un risque qu'elle ait détruit les journaux qui parlaient d'elle. Un risque néanmoins minime, car tout ce qui sort de Harper House est sacré à ses yeux, mais il faut que nous nous préparions à cette éventualité.

— Il peut me suffire de pas grand-chose pour avancer, assura-t-il. Rosalind, je suis complètement séduit par tes pieds.

— Mes pieds ?

— Je suis fou d'eux. Je ne sais jamais quelle surprise ils me réservent, expliqua-t-il en lui ôtant lentement sa chaussette. Oh oh, fit-il en passant le doigt sur le vernis rose nacré de ses ongles.

— Eh oui. C'est mon petit secret.

— J'adore les secrets.

Il souleva de nouveau son pied pour en suivre des lèvres la cambrure. Donner du plaisir à une femme au caractère aussi fort, la sentir céder aux sensations qu'il faisait naître en elle lui procurait un incroyable sentiment de puissance. Un petit frisson, un soupir à peine audible devenaient follement érotiques quand la femme qui les émettait ne capitulait jamais devant personne.

De l'attirance à la passion et de la passion à l'amour, il y avait un long voyage qu'il n'avait pas prévu de refaire. Pourtant, il en était bien là. Quand il touchait Roz, il savait qu'elle était la seule femme avec qui il avait envie de passer sa vie. Comment avait-il fait pour arriver à cet âge sans connaître son parfum, le son de sa voix, la fascinante texture de sa peau ? Sans en avoir besoin ?

Lorsqu'elle se redressa, l'enlaça et posa sa bouche sur la sienne, il crut que son cœur allait éclater.

— Je te vois dans le noir, lui dit-il. Je t'entends quand tu es à des kilomètres.

À ces mots, elle émit un petit murmure chargé d'émotion et se coula contre lui.

Elle le serra fort, la tête sur son épaule, son cœur battant contre le sien. Comment l'amour pouvait-il revêtir tant de formes différentes à tant de moments différents ? se demandait-elle. Peut-être ne le saurait-elle jamais. Cependant, elle se réjouirait toujours d'avoir trouvé cet amour-là à ce moment de sa vie.

Elle chérirait cet amour comme elle chérirait Mitch.

Elle s'écarta un peu de lui pour prendre son visage entre ses mains et le regarder dans les yeux.

— C'est plus difficile de vivre cela à notre âge, quand on en sait plus, quand on a connu plus de choses. En même temps, c'est plus profond, plus réel. Et plus complet, plus puissant. Je veux que tu saches ce que je ressens avec toi. Je suis comblée.

— Je ne sais pas ce que je deviendrais sans toi, Rosalind.

— Tant mieux, fit-elle en posant ses lèvres sur les siennes. Tant mieux, répéta-t-elle avant de l'embrasser voluptueusement.

Elle s'enroula autour de lui, s'imprégna du parfum de ses cheveux et de sa peau. Sans détacher sa bouche de celle de Mitch, elle défit les boutons de sa chemise, puis leva les bras pour qu'il lui ôte son pull et qu'ils puissent se serrer l'un contre l'autre, peau contre peau.

Il l'allongea sur le canapé et, des lèvres et des mains, partit à la découverte de son corps, de sa gorge, de ses épaules et de ses seins jusqu'à sa taille incroyablement fine.

Bien sûr, son corps gardait la trace des enfants qu'elle avait portés, des hommes qu'elle avait conçus. Il posa un instant la joue sur son ventre, émerveillé d'avoir reçu en cadeau une femme aussi vivante et aussi forte.

Elle lui caressa le dos, tous ses sens en éveil. Puis elle glissa paresseusement les mains entre eux pour déboutonner le jean de Mitch. Elle le découvrit déjà dur et brûlant et se sentit palpiter d'impatience.

Ils achevèrent de se déshabiller à la hâte, et elle se redressa pour le chevaucher, le regard plongé dans ses yeux verts tandis qu'elle le prenait lentement en elle.

— Ô mon Dieu ! lâcha-t-elle en se cramponnant au canapé.

En faisant appel à tout le contrôle de soi dont elle était capable, elle ondula des hanches dans un rythme atrocement lent, l'enfermant entre ses cuisses musclées pour lui imposer son allure.

Elle sentit ses mains sur elle, sentit qu'il se raccrochait désespérément à ses hanches et prenait sur lui pour lui laisser l'initiative. Puis il fit remonter ses mains le long de son buste pour lui caresser les seins.

Elle se resserra autour de lui et plaqua la bouche sur la sienne pour qu'il puisse sentir ses gémissements de plaisir. Ils étaient étroitement enlacés, lui enfoui en elle, quand elle rejeta la tête en arrière et que ses yeux brillants de désir se fermèrent.

Alors, il la rejoignit.

Roz se réveilla à 4 heures – trop tôt pour aller courir et trop tard pour se rendormir. Elle resta un moment étendue dans le noir, sans bouger. C'était fou la vitesse à laquelle elle s'était habituée à la présence de Mitch dans son lit. Elle ne se sentait pas envahie ; elle n'était même pas surprise de le voir endormi à côté d'elle.

Les choses s'étaient passées d'une façon beaucoup plus naturelle qu'elle ne s'y était attendue. Aujourd'hui, elle se rendait compte qu'elle ne pouvait déjà plus envisager la vie sans Mitch.

Comment se faisait-il qu'elle ne trouve pas bizarre de se réveiller avec lui, de commencer la journée en partageant son espace privé avec lui, de le croiser dans la salle de bains, de parler avec lui – ou pas – en s'habillant ?

Si cela ne lui était pas désagréable, c'était sans doute parce qu'une partie d'elle devait attendre de connaître de nouveau une telle union. Elle ne l'avait pas cherchée ni sollicitée, elle ne s'était pas morfondue en l'attendant. Et sans doute les années qu'elle avait passées seule avaient-elles contribué à faire d'elle la femme qu'elle était aujourd'hui. Une femme qui était prête à partager sa vie, sa maison et sa famille avec cet homme.

Elle se leva sans bruit, pour ne pas le déranger, et se rendit dans le salon attenant à sa chambre pour choisir un journal intime. Elle passa une main douce sur les volumes de sa grand-mère. Elle les garderait pour plus tard, décida-t-elle. Elle les lirait tranquillement, pour le plaisir.

Pour l'instant, elle allait faire son devoir.

Il lui fallut moins d'un quart d'heure pour conclure que son arrière-grand-mère et elle ne se seraient jamais comprises.

Il fait toujours beau, avait écrit Beatrice. *Les affaires de Reginald le retiennent à La Nouvelle-Orléans. Je n'ai pas pu trouver le ton de soie bleue que je cherchais. Ces boutiques n'ont vraiment rien. Je crois qu'il va falloir que nous allions à Paris. Auparavant, il est impératif que j'engage une nouvelle gouvernante pour les filles. Celle que nous avons en ce moment est bien trop indépendante. Quand je pense à l'argent dépensé pour son salaire et son entretien, je suis très mécontente de son travail. Je lui ai récemment donné une robe très bien qui ne m'allait pas et qu'elle a acceptée sans scrupules. Pourtant, quand je lui demande un petit service, elle obéit à contrecœur. Elle doit tout de même avoir le temps de faire quelques courses ; on ne lui demande rien d'autre que de s'occuper des enfants et de leur donner quelques leçons.*

J'ai l'impression qu'elle se croit au-dessus de sa condition.

Roz étendit les jambes devant elle et feuilleta un peu le journal. C'était presque toujours la même rengaine : des plaintes, des comptes rendus de courses, des projets de sorties, des récits de soirées auxquelles Beatrice avait assisté. Il n'y avait presque rien sur les enfants.

Elle posa le volume. Elle y reviendrait plus tard, se promit-elle en en prenant un autre. En le parcourant, elle apprit qu'une femme de chambre avait été renvoyée pour avoir ri dans un couloir. Plus loin, un passage attira son attention. Elle le lut plus attentivement.

J'ai encore fait une fausse couche. Comment se fait-il qu'il soit aussi douloureux de perdre un enfant que de lui donner naissance ? Je suis épuisée. Reginald va de nouveau vouloir me faire subir ses assauts dès que je serai en état, et je suppose que cette épreuve va se reproduire jusqu'à ce que je porte de nouveau un enfant.

Je n'y trouve aucun plaisir. Pas plus que dans la présence des filles, qui me rappellent tous les jours ce qu'il me reste à accomplir.

Au moins, une fois que je porterai un autre enfant, il me laissera tranquille pendant les mois d'attente. Il est de mon devoir d'engendrer des fils, et je ne manquerai pas à mon devoir. Hélas, il semble que je sois incapable de mettre au monde autre chose que des filles bavardes.

Je voudrais dormir et oublier que j'ai échoué, encore une fois. Que je n'ai pas donné à mon mari ni à cette maison l'héritier qu'ils exigent.

Des enfants par devoir uniquement. Que c'était triste ! songea Roz. Qu'avaient dû ressentir ces petites filles considérées comme des échecs à cause de leur sexe ? Y avait-il eu de la joie dans la maison sous le règne de Beatrice, ou la vie se résumait-elle à sacrifier au devoir et aux apparences ?

Déprimée, elle faillit passer aux journaux de sa grand-mère, mais se rappela à l'ordre et continua sa lecture.

Je ne supporte plus Mary Louise Berker. On dirait que, parce qu'elle est parvenue à avoir quatre garçons et qu'elle est de nouveau grosse, elle sait tout sur la conception et l'éducation des enfants. Or, c'est loin d'être le cas. Ses fils courent partout comme des sauvages et n'hésitent pas à mettre leurs petites mains sales sur les meubles de son salon. Et elle rit en disant qu'il faut bien que jeunesse se passe quand ils viennent s'ébattre bruyamment autour de nous avec leurs chiens miteux – ils en ont trois !

Elle a eu le toupet de me suggérer d'aller voir son médecin ou une sorcière vaudoue ! Elle jure que, cette fois, elle va avoir la fille dont elle rêve parce qu'elle est allée chez cette épouvantable créature acheter un grigri à accrocher au-dessus de son lit.

Comme s'il ne suffisait pas de la voir couvrir ses fils de baisers de façon tout à fait indécente, souvent en public, il faut maintenant qu'elle me parle de ces choses sous prétexte d'amitié et de sollicitude ! C'est invraisemblable.

Je n'avais qu'une hâte : m'en aller.

Cette Mary Louise avait l'air bien plus sympathique que Beatrice, songea Roz en continuant à feuilleter le volume. Le Bobby Lee Berker qui était dans sa classe au lycée descendait-il d'elle ?

C'est alors que son regard tomba sur un passage qui fit bondir son cœur dans sa poitrine.

Je me suis enfermée dans ma chambre. Je ne veux parler à personne. L'humiliation que je viens de subir est insoutenable. Pendant toutes ces années, j'ai été une épouse dévouée et une excellente maîtresse de maison. J'ai surveillé le personnel sans jamais me plaindre et j'ai veillé sans relâche à faire bonne impression dans le monde et auprès des relations de travail de Reginald.

En bonne épouse, j'ai fermé les yeux sur ses aventures, me contentant de sa discrétion.

Et voilà ce que je dois subir maintenant.

En rentrant ce soir, il m'a fait venir dans la bibliothèque pour me parler en privé. Il m'a annoncé qu'il avait fécondé une de ses maîtresses. Quand je lui ai dit que ce n'était pas une conversation à avoir entre mari et femme, il n'a pas tenu compte de ma réponse. Comme si mon avis ne comptait pas.

Comme si je ne comptais pas.

Il m'a ordonné de faire semblant d'attendre un enfant. Si cette créature donne naissance à un garçon, il sera amené chez nous, portera le nom de Harper et sera élevé ici comme le fils de Reginald. Et le mien.

Et si c'est une fille, cela n'aura pas d'importance. J'aurai fait encore une « fausse couche », et les choses en resteront là.

J'ai refusé. Bien sûr que j'ai refusé. Accueillir l'enfant d'une putain sous mon toit !

Alors, il m'a donné le choix suivant : soit j'accepte sa décision, soit il demande le divorce. Il est prêt à tout pour avoir un fils. Il préfère que je reste sa femme et que nous ne nous exposions ni l'un ni l'autre au scandale d'un divorce, et il saura me dédommager. Mais si je refuse, ce sera le divorce et la honte, et je serai chassée de la maison dont je me suis tant occupée, de la vie que je me suis créée.

Je n'ai donc pas le choix.

Je prie pour que cette traînée donne naissance à une fille. Je prie pour que le bébé meure. Pour qu'elle meure aussi. Pour qu'ils brûlent tous en enfer.

Les mains de Roz tremblaient tant qu'elle n'arrivait plus à tourner les pages. Elle se leva et sortit sur la terrasse respirer l'air du petit matin.

Comment Reginald avait-il pu imposer son fils illégitime à sa femme ? Même s'il ne l'aimait pas, il aurait dû la respecter.

Et cet enfant, il ne l'avait pas aimé non plus. Sinon, il ne l'aurait pas confié à une femme qui ne voulait pas de lui, ne pouvait s'occuper de lui comme une mère et avait dû le mépriser toute sa vie.

Et tout cela pour transmettre le nom de Harper !

— Roz ?

Elle ne se retourna pas en entendant la voix de Mitch derrière elle.

— Je t'ai réveillé ? Je croyais n'avoir pas fait de bruit.

— Non. C'est ton absence qui m'a réveillé.

— J'ai trouvé quelque chose, annonça-t-elle. J'ai commencé à lire les journaux et j'ai trouvé quelque chose.

— On dirait que ça t'a bouleversée.

— Je suis triste et en colère. Mais le plus étonnant, c'est que je ne suis pas surprise. J'ai trouvé un passage... Non, il vaut mieux que tu le lises toi-même.

Elle se retourna et lui tendit le volume ouvert à la page où elle s'était arrêtée.

— Tu veux bien retourner dans le salon ? lui demanda-t-elle. J'ai besoin de rester seule encore une minute.

— D'accord.

Il prit le journal. Puis il dut voir dans le regard de Roz quelque chose qui lui serra le cœur, car il la tint par le menton de sa main libre et l'embrassa doucement.

Elle se remit à admirer la vue, à contempler le parc dans la lueur argentée de l'aube. Cette propriété qu'elle aimait et qui était dans sa famille depuis des générations... en valait-elle la peine ? se demanda-t-elle. La transmission d'un nom valait-elle la douleur et l'humiliation que Reginald avait fait subir à sa femme ?

Elle rentra et alla s'asseoir en face de Mitch.

— J'avais besoin de digérer la nouvelle. Quelle cruauté ! Certes, d'après ce que j'ai pu lire, Beatrice était loin d'être une femme admirable. Elle était égocentrique et mesquine. Cependant, elle ne méritait pas cela. « Tu ne m'as pas donné de fils ; je vais en chercher un ailleurs. C'est à prendre ou à laisser. » Elle a pris.

— Tu n'en as pas encore la certitude.

— Si, j'en suis sûre, affirma-t-elle en secouant la tête. Nous allons lire la suite, mais nous le savons déjà.

— Je pourrais lire tout cela plus tard, suggéra-t-il.

— Non, faisons-le maintenant. Ensemble. Après tout, cela me concerne. Je descends faire du café. En attendant, regarde ce que tu peux trouver.

Quand elle remonta, il avait chaussé ses lunettes de lecture. Torse nu, les cheveux en bataille, vêtu uniquement de son jean déboutonné, on aurait dit un étudiant en train de faire une nuit blanche pour réviser.

La tendresse qui l'envahit alors eut l'effet d'un baume sur son cœur endolori.

— Je suis heureuse que tu aies été là quand j'ai découvert cela, avoua-t-elle en posant son plateau et en se penchant vers lui pour déposer un baiser sur ses cheveux. Je suis heureuse que tu sois là, point.

— Il y a autre chose, lui annonça-t-il en lui prenant les mains. Tu veux que je résume ?

— Non, lis-moi ce qu'elle a écrit, s'il te plaît.

— Il y a pas mal de fragments ici et là, de petites phrases sur son humiliation et sa colère qu'elle a notées au fur et à mesure. Elle lui a fait payer son acte de la seule façon qu'elle connût : en dépensant son argent sans compter, en lui fermant la porte de sa chambre et en voyageant le plus possible pour s'éloigner de lui.

— Une femme plus forte aurait pris ses enfants et l'aurait quitté, remarqua-t-elle en servant le café. Mais elle ne l'a pas fait.

— Le statut des femmes était différent à l'époque, lui rappela Mitch.

— Peut-être, n'empêche que le bien était déjà le bien.

Elle posa le café de Mitch et s'assit à côté de lui.

— Lis, Mitch, lui demanda-t-elle. Je veux savoir.

— « Il a ramené le bâtard à la maison, avec une espèce de traînée qu'il est allé chercher dans une de ses propriétés à la campagne pour servir de nourrice. Il affirme que ce n'est pas la mère, qui est restée en ville dans la maison où il l'entretient. Il a enfin son fils, une espèce de chose braillarde enveloppée dans une couverture. Je ne l'ai pas regardé. Je ne le regarderai pas. Tout ce que je sais, c'est qu'il a acheté le silence du médecin et que je dois rester à la maison sans recevoir de visites pendant quelques jours encore.

« Il a rapporté cette chose à la maison en pleine nuit, afin que les domestiques croient que c'est moi qui lui ai donné naissance – en tout cas, ils feront semblant de le croire. Il lui a donné un nom. Reginald Edward Harper Junior.

— Mon grand-père, murmura Roz. Pauvre petit garçon ! C'est devenu un homme bien. C'est presque un miracle, compte tenu de ses débuts dans la vie. Il y a quelque chose sur sa mère ?

— Pas dans ce volume, *a priori*. Mais je compte le lire plus en détail.

— On trouvera d'autres choses dans les autres journaux, affirma-t-elle. Amelia est morte ici. À un moment donné, Beatrice a dû la voir ou lui parler. Elle a dû avoir affaire à elle d'une façon ou d'une autre.

— Je vais commencer à chercher tout de suite.

— Non, répliqua-t-elle en se frottant les yeux, fatiguée. Il y a un mariage, aujourd'hui. C'est un jour de joie et de nouveaux départs. Le chagrin et les vieux secrets n'y ont pas leur place. Nous en savons suffisamment pour l'instant.

— Rosalind, cela ne change en aucun cas ce que tu es.

— Non. Bien sûr que non. Mais cela me fait penser que pour les gens comme eux – comme Reginald et Beatrice –, le mariage n'était qu'un détail pratique. Il reposait sur le statut social, l'éducation et le milieu. Il pouvait y avoir de l'affection, voire de l'attirance, mais c'était avant tout une espèce de contrat destiné à maintenir les familles à un certain niveau. Aujourd'hui, en revanche…

Elle prit une profonde inspiration avant de poursuivre :

— Aujourd'hui, nous savons qu'il ne doit pas en être ainsi. Tout à l'heure, nous allons voir deux êtres qui s'aiment échanger des promesses, se marier, former une famille. Je suis heureuse que tu sois là, Mitch, et que nous ayons découvert cela aujourd'hui. Et ce mariage, c'est précisément ce qu'il me faut maintenant.

C'était une journée idéale : le ciel était d'un bleu parfait et sans nuages ; le parfum des fleurs flottait dans l'air pur et doux. Le jardin que Logan et Stella avaient conçu s'épanouissait en un ravissant assortiment de couleurs et de formes.

Des chaises étaient disposées sur la pelouse de part et d'autre d'une allée centrale que Stella allait remonter au bras de son père pour rejoindre Logan et ses fils.

Roz se détourna de la fenêtre pour regarder Jolene redresser les fleurs piquées dans les cheveux de Stella.

— Vous êtes ravissantes toutes les deux, commenta-t-elle.

— Je vais encore pleurer, gémit Jolene en agitant une main devant son visage. Je ne sais pas combien de fois je me suis remaquillée depuis ce matin. Je sors juste un instant, ma chérie. Je vais voir où en est ton père.

— D'accord.

Stella attendit que sa belle-mère soit sortie pour ajouter :

— Quand je pense que j'ai failli être triste que ma mère refuse de venir ! Elle a dit que c'était trop compliqué de faire le voyage – et puis, après tout, ce n'était pas mon premier mariage – et qu'elle refusait d'être enfermée dans le même espace que « cette femme », comme elle s'obstine à appeler Jolene.

— Tant pis pour elle, non ?

— Oui. Et tant mieux pour moi. De toute façon, c'est Jolene que je veux à mes côtés aujourd'hui, ainsi que vous et Hayley, précisa-t-elle en portant la main à ses oreilles pour toucher les saphirs. Ces boucles sont parfaites, Roz. Merci.

— Elles vous vont très bien. Regardez-vous : vous êtes superbe.

Les yeux un peu humides à son tour, Roz se rapprocha de sa jeune amie pour l'admirer de plus près.

Stella avait choisi une robe toute simple d'un bleu très pâle avec de fines bretelles, un bustier droit et une longue jupe légèrement bouffante. Deux dahlias étaient fixés dans ses cheveux roux et bouclés, un bleu et un blanc. Elle avait le visage lumineux propre aux futures mariées.

— Je me sens belle, avoua-t-elle.

— C'est légitime ; vous l'êtes. Je suis si heureuse pour vous !

— Je ne suis plus du tout nerveuse, confia Stella en clignant des yeux pour retenir des larmes d'émotion. Je n'ai même plus le trac. Je pense à mon premier mariage, à Kevin, aux années que nous avons passées ensemble, aux enfants que nous avons faits. Je sais au fond de mon cœur que j'ai sa bénédiction. Logan est un homme bien.

— Mieux que cela encore.

— Je l'ai fait attendre presque un an, fit-elle avec un petit rire étouffé. Maintenant, c'est le moment. Encore merci pour tout ce que vous avez fait, Roz.

— Je vous en prie. Vous êtes prête à aller vous marier ?

— Parfaitement.

C'était charmant, songea Roz. Adorable. Cet homme et cette femme qui s'unissaient dans le jardin de la maison qu'ils allaient partager... Grand et musclé, Logan était très beau dans son costume. Stella était ravissante, radieuse. Et les garçons allèrent même jusqu'à sourire lorsque Logan embrassa la mariée.

Les invités applaudirent spontanément quand Logan souleva sa femme de terre et la fit tournoyer autour de lui. Harper salua ce moment en faisant sauter le premier bouchon de champagne.

— Il y a bien longtemps que je n'ai pas vu de couple aussi heureux, remarqua Mitch. Ni une aussi jolie famille. Tu as fait du bon travail.

— Je n'y suis pour rien.

— Si. C'est comme un arbre généalogique. Ces deux-là proviennent de l'une de tes branches. Il n'y a pas de liens de sang, certes, mais cela revient au même. C'est leur lien avec toi qui les a réunis. Ils ont fait le reste, mais c'est parti de toi.

— C'est gentil, merci, fit-elle avant de boire une gorgée. Il y a une chose dont j'aimerais te parler, un peu plus tard. J'attendais que Stella ait eu son grand jour pour le faire – un mariage appartient de plein droit à la mariée.

— De quoi s'agit-il ?

— De liens, pourrait-on dire, répondit-elle en se hissant sur la pointe des pieds pour l'embrasser.

Nous en parlerons en rentrant. En attendant, il faut que je fasse un saut à la maison en vitesse. J'ai oublié la bouteille de champagne millésimé que je voulais offrir aux mariés pour leur nuit de noces.

— Je peux aller la chercher, proposa-t-il.

— Non, j'irai plus vite : je sais où elle est. J'en ai pour un quart d'heure.

Elle allait monter dans la voiture quand Hayley l'appela.

— Roz ! Attendez ! Vous voulez bien que je vienne avec vous ? demanda-t-elle, un peu essoufflée, en arrivant à la voiture, Lily en larmes dans ses bras. J'ai une petite fille grognon qui a besoin de faire la sieste mais qui refuse de se calmer. En voiture, ça ira mieux. Nous pouvons prendre la mienne : j'ai le siège auto dedans.

— Je veux bien, mais la balade ne va pas être longue.

— Ce n'est pas grave, assura Hayley en allant ouvrir sa voiture, dans laquelle elle installa Lily malgré ses protestations. Rouler la calme toujours, et si elle s'endort, je pourrai toujours rester avec elle dans la voiture jusqu'à ce qu'elle se réveille. Ensuite, nous nous amuserons beaucoup mieux à la fête toutes les deux.

Comme prévu, le bébé cessa de pleurer avant même qu'elles aient atteint la route.

— Ça marche à tous les coups, commenta Hayley.

— C'était la même chose avec les miens. Lily est trop chou dans sa robe rose.

— Tout le monde est si beau ! s'exclama la jeune femme. Si je me marie un jour, j'aimerais que ce soit exactement pareil : au printemps, avec des fleurs, des amis, des visages rayonnants. J'ai toujours cru que je voulais un mariage en grande pompe à l'église, mais cette cérémonie était si romantique…

— Elle était parfaite pour Stella et Logan. C'est bon d'être… Ralentissez. Arrêtez-vous !

— Quoi ? Qu'est-ce que… Ô mon Dieu !

Elles regardèrent la jardinerie. Roz l'avait fermée pour la journée, afin que tout le monde puisse profiter du mariage. Pourtant, quelqu'un était venu et était sans doute encore là. Plusieurs des présentoirs extérieurs avaient été renversés, et une voiture garée de travers écrasait l'une des plates-bandes.

— Appelez la police, lança-t-elle à Hayley en sortant de la voiture. Repartez tout de suite avec le bébé. Retournez chez Logan.

— Non ! protesta la jeune femme. N'y allez pas.

— C'est chez moi, répliqua Roz, avant de partir en courant.

Ses fleurs, songeait-elle. Des plantes qu'elle avait fait pousser depuis la graine ou la bouture, qu'elle avait soignées, aimées, avaient été détruites. Écrasées. Déchiquetées.

Elle s'arrêta à peine un instant pour constater la perte et le gâchis, pour pleurer l'innocence et la beauté saccagées.

Celui qui avait fait cela allait payer.

Alertée par un fracas de verre brisé, elle se précipita à l'arrière du bâtiment principal. Là, elle découvrit Bryce, qui s'apprêtait à donner un coup de batte de base-ball dans une autre vitre.

— Espèce de fumier ! jeta-t-elle.

Il se retourna brusquement, et elle vit le choc puis la fureur se peindre sur son visage.

— Je croyais que tu étais occupée, aujourd'hui. Je pensais avoir fini avant que tu ne reviennes.

— C'est raté.

— Je m'en fiche pas mal, rétorqua-t-il en brisant la vitre suivante avec sa batte. Il est grand temps que je te donne une petite leçon. Tu crois que tu peux m'humilier en public, m'attirer des ennuis avec la police impunément ?

— Tu t'es humilié tout seul. Et si tu ne poses pas cette batte tout de suite, si tu ne fiches pas le camp de chez moi immédiatement, tu vas t'attirer des ennuis beaucoup plus graves avec la police.

— Lesquels, par exemple ? demanda-t-il en tapotant de sa batte la paume de sa main libre, tout en s'approchant d'elle. On dirait que nous sommes seuls, cette fois. Tu sais ce que tu m'as coûté, Rosalind ?

— J'en ai une petite idée, et je peux te dire que la note va encore augmenter. Violation de propriété, destruction de biens…

Elle lut dans son regard qu'il songeait à la frapper, mais il ne se servit pas de la batte. En revanche, il la gifla avec tant de violence qu'elle tomba.

Il ne lui en fallut pas davantage. Elle se releva d'un bond et se jeta sur lui. Au lieu de se servir de ses ongles et de ses dents comme Mandy, elle le frappa à coups de poing. Surpris, il tomba à genoux, avant de parvenir à la gifler de nouveau.

C'est alors que le vent se leva, si rapide, si froid, si furieux que Roz se retrouva plaquée contre le bâtiment. Sa nuque heurta le bois, et elle dut secouer la tête pour s'éclaircir les idées.

Lorsqu'elle reprit ses esprits, elle vit Amelia arriver à toute vitesse. Sa robe blanche et sale volait au vent. Elle avançait, les doigts repliés comme des griffes meurtrières, le regard assassin.

Bryce la vit aussi.

Il poussa un hurlement de terreur, avant de porter les deux mains à sa gorge en suffoquant.

— Ne fais pas cela ! cria Roz.

Elle tenta de s'approcher de Bryce, mais fut aussitôt rejetée contre le mur par la force du vent.

— Non, ne le tue pas ! Ça suffit ! Arrête ! Il ne peut pas me faire de mal. Il ne va pas me faire de mal.

Des graviers volèrent tandis que la silhouette blanche, tel un vautour, faisait des cercles au-dessus de l'homme qui se griffait la gorge jusqu'au sang.

— Arrête ! Amelia, ça suffit. Mamie…

Le fantôme leva la tête, se retourna et plongea les yeux dans ceux de Roz.

— Je sais, expliqua cette dernière. Je sais que je descends de toi, que tu es mon arrière-grand-mère. Je sais que tu essaies de me protéger. Ne t'inquiète pas, il ne va pas me faire de mal. Je t'en prie.

Elle tenta de nouveau de s'avancer. Cette fois, elle parvint à faire deux pas, au prix d'un effort qui lui coupa le souffle.

— Il n'est rien ! lança-t-elle. Un cafard, tout au plus. Mais je veux lui donner une leçon. Je veux qu'il vive, afin qu'il puisse payer pour ce qu'il m'a fait.

Elle parvint à avancer encore d'un pas, en tendant ses deux mains ouvertes devant elle.

— Il va payer pour ses crimes, je te le jure.

Bryce respirait de nouveau, constata-t-elle. Il prenait de petites inspirations saccadées, mais au moins, l'air entrait et sortait entre ses lèvres pâles. Elle s'accroupit près de lui.

— On dirait que nous n'étions pas seuls, tout compte fait, observa-t-elle d'un ton très calme.

Le vent retomba. Au loin, elle entendit des cris et des bruits de course. Quand elle se redressa, Amelia avait disparu.

Elle se relevait, les jambes en coton, quand Harper déboucha au coin du bâtiment, deux foulées devant Mitch.

— Ça va, assura-t-elle, bien que la tête lui tournât. Je vais bien. Lui, en revanche, il a peut-être besoin de soins médicaux.

— On s'en fiche, maman, répliqua Harper en la saisissant par les bras, avant de passer très doucement la main sur son visage. Mon Dieu ! Il t'a frappée ?

— J'ai reçu une ou deux gifles, admit-elle. Mais crois-moi, je les lui ai bien rendues. Et Amelia a voulu l'achever. Tout va bien, mon chéri. Je te le jure.

— Les flics arrivent, annonça Mitch d'une voix tremblante.

Elle se retourna et découvrit son visage crispé par la peur et la colère.

— Hayley les a appelés de son portable en revenant chez Logan, précisa-t-il.

— Parfait, parfait.

Elle n'allait pas s'évanouir de nouveau. Surtout pas. Quoi qu'il arrive.

— Eh bien, nous allons pouvoir porter plainte.

Elle épousseta ses cheveux, puis ses vêtements, et vit que sa jupe était déchirée.

— Bon sang ! Je l'avais achetée exprès pour aujourd'hui. Oui, nous allons porter plainte !

Elle inspira à fond pour refouler sa fureur et les vertiges qui l'étourdissaient.

— Harper, mon chéri, tu veux bien emmener ce minable devant pour attendre la police ? Je préfère ne pas le voir pendant quelques minutes. Je risquerais de vouloir finir ce qu'Amelia a commencé.

— Je vais le relever, proposa Mitch en se baissant pour forcer Bryce à se redresser sur ses jambes tremblantes.

Ses yeux lançaient des éclairs verts quand il coula un regard à Roz.

— Désolé, dit-il avant de donner un coup de poing dans le visage de Bryce. J'espère que ça ne te dérange pas.

— Pas du tout, assura-t-elle en se surprenant à lui adresser un grand sourire malgré son estomac barbouillé. Pas du tout du tout. Harper, je peux te laisser t'occuper de la suite ? J'aimerais bien dire deux mots à Mitch.

— Pas de problème.

En traînant Bryce vers l'avant du bâtiment, Harper jeta un regard à Roz par-dessus son épaule.

— Maman, déclara-t-il, tu as une sacrée droite.

— Oui... Si tu veux bien, reprit-elle à l'adresse de Mitch après avoir respiré profondément, j'aimerais m'asseoir un peu ici en attendant que mes jambes puissent de nouveau me porter. Ce petit combat de boxe m'a un peu fatiguée.

— Attends, lui enjoignit-il en ôtant sa veste, qu'il étala par terre. Inutile d'abîmer ta jupe plus qu'elle ne l'est déjà.

Elle s'assit et posa la tête sur l'épaule de Mitch quand il la rejoignit.

— Mon héros... murmura-t-elle.

Épilogue

Roz resta assise calmement, le temps que les battements de son cœur retrouvent un rythme normal, le temps que sa nervosité, sa colère et sa nausée se dissipent un peu.

Le verre brisé scintillait au soleil. Il ne serait pas difficile de changer les vitres, se dit-elle. Certes, elle pleurerait ses fleurs, mais elle pourrait sans doute en sauver certaines qui n'étaient que blessées. Et puis, elle en ferait pousser d'autres.

Beaucoup d'autres.

— Ta main, ça va ? demanda-t-elle à Mitch.

— Oui, oui, lâcha-t-il, méprisant. Ce type a un menton en marshmallow.

— Que tu es grand et fort, murmura-t-elle en l'enlaçant, sans lui faire remarquer qu'il avait les articulations des doigts éraflées.

— Il doit avoir perdu la tête pour penser qu'il pourrait tout fiche en l'air sans être inquiété.

— Un peu, sans doute. Mais il croyait probablement qu'il aurait fini de tout casser à la jardinerie avant la fin de la réception. Il devait se dire que nous accuserions des gamins – que la police le ferait, au moins. Et moi, je me serais retrouvée avec cette pagaille sur les bras. Il ne respecte absolument pas les femmes. Il ne croit pas une seconde qu'une femme puisse le battre.

— Mais il y en a une qui y est parvenue...

— Deux, en fait. Une vivante et une morte.

Ses étourdissements s'étant dissipés, Roz se leva et lui tendit la main

— On aurait dit une vraie furie, Mitch, raconta-t-elle. Elle volait au ras du sol, entre les tables. Elle allait à une de ces vitesses ! Quand Bryce l'a vue approcher de lui, il a hurlé de peur. Ensuite, elle a voulu l'étrangler. Ou plutôt lui faire croire qu'il s'étranglait, il me semble. Elle ne le touchait pas, et pourtant, il ne pouvait plus respirer.

Elle se frictionna les bras et serra avec bonheur les pans de la veste de Mitch autour d'elle quand il la lui mit sur les épaules. Elle avait l'impression que ses os ne se réchaufferaient plus jamais.

— Je n'arrive pas à bien décrire la scène, reprit-elle en secouant la tête. J'ai peine à croire que ce soit arrivé. Tout s'est passé si vite ! C'était de la folie.

— Harper et moi, nous avons entendu des cris, expliqua Mitch. Tu nous as fait une peur qui a dû nous coûter plusieurs années de vie. Alors, je vais te dire quelque chose une fois pour toutes, et tu vas m'écouter.

Il lui fit face et saisit les revers de sa veste pour qu'elle reste immobile.

— Je respecte et j'admire ta volonté de fer, Rosalind. J'aime ta force de caractère. Mais je te préviens : la prochaine fois que tu envisageras d'affronter un cinglé armé d'une batte toute seule, tu auras affaire à moi. Et je ne plaisante pas.

Elle étudia son expression et vit qu'effectivement, il ne plaisantait pas du tout.

— Tu sais, dit-elle, si je n'avais pas déjà pris ma décision concernant cette chose dont je veux te parler, ce que tu viens de me dire aurait été décisif. Comment pourrais-je résister à un homme qui me laisse livrer mes combats, puis, le moment venu, vient ramasser les morceaux... et me dire sa façon de penser quand je me suis conduite comme une idiote ? Car je me suis conduite comme une idiote, cela ne fait aucun doute.

— Ravi que nous soyons d'accord sur ce point.

— Je t'aime, dit-elle en nouant les bras autour de son cou. Vraiment.

— Moi aussi, je t'aime. Vraiment.

— Dans ce cas, m'épouser ne devrait pas te poser de problème.

Elle le sentit se crisper un court instant sous l'effet de la surprise. Il se détendit presque aussitôt.

— Aucun, répondit-il d'un ton sincère et tendre. Tu es sûre de toi ?

— On ne peut plus. Je veux me coucher avec toi tous les soirs et me réveiller avec toi tous les matins. Je veux pouvoir boire un café avec toi quand j'en ai envie. Savoir que tu es là pour moi comme je suis là pour toi. Je te veux, Mitch. Pour le restant de mes jours.

— Alors, je vais devoir apprendre à m'occuper au moins d'une fleur, répondit-il en couvrant son visage de baisers, sans appuyer sur le bleu qui apparaissait déjà sur sa joue. Une rose. Ma rose noire.

Elle se laissa aller contre lui – elle pouvait s'abandonner contre lui, car elle savait qu'il garderait ses distances quand elle aurait besoin d'être seule, d'agir seule.

Soudain, elle se sentit profondément calme. Même quand elle regarda ses biens détruits. Elle réparerait ce qui devait l'être, elle sauverait ce qui pouvait l'être, et elle accepterait de renoncer à ce qui ne pouvait être ni réparé ni sauvé.

Elle vivrait sa vie, elle cultiverait son jardin, et en se promenant main dans la main avec l'homme qu'elle aimait, elle regarderait s'épanouir les fleurs qu'elle aurait plantées.

Quelque part dans le parc de Harper House, une silhouette errait, furieuse, en pleurs. Son regard fou perçait le ciel d'un bleu parfait.

DU MÊME AUTEUR AUX ÉDITIONS J'AI LU

Les illusionnistes (n° 3608)
Un secret trop précieux (n° 3932)
Ennemies (n° 4080)
L'impossible mensonge (n° 4275)
Meurtres au Montana (n° 4374)
Question de choix (n° 5053)
La rivale (n° 5438)
Ce soir et à jamais (n° 5532)
Comme une ombre dans la nuit (n° 6224)
La villa (n° 6449)
Par une nuit sans mémoire (n° 6640)
La fortune des Sullivan (n° 6664)
Bayou (n° 7394)
Un dangereux secret (n° 7808)
Les diamants du passé (n° 8058)
Les lumières du Nord (8162)
Coup de cœur (n° 8332)
Douce revanche (n° 8638)
Les feux de la vengeance (n° 8822)
Le refuge de l'ange (n° 9067)
Si tu m'abandonnes (n° 9136)
La maison aux souvenirs (n° 9497)
Les collines de la chance (n° 9595)
Si je te retrouvais (n° 9966)
Un cœur en flammes (n° 10363)
Une femme dans la tourmente (n° 10381)
Maléfice (n° 10399)
L'ultime refuge (n° 10464)
Et vos péchés seront pardonnés (n° 10579)
Une femme sous la menace (n° 10745)
Le cercle brisé (n° 10856)
L'emprise du vice (n° 10978)
Un cœur naufragé (n° 11126)
Le collectionneur (n° 11500)
Le menteur (n° 11823)
Obsession (n° 12192)
Un cœur à l'abri (n° 12672)
Enchantements (n° 12983)
Fêlures (n° 13259)
La cachette (n° 13462)

LIEUTENANT EVE DALLAS

Lieutenant Eve Dallas (n° 4428)
Crimes pour l'exemple (n° 4454)
Au bénéfice du crime (n° 4481)
Crimes en cascade (n° 4711)
Cérémonie du crime (n° 4756)
Au cœur du crime (n° 4918)
Les bijoux du crime (n° 5981)
Conspiration du crime (n° 6027)
Candidat au crime (n° 6855)
Témoin du crime (n° 7323)
La loi du crime (n° 7334)
Au nom du crime (n° 7393)
Fascination du crime (n° 7575)
Réunion du crime (n° 7606)
Pureté du crime (n° 7797)
Portrait du crime (n° 7953)
Imitation du crime (n° 8024)
Division du crime (n° 8128)
Visions du crime (n° 8172)
Sauvée du crime (n° 8259)
Aux sources du crime (n° 8441)
Souvenir du crime (n° 8471)
Naissance du crime (n° 8583)
Candeur du crime (n° 8685)
L'art du crime (n° 8871)
Scandale du crime (n° 9037)
L'autel du crime (n° 9183)
Promesses du crime (n° 9370)
Filiation du crime (n° 9496)
Fantaisie du crime (n° 9703)
Addiction au crime (n° 9853)
Perfidie du crime (n° 10096)
Crimes de New York à Dallas (n° 10271)
Célébrité du crime (n° 10489)
Démence du crime (n° 10687)
Préméditation du crime (n° 10838)
Insolence du crime (n° 11041)
De crime en crime (n° 11217)
Crime en fête (n° 11429)
Obsession du crime (n° 11546)
Crimes par trois (n° 11614)

Crimes sans fin (n° 11615)
Pour l'amour du crime (n° 11672)
Confusion du crime (n° 11888)
Crimes et chaos (n° 11983)
Crimes sous silence (n° 12064)
Les noces du crime (n° 12266)
Le crime est une œuvre (n° 12724)
Crime et complot (n° 12879)
Les dessous du crime (n° 13072)
Crimes pour vendetta (n° 13108)
Crime en lettres d'or (n° 13225)
Dans l'ombre du crime (n° 13407)
Crime de minuit (numérique)
Interlude du crime (numérique)
Hanté par le crime (numérique)
L'éternité du crime (numérique)
Crime rituel (numérique)
Mémoire du crime (numérique)
L'ombre du crime (numérique)
Dans l'enfer du crime (numérique)
Crimes pour vengeance (numérique)

LES TROIS SŒURS
Maggie la rebelle (n° 4102)
Douce Brianna (n° 4147)
Shannon apprivoisée (n° 4371)

TROIS RÊVES
Orgueilleuse Margo (n° 4560)
Kate l'indomptable (n° 4584)
La blessure de Laura (n° 4585)

LES FRÈRES QUINN
Dans l'océan de tes yeux (n° 5106)
Sables mouvants (n° 5215)
À l'abri des tempêtes (n° 5306)
Les rivages de l'amour (n° 6444)

MAGIE IRLANDAISE
Les joyaux du soleil (n° 6144)
Les larmes de la lune (n° 6232)
Le cœur de la mer (n° 6357)

L'ÎLE DES TROIS SŒURS
Nell (n° 6533)
Ripley (n° 6654)
Mia (n° 8693)

LES TROIS CLÉS
La quête de Malory (n° 7535)
La quête de Dana (n° 7617)
La quête de Zoé (n° 7855)

LE SECRET DES FLEURS
Le dahlia bleu (n° 8388)
La rose noire (n° 8389)
Le lys pourpre (n° 8390)

LE CERCLE BLANC
La croix de Morrigan (n° 8905)
La danse des dieux (n° 8980)
La vallée du silence (n° 9014)

LE CYCLE DES SEPT
Le serment (n° 9211)
Le rituel (n° 9270)
La Pierre Païenne (n° 9317)

QUATRE SAISONS DE FIANÇAILLES
Rêves en blanc (n° 10095)
Rêves en bleu (n° 10173)
Rêves en rose (n° 10211)
Rêves dorés (n° 10296)

L'HÔTEL DES SOUVENIRS
Un parfum de chèvrefeuille (n° 10958)
Comme par magie (n° 11051)
Sous le charme (n° 11209)

LES HÉRITIERS DE SORCHA
À l'aube du grand amour (n° 11109)
À l'heure où les cœurs s'éveillent (n° 11406)
Au crépuscule des amants (n° 11562)

LES ÉTOILES DE LA FORTUNE
Sasha (n° 11738)
Annika (n° 11967)
Riley (n° 12073)

EN GRAND FORMAT

ABÎMES ET TENÈBRES

L'éclipse

La prophétie

L'élue

SONGES D'IRLANDE

Révélations

INTÉGRALES

Affaires de cœurs

L'île des trois sœurs

L'hôtel des souvenirs

Le cercle blanc

Le cycle des sept

Le secret des fleurs

Les étoiles de la fortune

Les frères Quinn

Les héritiers de Sorcha

Les trois sœurs

Les trois clés

Magie irlandaise

Trois rêves

Quatre saisons de fiançailles

8389

Composition
NORD COMPO

Achevé d'imprimer en Slovaquie
par NOVOPRINT
le 15 mai 2022

Dépôt légal juin 2022
EAN 9782290370179
OTP L21EPLN003255N001

ÉDITIONS J'AI LU
87, quai Panhard-et-Levassor, 75013 Paris
Diffusion France et étranger : Flammarion